DAS GARTENZWERG MASSAKER

Kriminalroman

Alexandra Weber

76751 Jockgrim, Schillerstraße 26

ISBN: 9798355085025

Der furchtsame Riese

Sonne stand am Himmel schief,
lange Schatten warfen Zwerge,
Riese saß auf seinem Berge,
sah die Schatten und entlief.

Friedrich Rückert (1788–1866)
Quelle: projekt-gutenberg.org

INHALT

Prolog ... 9
Der Einzug ... 12
Fenster mit Aussicht ... 23
Auf gute Nachbarschaft ... 36
Morgenmeeting ... 58
Vorstellungsgespräch ... 69
Probezeit ... 85
Miss Marple ermittelt ... 101
Die Spiele beginnen ... 118
Miss Marple und die geheime Kammer ... 140
Verschwunden ... 160
Auf Spurensuche ... 178
Ammenmärchen ... 195
Ein Unglück kommt selten allein ... 217
Das Leben des Anderen ... 236
Voodoo ... 250
Top Secret ... 274
Glaubensfragen ... 294
Auf Eskalationskurs ... 312
Große Pläne ... 332
Im Rausch ... 355
Nachtspaziergänge ... 375
Man sieht sich ... 397
Der unsichtbare Dritte ... 414
Unter Beschuss ... 431
Gefunden ... 451
Vendetta ... 465
Epilog ... 481

Prolog

Zwei tiefschwarze Augen starrten in die Dunkelheit. Etwas lag in der Luft. Es ließ die Baumwipfel leicht zittern und die Tiere des Waldes mucksmäuschenstill verharren. Als lauerten sie darauf, was nun kam, nach dem Schrei. Doch es kam lange Zeit nichts. Gar nichts. Vielleicht war der kurze Laut nur Einbildung oder ein spontaner, kollektiver Traum gewesen? Dennoch starrten die schwarzen, an den Rändern leicht ausgefransten Augen weiterhin dort hinüber. Ihm konnte man nichts vormachen: Jenseits dieser Mauer, auf der er stand, war etwas geschehen. Man konnte es deutlich spüren, auch wenn rein gar nichts zu sehen war. Eine Wolkendecke verhinderte, dass allzu viel Reste des Mondlichts sich bis hier herunter verirrten. Und dann setzte das durchdringende Geräusch ein. Zwar stark gedämpft – es musste hinter Mauern geschehen – aber das Geräusch kannten sie alle und es ließ ihnen das Blut in den Adern gefrieren, sofern sie welches besaßen. Die Tiere des

Waldes suchten nun panisch das Weite. Er konnte nicht weg, so wenig wie seine Kameraden. Sie mussten unter ihren Zipfelmützen ertragen, wie das Gekreisch der Höllenmaschine die Nachtruhe in Stücke schnitt. Warum kam denn niemand, um nachzusehen, was hier los war? Warum setzte dem niemand ein Ende? Aber die Dorfbewohner lagen in ihren Häusern und schliefen tief und fest. Sie hörten es nicht, fühlten sich sicher. Ihre geliebte Dorfidylle wurde gerade in tausend kleine Teile zersägt und sie merkten es nicht.

Er hielt seinen Blick unbeirrt auf die andere Seite gerichtet, bis das Geräusch verstummte. Die Wolkendecke wurde noch dichter, bald würde es regnen. Der Schatten, der aus dem Haus kam, war kaum zu erkennen. Die Tür zum Geräteschuppen öffnete sich – das Geräusch war eindeutig. Der Schatten zog etwas heraus, brachte es vor die Terrassentür, verschwand im Haus. Er ahnte, was das war. Er hielt es selbst in der Hand. Sehr praktisch, möglicherweise eine der besten Erfindungen des Menschen. Mehrmals erschien der Schatten auf der Terrasse und verschwand wieder im Haus. Irgendwann schien er erledigt zu haben, was er sich vorgenommen hatte, und verschwand mit unsicher schwankenden Schritten in die Dunkelheit. Die Schubkarre, die der Schatten schob, war gut beladen, da war er sich sicher. Mit Schubkarren kannte er sich aus. Doch es war nicht sein Problem. Er blieb, wo er war, reglos.

Es schien, als sei das kleine Schauspiel damit beendet, die Welt konnte sich wieder beruhigen und in ihren gewohnten Trott übergehen. Doch da hatte er sich geirrt. Die eingekehrte Ruhe wurde wenig später noch einmal grausam unterbrochen. Obwohl er weiterhin unbeirrt in die Nacht starrte, hatte er das nicht kommen sehen. Aus den Augenwinkeln nahm er wahr, wie der Schatten sich näherte, spürte eine kurze Luftbewegung, dann krachte es plötzlich. Wenn es nicht sowieso seiner Natur entsprochen hätte, wäre er spätestens jetzt vor Schreck erstarrt. Es dauerte einen ganzen Moment, bis er wirklich begriff, was da hinter ihm in Trümmern lag. Dann setzte passenderweise der Regen ein und benetzte sein Gesicht mit den Tränen, die er selbst nicht weinen konnte.

Der Einzug

Florian konnte sein Glück nicht fassen. Die Räume waren hell und geräumig. Die marmorierten, hellgrauen Fliesen waren genauso, wie er sie sich selbst ausgesucht hätte. Die Wände waren teils weiß, teils ganzflächig in dezenten Farben gestrichen. Hier im Wohnzimmer war eine Wand sandfarben. Die Küche war so modern und hochwertig möbliert, dass sie diese gerne übernommen hatten. Sie ging – nur durch eine Arbeitstheke optisch etwas getrennt – direkt in den Essbereich über, diesem folgte dann über Eck das Wohnzimmer. Das Haus war wirklich ein Traum. Und die Aussicht war phänomenal. Florian trat an die große Glasfläche zur Terrasse hin. Ein kleiner Bach floss hinter ihrem Grundstück vorbei. Und direkt dahinter begann der Wald, der sich gerade im hellen Sonnenlicht von seiner besten Seite zeigte. Näher an der Natur konnte man kaum wohnen. Hier, an dieser Stelle, konnte er sich zum ersten Mal vorstellen, dass es wirklich funktionieren könnte: der Neuanfang, die ganzen Vorsätze für sein neues Leben. Wenn es nicht hier gelang – wo dann? Es war einfach perfekt!

„Wohin?“ Eine raue, laute Stimme holte Florian unsanft ins Hier und Jetzt zurück. Ein Mann hatte hinter ihm schnaufend den Raum betreten. Er trug zwei Kartons in seinen riesigen Pranken und schaute ihn auffordernd an.

Sein rotes, verschwitztes Gesicht ließ keinen Zweifel daran, dass er eine schnelle Antwort brauchte. Aber Florian hatte keine Ahnung, was in diesen Kartons war, noch, wo ihr Bestimmungsort sein sollte. Alles, was mit dem Umzug zusammenhing, hatte er komplett seiner Frau überlassen. Die Abwicklung seines alten Lebens und alles andere, was ihn so beschäftigte, hatten ihn in letzter Zeit zu sehr beansprucht. „Also? Wohin?" Der kräftige Mann wurde langsam ungeduldig. Die Kisten schienen schwer zu sein. Leider war Julia irgendwo im oberen Teil des Hauses unterwegs. Er musste das jetzt und hier alleine entscheiden. „Einfach da ins Eck, wir sortieren das dann nachher." Der Mann schien zufrieden mit der Ansage und ließ die Kartons in das hintere Wohnzimmereck fallen. „Alles hier?", fragte er, bevor er wieder hinausstapfte. Er starrte ihn aus kleinen, übermüdeten Augen an. Florian kam etwas ins Straucheln. Dieser Mann erwartete von ihm eine Entscheidung als Hausherr. Er kannte diesen Schlag Männer. Wenn er nun zögerte und seine Frau zu Hilfe rief, um eine solche Entscheidung zu treffen, würde dieser Kerl ihm keinerlei Respekt mehr entgegenbringen. Er würde bei ihm in die Schublade „Pantoffelheld" rutschen und für den Rest des Tages würde er ihm nur noch abschätzige Blicke zuwerfen. Bei den Möbelstücken, die er aufbaute, würde er es nicht so genau nehmen, denn der Besitzer hatte ja sowieso keine Ahnung, wie man das ordentlich machte. Es war also klar, wie er auf diese prüfende Frage reagieren musste: „Ja, alle Kartons erstmal hier ins Eck. Danke!", sagte er bestimmt. Der Mann vom Umzugsunternehmen

schien zufrieden zu sein und stapfte breitbeinig hinaus, um die nächste Ladung zu bringen.
Erleichtert beschloss Florian, erstmal ins obere Stockwerk zu flüchten, um weiteren Fragen zu entgehen, die er eigentlich nicht beantworten konnte. Passenderweise hörte er genau in diesem Moment den vertrauten Ruf von oben – schrill, langgezogen und so laut, dass auch der Umzugsmann das hören musste: „Paaaaapaaaa! Paaaaapaaaaa! Komm mal hohoooch!" Selten war er diesem Ruf so gerne gefolgt wie in diesem Moment. Florian nahm die helle Holztreppe beschwingt in Angriff. Vielleicht etwas zu beschwingt, bereits am Zwischenabsatz ging ihm etwas die Puste aus. Als er oben ankam, keuchte er bereits heftig und erste Schweißperlen bildeten sich auf seiner Stirn. Er musste unbedingt etwas für seine Fitness und gegen den Bauch tun, der sich leider inzwischen allzu deutlich unter seinem weiten T-Shirt wölbte. Aber genau das war ja einer der Gründe gewesen, aufs Land zu ziehen. Hier konnte er sich viel besser seiner körperlichen und geistigen Gesundheit widmen als in seinem früheren, hektischen Stadtleben. Alles würde hier anders und besser werden, er fühlte es deutlich.
„Paaaapaaaa! Komm doch endlich!" Florian zuckte zusammen. Von hier oben war das Rufen eindeutig zu laut für seine empfindlichen Ohren. Schnell trat er in die mittlere der drei Türen, die von hier oben abgingen, um ein weiteres Schreien, das in wenigen Augenblicken folgen würde, zu verhindern.
„Papaaaa!" Im gleichen Augenblick stürmte eine etwa 1,30

Meter große Urgewalt auf ihn zu. Instinktiv bückte er sich und fing das Energiebündel ab, um es kurz in die Luft zu schleudern, wieder zu fangen und sich auf die Hüfte zu setzen. Lange würde das nicht mehr so gehen, dachte Florian kurz wehmütig. Mit seinen acht Jahren war er schon fast zu groß dafür. „Na, Lennard. Ist das hier dein Reich?" Zufrieden ließ Florian den Blick über das geräumige Zimmer mit der großen Fensterfront Richtung Wald gleiten. Nicht schlecht – da hätte er sich als Kind auch wohl gefühlt.

„Ja! Ich zeig's dir!" Der Kleine strampelte sich auf den Boden und zog Florian an der Hand hinter sich her nach rechts. „Guck mal: da oben!" Florian drehte sich in die Richtung, in die er gezogen wurde, und sah, dass in der Zimmerecke eine Mischung aus Leiter und schmaler Treppe nach oben führte. Er stolperte seinem Sohn hinterher, der flink wie ein Eichhörnchen in einem Loch in der Zimmerdecke verschwand. Florian zog sich drei Stufen hinauf, bis er mit dem Kopf über das Ende der Leiter schauen konnte. Mehr brauchte er seiner Höhenangst zum Glück nicht zuzumuten, um zu erkennen, was Lennard so begeisterte: Der Architekt dieses Hauses hatte ein Teil des Speichers an dieser Stelle ausgespart, um dem Zimmer noch eine kleine zweite Ebene zu verleihen. Gerade genügend Platz für ein Bett, eine Lego-Spielecke oder – später mal – für einen gemütlichen Chill-Out-Bereich. Das kleine Fenster hier oben bot einen gigantischen Ausblick auf den Wald. „Wow!" Mehr ließ sich dazu nicht sagen.

„Na, wie hab ich das ausgesucht?“ Florian kroch vorsichtig die drei Stufen wieder herunter, bevor er sich zu seiner Ehefrau umdrehte, die im Türrahmen erschienen war. Sie trug ihre dunklen Haare heute zum straffen Zopf gebunden, was ihr einen entschlossenen Ausdruck verlieh. Ihre grau-blauen Augen schauten ihn erwartungsvoll an. Florian ging auf sie zu und umarmte sie fest. Dabei wurde ihm kurz der Unterschied zwischen ihrem wohldefinierten Körper und seiner schwabbeligen Grundform wieder bewusst. „Das Haus ist wirklich Klasse. Mega! Wie hast du dieses Schatzkästchen nur gefunden?“
„Im Internet. War ganz normal inseriert.“
„Aber wer verkauft denn so ein Traumhaus?“
„Das habe ich dir doch schon erzählt. Die Ehe ging in die Brüche, dann haben sie das Haus erstmal vermietet. Aber das mit dem Vormieter ist irgendwie unglücklich gelaufen und dann wollten sie das Haus endlich loshaben. Schon alleine, um die Besitzverhältnisse klar zu trennen. Und so haben sie es schließlich zum Verkauf inseriert, gerade als wir beschlossen hatten, uns grundsätzlich zu verändern. Zur richtigen Zeit am richtigen Ort, würde ich sagen.“
Florian gab seiner Frau einen langen Kuss, der nach mehr schmeckte. „Wenn das mal kein klares Zeichen ist.“
„Zeichen wofür?“, fragte Julia und befreite sich aus der Umarmung, um sich das verrutschte T-Shirt wieder gerade zu ziehen.
„Zeichen dafür, dass nun alles anders wird. Und damit meine ich natürlich besser!“

*****

Hinter seinen dichten, leicht vergilbten Vorhängen fühlte er sich sicher. Hier konnte er mit gerunzelter Stirn und fest zusammengepressten Lippen stehen und sogar hin und wieder laut die Luft durch die Nase schnauben, um an seinem inneren Unmut nicht jetzt bereits zu ersticken. Er sah die neue Familie drüben ins Haus stürmen, allen voran dieses laut schreiende Kind, ganz zum Schluss der Familienvater. Vermutlich. Sofern es keine neumodische Patchwork-Familie mit völlig unklaren Verwandtschaftsverhältnissen war – damit musste man heute ja immer rechnen. Das würde Ärger geben – da war er sich sofort sicher. Bereits der Vormieter hatte ihm gereicht – dieser eingebildete Politiker-Schnösel, der sich benahm, als gehöre ihm die Welt. Aber bei seinem Glück würden diese neuen Nachbarn seine bisherigen Erfahrungen noch toppen. Helmut Tulpe erlaubte sich ein Geräusch, das zwischen missbilligendem Schnauben und Seufzen von der Welt ungehört in seinen eigenen vier Wänden verklang. Die Neuen sollten Städter sein, die aufs Land flüchteten und sich hier einen Neuanfang erhofften. Meinte der Bäcker. Vermutlich brachten sie verquere, völlig unrealistische Vorstellungen vom idyllischen Landleben mit und wollten gleich mit der Nachbarschaft Verbrüderung und heile Welt spielen. Ihm grauste jetzt bereits davor.

Unbeirrt schaufelten die beiden Männer vom Umzugsunternehmen Karton um Karton, Möbelstück um Möbelstück in das Nachbarhaus. Nichts konnte sie aufhalten. Alles ging sogar erstaunlich schnell voran. Helmut fragte sich, wie sie die zahlreichen Kartons so schnell in den verschiedenen Zimmern und Stockwerken verstauen konnten. Es war der Jahreszeit entsprechend sommerlich warm und die anfangs weißen Unterhemden, welche die beiden Muskelpakete trugen, zeigten mit jedem Mal, da sie das Haus wieder verließen, größere Schweißflecken. Helmut zog sich seine beige Wollweste etwas fester um den mageren Körper. Ihm fröstelte leicht.

Er dachte es nicht nur, nein, er spürte es mit jeder Faser seines Körpers: Das Leben war wie ein langer, ruhiger Fluss, der stets bergab führte, mal schneller, mal langsamer, aber unaufhaltsam. Und vor ihm lag nun eine kleine Stromschnelle. Mit diesen neuen Nachbarn würde sein Leben einem weiteren Tiefpunkt entgegenströmen, schneller als ihm lieb war. Mit diesen Gedanken riss er seinen Blick vom Nachbarhaus los. Er hatte gesehen, was er sehen musste. Nun würde er erst einmal sein WLAN einschalten. Höchste Zeit, eine neue Bestellung aufzugeben.

*****

Alles lief ruhig und harmonisch an. Florian hatte das Gefühl, dass dies ein wirklich guter Start in ihr neues Leben war. Bis Julia nach unten ging, um nachzusehen, was die Umzugsmänner denn so lange im Erdgeschoss taten. Florian ahnte bereits, bevor er sie hörte, dass dies ungut enden würde. Der leicht hysterische Unterton, als sie seinen

Namen rief, bestätigte seine Befürchtungen. Florian legte sich innerlich bereits die richtigen Worte zurecht, während er die mühsam erklommenen Stufen wieder hinabpolterte. Der entsetzte Blick, mit dem Julia ihn in einem mittlerweile völlig überladenen Wohnzimmer empfing, ließ ihn abrupt anhalten, als wäre er gegen eine Wand gelaufen. Im ganzen Raum waren inzwischen Möbelstücke jeglicher Art und Kisten dicht an dicht neben- und aufeinandergestapelt. Der in drei Teile zerlegte Kleiderschrank schmiegte sich an den Spiegelschrank des Badezimmers. Die Betten der Familie standen hochkant, um Platz zu sparen. Der Raum war nicht mehr über die Tür, nur noch über das angrenzende Esszimmer betretbar.

„Was macht das denn hier?“, fragte Julia, ohne den entsetzten Blick von den wahllos übereinandergestapelten Gegenständen abzuwenden.

„Er hat gesagt – alles hier ins Eck!“, kommentierte der Möbelmann. Florian fiel erst jetzt auf, dass sich in dem zugestellten Wohnzimmer noch ein Mensch befand. Blitzartig änderte er seine Argumentationslinie. „Ich habe gesagt, die Kartons sollen hier ins Eck. Von den Möbeln habe ich nicht gesprochen“, erklärte er wahrheitsgemäß und mit dem richtigen Maß an Empörung.

„Ich habe gefragt: alles hierhin? Sie haben gesagt: ja!“, erklärte der Möbelmann unbeirrt.

Mit gerunzelter Stirn schaute Julia zwischen den beiden Männern hin und her, als sei sie sich unschlüssig, wem sie glauben sollte. Dann schüttelte sie seufzend den Kopf. „Hören Sie, Herr…“ – „Erwin – einfach Erwin!“ – „Gut,

Erwin! Hören Sie: Egal, warum das hier gelandet ist – Auf jeden Fall muss das richtig im Haus verteilt werden. Sonst sind wir ja Wochen damit beschäftigt."
Erwin verschränkte seine Arme vor der muskulösen Brust. „Passt aber nicht in den Zeitplan." Seine knappen Worte unterstrichen die Entschiedenheit seiner Aussage.
Florian war im Grunde seines Herzens ein friedliebender, harmoniebedürftiger Mensch. Aber als Führungskraft eines größeren Wirtschaftsunternehmens hatte er sich im Laufe der Jahre die Methoden angeeignet, mit Konflikten umzugehen und auch mal hart zu verhandeln, wenn es sein musste. Das war nun der richtige Moment, den netten, freundlichen Kerl in ihm für einen Moment zu vergessen.
Er änderte seine Tonlage und richtete seine stattliche Gestalt auf: „Was heißt: Passt nicht in den Zeitplan? Wir haben einen Vertrag mit Ihrem Unternehmen, dass uns die Sachen ins Haus an Ort und Stelle gebracht werden."
Der schärfere Ton schien den Möbelpacker allerdings wenig zu beeindrucken: „Ja, Sie haben gesagt: alles hierhin. Wir haben alles an Ort und Stelle gebracht. Jetzt sind wir fast fertig und plötzlich sollen wir alles nochmal im ganzen Haus herumtragen? Geht nicht – dauert zu lange!"
Florian gab nicht auf: „Erstens: Wir haben nur über die Kartons gesprochen, nicht über die Möbel. Zweitens: Indem Sie alles hier abladen, haben Sie ja bereits Zeit gespart, die Sie nun dafür verwenden können, die Möbelstücke an den richtigen Ort zu transportieren. Und drittens: Wir haben einen kompletten Umzugsservice gebucht. Das hier können Sie wohl nicht unter ‚komplett' verstehen, oder?"

Mit ruhiger Gelassenheit antwortete der Kerl: „Was weiß ich. Jeder lebt anders. Wir machen nur, was gesagt wird."
Ächzend betrat in diesem Moment Erwins Kollege den Raum. Er trug zwei Ledersessel übereinandergestapelt herein und ließ sie Florian mit einem breiten Grinsen direkt vor die Füße fallen. „Soll das hier in einen anderen Raum?", fragte Erwin mit süffisantem Unterton. Florian konnte deutlich den nur mühsam unterdrückten Spott in seinen Augenwinkeln erkennen. Er atmete tief durch.
„Nein – die Sessel sind tatsächlich richtig hier."
„Gut. Sehen Sie. Letztes Teil. Wir sind fertig."
Fassungslos sah Florian, wie sich die Männer anschickten, das Haus zu verlassen. Doch bevor er überlegen konnte, was er jetzt machen sollte, löste Julia sich aus ihrer Schockstarre und trat den Männern in den Weg.
„Sie können uns doch nicht so zurücklassen! Wie sollen wir denn die ganzen Möbel ins obere Stockwerk bringen – mein Mann und ich alleine?" Die echte Verzweiflung in ihrer Stimme und vermutlich ein letzter Rest Anstand ließ die beiden Kerle stoppen. Sie ließen ihre Blicke zwischen Florians zwar stattlichem, aber leider völlig untrainiertem Körper und der zierlichen Frau hin und her wandern und bekamen wohl selbst ihre Zweifel, wie das funktionieren sollte.
„Na gut, wir können noch helfen. Schwere, großen Sachen hochtragen. Aber das kostet extra."
Florian holte Luft, um zu widersprechen: Es konnte nicht sein, dass er eine Leistung doppelt bezahlen musste. Er setzte zum Reden an – und stoppte. Sein Widerstand fiel

in sich zusammen. Das hier sollte sein Neuanfang sein. Hier, in dieser neuen Umgebung, wollte er sich endlich auf die wesentlichen Dinge des Lebens konzentrieren. Sollte er das wirklich mit einem Streit wegen ein paar Euros mehr oder weniger beginnen? Nein. Er wollte nicht abergläubisch sein, doch für sein inneres Gleichgewicht war es sicher besser, an dieser Stelle etwas nachzugeben.
„Na schön – war wohl ein Missverständnis. Wir zahlen einen Aufpreis, wenn Sie noch etwas bleiben und die Möbel in die richtigen Zimmer verteilen."
Die beiden Muskelmänner schauten sich kurz an, zuckten die Schultern und wandten sich dem Chaos zu, das sie angerichtet hatten. „Schön, dann kann es ja losgehen."

Fenster mit Aussicht

Es gibt verschiedene Arten, wie das Unglück in dein Leben einziehen kann. Mal schleicht es sich vollkommen unauffällig an – du merkst erst, wenn es dir auch noch den letzten Bissen vor der Nase wegschnappt, dass es bereits seit langem mit am Tisch sitzt. Mal steht es mit einem lauten Knall plötzlich vor dir. Mal rennst du ihm sehenden Auges hinterher. Und manchmal genügt ein winziges Zeichen, das dir sagt: Ich bin schon hier! Florian stand bereits seit einigen Minuten auf seinen neuen Hightech-Schreibtisch gestützt und versuchte, seine Schnappatmung wieder zu beruhigen. Sein Blick war stur auf den Boden gerichtet, denn er wusste: Er durfte nicht aus dem Fenster schauen. Was eine Kunst war, denn das riesige Fenster nahm quasi die gesamte Wandfläche ein. Doch er sollte am besten nie wieder aus diesem Fenster schauen. Denn was er dort sah, ließ seine Nackenhaare augenblicklich senkrecht stehen. Im Hintergrund hörte er erst Lennard nach ihm rufen, dann folgte Julia. Florian rührte sich nicht. Er befand sich zu sehr in Schockstarre. Erst als er schwere Schritte und ein mächtiges Schnaufen die Stufen hochkommen hörte, riss er sich zusammen. Keine Sekunde zu früh – im gleichen Moment schob sich das Bücherregal die Tür herein, dicht gefolgt von Erwin, der das gute Stück zielsicher an die Wand direkt neben der Tür rückte.

„Letztes Stück. Wir sind fertig“, stellte er lapidar fest, während sein Kollege, der ihm beim Hochtragen geholfen hatte, bereits wieder die Treppe hinabpolterte.
Florian – dankbar für die Ablenkung von seinem eigentlichen Problem – beschloss, ihn nicht einfach so ziehen zu lassen. „Moment – woher wollen Sie wissen, dass das Regal an diese Wand soll? Ich habe mir gerade überlegt, dass es da drüben vielleicht besser aussehen würde.“ Er wies auf die vordere Seite des Raums und schaffte es gerade so, dabei nicht mit den Augenwinkeln aus dem Fenster zu sehen. Erwin ließ sich davon nicht aus der Ruhe bringen. Er verschränkte die Arme vor der voluminösen Brust. „Das ist ein Arbeitszimmer, oder? Bücherregale in Arbeitszimmern stehen *immer* an dieser Wand.“
Florian runzelte die Stirn: „So ein Quatsch. Das hängt doch davon ab, wie ein Zimmer geschnitten ist. Und gerade vorhin haben Sie selbst festgestellt, dass jeder Mensch anders wohnt. Und wenn ich es mir recht überlege, würde sich das Regal da drüben deutlich besser machen!“
„Regal da drüben ist Quatsch. Dann steht es ja halb vorm Fenster. Und wo soll denn dann Ihr Schreibtisch stehen?“
„Na hier, an der Wand neben der Tür.“
„Sie wollen beim Arbeiten an die Wand starren? Mit dem Rücken zum Fenster?“
„Ja, das möchte ich so.“
„Totaler Quatsch!“
„Sagt wer?“
„Weiß jeder. Ich habe schon viele Arbeitszimmer eingerichtet.“

„Ich bin aber nicht jeder. Und ich brauche es anders."
„Im Ernst?" Wenn es möglich gewesen war, noch tiefer in der Achtung dieses Mannes zu sinken, dann war dies soeben geschehen. Aber das war Florian egal. Er blickte dem Muskelprotz selbstsicher in die Augen und nickte. Er war überzeugt, die richtige Entscheidung getroffen zu haben – die einzig mögliche zumindest, bis ihm etwas Besseres einfiel. Oder bis Julia hereinkam – nur zwei Sekunden später. Sie wollte nachsehen, was hier oben so lange dauerte. Sie hörte sich die Diskussion kurz an und verkündete ihr Urteil schnell und zielsicher. Sie zog ihren Mann am Arm etwas zur Seite und raunte ihm ins Ohr: „Der Schreibtisch kommt ans Fenster! Ich habe mir das Haus gerade auch wegen dieses Zimmers ausgesucht. Du hast gesagt, du brauchst einen Raum mit viel Licht und einem großen Fenster, aus dem du während des Arbeitens eine gute Aussicht hast. Erwin wegen des kleinen Missverständnisses vorhin nun nochmal ärgern zu wollen ist wirklich kindisch, Florian!"
Das süffisante Grinsen auf Erwins Gesicht, als dieser das Haus verließ und für immer aus seinem Leben verschwand, zeigte Florian deutlich, dass der Kerl jedes Wort seiner Frau verstanden hatte. Er befürchtete allerdings, dass sein leichtes Magengrummeln, als er dem großen Umzugs-Lastwagen beim umständlichen Wenden auf der schmalen Straße und dem viel zu schnellen Davonbrausen hinterher sah, einen ganz anderen Grund hatte.

*****

Überall nur rote, grüne, braune, graue, genoppte Plastiksteine. Große, kleine, dicke, dünne. Aber wo war Kai? Lennard saß bereits seit einer gefühlten Ewigkeit über diesen blöden Karton gebeugt und tauchte die Hände in die kleinen, harten Steine. Seine Finger taten ihm bereits weh. Mama hatte ihm dummerweise eindringlich verboten, den Karton einfach auszuschütten. Sie hatte sogar mit Fernsehverbot gedroht. Dabei wäre alles so viel einfacher! Er hatte überhaupt sehr lange betteln müssen, am Ende sogar in Tränen ausbrechen, bevor man ihm wenigstens diese eine Kiste in sein neues Zimmer gebracht hatte. Dabei wollte er doch nur seinen roten Lieblings-Ninja finden. Oder überhaupt einen von diesen Kerlen. Was nutzt einem ein krasses neues Zimmer, wenn man es keinem zeigen konnte? Kai fände sein neues Zuhause sicher auch mega-cool. Aber er steckte irgendwo tief unten in dieser Kiste voller Stecksteine fest. Lennard spürte bereits erste Frusttränen in sich aufsteigen, als sein Vater die Tür hereinkam.
„Papa, ich kann Kai nicht finden!" Sein Vater ging neben ihm in die Hocke und wuschelte ihm durchs Haar. „Ach, der findet sich schon. Spätestens wenn wir alles ausgepackt haben." Wie immer verstanden die Erwachsenen den Ernst der Lage nicht. „Ich brauche ihn aber jetzt!"
„Ach was – ein bisschen wirst du es schon noch aushalten, ohne deine Spielsachen. Das neue Haus zu entdecken ist doch auch so schon spannend genug, oder?"
Im Prinzip ja. Aber momentan war ihm eher nach Heulen zumute. Dennoch schluckte Lennard die aufsteigenden Tränen hinunter. Papa lächelte ihn verschwörerisch an.

„Hast du dir eigentlich schon mal mein supercooles neues Arbeitszimmer angeschaut? Das hat ein riesiges Fenster!"
„Nein, habe ich nicht!", gab Lennard ehrlich zu. Irgendwie hatte er das unbestimmte Gefühl, dass sein Vater auf etwas hinauswollte. Aber das war sicher so ein Erwachsenenkram, den ein Grundschulkind nicht so einfach durchschauen konnte. Er hasste es, wenn er etwas nicht so genau verstand. „Na schön, wenn du willst, zeige ich es dir."
Papa beugte sich noch weiter zu ihm hinunter und schaute ihm eindringlich in die Augen: „Aber nur, wenn du mir etwas ganz fest versprichst!"
„Was denn?"
„Du musst mir versprechen, dass du nicht gleich rumheulst und die Zimmer tauschen willst. Das da ist dein Zimmer – da drüben ist mein Zimmer. Verstanden?"
„Warum soll ich denn tauschen wollen?" Lennard war verblüfft. Er war sich sicher gewesen, dass er das beste Zimmer im ganzen Haus erwischt hatte. Konnte es möglich sein, dass das Arbeitszimmer seines Vaters noch cooler war als seins?
„Eben. Warum solltest du denn tauschen wollen? Ich meine – dein Zimmer ist doch echt super. Denk mal an dein spezielles Versteck da oben. Also dann ist ja alles klar." Sein Vater lachte etwas seltsam, während er aufstand und Lennard hinter sich herwinkte. „Na komm – dann kann ich es dir ja ganz beruhigt zeigen."
Lennard war nun echt neugierig. Wenn Papa ein solches Aufsehen darum machte, musste es ja unfassbar toll sein. Er eilte seinem Vater hinterher, schlüpfte sogar unter dem

Arm an ihm vorbei und überholte ihn auf dem Weg ins rechte Nachbarzimmer. Dort bremste er scharf. Er stand in einem eher kleinen, nüchternen quadratischen Raum mit großem Fenster. Mehr konnte er hier nicht entdecken. Sein Vater aber erschien neben ihm und fragte voller Begeisterung: „Na, was meinst du dazu?"
Lennard zuckte mit den Schultern. „Naja, ein bisschen langweilig, oder?"
Sein Vater lachte auf. „Na, da bin ich aber erleichtert."
„Wieso?"
„Ich hatte echt schon befürchtet, dass du dieses Schmuckstück unbedingt haben möchtest. Ich meine – dieses Fenster ist doch wirklich genial. Da hast du die Welt total im Blick. Kannst immer genau sehen, was der Nachbar gerade so treibt. Und ich weiß doch, wie toll du das findest. In deinem Zimmerchen siehst du ja leider nur den Waldrand. Da ist ja nicht so viel los, was? Ich hatte nur Angst, dass du als kleiner Spion ganz scharf auf meine Aussicht wärst. Ich bin aber echt froh, dass das nicht so ist. Dann sind wir uns ja einig."
Lennard runzelte die Stirn. Was Papa da sagte, stimmte natürlich. Neben dem Spielen mit seinen Bausteinen gab es nichts, was Lennard lieber tat, als Erwachsene auszuspionieren. Er wollte nämlich später mal James Bond werden – oder eine Mischung aus James Bond und Ninja-Kämpfer. Da musste man früh anfangen zu üben. Er kletterte unter dem provisorisch aufgestellten Schreibtisch hindurch und schaute aus dem Fenster. Von hier konnte er tatsächlich das alte, etwas mickrig wirkende Nachbarhaus und den

gesamten Garten perfekt überblicken. Und noch dazu einen Teil der Straße, auf der gerade eine alte Frau – ihr Fahrrad schiebend – in ihre Richtung schlenderte. Als Beobachtungsposten war dieses Fenster perfekt. Sollte er doch lieber dieses Zimmer nehmen? Er hatte das deutliche Gefühl, dass er seinen Vater überzeugen konnte, wenn er wirklich hartnäckig darum bettelte. Vielleicht würde er noch nicht einmal sehr viel betteln müssen.
Lennards Gedanken wurden von Mama unterbrochen, die ihren Kopf zur Tür hereinstreckte: „Na ihr zwei, was macht ihr denn hier?“
„Papa hat mir sein neues Zimmer gezeigt. Vielleicht kann ich ja mit ihm tauschen? Die Aussicht ist hier megacool!“
Mama stutzte kurz und schüttelte dann lachend den Kopf: „So ein Quatsch, Lenni! Das Zimmer ist doch viel zu klein für dich – da kriegst du doch gar nicht das Bett mit allen deinen Möbeln und Spielsachen rein.“
Papa lachte laut auf. Irgendwie wirkte es unecht. „Das habe ich ihm auch gesagt. Getauscht wird nicht!“
Lennard zuckte mit den Schultern. Er verstand diese Erwachsenen manchmal nicht. „Okay!“, sagte er deshalb schlicht und verschwand wieder in sein neues Reich.

*****

„Was soll das, Florian?“ Es klang nur halb wie eine Frage, halb wie eine Drohung, als seine Frau ihn aus leicht zusammengekniffenen Augen anstarrte. Florian überlegte kurz, dann seufzte er. Es führte kein Weg daran vorbei: Er musste diese gute Stimmung, mit der sie hier angekommen waren, wieder zerstören. Der unbeschwerte Neuanfang trug plötzlich einen Klotz am Bein. Er versuchte einen diplomatischen Einstieg:

„Das Haus ist wirklich wunderschön. Das hast du toll ausgesucht…"

„Aber?" Die grau-blauen Augen starrten ihn an.

„Die Lage hier am Waldrand ist nahezu perfekt, der Schnitt der Räume ist genauso, wie ich mir das vorgestellt hatte…"

„Aber?" Julia kannte ihn zu gut, er konnte ihr nichts vormachen. Dennoch versuchte er, noch etwas Boden gut zu machen. Apropos…

„Auch der Boden, die Wände – wirklich superschön. Genau unser Geschmack, oder? Auf den Fotos, die du mir gezeigt hast, sah das nicht annähernd so schön aus wie in echt."

„Und? Was ist das Problem?"

Florian schluckte kurz: „Es sind nur…" Ein lautes Schrillen an der Haustür ließ sie beide zusammenzucken. Erleichtert wegen des kleinen Aufschubs polterte Florian die Treppe hinunter und riss die Tür auf.

Vor ihm stand eine stämmige kleine Person jenseits der 70. Das Geschlecht erkannte Florian erst auf den zweiten Blick. Die kurz geschnittenen grauen Haare und herben Gesichtszüge hätten auch einem Mann gehören können, der ausladende Oberkörper war dann aber doch eindeutig weiblich. Ihr Mund lächelte ihm entgegen, während ihre Augen ihn unverhohlen musterten.

Bevor Florian etwas fragen oder sagen konnte, hielt er bereits einen kleinen Korb in der Hand, den sie ihm blitzschnell hineingedrückt hatte.
„Guten Abend. Helga Meier mein Name. Ich bin hier, um Sie im Ort willkommen zu heißen."
Florian öffnete etwas perplex den Mund, während sein Blick hinunter auf das Körbchen wanderte. Im gleichen Moment stand bereits Julia neben ihm.
„Das ist aber nett – Frau Meier. Kommen Sie doch bitte herein."
„Aber gerne doch. Wenn ich nicht störe", erwiderte diese – fast schneller als Julia zu Ende gesprochen hatte, und schob sich an Florian vorbei ins Haus. Florian ließ seinen Blick auf die Straße huschen, erstarrte kurz und schloss schnell die Tür.
Er schlenderte den beiden Frauen hinterher, die bereits mitten ins Vorstellungsgespräch vertieft schienen – halb erleichtert, eine kleine Ablenkung ins Haus bekommen zu haben, halb überrumpelt von der Geschwindigkeit, mit der ihre Ankunft hier wohl bemerkt worden war.
„... das ist dann aber sicher eine ganz schöne Umstellung für Sie, kann ich mir vorstellen. So von der Großstadt in dieses Örtchen umzuziehen..."
Julia hatte provisorisch die beiden Sessel freigeräumt und Helga Meier saß aufrecht an der Sesselkante, während sie ihre Blicke prüfend durch das Zimmer schweifen ließ. Julia saß ihr lächelnd gegenüber.
„Entschuldigen Sie das Chaos bitte. Es wird wohl noch ein paar Tage dauern, bis wir alles dort haben, wo es hinsoll."

Julia warf Florian einen unterschwellig vorwurfsvollen Blick zu, während sie gleichzeitig im freundlichen Plauderton fortfuhr: „Und Sie wohnen schon lange hier im Ort?"
Helga Meier nickte mit unverkennbarem Stolz. „Ja, meine Familie wohnt hier bereits seit mehreren Generationen."
„Dann kennen Sie sicher alle hier im Dorf?", fragte Florian, mehr aus dem Wunsch heraus, auch mal etwas zum Gespräch beizutragen, als aus echtem Interesse.
„Ich versuche es. Aber das ist nicht so einfach. Durch die ganzen Neubaugebiete ist der Ort in den letzten 50 Jahren so sehr gewachsen – da verliere selbst ich manchmal den Überblick."
„Ist das hier auch eins der Neubaugebiete?", fragte Florian vorsichtig. Er hatte keine Ahnung, ab welcher Menge an neu gebauten Häusern man hier im Ort von einem Neubaugebiet sprach. Schließlich galten auf dem Land andere Dimensionen als in der Stadt. Er wusste nur, dass dieses Haus noch keine fünf Jahre alt war, aber es schien auch das einzige neuere Haus in dieser Straße zu sein, die direkt an den Bahngleisen lag und daher nur auf einer Seite bebaut war. Bis zur Mitte der Straße ging hinter den Häusern der Ort weiter, danach kamen noch einige Häuser, hinter denen direkt der Wald begann. Ihres war das letzte Haus in der Reihe.
„Nein!", stellte Helge Meier entschieden fest. „Das hier ist eine Ausnahme! Der Vorbesitzer Ihres Hauses war im Ort mit seiner Familie alteingesessen. Sonst hätte er niemals

die Genehmigung für einen Bauplatz in dieser Lage erhalten." Der Unterton der alten Frau wurde vorwurfsvoll, sogar leicht feindselig, ihre Gesichtszüge wurden hart.
„Wieso denn nicht?" Langsam begann Florian, sich für diese Unterhaltung zu interessieren. Etwas über die Vorgeschichte seines neuen Zuhauses zu erfahren war sicherlich hilfreich für die Eingewöhnung im neuen Heim.
„Das hier ist kein Baugebiet, das ist unser Wald! An dieser Stelle sollte eigentlich niemals ein Haus gebaut werden. Ich muss zugeben, dass dieser Bau damals im Ort für einige Unruhe sorgte. Viele waren neidisch auf die herrliche Lage und das riesige Grundstück, die sich der Kerl durch Vetternwirtschaft ergaunert hat. Aber das ist Schnee von gestern. Jetzt streitet man sich hier gerade um den Bau des neuen Feuerwehrhauses. Ist auch eine heiße Sache." Julia rutschte unruhig auf ihrem Sessel hin und her. Offensichtlich ging ihr das mit der Integration in den Dorftratsch etwas zu schnell. Florian hätte gerne noch mehr erfahren, doch Helga Meier schien zu merken, dass sie die Hausherrin verstimmte und entspannte sich wieder. Die freundliche Empfangsdame kam wieder zum Vorschein. „Aber dafür können Sie ja nichts. Sie haben das Haus nur gekauft, gebaut wurde es ja schon. Und der Vorbesitzer hatte dann ja auch kein großes Glück mit diesem Zuhause."
„Wie meinen Sie das?"
„Naja, die Familienidylle ist schließlich bereits ein Jahr nach dem Einzug zerbrochen. Sie geht fremd, sein Baubetrieb macht Bankrott." Es klang, als würde Helga Meier dem Vorbesitzer dieses Schicksal wahrhaft gönnen.

„Aber verkauft haben sie das Haus erst jetzt“, stellte Florian fest.
„Der Scheidungskrieg hat eine Weile gedauert. Und dann hatten sie es ja gut vermietet, bis der Ludwig dann so unerwartet abgehauen ist. Der alte Tunichtgut!“ Helga Meier seufzte und erhob sich aus ihrem Sessel. „Aber ich will Sie nicht gleich an Ihrem ersten Tag mit der Vorgeschichte dieses Hauses belasten. Wir sind hier alle wirklich sehr froh, dass das Haus nun in die Hände einer so netten jungen Familie gekommen ist.“ Sie deutete mit einem Kopfnicken auf Florians Hand. Er schaute verwirrt an sich herunter und bemerkte, dass dort noch der Korb mit dem Brot und dem Salz baumelte. Den hatte er ganz vergessen.
„Ah ja – vielen Dank für das nette Willkommensgeschenk“, erklärte er rasch.
„Das ist eine alte Tradition hier im Ort, zum Einzug Salz und Brot zu schenken. Wird in den Städten vermutlich nicht mehr so gepflegt. Man sagt, das tägliche Brot und das Salz in der Suppe sind Geschenke des Himmels. Es soll Segen für das Haus und die neuen Bewohner bringen.“
„Wirklich eine tolle Tradition“, erklärte Julia, während sie beide die Frau den Flur entlang zur Haustür begleiteten. Zur Verabschiedung drehte sie sich noch einmal zu ihnen um und fügte noch hinzu. „Man sagt übrigens auch, dass Brot und Salz gegen böse Geister helfen sollen.“
„Dann kann uns jetzt ja nichts mehr passieren“, erklärte Florian lachend, obwohl ihm innerlich in diesem Moment gar nicht nach Lachen zumute war. Zu seinem Leidwesen

war er seit seiner Kindheit für allen möglichen abergläubischen Quatsch anfällig. Wenn die erste Besucherin in ihrem neuen Heim von bösen Geistern sprach, machte ihn das nervös.

Auf gute Nachbarschaft

Ruhige Tage, nahe an der Natur, und friedliche, stille Nächte, ohne dieses ständige Grundrauschen der Zivilisation, bestehend aus Verkehrslärm, aufgedrehten Fernsehern, Menschenstimmen: das hatte er sich von seinem Leben im neuen Zuhause erhofft. Nun musste er feststellen, dass auch die Natur nachts keine Ruhe gab. Dieser Waldkauz ging ihm gehörig auf den Geist. Florian wälzte sich seit Stunden in seinem Bett hin und her und versuchte, das ausdauernde „Schuhuuu – Schuhuuu" zu überhören. Nun gab er auf. Es hatte keinen Sinn. Er bekam heute kein Auge zu. Florian stand leise auf, um seine Frau nicht zu wecken, und schlich die Treppe hinunter. Leider war der Kühlschrank noch nicht eingeschaltet und dementsprechend auch leer – sonst hätte er sich jetzt ein Glas kühle Milch gegönnt. So schnappte er sich eine gebrauchte Kaffeetasse vom Abend, ließ Hahnwasser ein und trat mit dem Glas in der Hand an die große Terrassentür. Eine ganze Weile stand er, ohne Nachzudenken, und schaute auf die dunkle Front, die der Wald vor ihm bildete. Die Nacht war wolkenverhangen, der Mond hatte keine Chance, der Welt ein wenig Licht zu spenden. Zuhause – in seinem früheren Leben – war es nachts niemals so dunkel gewesen. Dank der Straßenlampen hatte immer eine gewisse Grundhelligkeit über allem gelegen. Die letzte Straßenlaterne hier war um einiges von seinem neuen Haus entfernt. Offensichtlich hatte es die Kommune nicht für notwendig befunden, nach dem Bau dieses Hauses auch die Straßenbeleuchtung noch Richtung Wald zu erweitern. Aber eigentlich war Florian das ganz recht. Er hatte nichts gegen Dunkelheit. Sie hatte etwas Beruhigendes.

Alles war still. Er konnte auch den Waldkauz nicht mehr hören. Vermutlich weil das Fenster im Schlafzimmer gekippt war und hier unten fest verschlossen. Florian streckte die Hand aus und öffnete die Terrassentür. Er trat einen Schritt hinaus in die laue Sommernachtluft. Er atmete tief ein und roch die Mischung aus feuchter Erde und würzigen Nadelbäumen. Der schmale Bach, der hinter dem langen Grundstück am Waldrand vorbeifloss, plätscherte leise. Der Waldkauz schien tatsächlich verstummt. Davon ermutigt, entfernte sich Florian weitere drei Schritte vom Haus. Seine Augen gewöhnten sich langsam an das Dunkel. Er konnte nun einige Umrisse in der Umgebung erkennen. Seine Augen schweiften nur flüchtig nach links, auf das Nachbargrundstück. Dann wandte er sich schnell wieder ab. Sofort war das beklommene Gefühl, das ihn seit seinem ersten Blick aus dem großen Fenster des Arbeitszimmers befallen hatte, wieder voll präsent. Wie sollte er das Julia erklären? Sie stand mit beiden Beinen auf dem Boden der Tatsachen, für seine Befindlichkeiten hatte sie wenig Verständnis. Er musste versuchen, das morgen direkt zu regeln. Sicher würde es eine Lösung geben. Er war gut im Verhandeln – zumindest in seinem Job war das so. Als Wirtschaftsingenieur musste er oft Überzeugungsarbeit leisten. Nur heute Nacht wollte er nicht darüber nachgrübeln. Nicht in der ersten Nacht im neuen Heim. Da wollte er einfach nur die laue Temperatur, die Nacht und die Stille genießen, die jetzt endlich eingekehrt war. Er ließ seinen Blick über das weitläufige Grundstück schweifen. Hier hatten sie genügend Platz für ein Trampolin, eine Kräuterschnecke und einen gemütlichen Grillplatz. Den riesigen Walnussbaum in der Mitte des Grundstücks würde er erstmal stehen lassen. Der musste schon deutlich älter sein als ihr Haus. Ein idealer Kletterbaum für Lennard. Auch den Schuppen auf der rechten Seite des Grundstücks würde er behalten. Aber was war das für ein Ding neben dem Schuppen? Komisch – das war ihm vorhin gar nicht aufgefallen. Direkt neben dem schwarzen Umriss des Häuschens stand ein Schatten, der in etwa die Ausmaße eines Menschen zu haben schien. Eine Skulptur vielleicht? Oder doch nur ein mannshohes Bäumchen, das ihm bisher nicht aufgefallen war? Er hatte noch keine Gelegenheit gehabt, sich den Garten genauer anzusehen, und beschloss, das nun nachzuholen. Florian verließ die Terrasse. Er zuckte ein wenig zusammen, als er das feuchte Gewirr unter seinen Füßen spürte. Da der Garten die letzten Monate nicht gepflegt worden war, hatte der Rasen den Kampf gegen das Unkraut schon lange verloren. Egal – das war eine gute Massage für seine Füße. Er machte zwei weitere Schritte Richtung Gartenhaus und zuckte erneut zusammen. Bildete er sich das nur ein, oder hatte sich die Skulptur gerade bewegt? Florian spürte, wie sich ihm die Nackenhaare aufstellten. Dennoch ging er weiter. Was sollte hier draußen schon sein? Das war sicher eine optische Täuschung. Ein Bäumchen, das sich in einem Windzug bewegt hatte. Er ließ diesen Schatten nicht aus den Augen, während er weiter darauf zulief. Tatsächlich – er musste sich getäuscht haben. Nichts bewegte sich mehr daran. Je näher er kam, desto sicherer wurde er sich, dass sein Geist ihm einen Streich gespielt hatte. Und dass es sich doch um eine Skulptur handelte, nicht um einen Baum. Bis der Schatten jäh erwachte und wegrannte.

Es ging so schnell, dass Florian kaum reagieren konnte. Und einen Moment später merkte er erst, dass er selbst auch lief. Er rannte diesem Schatten hinterher, der blitzschnell auf den Waldrand zusteuerte. Sein Körper hatte die Verfolgung aufgenommen, bevor sein Geist reagieren konnte. Schon sprang der Schatten mit einem großen Satz über den Bach und wurde von der Dunkelheit des Waldes verschluckt. Als Florian am Bach ankam, hatte sein Verstand ihn wieder eingeholt. Was tat er hier? Wollte er wirklich mitten in der Nacht in diesen unbekannten Wald laufen, um einen Schatten zu verfolgen?

In diesem Moment begann der Wald zu bellen. Nicht wie ein Hund. Es war ein langgezogener, heißerer, einzelner Schrei, der sich nach einigen Sekunden wiederholte. Florian bekam eine Gänsehaut. Das war ein Warnruf: Geh nicht in diesen Wald! Und das würde er auch nicht tun. Nicht jetzt. Mit weichen Knien schwankte er zum Haus zurück, schloss schnell die Terrassentür und ließ sich auf den Sessel sinken. Nein, in dieser Nacht würde er kein Auge mehr zumachen.

*****

Der Baum war megacool. So etwas hatte es Zuhause nicht gegeben. Da gab es nur diese supersicheren, langweiligen Klettergerüste. Da er keinerlei Erfahrung im Besteigen eines echten Baumes hatte, kostete es Lennard allerdings gefühlt hundert Versuche und ein aufgeschürftes Knie, bis er den Trick raushatte. Aber er hatte ja Zeit. Mama und Papa waren im Haus mit dem Auspacken von Kisten beschäftigt. Gut so – Mama hätte ihm vermutlich nicht erlaubt, so hoch hinauf zu klettern. Aber nachdem er erstmal das Schwierigste – den unteren Teil des dicken Stammes – geschafft hatte, war es quasi ein Kinderspiel, bis zur Spitze zu gelangen. Lennard fühlte sich wie ein echter Held, als er oben ankam. Er versuchte, es sich mit dem Rücken zum nun nur noch dünnen Stamm etwas bequem zu machen und sah sich um. Von hier aus hatte man eine super Aussicht. Man konnte das ganze eigene Grundstück und das des Nachbarn überblicken. Man konnte auch beobachten, wie die Züge auf der anderen Seite der Straße auf den Bahnschienen vorbeiratterten. Und man konnte ein ganzes Stück in den Wald hineinschauen. Lennard griff vorsichtig – um die Balance nicht zu verlieren – in seine Hosentasche und zog Kai heraus. Er stellte die kleine Ninja-Figur vor sich auf den Ast und ließ sie sich umschauen. Kai war ziemlich beeindruckt, dass Lennard es bis hier hinaufgeschafft hatte. Jetzt konnten sie gemeinsam nach den bösen

Jungs Ausschau halten. Ein Mann trottete gerade mit seinem Hund an der Leine an Lennards neuem Zuhause vorbei. Er war wohl auf dem Weg in den Wald, denn die Straße endete genau am Beginn des Waldweges. Kai meinte allerdings, dass der Kerl harmlos sei und Lennard vertraute dem Urteil des Ninjas. Da bewegte sich plötzlich etwas auf dem Grundstück, das genau neben ihrem lag, und zog ihren Blick auf sich. Lennard musste sich leicht zur Seite beugen, da ihm das Laub des Astes, auf dem er saß, die Sicht etwas versperrte. Dann erblickte er einen alten Mann, der sich im Nachbargarten zu schaffen machte. Ein magerer Mann mit schlechtgelauntem Gesichtsausdruck und einer Kappe auf dem Kopf. Der Mann hatte einen schmutzigen Lappen in der Hand und wischte an etwas herum, das vor ihm auf dem Boden stand. Erst auf den zweiten Blick erkannte Lennard, was das war: ein Gartenzwerg mit einer Schubkarre in der Hand. Lennard ließ seinen Blick über das ganze Nachbargrundstück wandern und riss erstaunt die Augen auf: Der gesamte Garten war mit Zwergen übersät. Größere, kleinere, grellbunte und völlig verblasste. Ein richtiges Dorf aus Gartenzwergen war dort versammelt. Cool! Das musste er sich genauer anschauen. Lennard steckte sich Kai wieder in die Hosentasche und begann rasch den Abstieg.

*****

Helmut begutachtete das Grundstück genau. Niemand zu sehen. Vermutlich waren sie noch mit Auspacken und Einräumen voll beschäftigt. Das sollte er nutzen, um seinen täglichen Rundgang zu machen, auch wenn das eigentlich gar nicht seine Zeit dafür war. Helmut schnappte sich den feuchten Lumpen und den Pinsel, knüpfte sich seine beige Wollweste zu, schlüpfte in seine Gartenschuhe und setzte sich die Kappe auf, bevor er in die Welt hinaustrat. Das Licht, das ihm entgegenschlug, blendete ihn kurz. Aber er ließ sich keine Zeit, sich richtig an das Sonnenlicht zu gewöhnen. Er hatte das Gefühl, dass er sich heute beeilen sollte. Auf keinen Fall wollte er riskieren, dass die Neuen ihn sahen und gleich aus dem Haus gestürzt kamen, um auf gute Nachbarschaft anzustoßen oder ähnlich Grässliches. Die alte Meier hatte sie ja gestern Abend bereits belästigt – zumindest musste er nicht befürchten, dass sie heute Morgen gleich wieder vorbeikam, ihn im Garten entdeckte und zu einem kleinen Plausch zwang.
Konzentriert, aber auch leicht angespannt, machte sich Helmut an seine Arbeit. Mit den Augen achtete er auf jedes Detail, während er Schrittchen für Schrittchen die genau vorgeprägte Route abging. Dabei hakte er innerlich ab: Albert – okay; Alfred – auch; Anton – der sah von Tag zu Tag schlechter aus. Helmut bückte sich seufzend und pinselte dem besonders kleinen Kerl mit äußerster Vorsicht die Mütze ab. Ursprünglich war Anton in leuchtenden Farben dagestanden. Die Mütze rot wie ein Paradiesapfel, das Hemd strahlend weiß, die Hose blau wie das Meer. Der kleine Vogel, der auf seiner ausgestreckten Hand saß und

Körner pickte, war kanarienvogelgelb gewesen. Aber die schienen billige Farben verwendet zu haben. Bereits nach einem Jahr im prallen Sonnenlicht begann er zu verblassen. Inzwischen blätterte die kaum noch erkennbare Farbe auch noch großflächig ab, bei jeder Berührung brach ein neues Farbplättchen heraus. Dennoch musste auch Anton hin und wieder entstaubt werden. Wenn das so weiterging, würde er den Zwerg einmal mit in seine Werkstatt nehmen müssen. Aber noch war es nicht soweit. Helmut erhob sich wieder und schlenderte die Reihe mit den A-Zwergen weiter ab, bevor er über die B- und D-Ecke zur E-Reihe einbog – da er wenige Gartenzwerg-relevante Namen mit „C" kannte, hatte er auf diesen Buchstaben vollständig verzichtet. Viel war heute zum Glück nicht zu erledigen. Drei seiner Lieblinge hatten einen Vogelfleck abbekommen, den er vorsichtig mit seinem feuchten Tuch abrieb. Mehrere musste er mit seinem Pinsel kurz von Staub und Pollen befreien. Alles lief reibungslos – bis er zu Emil kam.

Helmut blieb abrupt stehen. Ihm stockte kurz der Atem: Der relativ große Zwerg mit dem Schubkarren war rittlings umgekippt! Das durfte doch nicht wahr sein! Und vor allem: Das konnte kein Zufall sein! Es gab Zwerge, die keinen stabilen Stand hatten, die von einem starken Wind oder einer dieser überall herumstreunenden Katzen einfach umgeworfen wurden. Aber nicht Emil! Er gehörte zwar zu seinen ältesten Exemplaren, war schon etwas in die Jahre gekommen und nicht mehr im besten Zustand – aber dank seiner Schubkarre hatte er einen superstabilen

Stand, den warf nichts so schnell um. Das konnte nur Randale gewesen sein! Helmut ging in die Hocke und hob den Kerl, der zu seinen ältesten und liebsten Freunden gehörte, vorsichtig auf. Sein Gesicht war mit einigen Erdklumpen besudelt, die er mit seinem Tuch abwischte. Die Vorderseite war ansonsten jedoch unbeschädigt. Etwas erleichtert drehte er Emil um und erstarrte kurz: Obwohl der Zwerg hinten schmutzig war, erkannte er den Schaden sofort: Emil war mit dem Kopf auf einen spitzen Kieselstein gefallen und durch den Sturz war ein großes Stück Ton – etwa handballengroß – aus der Mütze gebrochen. Entsetzt fuhr Helmut mit dem Finger über die Wunde. Er konnte ihn tief in sich spüren: den Schmerz, den der arme Kerl durchgemacht hatte. Seine Augen wurden feucht. Das Loch war verdammt groß, das würde er vermutlich nicht mehr reparieren können. Tiefe Trauer breitete sich in ihm aus. Doch zugleich begann sich dieses Fragenkarussell in seinem Kopf zu drehen, machte ihn ganz schwindelig und unfähig, sich weiter zu rühren: „Wer hatte das getan? Warum? Was war geschehen? Waren seine Zwerge in Gefahr? Wer hatte das getan? Warum nur?"
Nur aus den Augenwinkeln nahm er wahr, dass sich über der kleinen Mauer zum Nachbargrundstück etwas regte. Ihm blieb keine Zeit mehr wegzulaufen. Das Unheil stand bereits vor ihm und sprach ihn unverfroren an.
„Das ist ja echt cool! Wie viele Zwerge hast du?" Helmut zuckte beim Klang der hellen Kinderstimme jäh zusammen. Er zwang sich, seinen Blick zu heben und kurz in zwei große, viel zu neugierige Augen zu schauen.

„Geht dich nichts an!", knurrte er und – weiß Gott! – er meinte das genauso, wie er es sagte. Mühsam erhob er sich aus seiner hockenden Position und zwang sich, dabei nicht zu ächzen. Vor dieser besonderen Art Zwerg durfte er keine Schwäche zeigen.
„Ich heiße Lennard. Ich wohne jetzt in dem Haus da!" Das Kind wies mit der ausgestreckten Hand hinter sich, behielt ihn aber gleichzeitig im Auge.
„Aha!" Helmut hatte sich wieder soweit gefangen, dass er seinen mürrischsten Blick aufsetzen konnte. Herabgezogene Mundwinkel, leicht zusammengekniffene Augen, den Kopf angriffslustig nach vorne geschoben, die Hände in die Hüften gestützt: Er hatte diese Haltung lange vorm Spiegel trainiert und bei den meisten Kindern aus dem Ort genügte dieser Blick, dass sie einen großen Bogen um sein Grundstück schlugen, wenn sie an seinem Haus vorbeikamen. Nur bei den ganz hartgesottenen musste er manchmal stärkere Geschütze auffahren. Den neuen Nachbarsjungen schien das nicht zu beeindrucken.
„Darf ich mal rüberkommen und mir die Zwerge anschauen?", fragte das Kind einfach weiter.
„Nein, darfst du nicht!", sagte Helmut bestimmt. Die Frage war so absurd – da musste er nicht mal drüber nachdenken.
„Warum nicht?"
Na schön, das Kind wollte Klartext, das konnte es haben: „Weil dich mein Grundstück und meine Zwerge einen Scheißdreck angehen! Und wenn ich dich einmal hier erwische oder einer von deinen Fußbällen hier rüber fliegt

und meine Gartenzwerge beschädigt, dann kannst du was erleben, das kann ich dir schon mal verraten, Freundchen!"

Spätestens jetzt wären die meisten Kinder, die Helmut in seinem 65-jährigen Dasein bereits erlebt hatte, heulend weggelaufen. Doch nicht dieser Nachbarsjunge. Der wandte immer noch nicht seine braunen Augen von ihm ab und sagte ernst:

„Scheißdreck darf man nicht sagen!"

In diesem Moment keimte ein erster Verdacht in Helmut auf. Er trat einen Schritt nach vorne an die kleine Mauer heran, beugte sich etwas herunter und hob dem Kind Emil vor die Nase. Er senkte seine Stimme zu einem bedrohlichen Flüstern: „Warst du das?"

„Was denn?" Nun endlich zeigte sich ein Fünkchen Furcht in den Augen des Jungen.

„Hast du meinen Emil umgeworfen? Hast du ihn kaputt gemacht?" Helmut merkte, dass seine Hand den Gartenzwerg so fest umklammert hielt, dass das Porzellan unter den Händen zu knacken begann. Er zwang sich, etwas zu entspannen. Der Junge wich zwei Schritte zurück.

„Nein. Ich war das nicht!" erklärte er. Aber die Angst in seinen Augen verriet ihn. Wenn er unschuldig wäre, würde er ihn jetzt nicht so panisch anschauen. Natürlich war das dieser Balg – wer sollte es sonst gewesen sein?

Helmut beugte sich über die Mauer und durchbohrte das Kerlchen mit seinen Blicken: „Okay. Das ist meine letzte Warnung an dich: Wenn du dich an meinen Zwergen noch einmal vergreifst, dann wirst du das bitter bereuen. Das

schwöre ich dir! Dann werde ich dich holen!"
Den letzten Satz hatte der Kleine vermutlich nicht mehr mitbekommen. Schnell wie der Blitz hatte er sich umgedreht und war ins Haus gelaufen. Helmut konnte nur hoffen, dass ihn das ein wenig beeindruckt hatte. Er nahm Emil vorsichtig in die Arme und schlurfte damit Richtung Haus. Seine Freunde starrten ihm aus furchtsamen Augen hinterher. „Keine Angst, meine Kleinen. Ich werde euch alle beschützen. Verlasst euch auf mich!"

*****

„Bist du verrückt? Dieses Haus ist perfekt, die Lage ist gigantisch. Das ist alles, was wir uns gewünscht haben. Und du ärgerst dich jetzt bereits über unseren einzigen Nachbarn?"
Florian seufzte. Er hatte gewusst, dass Julia es nicht verstehen würde. Deshalb hatte er das Gespräch so lange wie möglich hinausgezögert. Aber sie hatte keine Ahnung, worum es ihm ging. Also versuchte er es noch einmal zu erklären.
„Ich ärgere mich nicht über den Nachbarn – ich kenne ihn ja noch gar nicht. Aber schau dir doch mal seinen Garten an! Findest du das normal?"
„Um ehrlich zu sein: Gerade finde ich *dich* nicht ganz normal!" Die zwei tiefen senkrechten Falten auf Julias Stirn zeigten Florian deutlich, wie gestresst sie war. Die ganze Organisation des Umzugs hatte sie übernommen, weil er bis zum letzten Moment mit der Abwicklung seines alten

Jobs beschäftigt gewesen war. Er versuchte, Verständnis für ihre heftige Reaktion aufzubringen: „Ich glaube, wir sollten ein andermal darüber reden. Wenn wir uns alle wieder etwas beruhigt haben."
„Ich glaube, das ist deine beste Idee des Tages", sagte Julia mit tiefem Sarkasmus in der Stimme. Sie warf ihm noch einen verächtlichen Blick zu, bevor sie sich wieder ihrer Umzugskiste zuwandte und damit fortfuhr, Stück für Stück die Gläser aus ihrer Papierhülle zu pellen.
Florian sah ihr ein paar Minuten dabei zu und kam sich etwas überflüssig vor. Er hatte keinen Überblick, welcher Inhalt welcher Kiste in welchen Schrank gehörte. Unschlüssig öffnete er einfach mal die Kiste, die ihm am nächsten stand. Er blickte in ein durcheinandergeworfenes Chaos an Puzzeln, Büchern, Spielen und Spielzeugautos. Okay, das war eindeutig. Erleichtert packte er den schweren Karton und ächzte damit die Treppe hinauf. In Lennards Zimmer ließ er ihn schwungvoll zu Boden sinken. Er überlegte: Sollte er die Spielsachen direkt in die Schränke einsortieren oder war es pädagogisch wichtig, Lennard das selbst machen zu lassen? In solchen Fragen war er sich immer etwas unsicher, unterdrückte aber den Impuls, Julia zu fragen. Als Vater musste er solche Entscheidungen auch einmal selbstständig treffen dürfen. Schließlich würde er durch seinen neuen Job künftig viel mehr Zeit mit Lennard verbringen als bisher. Also beschloss er mit männlicher Entschlussfreude, dass Lennard alt genug war, sich selbst um die Ordnung in seinem Zim-

mer zu kümmern. Immerhin kam er in wenigen Tagen bereits in die dritte Klasse. Außerdem befürchtete Florian, dass er sowieso nicht die richtigen Schränke für die Spielsachen wählen würde. Julia hatte für alle Schränke des Hauses ein strenges Ordnungssystem im Kopf, das er sich nicht einmal in den Küchenschränken oder beim Einordnen der Spülmaschine merken konnte. Was war auch so wichtig daran, ob die Teller auf der linken oder rechten Seite des Schrankes standen – Hauptsache, es gab einen freien Platz dafür. So gesehen war er auch nicht neurotischer als seine Frau. Florian schmunzelte – zufrieden über diese Erkenntnis. Im gleichen Moment ließ ein Geräusch über seinem Kopf das Lächeln in seinem Gesicht zur Grimasse erstarren. Es war ein leichtes Klopfen, das sich in kurzen, unregelmäßigen Abständen wiederholte. Sofort kamen Florian wieder die Bilder von seinem nächtlichen Erlebnis vor Augen und ließen seine Nackenhaare aufstellen. Was war das? Sein Blick wanderte zur Leiter, die in den kleinen Extraraum unterm Dach führte. Ihm wurde heiß: er musste wohl mal nachschauen. Mit weichen Knien nahm er vorsichtig drei Stufen – nur so weit, dass er gerade so in das obere Stockwerk schauen konnte. Und atmete erleichtert aus. Da lag Lennard bäuchlings auf dem Boden, in seinen Händen zwei Plastik-Figuren, die gerade in einen heftigen Kampf miteinander verwickelt zu sein schienen. Immer wieder flog einer von ihnen zu Boden und wurde von der anderen Figur mit übelsten Schlägen malträtiert. Daher das klopfende Geräusch.
„Lennard – was machst du da? Ich dachte, du spielst ein

bisschen im Garten?"
Lennard schaute überrascht auf – er war zu tief in seine Fantasiewelt versunken gewesen, um seinen Vater wahrzunehmen. Florian war es gewohnt, dass er seinem Sohn die meisten Fragen zweimal stellen musste.
„Willst du bei dem tollen Wetter nicht lieber ein bisschen rausgehen zum Spielen?"
„Nein. Kein Bock."
Seit er in der Schule war, schlichen sich zunehmend allerhand unschöne Ausdrücke in das Vokabular seines Sohnes ein. Florian hoffte, dass diese Entwicklung auf dem Dorf ein wenig verlangsamt werden würde.
„Na gut. Dann kannst du ja jetzt den Karton mit den Spielsachen auspacken, den ich gerade in dein Zimmer gebracht habe."
„Macht Mama!", bemerkte Lennard knapp. Florian beschloss, das nicht einfach so hinzunehmen.
„Nein, das ist dein Zimmer, also machst das du!", sagte er und verlieh seiner Stimme einen autoritären Unterton, was er bisher selten getan hatte. Über sich selbst ein wenig erschrocken, setzte er gleich noch etwas versöhnlicher hinzu: „Ich helfe dir, wenn du nicht weiterkommst." Doch zu spät: Die braunen Augen seines Sohnes füllten sich bereits mit Tränen. Irgendwo zwischen schlechtem Gewissen und Ärger über die unfairen Tricks seines Sprösslings, setzte Florian daher unwirsch nach:
„Jetzt komm schon, Lennard. Du bist doch kein Baby mehr!"
Nun erschienen die zwei senkrechten Zornesfalten auf der

Stirn seines Sohnes, die Florian jedes Mal an Julia erinnerten: „Ihr seid echt gemein! Erst schimpft der blöde Nachbar mit mir und jetzt du. Dabei hab ich doch gar nichts gemacht! Das ist unfair!"
Florian brauchte ein paar Sekunden, um die Information richtig zu verarbeiten. Dann erst konnte er nachhaken: „Der Nachbar hat mit dir geschimpft?"
„Ja. Eben. Draußen im Garten. Er sagt, dass ich seinen blöden Zwerg kaputtgemacht habe. Dabei hab ich überhaupt nichts gemacht. Echt fies ist der!"
Florian fühlte, wie ihm das Blut in den Kopf schoss. Der Nachbar hatte mit einem Sohn geschimpft. Wegen eines Gartenzwergs! Höchste Zeit, dass er dem Kerl einen Besuch abstattete.

*****

Nur einmal drücken! Florian widerstand der Versuchung, seine Empörung über ein mehrfaches Sturmläuten auszudrücken. Er musste diplomatisch vorgehen, ruhig bleiben – immerhin begegnete er seinem neuen Nachbar das erste Mal. In Anbetracht dieser Umgebung würde es allerdings schwierig werden, besonnen zu bleiben. Anders als bei vielen anderen Häusern, war das alte, leicht windschiefe Haus hier ganz ans Ende des Grundstücks gebaut. Das heißt, man musste den gesamten Garten durchlaufen, um zur Haustür zu gelangen. Von der hölzernen Gartenpforte aus, an der Florian stand, bis zur Haustür führte ein gerader Weg, der mit grauen Betonplatten bestückt war. Die

Platten waren deutlich in die Jahre gekommen, die meisten waren bereits in mehrere Teile gebrochen. Aber das war es nicht, was Florian jetzt bereits Schweißperlen auf die Stirn trieb. Es waren die Gartenzwerge, die direkt rechts und links neben dem Weg zum Spalier aufgestellt waren. Sie blickten ihm neugierig aus ihren stumpfen, teils bereits farblosen Augen entgegen, die Gesichter zu höhnisch grinsenden Grimassen erstarrt. Sie lauerten auf ihn. Jede Sekunde, die er hier stand und wartete, wurde er nervöser. Florian drückte noch einmal auf die Klingel, die am Pfosten des Gartentors angebracht war. Er hoffte inständig, dass dieses Ding noch funktionierte und dass er nicht gezwungen sein würde, den ganzen Weg bis zum Haus zu gehen und dort zu läuten. Um nicht weiter in den Garten zu blicken, wandte er seinen Blick auf den Briefkasten, der über dem Klingelknopf am Torpfosten hing. Er hatte die Form eines kleinen Häuschens, das Dach war die Klappe, die man öffnen konnte, um Briefe und Zeitungen hineinzustecken. Die Farbe, in der der Kasten einst gestrichen worden war, war allerdings bis zur Unkenntlichkeit verblasst. Auch der Name des Briefkastenbesitzers war nur noch bei genauem Hinsehen zu erahnen. Florian beugte sich zur Schrift hinunter, um besser lesen zu können: Stand da wirklich „Tulpe“? Wie ironisch in Anbetracht dieses Gartens, der nur aus einer trostlosen Grünfläche, einem seltsamen Gartenhaus und dieser Masse an Tonscheußlichkeiten bestand.

„Was wollen Sie?“, knurrte ihn in diesem Moment eine Stimme von der Seite an.

Florian fuhr zusammen und blickt erschrocken auf. Er hatte nicht bemerkt, dass sich ihm jemand genähert hatte. Der Kerl musste sich lautlos wie eine Katze angeschlichen haben. Er brauchte einen Moment, um sich zu fassen. Jenseits des Gartentürchens stand ein schmächtiger Mann Mitte oder Ende 60. Er trug eine verblichene Kappe auf dem Kopf, eine altmodische beige Weste und verschlissene, viel zu weite Cordhosen. Mit leicht zusammengekniffenen Augen und herabhängenden Mundwinkeln blickte er Florian zutiefst misstrauisch an.

Dieser bemühte sich trotzdem um eine freundliche Begrüßung: „Guten Tag. Mein Name ist Florian Urban. Wir sind seit heute Nachbarn. Meine Frau, mein Sohn und ich sind gestern in das Haus hier direkt neben Ihnen eingezogen!"

„ hab ich gemerkt!", erwiderte der Kerl lapidar. Sonst nichts.

„Und Sie sind Herr Tulpe?", versuchte Florian zumindest die Formalitäten einer ersten Vorstellung einzuhalten.

„Ja."

„Schön. Ich wollte mich Ihnen kurz vorstellen. Schließlich werden wir uns nun häufiger begegnen, nehme ich an."

„Vermutlich."

Na gut, genug des Vorgeplänkels. Florian beschloss, langsam zum Thema zu kommen. Offensichtlich legte der liebe Nachbar keinen gehobenen Wert auf Smalltalk.

„Meinen Sohn haben Sie ja schon kennengelernt, wie ich gehört habe?"

Die Augen des Alten verengten sich noch etwas mehr.

„Ließ sich nicht vermeiden!"

„Na gut. Er hat mir von diesem kleinen – Vorfall – erzählt. Ich wollte Ihnen nur versichern, dass unser Lennard ein sehr braver Junge ist und ganz sicher nichts getan hat, was Sie verärgern sollte."

Der Alte antwortete nur mit einem verächtlichen Schnauben. Florian hatte ihn wohl noch nicht so ganz überzeugt.

„Mein Sohn meinte, Sie würden ihn verdächtigen, einen Ihrer ...", Florian stockte kurz und versuchte sich in einer Umschreibung. „...eine Ihrer Figuren beschädigt zu haben", setzte er daher fort. Der Alte atmete tief ein, richtet sich zu seiner vollen Größe auf und stemmte die Arme in die Seite.

„Er hat meinen Emil einfach umgeworfen! Jetzt hat er ein riesiges Loch im Kopf!" In der Stimme des Nachbarn lag so viel Wut, dass Florian unwillkürlich einen Schritt vom Tor zurücktrat. Aber klein beigeben würde er sicher nicht.

„Mein Sohn hat Ihren – Emil – nicht umgeworfen. Da bin ich mir sicher! Wann denn auch? Wir sind ja erst gestern hier angekommen."

„Kinder brauchen nicht lange, um irgendwelche Dinge kaputt zu machen. Das geht ruck, zuck."

Florian trat wieder einen Schritt nach vorne. Immerhin war er gut einen halben Kopf größer als der Nachbar und deutlich stattlicher gebaut. „Mein Sohn lügt nicht. Wenn er mir sagt, dass er Ihren – Dingens – nicht angerührt hat, dann stimmt das auch. Da können Sie sich drauf verlassen!"

Tulpe ließ sich davon nicht beeindrucken. „Ich verlasse mich nur auf das, was ich selbst sehe und höre und auf

meinen logischen Verstand. Gestern ist Ihre Familie hier eingezogen und heute ist bereits mein Gartenzwerg kaputt. Und zwar genau der, der direkt hinter der Grenze zu Ihrem Grundstück steht. Wie klingt das für Sie?"
Florian stockte. Die Erinnerung an die nächtliche Begegnung schoss ihm plötzlich durch den Kopf – wie ein Albtraum, an den man sich schlagartig wieder erinnert.
„Unsere Häuser liegen ziemlich außerhalb des Ortes. Hier könnte sich doch jeder unbemerkt nachts herumtreiben, meinen Sie nicht?"
„Was meinen Sie?" Der Nachbar schien wenig beeindruckt.
„Naja, beispielsweise ein paar Tiere aus dem Wald, die sich nachts mal etwas herauswagen?"
„Die werfen doch keine Zwerge um. Schon gar nicht den Emil. Der steht bombensicher!"
„Oder irgendwelche neugierigen Dorfbewohner? Vielleicht sogar Menschen mit kriminellen Absichten?"
„Die gibt es sicher." Tulpe verzog seine schmalen Lippen zu einem kurzen, bissigen Grinsen. „Aber die Wahrscheinlichkeit, dass Ihr Sohn in diesem Fall der Mensch mit den kriminellen Absichten war, erscheint mir doch sehr viel wahrscheinlicher."
Es hatte keinen Zweck. Florian erkannte, wenn ein Mensch sich in seine Meinung verrannt hatte. Er musste seine Taktik wechseln. Und er hatte in diesem Moment auch eine ziemlich geniale Idee, wie er zwei Fliegen mit einer Klappe schlagen konnte.

„Na schön, ich sehe schon, Sie glauben mir nicht. Wir müssen uns vielleicht erst besser kennenlernen, bevor Sie uns vertrauen. Aber wenn Sie solche Angst um Ihre Figuren haben, dann wäre es doch möglicherweise das Beste, wenn Sie Ihre kleinen Freunde alle in den linken Teil des Gartens räumen. Möglichst weit von unserem Haus entfernt. Dann kann mein Sohn, wenn er später vielleicht mal etwas wilder im Garten herumtoben wird und möglicherweise sogar einmal mit seinen neuen Freunden aus dem Ort bei uns Fußball spielt, keinen Ihrer kleinen Schätze aus Versehen beschädigen."

Tulpe hob seinen Blick und starrte Florian lange Zeit direkt in die Augen, fast, als würde er ihn dabei röntgen. Florian zwang sich, seinen Blick nicht abzuwenden, er durfte jetzt nicht nachgeben. Der erste Eindruck war entscheidend. Doch was der Alte dann sagte, ging ihm durch Mark und Bein:

„Sie mögen meine Gartenzwerge nicht, oder?"

Florian stockte kurz der Atem. Getroffen wich er zwei Schritte zurück. Jetzt war er sich sicher: Der Alte war gefährlich, sehr gefährlich.

„Ich – äh – ich wollte nur einen konstruktiven Vorschlag machen", stotterte Florian und merkte gleichzeitig, wie unsicher seine Stimme klang. Der Alte hatte ihn kalt erwischt, diese Schlacht würde er heute nicht mehr gewinnen. Und der Alte wusste das auch. Er grinste hämisch:

„Ich sag Ihnen was. Dies hier ist mein Garten, mein Grundstück, mein Reich! Meine Zwerge dürfen hier stehen, wo ich es will. Das ist mein Recht. Sie und Ihr Plagegeist dagegen haben keinerlei Recht, in mein Reich einzudringen und mein Hab und Gut zu zerstören. Weder mit Absicht, noch aus Versehen. Und wenn das noch einmal geschehen sollte, dann wird das Konsequenzen haben, das schwöre ich Ihnen!"

MORGENMEETING

Celina war frustriert. Heute wollte ihr nichts so recht gelingen. Erst musste sie beide Hände wieder vom dunkelroten Nagellack befreien, weil der frisch gekaufte Lack einfach keine saubere glatte Fläche bilden wollte. Das bescheuerte Zeug taugte einfach nichts, ließ sich nicht ordentlich auftragen, dabei hatte sie nicht einmal den Billigsten genommen. Sie musste von vorne beginnen und auf einen etwas helleren Lack zurückgreifen, der sich bereits bewährt hatte. Kaum war das erledigt, verrutschte ihr der Lippenstift und auch hier musste sie alles wieder beseitigen und von vorne beginnen. Dann hatte sie diesen furchtbaren Pickel auf der Stirn, der einfach nicht komplett verschwand, egal, wie viel Make-up sie darauf verteilte. Und schließlich saßen die künstlichen Wimpern heute einfach nicht richtig – egal, wie sie sie ansetzte, es wirkte einfach falsch und schief. Seufzend beugte Celina sich zum Spiegel und zog die beiden langen schwarzen Haaraufsätze wieder herunter. Dann würde sie eben mit ordentlich Tusche arbeiten müssen.

„Vergiss es, Celina. Das sind schlechte Vorzeichen. Geh nicht dahin!" Celinas Oma rumorte jetzt bereits eine ganze Weile in ihrem Kopf herum. Die alte Dame war streng katholisch und zugleich furchtbar abergläubisch. Und sie hatte auch nach ihrem Tod nicht aufgehört, Celina mit gewünschten und unerwünschten Ratschlägen zur Seite zu stehen. Aber Celina war erwachsen und hörte nicht mehr darauf, was ihre Oma sagte. Nicht immer, jedenfalls. Heute würde sie nicht darauf hören. Sie konzentrierte sich stattdessen auf ihre Augen. Da sie durch die Umstände bereits spät dran war, verzichtete sie auf die Wimpernzange und schnappte sich gleich die Mascara, die gleichzeitig die Wimpern etwas verlängerte. Sie setzte das Bürstchen am oberen Wimpernkranz an und tuschte mit einer jahrelang geübten Bewegung bis in die Spitzen. Leider gab Oma immer noch keine Ruhe.

„Was soll das, Celina. Das ist ein Unglücksort. Diesen Ort solltest du meiden. Du provozierst dein Schicksal!" Natürlich meinte es ihre Oma gut mit ihr. Sie machte sich Sorgen, wie alle guten Großmütter das taten. Also versuchte sie, es ihr zu erklären, während sie nach oben schaute, um den unteren Teil der Wimpern einzufärben.

„Ich brauche den Job, Oma. Von irgendetwas muss ich doch leben. Ohne Geld läuft hier unten auf der Erde nichts, falls du das vergessen hast."

Doch Oma ließ sich nicht so schnell überzeugen. „Such dir einen anderen Job. Es gibt hier viele Leute, die deine Hilfe brauchen. Du kannst überall sonst arbeiten."

Celina wollte darauf nicht antworten. Sie beendete ihr Kunstwerk für heute und trat ein Stück vom Spiegel zurück. Drehte sich in alle Richtungen, strich ihr langes, glattes schwarzes Haar zurück. Es war in Ordnung so. Nun konnte sie zu ihrem wichtigen Vorstellungsgespräch aufbrechen.

„Bitte Celina. Überleg es dir noch einmal!", versuchte ihre

Oma ein letztes Mal, sie vom Gegenteil zu überzeugen. Celina räumte sorgfältig ihre Schminkutensilien in die Schublade. Dann schaute sie noch einmal in den Spiegel, blickte ihrer Oma fest in die Augen:
„Nein, Oma. Ich muss dorthin. Du verstehst das nicht: Aber ich habe noch etwas Wichtiges zu erledigen." Sie knipste das Licht im Badezimmer aus und verließ mit raschen Schritten ihre Wohnung.

*****

Florian saß nun bereits seit fünf Minuten reglos an seinem Schreibtisch und stierte mit leerem Blick auf seinen Monitor. Auch der dritte Kaffee an diesem Morgen hatte noch keine so richtige Wirkung gezeigt. Er fühlte sich müde, matt und unfähig, sich auf das Anstehende zu konzentrieren. Vermutlich, weil er wieder die ganze Nacht kein Auge zugemacht hatte. Der Waldkauz hatte ihn geplagt, sobald das Schlafzimmerfenster gekippt war. Wenn er es schloss, hatte er das Gefühl gehabt, in seinen eigenen vier Wänden zu ersticken. Mehrmals war er aufgestanden und hatte das Fenster geöffnet und wieder geschlossen. Jeden Blick in den Garten hatte er tunlichst vermieden. Er wollte nicht sehen, was sich nachts dort herumtrieb. Als dann plötzlich wieder dieses seltsame Bellen einsetzte, war es ihm endgültig zu viel geworden und er hatte sich vor den Fernseher geschleppt, um den Rest der Nacht mit Wiederholungen von Serien längst vergessener Zeiten zu verbringen. Punkt sechs Uhr hatte er dann angefangen, sich auf seinen

ersten Arbeitstag vorzubereiten.
Jetzt war es kurz vor sieben. In einer guten Stunde würde sein erstes Meeting mit seinem neuen Vorgesetzten stattfinden. Eigentlich wollte er sich gut darauf vorbereiten. Doch seine Gedanken wanderten ab, sobald seine Augen auf die Unternehmensunterlagen trafen. Keine Chance, er würde improvisieren müssen. Eigentlich konnte er das gut, aber nur, wenn er wach und ausgeruht war. Es war daher unerlässlich, seine Lebensgeister zu wecken. Florian stand auf und schlurfte ins Bad, um sich zwei Hände voll eiskaltem Wasser ins Gesicht zu werfen. Er blickte auf und besah sich kritisch sein tropfnasses Spiegelbild. Er sah gepflegt wie immer aus: glattrasiert, die dunklen Haare umrandeten ordentlich geschnitten das leicht rundliche, aber nicht unattraktive Gesicht. Doch heute verliefen unter seinen braunen Augen zwei unverkennbare Augenringe. Er sah so müde aus, wie er sich fühlte. Das würde in der Videokonferenz keinen guten Eindruck hinterlassen. Er griff nach der Gesichtscreme von Julia und verrieb sich unter jedem Augenlid jeweils eine ganze Fingerkuppe voll. Eine Wirkung konnte er nicht feststellen – aber vielleicht dauerte es etwas. Florian stützte sich mit einer Hand an die Duschwand und dachte einen Moment nach. Was er brauchte, war etwas, das seine inneren Lebensgeister wachrief. Und das konnte weder die Creme noch der Kaffee leisten. Aber er wusste plötzlich, was er brauchte: Zucker!
Er blickte auf den Bauchansatz herab, der sich unter seinem Hemd deutlich abhob. Sein guter Vorsatz war, im

neuen Haus, mit dem neuen Leben, das er nun begann, auch endlich wieder körperlich in Form zu kommen. Weg mit diesem lästigen Winterspeck, der sich leider bereits seit Jahren jeden Winter weiter aufbaute, ohne im Sommer wieder abgearbeitet zu werden. Doch musste er gleich am ersten Tag mit diesem Vorsatz beginnen? War es nicht ein bisschen viel von sich selbst verlangt, nach dem Umzugsstress, den unruhigen Nächten, am ersten Tag im neuen Job nun auch noch strenge Diät zu halten? Ein bisschen Zucker würde seine Lebensgeister schnell wecken, das wusste er genau. Und man könnte das Sündige ja gleich mit der angemessenen Buße verbinden.
Er wusste, wo im Dorf der Bäckerladen lag – sie waren mit dem Umzugswagen daran vorbeigekommen. Ein kleiner Morgenspaziergang würde ihm guttun. Florian beschloss, dass es Zeit war, seinen neuen Heimatort etwas zu erkunden.

*****

Am Nachbarhaus schlich er mit gesenktem Kopf vorbei, danach wurde es einfacher. Sein eigenes Haus und das des Nachbarn lagen etwas außerhalb des Ortes, auf der einen Seite führten die Bahngleise vorbei, auf der anderen begann der Wald. Jenseits der Bahngleise lag ein weiterer Teil des Ortes, doch der hohe Sicherheitszaun, die zweispurigen Gleise und ein großzügiger Parkplatz für Bahnreisende sorgten für einen deutlichen Abstand. Nach Tulpes Haus kam eine kleine, mit Sträuchern überwucherte

Baulücke von etwa 20 Metern, dann begann rechter Hand das eigentliche Wohngebiet, während links die Bahngleise streng geradeaus weiterführten. Die Häuser in seiner Straße waren, was Bauart und Bauzeit betraf, recht bunt zusammengewürfelt. Moderne, würfelförmige Betonbauten standen neben unauffälligen Ein-Familien-Doppelhaushälften und romantischen Blockhäusern. Für seinen Freund Stefan, durch und durch Architekt und Ästhet, wäre dieses kunterbunte Straßenbild vermutlich das blanke Grauen gewesen. Florian verdrängte schnell das dunkle Gefühl, das in ihm aufkeimte. Er wandte seinen Blick von den Häusern ab auf die Straße. Gerade rechtzeitig, um zu erkennen, wer da auf ihn zu radelte.

„Herr Urban! Schon so früh unterwegs?" Frau Meier bremste abrupt, was angesichts ihrer gemäßigten Geschwindigkeit nicht sehr schwierig war. Sie sah ihn mit einem Blick an, der eine sofortige Erklärung erforderte.

„Ich wollte nur schnell beim Bäcker ein kleines Frühstück holen." Obwohl es die Wahrheit war und eigentlich nichts Verwerfliches, ärgerte sich Florian im gleichen Moment darüber. Er war ein erwachsener Mann. Warum sollte er einer Fremden erklären, wohin er um diese Zeit unterwegs war? Und warum sah sie einen Moment zu lange auf seinen Bauch, bevor sie ihr scheinbar freundliches Lächeln aufsetzte: „Das ist schön. Wissen Sie denn schon, wo der nächste Bäcker liegt?"

„Einfach geradeaus die Straße runter, das Eckhaus direkt an der großen Kreuzung, oder?"

„Ah gut – Sie gehen zu Tommi. Gute Wahl", sagte die

Rentnerin mit einer Betonung und einem Gesichtsausdruck, die erahnen ließen, dass sie das Gegenteil meinte. „Ist der älteste Bäcker hier im Ort. Die Backstube Brunner gibt es inzwischen schon in der dritten Generation. Klein und etwas altmodisch, aber dafür sehr traditionell." Florian hätte nicht gedacht, dass es in diesem Dorf mehrere Bäcker zur Auswahl gab, aber er hatte auch nicht vor, sie danach zu fragen.

„Na, dann kann ich ja nichts falsch machen", erwiderte er, ohne auf ihre Zwischentöne einzugehen.

Helga Meier zuckte mit den Schultern – selbst schuld, sollte das wohl heißen. Sie stieg wieder auf ihr Rad und winkte ihm zum Abschied zu: „Man sieht sich!" Florian war sich nicht sicher, ob das eine Verabschiedung oder eine Drohung war.

*****

Gut, dass er noch ein bisschen gewartet hatte. Als hätte er es geahnt, dass trotz Sommerferien so früh am Morgen schon jemand dort drüben unterwegs sein würde. Kaum hatte er den neuen Nachbarn an seinem Haus vorbeistreifen sehen, da zog er sich rasch seine Strickweste über und machte seinen kurzen Rundgang. Sicher kam der Kerl bald zurück – er sah nicht aus wie jemand, der ausgiebige morgendliche Spaziergänge machte. Normalerweise besuchte Helmut seine Freunde am Nachmittag, nahm sich Zeit für sie und ihre Anliegen. Doch nach dem gestrigen Vorfall hatte er keine Ruhe, so lange zu warten. In dieser Nacht hatte er kaum ein Auge zugetan. Die Angst, dass noch einem seiner Zwerge etwas geschehen konnte, saß zu tief. Er musste jetzt zumindest einmal schauen, ob es über Nacht keinen neuen Schaden gegeben hatte. Konzentriert wanderte er die Reihen ab, schaute auch genau, ob noch alles auf dem Platz stand, wo es hingehörte. So bemerkte er nicht, wie sich das Unheil von der Seite näherte, und konnte es nicht verhindern.

„Helmut!" Er zuckte zusammen. „Du bist ja schon früh auf den Beinen!"

Okay – das hatte er sich selbst zuzuschreiben. Er war so sehr mit den neuen Nachbarn und der Sorge um seine Freunde beschäftigt gewesen, dass er die andere Gefahr, die jederzeit lauerte, einfach übersehen hatte. Er zwang sich zu einem kaum sichtbaren Lächeln und ging in Angriffsposition. „Morgen Helga! Du aber auch."

„Du kennst ja mein Motto: Wer rastet, der rostet. Gerade in unserem Alter. Nicht, Helmut?"

Helmut sparte sich die Erwiderung, dass er immerhin noch sieben Jahre jünger war als sie. Solche Eitelkeiten interessierten ihn nicht. Vielleicht würde sie auch einfach verschwinden, wenn er nicht weiter auf sie einging, sondern einfach seinen Rundgang machte. Sie jedoch stand erwartungsvoll an seiner Gartentür, hielt sich regelrecht mit der Hand daran fest, und blickte ihn auffordernd an. Helmut seufzte. Er kannte sie zu gut – sie würde nicht weggehen, bevor sie nicht das erledigt hatte, weswegen sie gekommen war. Also beschloss er, den Vorgang abzukürzen,

und trat widerwillig von der anderen Seite an die Gartentür heran.
Helgas herbe Gesichtszüge verzogen sich zu einem zufriedenen Lächeln. „Und, Helmut? Was hältst du von den Neuen?"
Helmut schüttelte unwillig den Kopf. „Die interessieren mich nicht!"
„Klar, das weiß ich doch." Helga kicherte verschwörerisch. „Aber mal ehrlich: Was hältst du von denen?"
Helmut hatte keine Lust, sich mit Helga gemein zu machen. Er wusste aber auch, dass er sich die Alte niemals zur Feindin machen sollte. „Ich denke, die sind genauso lästig und laut und rücksichtslos wie alle jungen Familien. Nichts Besonderes."
Helga beugte sich über die Gartenpforte und kam ihm unangenehm nahe. „Gab es schon irgendetwas Auffälliges, seit sie da sind?", nuschelte sie mit gesenkter Stimme.
„Was meinst du?" Helmut stellte sich blöd. Das konnte er gut.
„Irgendwelche Streitigkeiten in der Familie? Ist der Bub normal? Gibt es da irgendetwas, das ich wissen sollte?"
Helmut überlegte kurz, ob er über seinen Emil berichten sollte. Die Verlockung war groß, seinen Frust loszuwerden. Aber Helgas Schnüffelei unterstützen? Nein, soweit war er noch nicht.
„Nein, keine Besonderheiten!", erklärte er daher knapp und genoss einen Moment die Enttäuschung in ihren Augen.
„Na schön. Du hältst mich aber auf dem Laufenden, ja?"

Helga ließ die Gartentür los, wendete umständlich ihr altes Fahrrad und machte Anstalten, aufzusteigen. Doch mitten in ihrer Bewegung verharrte sie. Ihre Augen weiteten sich, das Kinn klappte etwas herunter, während sie die Straße entlangstarrte. Helmut folgte instinktiv ihrem Blick. Eine junge Frau, Mitte 20, kam zielstrebig auf sie zugeschritten. Der kurze Rock und das enganliegende Shirt betonten eine Figur, deren Reiz selbst Helmut sich trotz seines Alters und seiner Lebenseinstellung nicht ganz entziehen konnte. Sie zögerte keinen Augenblick, lächelte Helga Meier selbstbewusst entgegen, während sie geradewegs auf sie zusteuerte.

„Frau Meier. Guten Morgen! Wie geht es denn?" Diese brauchte ein paar Sekunden, um sich zu sammeln.

„Celina! Gut, danke. Was machst du hier?"

„Ich werde hier arbeiten. Und Sie?" Helga Meier stieß ein leicht unsicheres Lachen aus.

„Na sowas. Ich drehe nur meine kleine Morgenrunde. Du kennst ja mein Motto: Wer rastet, der rostet!"

„Da haben Sie Recht. Gerade in Ihrem Alter sollte man sich viel bewegen."

Die beiden Frauen schenkten sich ein eisiges Lächeln. Dann besann sich Helga Meier und stieg auf ihr Rad. „Ich muss dann mal weiter. Du kommst ja am Mittwoch?"

„Wie immer, Frau Meier. Natürlich!"

Helga Meier verabschiedete sich nicht einmal von ihm. Auch Celina ging weiter, ohne ihn eines Blickes zu würdigen. Gut so! Helmut blickte Helga kurz nachdenklich hinterher. Dann sah er die kräftige Statur seines neuen Nachbarn am Ende der Straße auftauchen. Er kam zurück – es wurde Zeit, dass er wieder ins Haus ging.

Vorstellungsgespräch

Celina hatte kein Problem damit, dass Helga Meier sie gesehen hatte. Früher oder später hätte sie es sowieso erfahren. Es war völlig unerheblich für ihr Vorhaben, ob sie es wusste. Ohne sich weiter Gedanken über das Zusammentreffen zu machen, schritt sie zielstrebig auf die weiße Haustür zu. Hoffentlich war sie nicht zu früh dran – aber noch wichtiger war, dass sie nicht zu spät kam. Die Konkurrenz schlief nicht. Wer sich dieses Haus in dieser Lage leisten konnte, war ein guter Arbeitgeber. Sie zückte einmal kurz ihren Taschenspiegel und überprüfte, ob die Haare noch richtig saßen und die Mascara nicht verwischt war, bevor sie den Klingelknopf drückte. Dann wartete sie. Nichts rührte sich. Celina schaute auf ihre Uhr. 7:45 Uhr. Schliefen die noch? Egal. Sie drückte noch einmal auf den runden Messingknopf, ließ ihren Finger diesmal eine Weile darauf liegen und lauschte dem schrillen Geräusch nach, das die Morgenruhe im Inneren des Hauses zerriss. Seltsam, dass der Erbauer dieses modernen Gebäudes damals keinen Wert auf eine ebenso moderne Klingel mit ohrenfreundlichem Klingelton gelegt hatte. Für Besucher allerdings praktisch, denn diese Klingel konnte man kaum überhören. Wenn die Bewohner des Hauses bis eben noch geschlafen hatten – jetzt würden sie sicher wach sein. Celina nahm ihren Finger vom Knopf und beschloss, nun erst einmal zu warten, was passierte. Sie trat zwei Schritt

zurück, um zu den oberen Fenstern zu blicken, stolperte dabei über den Absatz ihres linken High Heels und wäre vermutlich äußerst unelegant auf ihrem Steiß gelandet, wenn sich nicht plötzlich eine weiche Wand hinter ihr aufgetan hätte, welche die Abwärtsbewegung unterbrach. „Vorsicht!“ Irritiert brachte sie sich wieder ins Gleichgewicht und schaute sich um.
Hinter ihr stand ein großer Mann mittleren Alters im Businesslook. Das musste der neue Hausherr sein.
„Entschuldigung. Ich bin gestolpert.“ Celina schaltete sofort und setzte ihr verführerischstes Lächeln auf. Durch jahrelanges Üben vor dem Spiegel konnte sie dieses Lächeln auf Wunsch jederzeit und in jeder Lebenslage perfekt reproduzieren. Sie merkte augenblicklich, dass es seine Wirkung nicht verfehlte. Doch im gleichen Moment wurde die Haustür geöffnet und jenseits der Tür erschien die Hausherrin: ungeschminkt, mit Schlafrändern unter den Augen, in einen viel zu weiten Morgenmantel gewickelt. Das wäre also die Nuss, die sie knacken musste. Sie wechselte ihr Lächeln, ging zur freundlich-naiven Version über, die ihr angemessen schien.
„Was gibt es denn um diese Uhrzeit so Wichtiges?“ Die Hausherrin bemühte sich vergeblich, ihren deutlichen Unmut über die Schlafunterbrechung zu verbergen. Ihre Augen wanderten missmutig zwischen Celina und ihrem Mann hin und her.
„Was sie hier möchte weiß ich nicht. Aber ich habe Frühstück besorgt, unten beim Bäcker!“, erklärte letzterer und hob eine Tüte in die Höhe. Er umrundete Celina auf dem

Weg zur Haustür und drückte seiner Frau einen routinierten Kuss auf die Stirn.
Das war dann wohl ihr Einsatz. Sie ermahnte sich noch einmal schnell selbst: Jetzt ganz seriös bleiben, kein Jugendwort durfte ihr aus Versehen herausrutschen. „Und ich bin hier, um mich Ihnen vorzustellen. Herr und Frau Urban – mein Name ist Celina Novac. Ich möchte für Sie arbeiten."
Die Hausherrin runzelte die Stirn, was sie nicht gerade attraktiver machte. „Arbeiten?"
„Ja. Ich möchte mich um Ihr Haus und Heim kümmern. Dafür sorgen, dass Sie sich hier wohlfühlen. Das habe ich bereits für Ihren Vormieter getan. Herr Peters war immer sehr zufrieden mit mir. Wenn er hier wäre, würde er Ihnen das bestimmt bestätigen. Und ich bin dadurch ja quasi schon perfekt eingearbeitet, weiß, worauf es in diesem Haus ankommt."
Das Ehepaar schaute sie kurz irritiert an, bevor die Frau das auf den Punkt brachte: „Heißt das, Sie möchten gerne bei uns putzen?"
Celina zwang sich zu einem freundlichen, aber selbstbewussten Lachen. „Auch. Ich putze, räume auf, bügle Ihnen die Wäsche, sorge für Ordnung und Gemütlichkeit. Ich verstehe meinen Job mehr ganzheitlich. Das unterscheidet mich etwas von anderen Anbietern auf diesem Gebiet."
Die Augen der Ehefrau verengten sich zu zwei argwöhnischen Schlitzen. Gleichzeitig richtete sie sich kerzengerade auf und antwortete mit deutlich erhöhter Tonlage: „Ganzheitlich? Aha. Um ehrlich zu sein: Bis jetzt hatten wir das

gar nicht nötig. Weder ganzheitlich noch spezialisiert auf Reinigungsarbeiten. Wir kommen auch ganz gut ohne fremde Unterstützung zurecht. Aber danke für das Angebot."

Mit dieser Reaktion hatte Celina bereits gerechnet. So schnell ließ sie sich nicht entmutigen, zumal ein Blick in das Gesicht des Mannes ihr verriet, dass die beiden sich in dieser Frage ganz und gar nicht einig waren. „Frau Urban – das hier ist ein großes Haus mit riesigen Fensterflächen und vielen Ecken und Winkeln. Die Waldrandlage ist gut und schön – aber allein die Pollenmassen, die jedes Frühjahr hier den ganzen Tag ins Haus geweht werden – die Mücken und der Staub, wenn es länger nicht geregnet hat, ganz zu schweigen von den matschigen Schuhen und Kleidern, mit denen Ihr Sohn jeden Tag nach Hause kommt, wenn er draußen mit seinen Freunden herumgetobt hat. Da eine gewisse Ordnung und Grundsauberkeit zu halten ist gar nicht so einfach."

Nun wirkte die Ehefrau regelrecht wütend: „Woher wissen Sie überhaupt, wie wir heißen und dass wir einen Sohn haben?"

Celina lachte freundlich-souverän: „Das ist ein kleiner Ort, Frau Urban. Hier erfährt man, wer neu zuzieht, wenn man sich ein bisschen dafür interessiert. Sorry, ich habe mich nur ein bisschen vorbereitet."

Frau Urban schüttelte unwirsch den Kopf und schnaubte einmal verächtlich, bevor sie antwortete. „Nichts für ungut. Danke für Ihr Angebot, aber wir haben kein Inte-

resse!“ Sie hätte Celina nun die Tür vor der Nase zugeschlagen, wenn ihr Mann sie nicht mitten in der Bewegung gestoppt hätte.
„Entschuldigen Sie, Frau Novac. Sie haben uns beide mit Ihrem Besuch etwas überrumpelt. Wir werden darüber noch einmal in Ruhe nachdenken, okay? Vielleicht lassen Sie uns Ihren Kontakt hier und wir melden uns, wenn wir uns entschieden haben.“
Celina nickte dem Mann ernst und verständnisvoll zu. „Natürlich!“ Sie zog einen handgeschriebenen Zettel mit ihrem Namen und der Telefonnummer aus ihrer Handtasche, reichte ihm diesen und schenkte ihm zum Abschied einen kurzen, aber vielversprechenden Augenaufschlag, bevor sie sich umdrehte. Erst als sie ihnen den Rücken zugekehrt hatte, erlaubte sie sich ein kurzes Grinsen. Perfekt – bisher war alles nach Plan verlaufen.

*****

Kaum war die Tür hinter der jungen Frau ins Schloss gefallen, fiel Julia schon über ihn her. „Was soll das: in Ruhe darüber nachdenken? Da muss ich keine Sekunde drüber nachdenken – diese Person kommt mir nicht ins Haus!“
Florian beschloss, erstmal nicht darauf einzugehen. Er schlurfte in die Küche, um sich einen frischen Kaffee zu seiner Mohnschnecke zu holen. Julia kam, wie nicht anders erwartet, hinter ihm her.
„Warum hast du dieser Person nicht einfach klar und deutlich abgesagt? Jetzt steht sie morgen bestimmt wieder

vor der Tür."
Das Geräusch der Kaffeemaschine, die sich schnaufend in Gang setzte, spendete ein kurzes Gefühl der Vertrautheit in der fremden Umgebung.
„Glaub mir – die ist hartnäckig, das sehe ich ihr an. Die braucht klare Ansagen, wenn man sie loshaben möchte."
Florian beobachtete die zwei braunen Rinnsale, die aus der Maschine in seine Tasse flossen. Langsam musste er sich auf sein erstes Meeting vorbereiten. Er würde die Mohnschnecke und den Kaffee mit in sein Arbeitszimmer nehmen müssen, um sie in Ruhe zu genießen.
„Hallo, Florian? Ich rede mit dir!" Er nahm einen Teller aus dem Schrank und legte schon mal sein süßes Gebäck darauf, bereit, jederzeit nach oben zu verschwinden. Die Brötchentüte wollte er Julia in die Hand drücken. Doch diese hielt demonstrativ die Arme verschränkt, um zu verdeutlichen, dass das Gespräch noch nicht beendet war. Er seufzte. Eigentlich hatte er keine Lust, das jetzt und hier zu diskutieren. Aber er würde wohl nicht ganz um eine kurze Stellungnahme zu diesem Thema herumkommen.
„Ehrlich gesagt, Julia, ich denke, wir sollten wirklich über das Angebot nachdenken."
„Was?"
„Wir haben jetzt ein großes Haus statt einer Vier-Zimmer-Wohnung. Du wirst deutlich mehr arbeiten als vorher. Ich muss mich in den neuen Job einarbeiten und wer weiß, wie viel Hilfe Lennard in der neuen Schule brauchen wird. Vielleicht sind wir alle bald froh, wenn wir im Haushalt Unterstützung bekommen. Ich finde, wir sollten uns diese

Option offenhalten."
Julia schwieg kurz, schien nachzudenken, bevor sie mit offener Abneigung in der Stimme antwortete: „Möglich, dass wir uns demnächst für eine Haushaltshilfe entscheiden. Aber wir nehmen nicht diese Person. Bei der habe ich ein ganz schlechtes Gefühl. Die führt was im Schilde."
Florian lachte kurz, geschmeichelt von der offensichtlichen Eifersucht seiner Frau auf ein Mädchen, das vermutlich halb so alt war wie er. Er nahm Julia in die Arme und drückte sie an sich. „Keine Sorge, dir kann sie doch eh nicht das Wasser reichen", sagte er und meinte das in diesem Moment nicht nur absolut ehrlich, sondern auch mit gewissen Absichten, die im gleichen Moment ein 130 Zentimeter großes Energiebündel unterbrach, das ins Zimmer gestürmt kam. Florian wuschelte seinem Sohn zur morgendlichen Begrüßung kurz durchs Haar, seufzte noch einmal, nahm seinen Teller und seinen Kaffee und verschwand in sein neues Arbeitszimmer.

*****

Er zuckte zusammen, als das Bild plötzlich schwarz wurde. Der Computer hatte in den Energiesparmodus gewechselt. Ihm war gar nicht bewusst gewesen, dass er so lange bereits reglos auf den Bildschirm starrte, ohne etwas aufzunehmen. Pflichtbewusst wackelte er kurz mit der Maus, um den Monitor wieder zum Leben zu erwecken. Er musste sich jetzt endlich in die neuen Themen einarbeiten. Er wusste nur nicht so recht, womit er beginnen sollte.

Nur um irgendetwas zu tun, öffnete er die letzte Jahresbilanz seines neuen Unternehmens – nicht, dass ihn das im Moment interessierte.
Das erste Meeting mit seinem neuen Vorgesetzten war mittelmäßig gelaufen. Er hatte sicher gemerkt, dass er schlecht vorbereitet und unsicher gewesen war. Außerdem war es ungewohnt für Florian, dass seine Geschäftssprache ab sofort nur noch Englisch sein würde. Aber da das Unternehmen im Ausland saß, war das natürlich keine Überraschung für ihn.
Die Mohnschnecke, die extrem lecker geschmeckt hatte, lag ihm jetzt wie Blei im Magen. Vorsichtig ließ Florian seinen Blick aus dem Fenster in den diesig-grauen Himmel schweifen und fragte sich zum ersten Mal, ob sie sich richtig entschieden hatten. Es hatte sich so gut angefühlt: Alles aufgeben und hinter sich lassen – sein Leben auf der Überholspur, als Workaholic, immer unter Volldampf. Julia ganz fokussiert auf ihren Sohn, das perfekte Zuhause und die Planungen für den kommenden Urlaub. Lennard unter Vollbeschäftigung mit zahlreichen Hobbys und Förderprogrammen. Und dann der plötzliche Tod von Stefan. Völlig unerwartet – durch einen Herzinfarkt mitten aus dem Leben gerissen. Sie waren von klein auf engste Freunde gewesen. Auch die Frauen hatten sich gut verstanden. Stefans Tod hatte alles auf den Kopf gestellt – ihn völlig aus der Bahn geworfen. Stefan hatte gelebt wie er – sein Job als Architekt und die stete Optimierung seines Lebensstandards waren für ihn das Wichtigste im Leben ge-

wesen. Was er in den wenigen Minuten seines Todeskampfes wohl gedacht hatte? Florian hatte schon mehrmals davon geträumt, selbst in dieser Lage zu sein. Das Leben Revue passieren zu sehen und festzustellen, dass er gar nicht wirklich gelebt hatte. Deshalb mussten sie nun von vorne anfangen. Ein Leben auf dem Land, mit Zeit für Hobbys, Familie und Freunde, mal wieder zu sich selbst finden – das hatte er sich vorgenommen.
Und das würde er schaffen! Florian richtete sich abrupt auf, atmete einmal tief ein und ließ seine Schultern kreisen, um sich zu lockern. Er war 43 Jahre alt und kannte das Leben gut genug, um zu wissen, dass Umstellungen immer schwierig waren, auch wenn man sich freiwillig und mit den besten Absichten dafür entschieden hatte. Und eigentlich hatten sie fabelhafte Voraussetzungen. Julia hatte quasi gleichzeitig dieses Traumhaus und eine 70-Prozent-Stelle in einem Zahntechnik-Labor ganz in der Nähe gefunden und konnte nun zum ersten Mal seit Jahren wieder in ihrem eigentlichen Beruf arbeiten. Lennard zuliebe hatte sie in den letzten Jahren nur ein paar Minijobs ausgeübt, um ein bisschen eigenes Taschengeld dazu zu verdienen und etwas „rauszukommen". Florian hatte diese gute Position in der ausländischen Firma bekommen, die er fast komplett im Homeoffice ausüben konnte. Nur ein- bis zweimal im Jahr musste er sich zu einer Dienstreise in den Hauptsitz der Firma begeben. Und Lennard würde in einer Woche in die dritte Klasse kommen. In der kleinen Dorfgrundschule würde er sicher besser zurechtkommen

als in der anonymen Riesenschule der Stadt, in der er vorher war.
Also – alles war gut, alles würde sich finden. Florian ließ seinen Blick aus dem Fenster vom Himmel aus langsam nach unten gleiten und schauderte sofort. Das Unbehagen, das er gerade so rational aus der Vordertür seines Denkens hinausbefördert hatte, war sofort durch die Hintertür wieder hineingehuscht. Da standen sie unübersehbar – diese kleinen, hässlichen Dinger mit den furchtbaren Fratzen und den starren Augen, die den ganzen Tag alles beobachteten, was um sie herum geschah.
Nein – Florian hatte nichts gegen Gartenzwerge, er missbilligte sie nicht, er verabscheute diese kitschigen Scheußlichkeiten nicht – Nein: Er HASSTE sie. Und das aus ganzem Herzen!

*****

Helmut prüfte noch einmal genau, ob die angegebene Adresse auch wirklich mit seiner übereinstimmte, dann drückte er auf „senden“. Sofort verschwand der mühsam zusammengesuchte Inhalt seines Warenkorbs im digitalen Paralleluniversum. In ein paar Tagen würden die Dinge dann mit der Post in seiner Kohlenstoffrealität auftauchen. Ein Vorgang, der Helmut immer noch an Zauberei erinnerte, obwohl er doch bereits seit einigen Jahren die Vorteile des Internetshoppings rege nutzte. Für einen Moment war er zufrieden. Er hatte das Gefühl, etwas Wichtiges un-

ternommen zu haben. Denn seit er wusste, dass das Mädchen wieder da war, hatte ihn eine gewisse Unruhe befallen. Irgendetwas stimmte hier nicht. Die führte etwas im Schilde. Und Helmut hatte das ungute Gefühl, dass er hier früher oder später mit hineingezogen würde. Der kurze Moment der Zufriedenheit legte sich bei der Erinnerung an die Kleine schnell wieder. Er würde nicht einfach warten können, bis die Bestellungen bei ihm eintrafen. Es war sicher besser, nochmal nach dem Rechten zu sehen, bis seine Päckchen dann ankamen.
Helmut schlurfte in den Flur und zog seine festen Schuhe an. Dann streifte er sich seinen alten Parker über und verließ das Haus, selbstverständlich nicht, ohne sorgfältig zweimal abzuschließen. Seine Zwerge schauten ihn fragend an, während er an ihnen vorbei zur Rückseite seines Hauses lief. Um diese Uhrzeit ging er normalerweise nicht fort. Doch das waren unruhige Zeiten. Sie würden sich daran gewöhnen müssen. Er trat an das rostige Gartentor, welches nach hinten, zum Wald hin, führte, öffnete mit seinem Schlüssel das fisselige Vorhängeschloss. Da er keine Lesebrille trug, brauchte er mehrere Anläufe, um den winzigen Schlüssel in das dafür vorgesehene Loch zu führen, es zu öffnen und anschließend wieder sorgfältig zu schließen.
Dann machte er zwei beherzte Schritte über die von ihm selbst vor vielen Jahren aus zwei Dielenbrettern angelegte Brücke über den kleinen Bach, der ihn vom Wald trennte. Die Bretter knirschten leicht unter seinem Gewicht. Er sollte sie vielleicht bald mal erneuern. Aber jetzt hatte er

anderes zu tun. Der kleine Trampelpfad führte in wenigen Metern von seiner persönlichen Brücke zum Hauptweg, der Waldautobahn, auf der gerade ein Rentnerpärchen mit ihrem Hund in Taschenformat spazieren ging. Helmut nickte den Meissenbachers flüchtig zu, sie nickten ebenso desinteressiert zurück. Sie waren eine Art Dauerstatisten in seinem Leben. Mit ihm war er damals in der Grundschule sogar in einer Klasse gewesen, aber mehr als eine Handvoll Sätze hatten sie noch nie miteinander gesprochen. Das Pärchen schlurfte nach links von dannen, er wandte sich selbstverständlich nach rechts. Die Route kannte er so gut – er hätte sie auch mit verbundenen Augen gehen können. Eine Weile den breiten Waldweg entlang, dann links abbiegen auf einen schmaleren Seitenweg, der sich schließlich aufteilte in einen offiziellen Weg und einen kaum erkennbaren Trampelpfad. Helmut nahm – wie immer – letzteren. Leider machten vertraute Dinge gerne auch unaufmerksam. So lief er in Gedanken versunken eine ganze Weile vor sich hin, befand sich schon kurz vor seinem Ziel, als er merkte, dass etwas nicht stimmte.

Da war etwas! Eine Bewegung in seinen Augenwinkeln ließ ihn stutzig werden. Helmut blieb abrupt stehen, lauschte, blickte sich nach allen Seiten um. Er sah und hörte nichts Außergewöhnliches. Der Wald schien an dieser Stelle völlig ausgestorben, nur die üblichen Geräusche drangen an sein Ohr: das permanente Verkehrsrauschen auf der Bundesstraße, die am Wald vorbeiführte, ab und an Vogelgezwitscher, irgendwelche Bauarbeiten weit weg, vermutlich im Nachbardorf. Aber er war sich plötzlich ganz sicher, dass er beobachtet wurde. Er konnte die Blicke in seinem Nacken spüren. Irgendjemand versteckte sich hier und belauerte ihn. Alle Sinne in Alarmbereitschaft, setzte er sich wieder in Bewegung. Tat so, als wäre nichts und versuchte gleichzeitig, alles wahrzunehmen, was um ihn herum geschah. Und tatsächlich, nach wenigen Metern konnte er wieder eine Bewegung in seinen Augenwinkeln erkennen, hörte er ein verdächtiges Knacken hinter sich. Blitzschnell drehte er sich um – was für einen 65-jährigen Mann mit seiner körperlichen Kondition bedeutete, dass es gerade schnell genug war, um noch eine undefinierbare Gestalt zwischen den Büschen davonhuschen zu sehen. Sie zu verfolgen schien ihm aussichtslos. Die Person musste hinter dem Stamm der dicken Eiche etwa fünf Meter von ihm entfernt gestanden haben. Helmut ging zu dem stattlichen alten Baum und schaute hinter den Stamm. Vielleicht würde er Spuren von seinem Verfolger finden – einen Schuhabdruck beispielsweise. Doch die letzten Tage waren trocken gewesen, der Boden viel zu ausgetrocknet, um irgendwelche Spuren darin zu hinterlassen. Helmut schüttelte unwirsch den Kopf und wollte schon wieder abdrehen, da blieb sein Blick an etwas Rotem hängen. Ein kleiner roter Punkt, der zwischen den Kräutern, die im Schatten der Eiche wuchsen, hervorstach. Helmut bückte sich und hob den fingerhutgroßen Gegenstand auf, der dort lag: Eine kleine, knallrote Plastikfigur mit beweglichen Armen und Beinen. Er drehte die Figur nachdenklich in seiner Hand hin und her und bekam langsam eine Ahnung, wer ihn gerade verfolgt haben könnte.

*****

Lennard rannte, bis er keine Luft mehr bekam. Dann verkroch er sich schnell in einem Gebüsch, das für seine Körpergröße wie geschaffen war. In einer Mischung aus prickelnder Spannung und echter Panik wartete er dort, dass er wieder zu Kräften kam. Das Leben als Spion war gefährlicher, als er bisher gedacht hatte. Aber auch wirklich aufregend. Was hatte Lord Garmadon – wie er den grantigen Alten inzwischen nannte – hier im Wald zu suchen? Der war doch nicht einfach nur spazieren gegangen, so mitten am Vormittag, auf diesem geheimnisvollen Trampelpfad. Der hatte ein bestimmtes Ziel gehabt, war unterwegs gewesen, um irgendein Verbrechen zu begehen. Lennard war sich ganz sicher, dass Garmadon etwas im Schilde führte. Gut, dass er ihm eben noch einmal entwischt war – das hätte übel ausgehen können. Hoffentlich war er ihm nicht gefolgt?
Lennard lugte beklommen aus seinem Versteck in alle Richtungen. Weit und breit schien niemand zu sein, doch sicher sein konnte er sich nicht. Lord Garmadon war der Erzfeind der Ninjas, der große Antiheld in seiner allerliebsten Animationsserie. Lennard fand, dass ihr neuer Nachbar in seiner Art, wie er sprach, wie er griesgrämig und argwöhnisch die Umwelt beäugte und ihn gleich bei ihrer ersten Begegnung bedroht hatte, erstaunliche Ähnlichkeit mit diesem Erzfeind der Ninjas hatte. Garmadon kam aus der Unterwelt und hatte zahlreiche bösartige

Kräfte. Vermutlich konnte er sich auch hervorragend verstecken und unbemerkt anschleichen. So tapfer Lennard auch war – eine gewisse Angst hatte er trotzdem. Er musste sich mit Kai beraten, was er jetzt tun sollte. Lennard griff in seine Hosentasche, um seinen besten Freund hervorzuziehen – doch die Tasche war leer! Hatte er die Seite verwechselt? Unruhig griff er in die andere Tasche, doch auch diese war leer. Lennard sprang auf, schaute auf den Boden um sich herum, suchte nach der vertrauten roten Farbe. Kein Kai weit und breit! Nun schlug die leichte Erregung in nackte Panik um: Kai war weg! Er hatte ihn verloren. Das durfte nicht wahr sein! Lennard begann schluchzend zu weinen, wie er es schon seit seinem letzten Sturz vom Klettergerät nicht mehr getan hatte. Nur dass niemand in der Nähe war, der ihn hätte trösten können. Lennard kroch aus dem Gebüsch. Er wollte nach Hause rennen zu Mama und Papa. Aber wo war das? Er dreht sich im Kreis, unfähig, sich irgendwie zu orientieren. Sollte er schreien, um Hilfe rufen? Nein – Lord Garmadon war hier irgendwo in der Nähe. Lennard schloss die Augen und versuchte, sich zu beruhigen. Er dachte an seinen Lieblingsspruch von Kai: „Es geht nicht um die Größe des Ninja in einem Kampf, sondern um die Größe des Kampfes im Ninja." Auch wenn er nur so eine wage Idee hatte, was das bedeutete, liebte er diesen Spruch – er klang so heldenhaft. Lennard merkte, wie er sich langsam wieder beruhigte. Er wartete, bis die letzten Tränen versiegt waren, dann versuchte er, sich zu erinnern, aus welcher Richtung er hierhergekommen war. Er wusste jetzt, was er tun musste. Aus seinem kleinen Spionage-Ausflug war nun eine Mission geworden: Er würde seinen besten Freund wiederfinden und – falls nötig – aus den Fängen des bösen Lord Garmadon befreien. Lennard kniff die Augen zusammen und murmelte entschieden: „Verbrechen lohnt sich nicht, Muchacho. Da kannst du Gift drauf nehmen."

Probezeit

Endlich verließ die Frau mit ihrem Sohn das Haus. Sie stiegen mit großen Einkaufstaschen in den Wagen – das bedeutete wohl, dass sie eine Weile unterwegs sein würden. Celina schaute auf ihr Smartphone und ließ voller Ungeduld noch zwei ganze Minuten verstreichen, bevor sie sich vorsichtig über die beiden morschen Dielenbretter wagte, die über den kleinen Bach führten. Zwei Stunden hatte sie hinter dem dicken Baum im Wald gestanden und die Situation beobachtet. Ameisen und allerhand anderes Ungeziefer hatten die Zeit genutzt, um ihre Arme, Beine, den Rücken und vor allem den Kopf als möglichen neuen Lebensraum zu erkundigen. Ständig hatte es irgendwo an ihrem Körper gejuckt und gekribbelt. Für ein Leben in der freien Natur war sie definitiv nicht geschaffen. Und ihre Kleidung leider auch nicht. Sie stakste auf ihren Stilettos zur Rückseite der Bruchbude, in welcher der gruselige Nachbar hauste, und stieg vorsichtig über den Holzzaun, der zum Glück an einer Stelle unter der Last seiner vielen Jahre etwas zusammengesackt war. Passenderweise hatte sie sich heute für den mädchenhaften Faltenrock entschieden, nicht für den enganliegenden Jersey-Rock, mit dem diese Bewegung gar nicht möglich gewesen wäre. Leicht geduckt huschte sie über das Nachbargrundstück zum angrenzenden Garten. Hier setzte sie sich auf das Betonmäuerchen und schwang ihre Beine grazil über die Abtrennung. Sie konnte nur hoffen, dass sie bei diesem Manöver nicht aus einem der beiden Häuser beobachtet wurde – sie durfte auf keinen Fall zögern, musste schnell zur seitlich gelegenen Eingangstür schleichen, um dort dann ganz zufällig zur rechten Zeit noch einmal vorstellig zu werden. Vor der Haustür angekommen nahm sich Celina dann doch noch einmal einen Moment, um ihre Haare und ihr Make-up im Taschenspiegel zu überprüfen und die Kleidung ordentlich zurecht zu zupfen, bevor sie klingelte.

Und wie erwartet ging ihr Plan auf. Florian Urban erschien leicht zerstreut an der Eingangstür, ließ sie ohne zu zögern hinein, führte sie in die Küche und bot ihr sogar einen Kaffee an. Offensichtlich war er dankbar für die Ablenkung.

„Sie wollen also einmal zur Probe bei uns putzen?"

Ihr leicht verzweifelter Augenaufschlag schien seine Wirkung nicht zu verfehlen. Er nahm ihr wirklich ab, dass sie diesen Job unbedingt brauchte.

„Nicht nur putzen. Ich helfe Ihnen auch gerne dabei, Ihr Umzugschaos in den Griff zu bekommen. Das ist doch sicher schwierig, sich neben allem anderen dafür auch noch Zeit zu nehmen."

Der Mann schaute in seine Kaffeetasse, als würde er hier eine Antwort suchen.

„Ich weiß nicht. Um ehrlich zu sein: Meine Frau ist nicht so begeistert von der Vorstellung, dass wir eine Haushaltskraft anstellen. Aber vielleicht wäre es schlau, wenn Sie noch ein bisschen warten. Nächste Woche fängt sie ihren neuen Job an. Dann wird sie sicher merken, wie schwierig

das wird, nebenher die Hausarbeit im Griff zu behalten. Eigentlich soll ich ja nun auch einen großen Teil der Hausarbeit übernehmen. Aber ich fürchte, dass mein neuer Job erstmal meine volle Konzentration verlangt."
„Das ist doch klar! Wie sollen Sie neben Ihrem Homeoffice denn noch einen ganzen Haushalt schmeißen? Das kann sie doch nicht ernsthaft von Ihnen verlangen", erklärte Celina mit einem zutiefst empörten Unterton, der bewusst jede Erinnerung an Jahrzehnte der Frauenemanzipation annullierte.
Er seufzte leicht. „Ich fürchte, sie muss das erstmal selbst merken, bevor ich da etwas für Sie tun kann."
Celina tat so, als würde sie kurz überlegen, dann lächelte sie verschmitzt und beugte sich vertraulich zu ihm, wohl wissend, dass sein Blick in ihren Ausschnitt dabei nicht zu verachten war.
„Und wenn ich einfach mal vorbeischaue, wenn Ihre Frau sowieso gerade arbeitet? Sie muss ja nicht unbedingt gleich erfahren, dass ich Ihnen bei Ihrer Hausarbeit etwas unter die Arme greife. Ich komme morgens, wenn Frau und Sohn außer Haus sind. Und wenn die Sache erstmal gut läuft und sie ganz begeistert ist, dass sie nach der Arbeit in ein aufgeräumtes Heim kommt, dann können Sie ihr erklären, wie das Ganze wirklich funktioniert. Manchmal muss man eben Fakten schaffen."
Florian Urban schien eine Weile darüber nachzudenken, während er tunlichst an ihr vorbei blickte. „Ich weiß nicht. Das könnte auch nach hinten losgehen. Wenn sich meine Frau hintergangen fühlt, wird das übel für uns enden. Sie

kann da sehr nachtragend sein."
Celina richtete sich wieder auf. Man sollte nicht am ersten Tag zu viel geben.
„Mag sein, aber wenn der Haussegen erstmal schief hängt, weil Ihre Frau völlig gestresst und überfordert ist, wird das auch nicht leicht für Sie. Stellen Sie sich vor: Sie kommt von einem anstrengenden neuen Job nach Hause, muss sich um den Sohn und seine Hausaufgaben kümmern und dann bricht auch noch im Haus das völlige Chaos aus, weil Sie neben Ihrer Arbeit natürlich keine Zeit haben, auch noch die Hausarbeiten zu managen. Meinen Sie, das ist ein guter Start in Ihr neues gemeinsames Leben hier? Ist es da nicht schöner, wenn am Anfang erstmal alles wunderbar rund läuft, so dass Sie sich hier so richtig schön einleben können?"
Jetzt hatte sie ihn. Sie sah es an seinen Augen, die leicht verträumt in die Ferne wanderten. Sie hatte die richtigen Keywords gefunden. Nun war es nur noch eine Frage der Zeit, bis die Wirkung einsetzte. Sie zügelte ihre natürliche Ungeduld und ließ ihm diese Zeit. Es dauerte etwa eine Minute, bis er endlich antwortete.
„Das klingt tatsächlich verlockend. Also gut. Wir testen das einmal nächste Woche, wenn mein Sohn in der Schule und meine Frau im Zahnlabor ist. Sie kommen an zwei Vormittagen und machen hier eine Art Probezeit. Und wenn alles gut läuft, sehen wir weiter. In Ordnung?"
Celina lächelte. „Das klingt hervorragend. Danke, dass Sie mir diese Chance geben."

*****

Florian nickte zum Abschied und verließ die Sitzung mit einem Klick. Zwei Stunden hatte er sich zusammengerissen und war hochkonzentriert der Einführung in sein neues Aufgabengebiet gefolgt. Diesmal hatte er eine bessere Figur abgegeben, hatte die richtigen Fragen gestellt, war durch nickende Köpfe in seinen Kommentaren zum Thema bestätigt worden. Das hatte gutgetan, endlich wieder ganz bei der Sache zu sein. Doch nun war die Besprechung vorbei und er fühlte sich plötzlich ausgewrungen wie ein nasser Lappen. Er hatte nun schon die dritte Nacht in Folge kaum geschlafen. Immer wieder waren seine Gedanken in den dunklen Garten hinausgewandert, mehrmals war er aufgestanden und hatte aus dem Fenster geschaut, um nach Schatten zu suchen, die dort nicht hingehörten.

Erschöpft ließ Florian auch jetzt seine Augen aus dem großen Fenster des Arbeitszimmers wandern. Auch am dritten Tag noch schrak er jedes Mal ein bisschen zusammen, wenn sein Blick auf das Nachbargrundstück fiel. Während der Sitzung hatte er es geflissentlich vermieden, ein einziges Mal nach draußen zu schauen. Auf Dauer war das für die müden Augen aber nicht machbar. Er musste sich eine Lösung für dieses Problem überlegen.

Aber zunächst brauchte er neue Energie. Florian wusste auch schon, wie er diese bekommen würde. Es war 12.30 Uhr, genau die richtige Zeit für eine Pause. Entschlossen stand er auf, schritt nach unten, zog seine Schuhe an und

verließ das Haus. Julia war mit Lennard zusammen zum Großeinkauf und anschließend zu einer alten Freundin gefahren, somit musste er sich sowieso selbst mit Essen versorgen. Der kleine Spaziergang zum Bäcker war also nicht einmal besonders unvernünftig.
Voller Vorfreude betrat er das alte Eckhaus an der Straßenkreuzung, in dem der Bäcker seinen Laden hatte. Instinktiv sog er eine tiefe Brise des unwiderstehlichen Geruchs nach frischem Brot ein, und ließ sich auch Zeit, den darüber liegenden Duft nach süßen Teilchen und einem Hauch von Wurst und Käse in sich aufzunehmen. Er liebte diese Geruchsmischung. Vor ihm standen noch zwei andere Kundinnen, so dass er Zeit hatte, ein bisschen darin zu schwelgen. Während sich eine etwa 40-jährige Frau Stück für Stück einen ganzen Teller verschiedener Kuchen zusammenstellen ließ, betrachtete er außerdem zum ersten Mal den Verkaufsraum. Bei seinem letzten Besuch war er zu sehr in seinem Gedankentunnel gewesen, um die Umgebung wahrzunehmen.
Äußerlich war das Eckhaus zwar in die Jahre gekommen und renovierungsbedürftig, aber doch recht groß. Der Verkaufsraum dagegen fiel erstaunlich klein und beengt aus. Mit den drei Kunden schien der Laden eigentlich schon gut gefüllt. Die beiden kleinen Stehtische, die seitlich an einem der großen Fenster standen, um noch einen Bereich für Gäste zu schaffen, die gerne hier ihren Kaffee tranken, wirkten hineingequetscht und deplatziert. Florian konnte sich nicht vorstellen, dass dieses Angebot von Kunden tatsächlich genutzt wurde. Aus einer spontanen Idee heraus

beschloss er jedoch, es selbst einmal auszuprobieren. Schließlich wollte er langsam mal ein Gefühl für seine neue Heimat und die Menschen, die hier wohnten, bekommen. Ein bisschen die Lage beobachten.

„Bitte einen großen Cappuccino, ein Käsebrötchen und eine Mohnschnecke zum Hieressen", gab er deshalb, nachdem die Kundinnen vor ihm bedient waren, entschlossen seine Bestellung auf. Hinter der Theke stand ein Mann mittleren Alters. Er schaute ihn kurz irritiert unter den buschigen blonden Augenbrauen an, begann dann aber kommentarlos, die Bestellung auf einen großen Teller zu legen und schaltete die Kaffeemaschine hinter sich an. Das Gerät älteren Jahrgangs machte keinen sehr vertrauenserweckenden Eindruck, als es zischend zu Leben erwachte. Da das mit dem Kaffee eine Weile dauern würde, ließ sich eine kleine Konversation schon aus Höflichkeit nicht ganz vermeiden.

„Sie sind neu hier, oder?", fragte der Mann schließlich nach wenigen Sekunden des Schweigens.

„Ja, Florian Urban – ich bin mit meiner Familie gerade hier in den Ort gezogen."

„Schön. Tommi Brunner. Eigentlich der Bäckermeister und Chef hier, aber manchmal auch für den Laden zuständig. Wenn alle anderen gerade Urlaub haben oder krank sind oder Mittagspause machen oder sowas." Aus der Stimme des Bäckermeisters sprach deutliche Verachtung gegenüber dieser Art Tätigkeit, die er hier vertretungsweise erledigen musste. Er wandte sich zur Kaffeemaschine, die ihr Schnaufen und Zischen inzwischen beendet hatte und nun betriebsbereit zu sein schien. Etwas unschlüssig, was zu tun war, stellte Brunner eine der größten Tassen unter den Vollautomaten und drückte sich durch das Menü, bis er wohl eine Möglichkeit gefunden hatte, der Maschine Cappuccino zu entlocken. Nun setzte das Zischen und Schnaufen wieder ein, wurde sogar heftiger und lauter. Zufrieden, das Gerät gemeistert zu haben, wandte sich der Bäcker wieder zu Florian um.

„Sie wohnen im Haus von Ludwig Peters, oder?"

Florian war kurz irritiert. Er hatte mit dem Vorbesitzer des Hauses nur einmal kurz beim Notar Kontakt gehabt, aber sein Namensgedächtnis war gut genug, um sich an ihn zu erinnern.

„Nein, wir haben unser Haus einem Christoph Schilling abgekauft."

Der Bäcker lachte kurz und winkte ab. „Klar – Schilling gehörte das Haus ja noch, aber Ludwig Peters hat die letzten Jahre darin gewohnt, deshalb ist das Haus für uns hier im Ort ‚das Haus vom Ludwig'. Werden Sie sicher noch öfter so hören. Gewöhnen Sie sich dran." Die Maschine hatte sich wieder beruhigt, Brunner dreht sich zu ihr um und schob mit einem Anflug von triumphierendem Lächeln im Gesicht das Ergebnis über die Theke.

„Alles klar. Danke", murmelte Florian. Im gleichen Moment ging hinter ihm die Ladentür auf und gab als Signal ein kurzes Klingeln von sich. Florian griff sich seinen Teller und brachte ihn zu einem der Stehtische, um Platz für die nächste Kundin zu schaffen und sich seinem Mittagessen zu widmen.

„Hallo Tommi!"
„Hallo Helga!"
Florian sah überrascht auf und blickte in zwei grau-grüne Augen, die ihn scharf musterten.
„Guten Tag, Herr Urban! Sie scheinen ja schon langsam zum Stammkunden hier zu werden." Wieder lag diese seltsame Betonung in der Stimme von Helga Meier, die wie eine göttliche Botin plötzlich mitten im Laden stand. Florian hatte aber nicht vor, sich von der alten Dame irritieren zu lassen.
„Hallo Frau Meier. Jetzt haben Sie mich ertappt – ich mache hier gerade eine kleine Mittagspause."
„Schön. Tommi – weißt du schon, wo Herr Urban gerade eingezogen ist?" Helga Meiers Blicke gingen lauernd zwischen den beiden Männern hin und her.
„Klar. Beim Ludwig. Wurde ja auch Zeit, dass das Haus mal wieder bewohnt wird. Wäre doch eine Schande drum gewesen. So einen geilen Schuppen kann man doch nicht verkommen lassen." Der Bäcker wandte sich ab und begann, mit einem Lappen die Kaffeemaschine zu schrubben.
„Ist jetzt ein halbes Jahr her, dass der Ludwig so plötzlich verschwunden ist, oder?"
„So in etwa", knurrte Brunner, ohne sich umzudrehen.
„Schon seltsam, dass niemals rausgekommen ist, wohin der alte Halunke abgehauen ist. Findest du nicht?"
„Was meinen Sie damit – dass das nie herausgekommen ist?", mischte sich Florian nun doch in das Gespräch ein.

Offensichtlich inszenierte Helga Meier diese kleine Unterhaltung nur für seine Ohren. Er hatte schon bei ihrem ersten Besuch das Gefühl gehabt, dass sie ihm irgendetwas mitteilen wollte. Helga Meier lächelte hintergründig. Sie trat an seinen Tisch heran und senkte ihre Stimme etwas.
„Ludwig Peters war Landrat hier im Kreis und man munkelt, dass er in einige unsaubere Geschäfte verwickelt war." Ein verächtliches Schnauben hinter der Theke machte deutlich, dass Brunner die Unterhaltung weiterverfolgte, während er die Brote im Regal zusammenschob und neu sortierte.
„Es gibt einige Leute hier im Ort, die nicht gerade gut auf ihn zu sprechen sind, wie Sie merken werden. Und vor ein paar Monaten ist der Ludwig von einem auf den anderen Tag einfach verschwunden. Er scheint nicht mal Gepäck mitgenommen zu haben – oder wenn, dann so wenig, dass es nicht weiter auffiel, als die Polizei sein Haus durchsuchte. Natürlich gab es auch eine Ermittlung. Man befürchtete, er könnte einem Verbrechen zum Opfer gefallen sein. Aber die Polizei hat keine Hinweise darauf gefunden. Möglich wäre natürlich auch, dass er Selbstmord begangen hat und einfach noch nicht gefunden wurde. Nicht dass er der Typ dafür gewesen ist, aber wer weiß sowas schon. Nun gilt er einfach als vermisst – er ist ein erwachsener Mann und kann hingehen, wo er will. Aber seltsam ist das schon, oder?"
Nun drehte sich Brunner wieder zu ihnen um. „Ach was, Helga, red` doch nicht so einen Unsinn. Immer diese Am-

menmärchen! Das ist ganz banal: Der Ludwig hat sich einen Koffer mit seinem ergaunerten Schwarzgeld gepackt und ist abgehauen. Vermutlich sitzt er auf irgendeiner Karibik-Insel und lacht sich ins Fäustchen über die Blödheit der Menschen."

Helga lächelte anzüglich. „Vermutlich hast du Recht. Vielleicht. Aber – Herr Urban – ich habe wirklich Respekt vor Ihrer Entscheidung, in dieses Haus einzuziehen. Hier im Ort würde sich das niemand wagen. Ich könnte in dem Kasten kein Auge zumachen, bevor die Sache nicht geklärt ist."

*****

Seine Mittagspause war nicht so verlaufen, wie er sich das erhofft hatte. Statt einer kurzen Ablenkung, um sich dann gestärkt wieder an die Arbeit zu machen, geisterten Florian nun schon seit zwei Stunden die verschiedenen Möglichkeiten durch den Kopf, was mit seinem Vorbewohner geschehen sein könnte. Geistesabwesend arbeitete er sich durch seine Mails, immer wieder kehrten seine Gedanken auf sein eigentliches Thema zurück. Wenn Ludwig Peters tatsächlich ein korrupter Politiker gewesen war, schien ihm die Erklärung des Bäckers am rationalsten: Er hatte sich abgesetzt und lebte nun von seinen ergaunerten Rücklagen. Doch tief in seinem Inneren hatte Florian die Neigung, Ammenmärchen, Klatsch und Tratsch mehr zu glauben, als gut für ihn war. Und so schien der Schatten, den er in seiner ersten Nacht hier gesehen hatte, plötzlich noch bedrohlicher. Er fragte sich, ob er in diesem Haus jemals zur Ruhe kommen könnte, bevor er das nicht geklärt hatte. Vermutlich war das aussichtslos – und so musste er nun langsam etwas unternehmen. Ja, er musste seine Probleme hier aktiv angehen. Er war nicht der Typ, der Dinge einfach über sich ergehen ließ.

In diesem Moment nahm er eine Bewegung wahr. Er wagte einen Blick aus dem Fenster in den Nachbargarten und sah ihn: Herr Tulpe, schmächtig, kariertes Hemd, verblichene beige Baseballkappe auf dem Kopf – so schlurfte er langsam und bedächtig durch seinen Garten, begutachtete seine Scheußlichkeiten, beugte sich hin und wieder zu ihnen hinunter. Florian zog verächtlich die Mundwinkel nach unten. Täuschte er sich, oder bewegte der Nachbar da seine Lippen, während er sich zu den Figuren hinabbeugte? Sprach er mit ihnen? Florian spürte eine Gänsehaut, die im Rücken begann und dann über Arme und Beine auf den ganzen Körper ausstrahlte. Dann richtete er sich plötzlich kerzengerade auf. Ja, er musste etwas unternehmen, um in seinem neuen Zuhause anzukommen. Und er wusste auch schon, womit er beginnen würde.

*****

„Hallo, Herr Tulpe?"

Langsam nahm das wirklich überhand. Helmut hatte ja von Anfang an geahnt, dass es mit den neuen Nachbarn Ärger geben würde, aber dass es so schnell losging, hatte er nicht erwartet. Er würde seinen Routinerundgang auf

einen anderen Zeitpunkt verlegen müssen, wenn er um diese Zeit keine Ruhe mehr fand.
„Hallo, Herr Tulpe? Können wir mal kurz reden?"
Der Koloss von nebenan ließ ihm keine Ruhe. Groß und kräftig – eine Erscheinung wie eine Urgewalt – stand er an dem Betonmäuerchen, das ihre beiden Grundstücke trennte, und machte keine Anstalten, wieder zu verschwinden. Helmut wusste, dass es keinen Sinn hatte, ihn zu ignorieren. Also ging er langsam auf ihn zu – innerlich auf alles vorbereitet, was da kommen könnte. Zwei bis drei Meter von ihm entfernt blieb er stehen. Das musste reichen, um sich zu unterhalten.
„Herr Tulpe, ich komme gleich auf den Punkt, denn eigentlich bin ich gerade mitten am Arbeiten: Können Sie sich noch an unser Gespräch vorgestern erinnern?"
Tulpe sparte sich ein Nicken auf diese rhetorische Frage, starrte stattdessen dem Nachbarn nur misstrauisch in die Augen. Man konnte ihm vieles nachsagen, aber Demenz gehörte sicher nicht dazu.
„Schön. Haben Sie vielleicht noch einmal über meinen Vorschlag nachgedacht?"
„Was wollen Sie?" Helmut ahnte, worauf das hinauslaufen würde.
„Ich meine den Vorschlag, Ihre Figuren alle in den anderen Teil des Gartens zu räumen. Möglichst weit von unserem Haus entfernt. Damit ihnen nichts passiert und es keinen weiteren Ärger zwischen uns gibt. Wir wollen doch unsere gute nachbarschaftliche Beziehung nicht unnötig gefährden?"

„Tze!“ Helmut stieß ungehalten seine Luft aus. Eine solche Dreistigkeit hatte sich nicht einmal Ludwig Peters gleich zu Beginn ihrer Nachbarschaft erlaubt. Wollte dieser neureiche Schnösel ihm tatsächlich vorschreiben, wo er seine Zwerge in seinem Garten aufstellte? Das war so absurd, dass ihm im ersten Moment nicht einmal eine passende Antwort einfiel.
„Ich weiß, das klingt vielleicht ein bisschen unverständlich für Sie. Ich sehe ja, wie sehr Ihnen die Figuren am Herzen liegen. Aber genau darum wäre es doch auch für Sie eine Möglichkeit, sie zu beschützen.“
Helmut spürte Zorn in sich aufsteigen. Mühsam versuchte er, sich etwas zu beherrschen, die Erwiderung nicht herauszuschreien: „Meine Zwerge stehen auf meinem Gelände absolut sicher. Halten Sie Ihren schwererziehbaren Bengel im Zaum! Das Ganze ist Ihr Problem, nicht meins!“
Der Koloss japste kurz nach Luft. Solche Worte schien er nicht gewöhnt zu sein. „Mein Sohn ist ein ganz liebes Kind, nicht schwererziehbar!“
„Ihr Sohn ist eine neugierige kleine Kröte. Er steckt seine Nase in Dinge, die ihn nichts angehen, und zerstört mein Hab und Gut.“
Der Nachbar schien mindestens ebenso sauer wie er selbst, doch er atmete mit tiefrotem Gesicht ein paarmal tief durch, dachte eine ganze Weile nach und hatte sich voll im Griff, als er antwortete: „Na schön. Sie werden schon noch feststellen, dass Lennard ein ganz unkomplizierter Junge ist, der niemandem etwas Böses will. Und um ganz offen zu sein: Es geht mir gar nicht nur um ihn. Sehen Sie… “, er

drehte sich etwas um und zeigte mit ausgestreckter Hand auf sein Haus. Genau genommen auf das große Fenster im Obergeschoss, das zu Helmuts Frust genau auf seinen Garten ausgerichtet war. Von Anfang an war ihm dieses Fenster ein Dorn im Auge gewesen. Seit das Haus errichtet worden war, hatte er sich durch dieses Fenster permanent in seinem Garten beobachtet gefühlt. Der Nachbar fuhr fort.

„Ich habe mein Arbeitszimmer genau in diesem Raum des Hauses. Mein Schreibtisch steht an diesem großen, herrlichen Fenster mit Blick direkt auf Ihren Garten. Und – ich muss ganz ehrlich gestehen – ich bin kein großer Fan von … Gartenzwergen." Der große Kerl schien echte Mühe zu haben, das Wort über die Lippen zu bringen. „Nun sehe ich jedes Mal, wenn ich von meinem Schreibtisch aufschaue, auf Ihre Sammlung hinunter. Und jedes Mal lenkt mich das von meiner Arbeit ab. Sie würden mir wirklich einen ganz großen Gefallen tun, wenn Sie Ihre Freunde aus dem Sichtfeld meines Arbeitszimmers entfernen könnten. Nur das – um mehr möchte ich Sie gar nicht bitten."

Helmut konnte es nicht fassen, was dieser Anzugträger ihm da vorschlug. Noch keine Woche wohnte er hier neben ihm, und schon wollte er sich grob in sein bescheidenes Leben einmischen. Doch er wusste, dass es ihn nicht weiterbrachte, nun auszurasten. Er musste klug agieren, um hier zu Punkten.

„Ich mache Ihnen einen Gegenvorschlag: Lassen Sie den Rollladen herunter, stellen Sie Ihren Schreibtisch vom Fenster weg oder gehen Sie zum Arbeiten ins Büro, so wie jeder vernünftige Mensch meiner Generation es immer getan hat. Hören Sie einfach auf, in meinen Garten zu starren, und schon haben Sie keine Probleme mehr! Das hier ist mein Grund und Boden und Sie haben kein Recht, ständig in meine Privatsphäre zu gaffen. So einfach ist das!"

Sprachlos starrte ihn der Nachbar mehrere Sekunden lang an. Offensichtlich musste er eine Weile an seiner Taktik feilen. Doch schließlich beugte er sich über das Mäuerchen zu ihm herüber und senkte seine Stimme, was seinen Worten wohl einen bedrohlichen Charakter verleihen sollte.

„Hören Sie, ich kann auch anders. Wenn wir das nicht im Guten hinbekommen, werde ich meinen Anwalt einschalten müssen. Und Sie wissen ja – wenn die Juristen erst einmal im Spiel sind, ist es mit der nachbarschaftlichen Ruhe endgültig vorbei. Wollen Sie das wirklich? Überlegen Sie es sich bitte genau! Ich gebe Ihnen zwei Tage Zeit, darüber nachzudenken. Wenn die Zwerge bis dahin nicht aus meinem Sichtbereich verschwunden sind, werde ich mich mit meinem Anwalt unterhalten."

Mit diesen Worten drehte sich der Koloss um und verschwand mit zügigen Schritten wieder in seinem Haus. Er sah nicht mehr, wie ein bissiges Grinsen über Helmuts Gesicht zog. Florian Urban wollte Krieg? Den konnte er haben! Und Helmut musste keine zwei Tage darüber nachdenken. Er wusste jetzt bereits, wie seine Antwort auf dieses Ultimatum aussehen würde.

Miss Marple ermittelt

Es dauerte so lange, bis im Haus endlich Ruhe einkehrte, dass Lennard schließlich doch einschlief. Trotz seiner Aufregung und obwohl er die Augen extra weit aufzureißen versuchte. Doch irgendwann war es einfach passiert: die Augenlider klappten schwer wie Blei herunter, er nickte ein. Aber das war okay. Denn als er wieder erwachte, war es rundum stockdunkel und still. Endlich! Lennard zögerte nicht, schlüpfte aus dem Bett und schlich nach unten. Zum Glück war es seinen Eltern nicht aufgefallen, dass er T-Shirt und Jeans statt seines Pyjamas trug, als sie vor dem Schlafengehen noch einmal nach ihm schauten.

Lennard hatte sich genau überlegt, was er tun würde, den ganzen Tag hatte er seinen Plan ausgetüftelt. Wie selbstverständlich nahm er seine alte Kindertaschenlampe, sein Schweizer Taschenmesser, das er zu Weihnachten bekommen hatte und eigentlich nur unter Aufsicht seiner Eltern nutzen sollte, und einen Haustürschlüssel in seinem Rucksack mit.

In dieser Nacht war von den sommerlichen Temperaturen des Tages wenig zu spüren. Ein Wetterumschwung bereitete sich gerade vor. Doch Lennard spürte die Kälte kaum, er war viel zu aufgeregt, als er aus der Haustür schlich und auf direktem Weg zum Nachbargrundstück huschte. Dort kletterte er mit Leichtigkeit über die niedrige Betonmauer.

Er warf einen beklommenen Blick zum Haus des Nachbarn. Da der Mond gerade relativ hell durch eine Lücke in der Wolkendecke leuchtete, konnte er einiges erkennen. Alle Fenster waren dunkel, die Rollläden im Obergeschoss heruntergelassen. Trotzdem wurde er das unangenehme Gefühl nicht los, dass er beobachtet wurde, als er im Schatten der Mauer tief geduckt durch den Garten rannte. Einmal wäre er dabei fast gegen einen dieser Gartenzwerge gestoßen, konnte aber im letzten Moment noch ausweichen. Er achtete sehr darauf, kein Geräusch zu machen. Das gelang ihm erstaunlich gut. Und so fühlte er sich fast wie James Bond, als er das windschiefe Gartenhäuschen erreichte. Lennard wusste von seinen Spionagetätigkeiten am Tag, dass das Holzhaus einmal bunt bemalt gewesen sein musste, mit freundlichen, mannshohen Gartenzwergen auf der Fassade, fast wie ein Spielhaus für Kinder. Inzwischen war die Farbe aber zum größten Teil abgeblättert, die Fenster waren mit Sperrholzbrettern vernagelt. Was früher für Kinder freundlich und einladend gewesen sein musste, konnte nun als Schauplatz für Albträume herhalten.

Da wollte er hinein. Denn sein Ninja-Instinkt sagte ihm, dass Kai in dieser Hütte gefangen gehalten wurde. Er war den ganzen Waldweg noch einmal abgelaufen – nirgends hatte er ihn gefunden. Daher war Lennard sich sicher, dass der Alte seinen Freund entführt hatte. Lennard lief um das Häuschen herum, denn er wusste bereits, dass sich die Eingangstür an der Rückseite befand und dass sie zum Glück nicht verschlossen war. Von seinem Nussbaum aus hatte er wirklich gute Sicht auf diese Seite des Schuppens. Die Holztür hing so schief in ihren Angeln, dass man sie nicht einmal richtig fest schließen konnte – sie passte einfach nicht mehr in ihren Rahmen. Sie hielt nur zu, weil Tulpe sie jedes Mal, wenn er das Gartenhäuschen verließ, mit Gewalt in der Öffnung festklemmte. Lennard hatte ihn dabei beobachtet. Nun stand er vor dieser Tür, zog an dem verrosteten Griff und bekam sie nicht auf. Mist! Er hatte nicht gedacht, dass sie so festsitzen würde. Lennard zerrte mit der ganzen Kraft seines Körpers, doch die Tür rührte sich nicht. Er konnte jetzt aber nicht aufgeben. Unmöglich! Er riss am Griff, rüttelte daran, stemmte schließlich einen, dann beide Füße gegen die Wand des Häuschens. Dann flog die Tür mit einem Knall auf und Lennard landete auf dem Rücken. Erschöpft blieb er einen Moment liegen, bis er wieder zu Atem kam. Dann rappelte er sich hoch und schlich in die Hütte. Drinnen war es stockdunkel, es roch muffig. Lennard zog seine Taschenlampe aus dem Rucksack. Die Batterie war schwach, sie spendete nur ein kraftloses Licht. Er ließ den kläglichen Lichtkegel erst über den Holzboden, dann die Wände entlang gleiten. Alles hier drin wirkte schmuddelig, alt und war mit Staub überzogen. Entlang der Wand zu seiner Linken zog sich eine lange Werkbank mit allerhand Werkzeugen. An der rechten Wand standen mehrere Regale, bepackt mit diversen großen Plastikkisten. Lennard machte einige beherzte Schritte in den Raum und ließ seinen Lichtkegel auf der Suche nach einer kleinen, roten Plastikfigur über die Werkbank wandern. Er blieb an einer deutlich größeren

Figur hängen, die dort ziemlich in der Mitte der langen Fläche stand. Ein grellbunter, dicker Zwerg, der beide Hände ausgestreckt hatte und sich etwas vorbeugte. Lennard stieß einen kurzen Schrei aus. Mit Entsetzen sah er, dass die Zunge, die der Zwerg aus seinem grinsenden Mund hervorstreckte, nur noch lose an seinen Lippen baumelte. Auch ein Teil der beiden ausgestreckten Hände schien brutal weggeschnitten zu sein. Aber das schlimmste waren seine Augen: Dort, wo sonst die dunkle Iris den Betrachter anblickte, starrten ihm nun nur noch zwei schwarze Löcher entgegen.

Was machte Garmadon hier mit seinen Zwergen? Waren das irgendwelche abartigen Experimente? Lennards Herz klopfte wie verrückt, während er sich zwang, den Lichtkegel noch weiterwandern zu lassen auf der Suche nach Kai, bis zur schmalen Seitenwand des Schuppens. Dann schrie er erneut auf. Hier hingen zwei weitere Gartenzwerge. Wo früher die Augen der Zwerge gewesen sein mussten, starrten ihm wieder nur vier dunkle Löcher entgegen. Dicke Fleischerhaken staken den Zwergen mitten in den Augen. Der Anblick war grässlich, und je länger Lennard darauf starrte, desto schlimmer wurde es. Bildete er sich das ein, oder begannen die Zwerge jetzt auch noch, sich zu bewegen? Verzogen sich ihre grinsenden Münder im schwachen Schein der Taschenlampe zu boshaften Grimassen? Die Panik überrollte ihn in einer übergroßen Welle. Lennard ließ die Taschenlampe fallen, drehte sich um und begann zu rennen. Er stürmte aus dem Schuppen, hinüber zu ihrem Garten, sprang über die kleine Betonmauer und wollte auf die Haustür zu flitzen, als er aus den Augenwinkeln einen Schatten aus Richtung Wald auf ihn zukommen sah. Auch das noch! Er hatte keine Zeit, nachzusehen, wer da kam. Geduckt rannte er im Schatten des Mäuerchens weiter, bis er auf Höhe der Haustür war. Dann kamen ihm die Wolken zu Hilfe, die sich plötzlich vor den Mond schoben und alles mit undurchsichtiger Dunkelheit überzogen. Mit zittrigen Fingern kramte Lennard blind den Haustürschlüssel aus seinem Rucksack hervor, löste sich von seinem Mäuerchen und sprang zur Tür. Mit den Fingerspitzen suchte und fand er das Schlüsselloch. Zum Glück hatte er Zuhause – in der Stadt – oft genug ihre Haustür aufschließen dürfen und war darin äußerst geübt. Er war sogar noch geistesgegenwärtig genug, die Tür hinter sich nicht einfach zuzuwerfen, sondern sie lautlos – mit gedrückter Klinke – zugleiten zu lassen. Zitternd und verschwitzt kam er in den sicheren vier Wänden seines Kinderzimmers an. Seinen Kai hatte er leider nicht gefunden. Aber nachdem sich Minuten später seine erste Aufregung gelegt hatte, war er sich ganz sicher: So schnell würde er nicht aufgeben.

*****

Wieder diese seltsamen Geräusche aus dem Wald, die ihm keine Ruhe ließen. Und dann noch die Gedanken an die Vorgeschichte dieses Hauses, die in der Nacht deutlich unheimlicher wirkte als am Tag. War Florian am Tag noch davon überzeugt gewesen, dass der Bäcker völlig richtig mit seiner Vermutung lag, dass dieser Ludwig Peters sich einfach irgendwo ins Ausland abgesetzt hatte, so konnte er sich nun, in der Nacht, plötzlich noch ganz andere Szenarien vorstellen. Vielleicht war er tatsächlich ermordet worden. Vielleicht irrte sein Geist noch unerlöst da draußen umher, solange seine Leiche nicht gefunden und der Täter nicht überführt worden war? In seinem übermüdeten Kopf schien Florian plötzlich vieles möglich zu sein. Während Julia neben ihm tief und fest zu schlafen schien, wälzte er sich nun bereits seit Stunden von einer Seite auf die andere. Hin und wieder nickte er kurz ein, um wenige Minuten später dann wieder aufzuschrecken und erneut über alles nachzugrübeln. Schließlich stand er auf, zog sich eine Weste über und ging ins Wohnzimmer hinunter. Er goss sich ein Glas Milch ein und trat ans Wohnzimmerfenster. Sein Blick tastete suchend den ganzen Garten ab. Waren die Schatten dort, wo sie sein sollten? War da etwas, das nicht in den Garten gehörte? Von hier drinnen konnte er nichts feststellen. Alles schien dort draußen ruhig und im nächtlichen Schlaf zu liegen. Abgesehen von den Waldtieren, die wohl nie zur Ruhe kamen – daran würde er sich gewöhnen müssen. Florian setzte das Glas an die Lippen, um den Rest der Milch auszutrinken, wieder nach oben zu gehen und darauf zu hoffen, dass die Milch ihre Wirkung tat, da hörte er plötzlich einen kurzen Knall von draußen. Stark gedämpft durch die dreifache Verglasung der Terrassentür, aber doch eindeutig ein Geräusch, das da nicht hingehörte.

Beherzt öffnete Florian die Tür und trat auf die Terrasse.

Alles schien ruhig, das Geräusch wiederholte sich nicht. Dennoch beschloss er, der Sache nun einmal näher auf den Grund zu gehen. Er würde sich endlich seiner Angst stellen, es wurde Zeit, dass er zur Ruhe kam. Zielstrebig verließ er die Terrasse und schritt direkt auf das Ende seines Gartens zu. In den Bereich, der trotz hellem Mondschein ganz im Schatten des Waldes lag. An die natürliche Grenze des Baches – da, wo er den Schatten vor einigen Tagen davonhuschen gesehen hatte. Er schritt diese Grenze rasch ab, starrte über den Bach in die Dunkelheit des Waldes und versuchte, etwas zu erkennen. Irgendetwas. In dem Moment hörte er den leisen Schrei. Hoch war er, fast wie der eines Kindes. Florian stellten sich die Nackenhaare auf. War der Schrei aus dem Wald gekommen oder war er nur von den Bäumen des Waldes reflektiert worden? War das überhaupt ein menschlicher Schrei oder kam er vielleicht nur von zwei Katzen, die sich gegenseitig das Fell gerbten? So sehr er es versuchte – im Schatten des Waldes konnte er einfach nichts erkennen. Ein zweiter Schrei ließ ihn zusammenzucken. Er war sich fast sicher, dass er von hinten gekommen war, nicht aus dem Wald. Schnell drehte Florian sich um. Gerade rechtzeitig, um etwa 20 Meter entfernt einen menschlichen Schatten über die Betonmauer des Nachbarn springen zu sehen. Ein ziemlich kleiner Schatten – oder wirkte das einfach wegen der Entfernung so auf ihn? Vielleicht täuschte er sich. Der Schatten verschmolz schnell mit dem dunklen Mäuerchen, schien sich dort entlang zu bewegen. Nun setzte sich endlich auch Florian in Bewegung. Er musste diese Person einholen. Er sprintete los, fühlte, wie seine träge Körpermasse langsam aber sicher Fahrt aufnahm. Da wurde es plötzlich dunkel um ihn. Im ersten Moment wusste er nicht, was geschah. Dann erst begriff er, dass der Mond hinter einer Wolke verschwunden war und im gleichen Moment spürte er auch schon, wie sein Fuß über etwas stolperte. Er verlor das Gleichgewicht und knallte in voller Länge auf den Boden. Das Adrenalin, das durch seine Adern rauschte, erlaubte ihm aber nicht, wehleidig am Boden liegen zu bleiben. Er zwang seine schmerzenden Knie und Hände, seinen Körper wiederaufzurichten und stolperte – so schnell es in der Dunkelheit ging – weiter. Als er vorne an der Straße ankam, konnte er wieder etwas sehen. Seine Augen hatten sich an die Dunkelheit gewöhnt und die Straßenlaternen, die etwas entfernt die Nacht beleuchteten, taten ihr Übriges. Er ließ seine Augen suchend die Straße auf- und abgleiten. Hierhin musste der Unbekannte geflohen sein – in diese Richtung war er gelaufen. Doch so sehr er sich auch bemühte – er konnte keine Gestalt, keinen Schatten, keinerlei Anzeichen von Leben hier draußen entdecken.

*****

Wahnsinn, was es alles für krasse Häuser gab. Mit gigantisch hohen Räumen, Schlafzimmern groß wie Sporthallen und einem eigenen Fitnessstudio. Mit Pools, deren Wände aus Glas bestanden und eine Aussicht über das ganze angrenzende Meer boten. Celina wusste sogar, wie diese Pools hießen: Infinity-Pools. Und genau so einen wollte

und würde sie eines Tages selbst besitzen. Okay - vermutlich etwas kleiner als der, den ihre Lieblings-Influencerin ihr da gerade auf TikTok präsentierte. Man musste schließlich realistisch bleiben.
„So ein Quatsch, Celina. Lass dir nicht solche Flausen in den Kopf setzen. Du wirst niemals in so einem Haus wohnen. Träume nicht, arbeite!“
Celina schaltete seufzend ihr Smartphone aus und steckte es zurück in ihre Gesäßtasche. Heute hatte ihre Oma mal wieder ihren geschwätzigen Tag. Aber sie hatte recht, sie saß jetzt schon 20 Minuten hier im Bad auf dem Wannenrand und hatte sich von einem Videoclip zum nächsten treiben lassen. Sie sollte jetzt mal weiterarbeiten, bevor die Alte misstrauisch wurde.
Celina zog die Gummihandschuhe über und begann, Wanne, Waschbecken und Toilette dick mit dem besonders scharfen Reinigungsmittel einzusprühen, das sie am liebsten verwendete. Mehr Chemie bedeutete weniger Schrubben – da musste selbst Oma ihr zustimmen. In der Luft hing nun ein furchtbar beißender Geruch, der ein Atmen kaum noch möglich machte. Celina öffnete schwungvoll das Fenster, dann wischte sie mit dem gelben Lappen, den sie prinzipiell für alles verwendete, in schnellen Bewegungen einmal über alle eingesprühte Flächen. Anschließend brauchte sie nur noch alles großzügig mit Wasser abzuspülen und mit einem Handtuch trocken zu rubbeln. Fertig. Von den 25 Minuten, die sie im Bad der Alten verbracht hatte, war sie fünf Minuten mit Putzen beschäftigt

gewesen. Eine gute Bilanz. Die Alte verdiente es nicht besser. Wie aufs Stichwort klopfte es in diesem Moment auch bereits an die Tür und die verhasste Stimme von Helga Meier keifte herein. „Celina? Wie lange dauert das denn heute? Du musst doch noch die Küche machen.“
Celina erlaubte sich eine kurze Grimasse, antwortete aber in lieblich-säuselndem Tonfall: „Gerade fertig, Frau Meier. Ich komme schon.“
„Bleib höflich, du brauchst den Job!“, ermahnte sie ihre Oma, während sie den Reiniger und den Lappen zurück in den dafür vorgesehenen Schrank pfefferte und sich vorbereitete, das Refugium wieder zu verlassen. „Klar, Oma. Noch. Aber ich schwöre: Ich werde es safe feiern, wenn ich diesen Job bald hinschmeißen kann. Ich freue mich jetzt schon krass auf das Gesicht der Alten!“
Helga Meier hatte es sich wie üblich mit einem Kaffee auf ihrer Sitzbank in der Wohnküche gemütlich gemacht und blätterte scheinbar in einer Illustrierten, während sie eigentlich Celina bei ihrer Arbeit genau beobachtete. Dieser Raum war der sauberste im Haus, denn hier musste sich Celina tatsächlich immer Mühe geben, alles richtig zu machen. Jeder Fehler wurde gnadenlos von Helga Meier kommentiert. Celina wuchtete den uralten, tonnenschweren Staubsauger in die Küche und steckte das Kabel ein. Da das Nachkriegsgerät während des Saugens ohrenbetäubenden Krach machte, war dies der liebste Teil ihrer Arbeit hier. Es schützte sie vor einer Unterhaltung. Doch bevor Celina auf den Schalter treten konnte, der das

Monstrum zum Leben erweckte, kam bereits die erste Ermahnung aus der Essecke:
„Celina. Du hast schon wieder vergessen, zuerst die Arbeitsplatte und den Tisch abzuwischen. Dann musst du doch nachher nochmal saugen, wenn die ganzen Krümel am Boden liegen!"
Celina atmete dreimal tief durch, dann zwang sie sich zu einem Lächeln. „Sie haben recht, Frau Meier, wie konnte ich das nur vergessen."
Mit zusammengebissenen Zähnen griff sie sich den grauen Spüllappen – „Lumpen" nannte ihn die Alte, und das Wort passte zum Zustand des Putzutensils – und begann, die Arbeitsfläche abzuwischen. Celina kam zweimal in der Woche, um für Helga Meier zu putzen. An allen anderen Tagen schaffte es die Alte alleine, ihre Arbeitsfläche und den Tisch von Essensresten zu befreien. An „ihren" Tagen ließ sie aber absichtlich den ganzen Dreck des Tages liegen, bis nachmittags Celina zum Putzen kam. Es sollte sich wohl rentieren, wenn sie schon eine Putzfrau bezahlte. Als sie mit dem Lappen an den Esstisch kam, wurde eine Unterhaltung schließlich unvermeidbar.
„Wie ist es denn eigentlich bei den Urbans gelaufen? Hast du tatsächlich einen Job dort?", fragte die Alte ganz direkt, so wie es ihre Art war.
Celina wusste, was immer sie dazu sagte, würde morgen im ganzen Ort bekannt sein. Also blieb sie vorsichtig: „Wir sind noch in Verhandlungen. Aber ich habe ein gutes Gefühl."
„So?" Helga Meier grinste hämisch: „Lass mich raten: Er

will dich, sie will nicht?“

„Sie will keine Haushaltshilfe. Denkt, sie schafft es auch alleine. Wenn sie nächste Woche ihren neuen Job beginnt, wird sich das sicher bald ändern“, erklärte Celina. Sie sah keinen Grund, das zu leugnen.

„Na, mal sehen. Manche Frauen sind da ehrgeizig. Als ich noch jung war, wollte ich auch auf keinen Fall eine Haushaltshilfe. Da wärst du mir auch nicht hier reingekommen. Und schon gar nicht, solange mein Manfred noch gelebt hat. Ganz bestimmt nicht!“ Helga Meier schüttelte den Kopf, während sie ihren Blick abfällig an Celinas schlanken Körper entlanggleiten ließ. Celina beschloss, das als Kompliment zu verstehen und nicht weiter darauf zu reagieren. Vielleicht ein Fehler, denn so hatte die Alte freie Fahrt für ihre eigenen Kommentare.

„Beim Ludwig hattest du es einfacher, an den Job zu kommen, nicht? Der hat dich quasi mit Kusshand genommen. Man könnte auch sagen: Er hat dich mit offenen Armen empfangen.“ Helga Meier lachte süffisant über ihre eigene Bemerkung.

Celina hatte den Tisch gesäubert, schmiss den Lappen in die Spüle zurück und wandte sich wieder dem Staubsauger zu.

„Herr Peters war Junggeselle in einem viel zu großen Haus. Zum selbst Putzen hatte er weder Zeit noch Lust. Klar hat der mich gerne eingestellt.“

Celina startete die Höllenmaschine und genoss den Lärm, der die ganze Küche erfasste und jede Unterhaltung sofort unmöglich machte.

Helga Meier senkte ihre Augen wieder auf ihre Illustrierte, während Celina sich viel Zeit ließ, gründlich in jeder Ecke zu saugen. Doch irgendwann war sie über alle Stellen mindestens zweimal drübergefahren. Es war beim besten Willen kein Staubkorn mehr übrig, das sie beseitigen konnte. Seufzend stellte sie den Apparat wieder ab, wickelte das Kabel auf und trug ihn fort. Sie nahm wieder den grauen Lappen aus der Spüle, wusch ihn aus, tropfte ein wenig Spülmittel darauf und begann dann, die Küchenschränke vorne abzuwischen. Obwohl sie Helga Meier den Rücken zudrehte, spürte sie genau ihre scharfen Blicke auf sich ruhen.

„Sag mal, Celina. Du hast dich doch mit dem Ludwig Peters gut verstanden. Immerhin warst du dreimal die Woche mehrere Stunden lang dort."

„Dieses Thema kommt mir irgendwie bekannt vor", konnte sich Celina nicht verkneifen. Sie spürte bereits den mahnenden Blick ihrer Oma in ihrem Kopf. Doch Celina hatte keine Lust auf diese Unterhaltung. Die Alte versuchte bereits seit einem halben Jahr, irgendetwas aus ihr herauszubekommen. Doch von ihr würde sie nichts erfahren, niemals.

„Richtig. Wir hatten dieses Thema schon das ein oder andere Mal." Helga Meier lachte trocken. „Aber weißt du, mein Kind, manchmal muss man nur hartnäckig an einer Sache dranbleiben und die Leute damit immer wieder nerven, dann erfährt man immer Stückchen für Stückchen mehr. Hat mir mein Manfred beigebracht. Du weißt ja, dass er bei der Polizei war, oder?"

Celina rollte die Augen. „Sie haben es hin und wieder erwähnt. Bereich Einbruchsdelikte und schwerer Diebstahl, oder?"
„Ja, das waren seine Hauptthemen. Aber er hätte überall arbeiten können. Wenn der noch lebte, hätte er die Sache mit Ludwig Peters schon längst aufgeklärt, das sage ich dir. Der hätte nicht wie seine Kollegen hier einmal lustlos im Dorf herumgefragt und den Fall dann zu den Akten gelegt. Manfred hätte so lange gegraben, bis er etwas zu Tage gefördert hätte."
„Wirklich schade, dass er schon seit 20 Jahren selbst unter Tage liegt." Celina musste zusehen, dass sie schnell die Küche zu Ende brachte. Sie spürte genau, dass sie heute der Hafer stach. Wenn die Alte weiter so bohrte, würde es vielleicht noch zu einem Eklat kommen, da konnte selbst ihre Oma, die bereits in ihrem Inneren alle Ampeln auf Rot gestellt hatte, nichts mehr daran ändern.
Entschieden begann sie daher, die Spüle mit der Scheuermilch dick einzureiben. Helga Meier dagegen schien sich heute durch nichts aus ihrer Ruhe bringen lassen zu wollen.
„Seit 18 Jahren, um genau zu sein. Aber weißt du, wenn man lange genug mit den Leuten über eine Sache immer wieder redet, dann findet man irgendwann doch ein paar interessante Details. Ich gebe dir jetzt nur mal ein Beispiel von vielen Dingen, die ich inzwischen bereits herausgefunden habe: In meinem Landfrauenverein, da sitzt doch die alte Heidrun mit drin. Kennst du die? Vermutlich

nicht. Aber die Heidrun ist eine Großtante von Kurt Wegner und wohnt bei ihm, seit es mit ihr auf das Ende zugeht. Und der wiederum arbeitet doch bereits seit vielen Jahren im Landratsamt in gehobener Position, daher kennt er den Ludwig Peters ziemlich gut. Die beiden waren ziemlich dicke miteinander. Und Heidrun meint, dass der Wegner ziemlich angespannt ist, jedes Mal wenn sie auf den verschwundenen Landrat zu sprechen kommt. Total nervös, ein Nervenbündel sei er, seit sein Kumpel weg ist, meint sie. Sie kann ihren Großneffen nicht leiden, muss man dazu sagen. Ist ihr einziger Erbe, hat sich jahrelang nicht um sie gekümmert, und erst seit er weiß, dass sie bald an ihrem Krebs verrecken wird, schleimt er sich plötzlich bei ihr ein und nimmt sie sogar bei sich auf. Aus lauter Panik, dass sie ihre Drohung wahrmacht und am Ende alles der Kirchengemeinde vererbt." Helga Meier lachte kurz und gehässig. Sie war offensichtlich ganz in ihrem Element. Mit Genuss fuhr sie fort:

„Im Landratsamt gibt es ziemlich viel Gemunkel, dass Ludwig schon das ein oder andere Bauprojekt und andere Entscheidungen von gewissen Geldflüssen abhängig gemacht haben soll. Und da Ludwig nicht mehr da ist, steht Kurt jetzt im Kreuzverhör und soll die Sache aufklären. Dumm gelaufen, würde ich sagen. Zumal, wie die gute Heidrun sagt, ihr Neffe zwar so etwas wie eine rechte Hand von Ludwig war und ihn jahrelang gedeckt hat, aber bisher wohl noch keine entsprechende Gegenleistung dafür erhalten hat. Der hat sich mit seinem Luxushaus und dem Ferrari finanziell ziemlich übernommen, meinte zu seiner Tante aber großspurig, dass er sich keine Sorgen mache, weil er bald noch etwas finanzielle Unterstützung bekäme. Das war kurz vor Ludwigs Verschwinden. Nun steht das Haus ganz knapp vor der Zwangsversteigerung. Ludwig scheint abgehauen zu sein, ohne sein Versprechen einzuhalten."

Celina konzentrierte sich ganz auf ihre Spüle. Noch nie hatte sie das alte Teil mit dieser Inbrunst gescheuert. Sie wollte das alles gar nicht hören, konnte aber auch nicht einfach auf Durchzug schalten. Wofür hielt sich diese Helga Meier eigentlich? Für eine Art Reinkarnation von Miss Marple? Die sollte ihre Nase aus Dingen halten, die sie nichts angingen.

„Jedenfalls – langer Rede kurzer Sinn: In seiner Verzweiflung hat sich Kurt in die Vorstellung verrannt, dass Ludwig noch irgendwo ein heimliches Gelddepot hat. Die Heidrun hat letztens mitbekommen, dass er Kontakt zu einem Privatdetektiv aufgenommen hat. Will wohl Hilfe bei der Suche nach dem verlorenen Schatz. Wenn das mal kein Hirngespinst ist, oder? Was meinst du?" Celina spürte den bohrenden Blick der Alten in ihrem Rücken. Nicht umdrehen, jetzt nicht umdrehen, sagte sie sich und merkte, wie ihr Unterkiefer langsam schmerzte, weil sie die Zähne bereits seit geraumer Zeit so fest aufeinanderbiss. Sie würde einfach hier weiter stehen und die Spüle schrubben, bis Miss Marple für Klatschbasen ihren kleinen Vortrag beendet hatte, dann konnte gar nichts passieren.

Sie hörte noch einmal Helga Meiers gehässig-trockenes Lachen in ihrem Rücken. „Komisch, immer wenn ich den

Leuten von meinen Erkenntnissen berichte, werden sie irgendwie nervös. Das Geld ist ja nicht die einzige Spur, die es gibt, weißt du? Da wären ja auch noch all die offenen Streitigkeiten, die es hier im Ort gibt. Der Zoff mit dem alten Tulpe, der Streit um das neue Feuerwehrhaus. Dazu habe ich auch ein paar neue interessante Details erfahren. Willst du sie hören?"

Celina erwachte aus ihrem Putzflash, spülte das Becken mit kaltem Wasser sauber und schüttelte deutlich den Kopf. „Nein danke, Frau Meier. Zu viele Informationen für einen Tag. Sparen Sie sich das als Cliffhanger für das nächste Mal. Dann habe ich etwas, auf das ich mich freuen kann."

Die Spiele beginnen

Die Zipfelmütze keck nach oben gestreckt, im Schneidersitz, zwischen den dicken Beinen eine große Tüte Pommes, in der Hand einen gigantischen Cheeseburger, der Mund zwischen den prallen Wangen weit aufgerissen, die Augen unverwandt auf ihn gerichtet.

Florian stand in seinem Garten und starrte nun bereits seit mehreren Minuten fassungslos die kleine Mauer entlang, die sein Grundstück von dem des Nachbarn trennte. In seinem Kopf rauschte es, während er den Blick weiterführte, auf einen Zwerg mit übertrieben roten Wangen, dick geschminkten Lippen, in den Armen ein Walt-Disney-verdächtiges Rehkitz. Zum nächsten: Ein Zwerg, bei dem fast sämtliche Farbe bereits abgeblättert war, nur die blauen Augen starrten noch deutlich aus dem sonst nur noch tonfarbenen Gesicht heraus. Sein Nachbar: Ein Zwerg mit knallgelbem Posthorn, daneben einer liegend, die Beine angewinkelt, mit zwitscherndem Vogel auf den Knien, einer mit Akkordeon, den Mund zum Singen weit aufgerissen, die Wangen mit tiefen Grübchen, einer im Liegestuhl mit Bierkrug in der Hand, einer auf einer Schnecke reitend. Florian brach seine persönliche Horrorshow ab – er hatte genug gesehen, um viele Nächte lang davon zu träumen. So hatte sein Nachbar also auf seine Bitte reagiert, die Zwerge aus seinem Sichtfeld zu räumen: Er hatte eine ganze Reihe von diesen Abscheulichkeiten direkt auf die kleine Mauer gestellt, die ihr Grundstück trennte. Sie alle starrten jetzt direkt zu seinem Haus hinüber und Florian starrte wie hypnotisiert zurück. Doch je länger er in die Fratzen der Zwerge gaffte, desto mehr verwandelte sich sein abgrundtiefes Entsetzen allmählich in Wut. In rasende Wut! Was dachte sich dieser Zwergenfetischist eigentlich? Er bat ihn freundlich darum, diese grässlichen Schandflecken wegzuräumen und dieser spuckte ihm nur höhnisch ins Gesicht. Der würde etwas erleben!

Florian musste etwas unternehmen. Mal ganz abgesehen davon, dass der Anblick ihn wahnsinnig machte: Diese Schmach durfte er nicht auf sich sitzen lassen. Er würde sofort Bernd, seinen Anwaltsfreund, anrufen. Der würde sicher Möglichkeiten finden. Es musste doch Grenzen der erlaubten Geschmacklosigkeiten geben!

Mit diesen neuen Plänen vor Augen, konnte sich Florian endlich von seinem persönlichen Gruselkabinett lösen und ins Haus zurückkehren. Auf der Suche nach dem Telefon stieß er in der Küche auf seine Frau, die gerade mit der Vorbereitung für das Frühstück beschäftigt war.

„Schon wach?“, fragte er leicht neidisch, da sie im Gegensatz zu ihm vollkommen frisch, ausgeschlafen und in sich ruhend wirkte. Und für die Tageszeit auch schon irgendwie zu ordentlich. Ihr dunkles, langes Haar, war bereits akkurat in einem Pferdeschwanz gebändigt. Statt der weiten Jeans trug sie einen knielangen Rock und eine hellblaue Bluse.

„Und du?“, fragte sie zurück und warf ihm einen forschenden Blick zu. „Warst du heute Nacht überhaupt im Bett?“

„Klar. Nur kann ich zurzeit nicht besonders gut schlafen." Florian verdrängte das flaue Gefühl, das sich bei seiner Erinnerung an die nächtliche Begegnung im Garten bei ihm einstellte. „Muss mich wohl erst an all das hier gewöhnen."

„Du Armer!" Julia kam auf ihn zu und umarmte ihn. Florian genoss den Moment, der nur wenige Sekunden dauerte. Dann schob sie ihn von sich und ging an die Kaffeemaschine. „Willst du auch einen?" Das Gerät erwachte zischend zum Leben.

„Nein, danke. Ich hatte schon zwei heute Morgen und da werden sicher noch einige kommen, wenn ich den Arbeitstag überstehen will."

„Und dich um Lenni kümmern, vergiss das nicht."

„Was?" Florian verstand nicht so recht. Julia verdrehte die Augen.

„Ich habe heute meinen Vorstellungstag in der neuen Firma. Habe ich dir doch schon dreimal gesagt. Sag nicht, das hast du schon wieder vergessen?"

Doch, hatte er. Komplett sogar. Nur undeutlich erinnerte er sich, dass sie tatsächlich mal so etwas erwähnt hatte. Wenn er in seinen Gedankentunneln bei der Arbeit oder bei anderen Problemen war, dann bekam er solche Bemerkungen eben nicht mit, so gut müsste sie ihn doch langsam kennen!

Zum Glück schien sie heute milde gestimmt, so dass sie der Sache nicht weiter nachging. „Jedenfalls komme ich erst heute am späten Nachmittag wieder. Also bist du heute für Lenni verantwortlich."

„Na super!“ Eigentlich wollte er das nur denken, doch die steile Falte auf Julias Stirn zeigte ihm, dass es ihm wohl doch aus Versehen herausgerutscht war.
„Hey! Erstens ist Lenni total pflegeleicht, den merkst du doch kaum. Und zweitens: Gewöhn dich dran. Wir waren uns doch einig, als wir uns hierfür entschieden haben: Du kümmerst dich mehr um Lenni, damit ich endlich auch wieder richtig arbeiten kann!“
Florian seufzte genervt. „Ja, wir sind uns einig. Du musst nicht gleich eine Grundsatzdiskussion daraus machen. Ist nur heute wirklich blöd für mich, weil der neue Job meine ganze Konzentration fordert und dann dieser Streit mit dem Nachbarn…“
„Welcher Streit?“
Florian zeigte aus dem seitlichen Küchenfenster, dann winkte er resigniert ab. Von hier aus konnte man ebenfalls auf das Nachbarhaus blicken. Da es ein hohes, schmales Oberlicht-Fenster war, hatte aber nur er dank seiner Körpergröße von 1,92 Metern die Chance, einen Blick in den Garten des Nachbarn zu werfen.
„Geh raus, dann siehst du es. Ich habe den guten Herrn Tulpe gebeten, seine kleinen Abscheulichkeiten etwas weiter von unserem Grundstück entfernt aufzustellen und was ist seine Antwort darauf? Er hat ein ganzes Dutzend davon direkt auf die Mauer zwischen unseren Grundstücken gestellt!“
Julia starrte ihn eine Weile fassungslos an, dann schüttelte sie entschieden den Kopf.
„Du ziehst in ein neues Haus ein und als erstes gehst du

zum Nachbarn und bittest ihn, seinen Garten umzugestalten, weil dir der Ausblick nicht genehm ist? Findest du das nicht irgendwie – unverschämt?"
„Wenn man es so sieht…", Florian fühlte sich kurz verunsichert. Ein Blick aus dem Fenster half ihm, wieder in Spur zu kommen. „Aber jetzt mal ganz ehrlich: Diese Figuren sind doch wohl ganz objektiv betrachtet eine Beleidigung fürs Auge."
„Das ist eine Geschmacksfrage", erwiderte Julia. Sie hatte die Arme vor der Brust verschränkt, offensichtlich bereit, den Nachbarn gegen ihn zu verteidigen.
„Das ist keine Geschmacksache. Diese – Zwerge – sind die Ton gewordene Verkörperung von Engstirnigkeit und Dummheit. Bestimmt ist es verboten, die Grenze zum Nachbarn in diesen Ausmaßen zu verunstalten. Ich werde jetzt Bernd anrufen und um Rat fragen."
„Du bist ja total besessen! Was hast du nur mit diesen Gartenzwergen? Ich finde die ja auch nicht schön, aber ich muss ja nicht ständig hinstarren."
„Jetzt schon. Und die Dinger starren inzwischen sogar zurück." Florian merkte selbst, dass seine Stimme inzwischen fast hysterisch klang.
„Na schön." Julias Ton wurde augenblicklich versöhnlicher. Sie kam auf ihn zu und umarmte ihn, indem sie beide Hände hinter seinem Nacken verschränkte. „Die Zwerge nerven. Aber wir müssen die nächsten Jahre neben diesem Mann da drüben leben. Die Nachbarschaft mit einer Klage zu beginnen, ist – denke ich – eher suboptimal. Lass mich

mal mit dem Typen reden. Heute Abend kläre ich das. Versprochen! Bestimmt finden wir eine Lösung, wenn wir uns vernünftig miteinander unterhalten."
Florian gab seiner Frau einen Kuss. „Okay – dann versuche mal dein Glück. Aber ich glaube nicht, dass du den Sturkopf knackst. Ich glaube, der ist wie seine Figuren."
„Wie? Klein, drollig und harmlos?" Florian musste gegen seinen Willen kurz schmunzeln.
„Nein, ich meinte ehrlich gesagt: Unheimlich, unbeweglich und innen hohl."

*****

Es klingelte bereits das zweite Mal. Helmut rang mühsam seinen inneren Widerstand nieder und schlurfte zur Tür. Es ging nicht anders. Da musste er nun durch. Er legte die Hand auf die Türklinke, richtete sich kerzengerade auf, atmete einmal tief durch und stellte sich dann seiner Schmach.
„Na, Onkelchen. Das dauert aber. Wird langsam Zeit für einen Rollator, was?"
„Hallo, Dennis!" Ein Willkommenslächeln sparten sich die beiden Männer, während sie sich eine Weile Zeit ließen, um sich gegenseitig zu mustern. Dennis schien seit ihrem letzten Zusammentreffen vor etwa zwei Jahren noch mehr auseinandergegangen zu sein. Helmut schätzte ihn auf gut 150 Kilo. Obwohl er erst Mitte 30 war, wurden seine Haare bereits dünn. Unordentlich zu einem Zopf zusammenge-

bunden, konnte man zwischen den fettigen Strähnen inzwischen erste lichte Stellen erkennen. Auf seinem T-Shirt, das die breite Brust bespannte, stand ein komischer Krieger in schwarzem Anzug und mit seltsamer Gasmaske, die das ganze Gesicht verdeckte. Er hielt dem Gegenüber ein leuchtend rotes Schwert zum Kampf entgegen.

„Darf ich reinkommen oder soll ich mir hier die Beine in den Bauch stehen?" Dennis schien seine Analyse des körperlichen Zustands seines Onkels beendet zu haben.

Helmut sparte sich die bissige Bemerkung, die ihm auf der Zunge lag. Er brauchte Dennis noch. „Komm rein."

Damit sein Neffe sich keuchend in den Hausgang schieben konnte, musste Helmut in den Türrahmen seiner Küche ausweichen. Beide hatten aber nicht vor, ihr Zusammentreffen mit einem gemütlichen Kaffeetrinken zu beginnen.

„Wo steht denn die Kiste jetzt? Immer noch auf dem Esstisch?"

„Nein. Einfach geradeaus durch. Im Wohnzimmer habe ich eine Arbeitsecke eingerichtet."

Helmut sah die forschenden Blicke seines Neffen, während dieser sich Richtung Wohnzimmer wälzte. Er scannte den Zustand des Hauses, begutachtete die Wände, die längst mal wieder tapeziert werden müssten, das Treppenhaus, dessen Stufen bereits tief ausgetreten waren, den völlig abgelaufenen Teppichboden. Ja, hier konnte man viel Geld reinstecken, wenn man es hübsch modern haben wollte. Helmut verzog sein Gesicht zu einem spöttischen Grinsen.

Der billige Schreibtischstuhl knarzte bedenklich, als Dennis sich darauf fallen ließ. Möglicherweise würde er diesen Tag nicht unbeschadet überstehen. Aber das war es Helmut wert, wenn Dennis nur seinen Job tat. Automatisch fuhr die Hand des Jungen an den Knopf und schaltete den Rechner an. Nach dem Passwort musste er nicht einmal fragen – er hatte das Ganze ja vor zwei Jahren eigenhändig eingerichtet. Helmut überlegte, ob es nicht sinnvoll wäre, das Passwort zu ändern. Aber wie ging das eigentlich?

„Also. Wo ist das Problem?" Während der Rechner hochfuhr, drehte sich Dennis mit dem Schreibtischstuhl um sich selbst und musterte die Wohnzimmereinrichtung. Beim Anblick des 20 Jahre alten Röhrenfernsehers zuckten seine Augenbrauen kurz nach oben. Dann wanderte sein Blick nach unten und erfasste die Gartenzwerge, die auf dem Couchtisch bereitstanden. Einer war bereits vollständig präpariert, der andere blickte immer noch aus zwei leeren Augenhöhlen in den Raum. Helmut hatte extra die beiden Exemplare ausgewählt, die er am wenigsten leiden konnte: eine ältere Zwergenfrau mit kurzen Haaren und mürrischem Gesichtsausdruck. Sie hieß Gerda. Und ein besonders feistes Exemplar aus billigstem Kunststoff, schlampig bemalt, mit herausgestreckter Zunge und ursprünglich mit ausgestreckten Mittelfingern an beiden Händen. Die Zunge hatte Helmut weggeschnitten, im Mund klaffte nun ein deutliches Loch. Die obszönen Finger hatte er einfach abgeknipst und in beide Löcher eine Plastikblume geklebt. Der Zwerg hieß Dennis, denn er war ein Geburtstagsgeschenk seines Neffen gewesen, vermutlich witzig gemeint – aber was sollte man von einem Banausen anderes erwarten. Der Zwerg hatte bisher noch nicht die Ehre gehabt, in seinem Garten stehen zu dürfen. Das würde sich nun ändern – endlich hatte er eine Aufgabe für ihn gefunden.

Helmut griff nach Gerda, denn diese hatte bereits an Stelle ihrer Augen zwei kleine Kameras von ihm implantiert bekommen. Helmut war stolz auf sein Werk – wenn man nicht ganz genau hinsah und wusste, dass sie einst blaue Augen hatte, fiel dieser Umbau nicht einmal mehr auf. Er stellte sie auf seinen Schreibtisch.

„Die Kamera habe ich nach Anleitung eingebaut, aber ich bekomme einfach keine Verbindung zum Rechner hin."

Dennis schien sich nicht einmal zu wundern. „Gut, gib mir mal die Modellnummer. Den Rest mache ich dann schon. Kann aber eine Weile dauern."

Was folgte, war für Helmut erst einmal unverständlich. Dennis surfte eine ganze Weile im Internet und suchte sich wohl irgendwelche Programme heraus, mit denen er die Kameras zum Laufen bringen konnte. Gerne hätte Helmut mehr davon verstanden – allein schon, um seine weiteren Projekte, die er geplant hatte, dann auch alleine angehen zu können. Aber das Kauderwelsch, das da über seinen Monitor flimmerte, während die dicken Hände seines Neffen unglaublich flink über die Tastatur rasten, blieb Helmut unerschlossen. Schließlich gab er auf und schlurfte in die Küche, um für sich und seinen Gast doch eine Tasse Kaffee zu kochen – nicht aus Gastfreundschaft, sondern einfach, um etwas zu tun zu haben. Als er ins Wohnzimmer zurückkam, fielen ihm vor Schreck fast die Tassen aus der Hand. Er sah einen griesgrämigen alten Mann auf seinem Computermonitor. Es dauerte einige Sekunden, bis er sich selbst darin erkannte – gefilmt aus der Perspektive von Gerda, die auf seinem Schreibtisch stand und ihn unverwandt anstarrte. Auch Dennis hatte sich zu ihm umgedreht und glotzte ihn erwartungsvoll an.

„So – das Ding läuft. Wenn du den zweiten Spion auch noch fertig baust, richte ich dir den gleich mit ein."

„Gut!" Helmut versuchte, ein wenig Dankbarkeit und Anerkennung in das kleine Wort zu legen. Er setzte sich auf die Couch und begann, den zweiten Zwerg entsprechend zu präparieren. Da er auch bei ihm bereits die Öffnung in den breiten Füßen auf Handgröße aufgebohrt hatte, konnte er mühelos hineingreifen und seine Operation durchführen. Dennis lehnte sich im Schreibtischstuhl zurück, legte die Füße auf den danebenstehenden Hocker, schlürfte seinen Kaffee und beobachtete ihn.

„Sag mal – ist das nicht der Zwerg, den ich dir zum 60. Geburtstag geschenkt habe?"

„Ja. Bekommt jetzt einen besonderen Ehrenplatz."

„Was hast du mit seinen Händen gemacht?"

„War nötig, damit es keinen Ärger damit gibt. Glaub mir – ich hab da so meine Erfahrung."

Dennis schüttelte verächtlich den Kopf, beendete aber das Thema.

„Und Onkelchen, wie geht es sonst so?"

„Muss ja."

„Das Haus sieht ein bisschen verwahrlost aus. Kommst du denn noch alleine zurecht?“
„Das Haus ist sauber, nur eben etwas in die Jahre gekommen. Ich fühl mich wohl hier.“
„Echt? Und was macht das Herz?“
„Läuft. Wieso?“
„Naja, immerhin hattest du ja schon diesen kleinen Infarkt vor ein paar Jahren. Bist deswegen ja früher in Rente. Da kommt man doch schon mal ins Grübeln, oder?“
„Worüber?“ Helmut ließ sich nicht aus der Ruhe bringen. Er wusste ja bereits, worauf Dennis hinauswollte. War ja nicht das erste Mal, dass er mit dem Thema um die Ecke kam.
„Darüber, wie schnell alles vorbei sein kann. Und dass es gut ist, wenn man dann schon mal alles geregelt hat für die Nachwelt.“
„Ich habe gar keine Nachwelt.“
„Naja – immerhin hast du mich. Deinen einzigen noch lebenden Verwandten.“
„Wir sind nicht mal verwandt. Du bist der Sohn der Schwester meiner verstorbenen Frau.“
„Also willst du, dass nach deinem Tod alles an den Staat fällt? Soll der das Haus und das Sparkonto abstauben? Der wird dir nicht dafür danken – der nimmt einfach und dem ist es egal, wie und wo du unter die Erde kommst.“
„Und dir nicht?“ Helmut konnte sich ein verächtliches Schnauben nicht verkneifen. Fast wäre ihm dabei der Sekundenkleber aus der Hand gerutscht, mit dem er die kleine Kamera in Zwerg Dennis‘ linkem Auge festklebte.

„Ich sorge schon für eine angemessene Beerdigung. Bist doch mein einziger Onkel!"
„Vielleicht überlebe ich dich ja. Scheinst dich nicht gerade gesund zu ernähren."
„Klar, kann passieren. Du bist ja noch ganz rüstig für dein Alter. Aber gerade dann ist der richtige Zeitpunkt vorzubauen."
„Ach ja?"
„Nennt sich ‚Schenken mit warmer Hand'. Wenn der Erblasser noch lange genug nach der Schenkung lebt, kassiert der Staat nicht auch noch die Erbschaftssteuer ab. Machen alle so."
Helmut lachte bissig. „Ich bin nicht wie alle anderen, lieber Dennis. Und außerdem hat mir der Staat als Verwaltungsbeamter immerhin Lohn und Brot gegeben. Warum soll ich ihm nicht alles vererben?"
Dennis nahm die Füße vom Hocker und richtete sich auf. Der gemütlich-coole Gesichtsausdruck, den er gerne zur Schau trug, war einem harten Ausdruck gewichen.
„Ach ja? Und wie oft hat der Staat dir schon deinen Computer eingerichtet?" Dennis machte eine Pause, runzelte die Stirn und beugte sich dann in seine Richtung. „Was genau planst du eigentlich mit diesen Gartenzwergen, Onkelchen? Ist das legal?"
Helmut hatte die Kamera im zweiten Auge des Zwerges verklebt und stellte ihn seufzend vor sich auf den Couchtisch. Eine Weile starrten sich die beiden Männer abschätzend in die Augen. Schließlich gab Helmut auf.
„Na schön, Dennis. Ich denke darüber nach. Okay?"

„Gute Idee, Helmut. Das hätte ich dir auch vorgeschlagen."

*****

Florian fuhr den Rechner herunter und rieb sich müde die Augen. Er hatte sich zusammengerissen und vier Stunden konzentriert auf seinen Monitor gestarrt. Jeden Blick aus dem Fenster hatte er sich verkniffen, dafür aber endlich einmal aufmerksam gearbeitet. Jetzt verschwamm langsam alles vor seinen Augen und der Kopf dröhnte. Er brauchte dringend eine Pause. Und er hatte auch eine Idee, wie er diese nutzen würde. Er schnappte sich den schweren Rucksack, der bereits seit seinem Einzug erwartungsvoll aber unbenutzt in der Ecke seines Arbeitszimmers lehnte, und stiefelte ins Wohnzimmer. Dort fand er Lenni, wie er ihn vor vier Stunden verlassen hatte: auf die Couch gefläzt und die zigte Folge seiner Lieblings-Animationsserie schauend.

„Lenni? Ich will mal meine neue Kamera im Wald ausprobieren und du kommst mit, okay?"

Lennard starrte wie hypnotisiert auf den Flimmerkasten, schaffte aber immerhin eine Antwort: „Ich hab Hunger. Was gibt's zum Essen?"

Florian erinnerte sich, dass Essensversorgung auch zu den Grundaufgaben der Kindererziehung gehörte. Aber zum Kochen fehlte ihm jetzt die Geduld und seine Mittagspause war ihm dazu außerdem zu kostbar. „Wir gehen zum Bäcker rüber und holen was. Das können wir dann

im Wald essen."
„Wir picknicken?" Endlich fanden Lennards Augen in den dreidimensionalen Raum zurück.
„Ja, so kann man es auch nennen."
„Bekomme ich eine Butterbrezel?"
„Klaro. Sogar zwei, wenn du willst."
Mehr brauchte es nicht, um den Kleinen zu überzeugen, von der Couch zu springen. Und nur wenige Augenblicke später riss Lennard bereits die Haustür auf, wo er abrupt stehen blieb und einen Schreckensschrei ausstieß. Auch jenseits der Tür hörte Florian einen Schrei. „Jesses – jetzt hast du mich aber erschreckt!"
Helga Meiers Kopf schob sich zur Tür herein. „Herr Urban?"
Florian rang sich ein höfliches Lächeln von den Lippen. „Frau Meier!" Schnell schnallte er sich seine Fotoausrüstung auf den Rücken und scheuchte Lennard mit einer Armbewegung vor sich aus dem Haus. Er wollte deutlich zeigen, dass er auf dem Sprung war. Helga Meier sollte gar nicht erst auf die Idee kommen, dass er sie zu einem Kaffee ins Haus einladen könnte. Sie schaute ein wenig enttäuscht, als er die Tür entschieden hinter sich ins Schloss zog.
„Wie kann ich Ihnen helfen?"
„Sie mir? Gar nicht, um ehrlich zu sein. Ich wollte Ihnen gerne dieses Blättchen hier vorbeibringen." Sie hielt ihm ein auf gelbem Papier ausgedrucktes DIN-A5-Heftchen entgegen. „Schauen Sie mal – da sind alle wichtigen Vereine hier im Ort vorgestellt. Vielleicht ist ja etwas für Sie

und Ihre Familie dabei. Die Freiwillige Feuerwehr könnte ich Ihnen zum Beispiel empfehlen. Wer da drin ist, ist ruck zuck im ganzen Dorf vernetzt."
Florian nahm das Heft entgegen und blätterte es der Höflichkeit halber kurz durch. Die Freiwillige Feuerwehr war sicher nicht sein Ding, aber das Angebot schien tatsächlich groß zu sein. „Danke!" Nachdem er angemessen lange die Bilder von schlecht gemachten Gruppenfotos betrachtet hatte, wagte er es, das Heft vor seiner Haustür abzulegen. „Ich schaue mir das heute Abend genauer an, Frau Meier. Das sieht ja vielversprechend aus. Jetzt aber habe ich Lennard versprochen, dass wir in meiner kleinen Mittagspause etwas zusammen unternehmen. Wir müssten also los…"
Helga Meier trat verständnisvoll lächelnd einen Schritt zurück. „Aber natürlich. Die Bedürfnisse der Kinder haben Vorrang. Was gibt es Schöneres auf der Welt als ein frohes Kinderherz." Ihr Lächeln wurde leicht listig, als sie weitersprach. „Und wie ich sehe, haben Sie sich auch schon mit Ihrem Nachbarn Herrn Tulpe angefreundet. Sicher hat er dem Kleinen zuliebe seine besonderen Schätze hier auf seiner Mauer aufgereiht. Damit er sie besser anschauen kann, nicht, Lennard?"
Florian spürte, wie sich sein ganzer Körper bei diesem Thema augenblicklich anspannte. Er hätte aber natürlich eine diplomatische Antwort gewählt, wenn sein Sohn ihm nicht mit der Direktheit eines Achtjährigen zuvorgekommen wäre.
„Ich mag keine Gartenzwerge!"

Frau Meiers Lächeln wurde noch eine Spur breiter, während sie sich zu Lennard etwas hinunterbeugte. „Was? Du magst diese süßen kleinen Wichtel nicht, mit ihren witzigen Zipfelmützen und den bunten Kleidern? Die sind doch so nett. Ich dachte, alle Kinder mögen Zwerge."
„Ich finde die hässlich", klärte Lennard sie mit einem trotzigen Unterton in der Stimme auf. „Und Papa hasst sie auch", setzte er noch ehrlich hinzu. Florian spürte die Hitze ins Gesicht steigen. Frau Meier schien allerdings weniger empört über die Antwort. Sie nickte wissend.
„Schon gut, da seid ihr zwei nicht die einzigen. Ihr Vormieter, der Herr Peters, der hat sich auch immer furchtbar über die Zwerge aufgeregt. Augenkrätze nannte er sie. Hat dem Herrn Tulpe sogar mit einem Rechtsstreit gedroht, aber natürlich erfolglos. Wobei – einen der Zwerge musste er wohl entfernen. Der hat die Zunge rausgestreckt. Der Anwalt meinte, eine solche Geste sei ‚ehrverletzend und beleidigend' und deshalb musste der Zwerg dann weg. Tulpe war auf 180 deswegen. So wütend habe ich den alten Eigenbrötler noch nie gesehen. Wusste gar nicht, dass der ein solches Temperament hat. Naja, kurz danach hat sich das Problem ja dann erübrigt."
„Was heißt ‚erübrigt'?", fragte Lennard ohne Umschweife.
„Das heißt, es hat sich erledigt, die beiden mussten sich nicht mehr streiten, weil Herr Peters dann ausgezogen ist", ging Florian schnell dazwischen. Er traute es Helga Meier zu, dem Kleinen irgendwelche Flausen über die dörfliche Gerüchteküche in den Kopf zu setzen. Die Alte lächelte ihn verschwörerisch an.

„Warum? Wo ist er hingezogen?“ Lennard hatte ein wirkliches Talent, immer genau die richtigen Fragen zu stellen.
„Das weiß ich nicht so genau. Weit weg“, erklärte Florian entschieden.
„Stimmt. Keiner weiß das so genau, Junge“, setzte Helga Meier hinzu. „Aber wenn der Streit mit dem Nachbarn immer schlimmer wird, dann ist es vielleicht auch besser so. Ihr solltet nicht den gleichen Fehler machen.“ Sie hatte sich zu Lennard hinuntergebeugt und sprach mit ihm, aber Florian wusste genau, wem ihre Worte galten. „Lasst Tulpe mit seinen Zwergen in Ruhe, der kann richtig nachtragend sein.“
Mit diesen Worten drehte sich die Alte um und stieg auf ihr Fahrrad, das neben der Haustür bereitstand. Florian schaute ihr mit mulmigem Gefühl hinterher. Erst als sich die Hand seines Sohnes in seine schob, kam er wieder in die Gegenwart zurück. „Papa – gehen wir jetzt zum Bäcker? Ich hab Hunger!“
„Klar!“ Florian ging mit Lennard an der Hand los. Erst als sie fast am Garten des Nachbarn vorbei waren, bemerkte er eine Bewegung im Augenwinkel, die ihn sich umschauen ließ. Dort stand Tulpe, unbemerkt im Schatten seines Gartenhäuschens. Ihre Blicke trafen sich kurz. Wissend. Er hatte die Unterhaltung mit Helga Meier mit angehört. Und sein Blick ließ keinen Zweifel daran, dass er ihr zustimmte.

*****

Ihm war langweilig. Lennard hatte beide Butterbrezeln und beide Tetra Paks Organgensaft längst vertilgt, aber sein Vater war immer noch hochkonzentriert über seinen Fotoapparat gebeugt, drehte an den Rädchen, drückte auf irgendwelche Knöpfe und hatte bereits das hundertste Mal das gleiche uralte Häuschen fotografiert. Wozu sollte das gut sein? „Ich versuche nur, die Kamera mit ihren ganzen Funktionen und Einstellungen kennenzulernen", hatte er seinem Sohn kurz erklärt, offensichtlich leicht genervt, dass Lennard nicht einfach Ruhe gab, vielleicht auch gestresst von seinem neuen Spielzeug. Erwachsene waren bei so etwas manchmal seltsam. Auf jeden Fall hatte Lennard genug vom Herumsitzen. Er beschloss, sich auf eigene Faust ein wenig umzuschauen. Zunächst ging er um das Holzhäuschen herum, das hier so versteckt mitten im Wald stand. Sein Vater meinte, es würde vermutlich dem Förster gehören. Aber der schien schon lange nicht mehr hier gewesen zu sein. Alles hing voller Spinnweben – sogar die Eingangstür, die mit einem Vorhängeschloss gesichert war. Lennard versuchte aus reiner Langeweile, durch ein kleines Fenster in das Innere des Häuschens zu blicken, aber es war aussichtslos. Das Fenster war zu blind und das Innere der Hütte zu dunkel, um irgendetwas zu erkennen. Gerne ließ er von seinem Versuch wieder ab. Er fand das Haus eklig und unheimlich. Außerdem roch es unangenehm modrig und faulig aus dem alten Holz und allerhand Insekten krabbelten darauf herum. Lennard begann, ein wenig zwischen den Bäumen umherzuschlendern, die das Haus umgaben. Sein Vater schien das kaum

zu bemerken. Er hatte seine Kamera auf einen abgesägten Baumstumpf gelegt und studierte die ziemlich dicke Anleitung, die bei der Kamera dabei war. Lennard lief im Kreis um das Waldhaus herum, zog den Kreis mit jeder Umrundung etwas weiter. Dabei ließ es sich gut nachdenken.
Seit seinem erfolglosen nächtlichen Ausflug hatte er schon viel darüber nachgedacht, was er als Nächstes unternehmen konnte, um Kai aus den Klauen des bösen Nachbarn zu befreien. Seinen Vater einweihen? Nein. Würde James Bond zu seinem Vater rennen, wenn ein Bösewicht die ultrafiese Geheimwaffe geklaut hatte? Außerdem kannte er seine Eltern, die waren wie alle Erwachsenen: Sie würden ihm nicht glauben, dass der Nachbar ein getarnter Lord Garmadon war und Ninjas entführte. Nein, Lennard musste sich selbst etwas überlegen.
Inzwischen war er so weit vom Waldhaus entfernt, dass er es durch die Bäume nicht einmal mehr durchschimmern sehen konnte. Aber noch nahe genug, um seinen Vater rufen zu hören. Das musste genügen. Lennard stapfte weiter gedankenverloren durch das Unterholz.
Wenn Kai nicht im Schuppen war, dann versteckte der Nachbar ihn vermutlich irgendwo in seinem Haus. Wie konnte es ihm gelingen, sich dort einmal umzusehen? Er kannte einen Trick von einem seiner Detektiv-Hörspiele: Er musste ihn unter einem Vorwand besuchen, dann vorgeben, dass er auf die Toilette wollte, und dabei dann unauffällig das Haus durchsuchen. Konnte das klappen? Der Gedanke, Lord Garmadon persönlich zu besuchen, war

beängstigend. Und er würde schon einen guten Grund brauchen, das zu tun, sonst würde ihn der Kerl sicher gar nicht erst in sein Haus lassen. Außerdem arbeiteten die Kinderdetektive in den Hörspielen immer im Team: Einer lenkte den Verdächtigen ab, der andere suchte nach Beweisen. Ohne Ablenkung war das schwierig.

Lennard hatte eine kleine Anhöhe erreicht, von der aus der Wald plötzlich einige Meter nach unten abfiel, und blieb stehen. Er spürte es mit einer Art siebten Sinn, bevor er es wirklich sehen konnte: Da unten bewegte sich etwas. Oder jemand. Seine Augen suchten im Wald, der an dieser Stelle dicht bewachsen war, instinktiv nach dem beweglichen Objekt. Und dann sah er ihn im Profil ganz kurz zwischen zwei Bäumen auftauchen, bevor er im Schatten des nächsten wieder verschwand: Lord Garmadon! Die Kappe, die braune Hose, die alte Weste, der stier vor die Füße gerichtete Blick: Es war eindeutig. Als hätten Lennards Gedanken ihn angelockt. Diese Chance durfte er sich nicht entgehen lassen! Lennard ließ sich geschickt die leichte Böschung hinunterrutschen und huschte in die Richtung, in die sein Widersacher verschwunden war. Flink und zugleich darauf bedacht, keine Geräusche zu machen, rannte er quer durch den Wald. Es dauerte nicht lange, bis er ihn eingeholt hatte. Der Alte schien keinen Verdacht geschöpft zu haben, gedankenverloren und zielsicher stapfte er vor sich hin. Von Bäumen verborgen folgte Lennard seinem Weg, der nach wenigen Minuten allerdings bereits endete. Denn dann blieb Lord Garmadon stehen, griff in seine

Westentasche und zog etwas heraus. Er machte sich an etwas zu schaffen, schien etwas zu öffnen, trat einen Schritt nach vorne und war dann ganz aus Lennards Sichtbereich verschwunden. Lennard wartete eine ganze Weile ab. Erst als er sicher war, dass sich nichts mehr rührte, wagte er sich aus seinem Versteck hinter dem Stamm eines dicken Baumes und betrachtete das Gebilde, das vor ihm lag: Ein mindestens zwei Meter hoher Maschendrahtzaun, der einen Bereich von der Größe eines Bolzplatzes umspannte. Direkt hinter dem hohen Maschendrahtzaun waren mindestens genauso hohe Wände angebracht. Zusammengestückelt aus allen möglichen Resten und Abfällen aus Holz und Plastik, mit Schnüren und Drähten am Zaun wild durcheinander befestigt, bildete die Wand eine nahezu blickdichte Barriere. Lennards Herz klopfte wie verrückt: Das musste es sein: Lord Garmadons geheimes Kommandozentrum! In einer Mischung aus Angst und Neugier wollte er näher heranschleichen. An den Stellen, an denen die Plastik- und Holzverkleidungen aneinanderstießen, konnte man eventuell einen Blick ins Innere der Festung erhaschen. Er machte drei Schritte nach vorne und erstarrte.

„LENNARD! LENNARD!“ Sein Vater schrie so laut durch den Wald, dass man es bestimmt bis in alle umliegenden Dörfer hinein hörte. Auf jeden Fall laut genug, dass ER es gehört haben musste.

„LENNI!“ Wenn Garmadon aus der Kommandozentrale kam, um zu sehen, was die Rufe bedeuteten, würde er ihn entdecken. Nichts wie weg! Lennard drehte sich um und rannte so schnell die Füße ihn trugen zurück. Er musste einen besseren Moment abwarten, um sich hier einmal genauer umzusehen.

Miss Marple und die geheime Kammer

Helga Meier legte leicht grinsend den Spüllappen über den Wasserhahn. Fast hätte sie aus einem Reflex heraus die Arbeitsfläche sauber gewischt. Aber morgen war ja bereits Samstag und Samstagmorgens kam Celina zu ihr, um so zu tun, als würde sie saubermachen. Helga Meier wusste sehr wohl, dass Celina den größten Teil ihrer Arbeitszeit an ihrem Handy hing, statt zu putzen. Sobald die Kleine das Haus verlassen hatte, reinigte sie selbst noch einmal gründlich alles nach. Sie wollte ja schließlich nicht in einem Dreckloch hausen. Warum sie das Mädchen trotzdem noch nicht gefeuert hatte? Dafür gab es mehrere Gründe. Das Prestige, sich eine Putzfrau leisten zu können, Mitleid mit der Kleinen, die aus ärmlichen Verhältnissen stammte, ein regelmäßiger sozialer Kontakt, nachdem ihr Mann vor langem gestorben und der Sohn nach Australien ausgewandert war. Aber der wichtigste Grund war vermutlich das Gefühl, ein wenig Macht über eine Person zu haben, die sie fürs Nichtstun bezahlte. Deshalb achtete Helga sehr genau darauf, dass zumindest die Küche der Kleinen ein wenig Arbeit machte. Dann konnte sie das Machtgefälle wenigstens ein bisschen auskosten. Und außerdem waren gerade im Moment die Gespräche mit der Kleinen hochinteressant für sie.

Helga nahm sich ihren Earl Grey, den sie sich eben zubereitet hatte, und trug das Getränk vorsichtig die Treppe hinauf. Dort angekommen, stellte sie die Tasse kurz zur Seite, um beide Hände für den Stock frei zu haben, dessen Haken sie in der kleinen Öse an der Decke einhängen musste. Es gelang ihr auf Anhieb, den Haken zu erwischen und damit die ganze Klappe, die in der Decke eingelassen war, nach unten zu ziehen. Eine eingeklappte Leiter erschien vor ihrer Nase. Helga entriegelte das alte Ding, dessen Mechanik noch einwandfrei funktionierte, und klappte sie bis nach unten auf. Erst jetzt griff sie wieder nach ihrer Teetasse und krabbelte einhändig die Leiter hinauf zum Dachstuhl. Durch die tägliche Übung fiel ihr das einhändige Klettern nicht einmal schwer und kein einziger Tropfen war über den vollen Tassenrand geschwappt, als sie in ihrem besonderen Reich ankam. Das zunehmende Alter zwang sie aber doch, einen Moment zu verschnaufen und sich in den alten Schreibtischstuhl ihres Sohnes zu setzen, der dort für sie bereitstand. Helga nahm sich Zeit, trank einen Schluck des bitteren Schwarztees und ließ ihre Augen über die Wände des Dachgeschosses gleiten. Sie hatten damals die Wände mit Holz verkleidet, um Reserve für ein weiteres Zimmer zu haben, möglicherweise ein Gästezimmer, aber daraus ist dann doch nie etwas geworden. Ein paar Erinnerungskisten mit alten Spielsachen, Büchern und Kleidern waren hier oben im Laufe der Jahre gelandet. Sie standen ordentlich übereinandergestapelt an der Schmalseite des Raums. Noch störten sie nicht, aber wenn ihre Ermittlungen weiter so gut liefen, würde sie irgendwann auch diese Kisten entsorgen müssen, um sich genügend Platz zu verschaffen. Denn ein Großteil der restlichen Wände war bereits voll. Apropos – Helga Meier schob den Schreibtischstuhl an den alten Kinderschreibtisch und griff nach den Notizblöcken. Sie wählte den gelben und überlegte kurz, welche Stichworte es am besten trafen, dann notierte sie mit sauberer Schrift: „Tulpe: Zwerge auf Mauer – Urban: sauer. Eskalation?" Dann riss sie den gelben Zettel ab, griff sich eine Reißzwecke und ging damit in die Ecke, die sie für Tulpe vorgesehen hatte. Dort pinnte sie den Zettel sorgfältig an den entsprechenden Platz für die neuen Nachbarn. Sie trat einen Schritt zurück und prüfte noch einmal ihr Werk, das langsam beachtliche Ausmaße annahm. Eine tiefe Zufriedenheit stellte sich bei ihr ein, wenn sie die über die ganzen Dachschrägen verteilten gelben, blauen, roten, grünen und weißen Zettel betrachtete, die sie mit zahlreichen Schnüren kreuz und quer miteinander verbunden hatte. Wenn die Leute das wüssten – es würde so einigen in diesem Ort schlaflose Nächte bereiten. Hier oben, in ihrem Reich, hing das gesamte Dorf. Alle Geheimnisse, alle Streitigkeiten, alle kleinen und großen Sünden, denen sie je habhaft werden konnte. An manchen Stellen waren die Zettel so dicht, dass sie sich bereits mehrfach überlappten. Zum Beispiel an der Stelle, die sich mit dem neuen Feuerwehrhaus befasste. An anderen Stellen gab es noch ziemlich lichte Punkte. Helga ließ auch absichtlich solche Zettel hängen, die sich inzwischen als Makulatur oder als reine Gerüchte ohne wahren Kern erwiesen hatten. Denn auch ein Gerücht war eine Aussage – vielleicht weniger über denjenigen, um den sich das Gerücht drehte, als vielmehr über die Personen, die das Gerücht verbreiteten. Die Zettel waren in den letzten sechs Monaten überproportional gewachsen. Was als kleines, neckisches Hobby bereits vor Jahren begonnen hatte, war nach dem Verschwinden von Ludwig Peters für sie nun regelrecht zur Obsession geworden. Denn nun wusste Helga endlich, wozu sie das tat. Sie sammelte nicht einfach Informationen, nein, sie suchte nun nach der Wahrheit. Was war mit Ludwig Peters geschehen? Sie spürte genau, dass sie dicht davorstand, die Zusammenhänge endlich zu entdecken, die Wahrheit zu verstehen. Es fehlten nur noch ein paar Details, ein paar eindeutige Beweise, dann konnte sie damit an die Öffentlichkeit gehen, wenn sie wollte.

Helga setzte sich wieder, nahm ihre Teetasse und trank sie Schluck für Schluck leer. Ihr Blick wanderte entlang der Schnüre zwischen den zahlreichen Zetteln hin und her, blieb an einzelnen Anhäufungen hängen. Schließlich stoppte sie, hatte eine Idee, stand auf. Sie nahm das rote Wollknäuel vom Tisch, befestigte ein Ende der Schnur an einer Reißzwecke, um die sich bereits zahlreiche Zettel rankten, und führte die Schnur dann an einen kleineren Zettelbaum, der noch nicht sehr viele Eintragungen hatte. Sie trat einen Schritt zurück und grinste triumphierend. Dieser mögliche Zusammenhang war ihr bisher noch gar nicht gekommen. Sie griff nach einem neuen Zettel, um den Gedanken festzuhalten, da klirrte etwas im Haus.

Helga zuckte zusammen, dann verzogen sich ihre Mundwinkel nach unten. Hatte sich die Katze des Nachbarn mal wieder in ihr Haus geschlichen und suchte in der Küche nach Essensresten? Das verfressene Vieh nutzte jede Gelegenheit, um bei ihr einzusteigen. Jahrelang hatte die Nachbarskatze ihrem lieben schwarzen Katerchen nachts das Essen aus dem Schälchen gestohlen. Nun hatte er bereits vor drei Monaten das Zeitliche gesegnet und die Nachbarskatze schlich sich immer noch nachts herein, in der Hoffnung, wieder sein Schälchen zu plündern. Sie würde gleich morgen die verdammte Katzenklappe endgültig zunageln.
Helga beschloss, ihr Werk für heute zu beenden und die Katze aus dem Haus zu werfen, griff sich ihre Teetasse und machte sich wieder an den Abstieg. Ordentlich schloss sie die Klappe zum Dachboden, stellte den Stock an seinen angestammten Platz zurück und polterte in aller Ruhe ins Erdgeschoss hinunter. In der Küche schaltete sie das Licht ein und suchte nach den Spuren der Katze. Sie konnte allerdings kein zerschlagenes Glas auf dem Küchenboden entdecken. Alles hier schien so, wie sie es verlassen hatte. Was hatte das Mistvieh sonst hinuntergeworfen? Helga schwante Böses. Hoffentlich nicht die schöne Blumenvase – das geliebte Erbstück ihrer Mutter? Beunruhigt drehte sie sich um und eilte in ihr Wohnzimmer, das der Küche gegenüberlag. Ein kühler Luftzug wehte ihr von dort entgegen. Ihr Blick wanderte zum Fenster. Es stand weit offen. Merkwürdig, da auf dem Fensterbrett das große Glas mit der Kaktee stand, kippte sie dieses

Fenster sonst nur zum Lüften. Ihr Blick wanderte zum Fußboden vor dem Fenster und sie ahnte nun, was eben geklirrt hatte. Hatte sie vorhin den Griff in die falsche Position gedreht – statt in die Position zum Kippen in jene, die das ganze Fenster öffnete? Vermutlich war das Fenster durch eine Windböe aufgeschwungen und hatte dabei ihr Kakteenglas zu Boden gefegt. Sie wollte sich das Desaster genauer anschauen und tippte auf den Lichtschalter neben der Wohnzimmertür, doch es blieb dunkel. Auch das noch – die alte Glühbirne musste ausgerechnet jetzt ihren Geist aufgeben! Dann würde sie eben eine Taschenlampe holen. Helga wollte sich gerade umdrehen, da trafen ihre Augen den Schatten. Er stand vor der großen Wohnzimmerwand, hob sich kaum davon ab, doch es waren eindeutig menschliche Umrisse. Helga schlug sich mit der Hand auf den Mund und versuchte so, ihren Angstschrei zu unterdrücken. Heraus kam ein erschrockenes Hicksen. Sie torkelte einige Schritte zurück. Nun setzte sich auch der Schatten in Bewegung, kam auf sie zu, nein, sprang auf sie zu. Panisch drehte sich die alte Frau um und rannte zur Haustür. Nichts wie raus – auf die Straße, um Hilfe rufen. Doch ihre Tür hatte sie längst, wie jeden Abend, sorgfältig verriegelt. Der Schlüssel hing ordentlich an seinem Brett direkt neben der Tür. Helga wusste instinktiv, dass ihre Hand zu sehr zitterte, um auf die Schnelle die Tür wieder aufzusperren. Sie spürte bereits den harten Griff des Fremden auf ihrer Schulter. Mit dem Mut der Verzweiflung schlug sie mit dem Ellenbogen nach hinten, wand sich aus dem Griff und rannte zur Treppe. Es dauerte keine drei Sekunden, da hatte der Schatten sie eingeholt, warf sich von hinten auf ihren Rücken, so dass sie hart auf ihren Treppenstufen aufschlug und benommen liegenblieb. Im nächsten Augenblick kniete der Schatten bereits auf ihr, legte seine Hände um ihren Hals und drückten zu. Helga spürte, wie das Leben Stück für Stück aus ihr wich. Sie versuchte nur noch einmal, sich dagegen aufzubäumen. Dann gab sie auf.

*****

Erst nach der dritten Ladung Reiniger und dem vierten Mal schweißtreibendem Scheuern war Celina zufrieden mit dem Ergebnis. Die Keramik glänzte nun wieder wie neu und war glatt wie ein Babypopo. Seufzend erhob sie sich aus ihrer gebückten Haltung, streckte das verkrampfte Kreuz gerade und wischte sich mit einem Handtuch den Schweiß von der Stirn. Diese Wanne war einfach schon zu lange nicht mehr richtig gründlich gescheuert worden. Naja, wie denn auch – sie selbst war ja die längste Zeit dafür verantwortlich gewesen und die neuen Hausbesitzer schienen sich auch nicht übermäßig für Reinigungsarbeiten zu begeistern. Das kam ihr allerdings sehr entgegen. So würde es nicht auffallen, wenn die Leistungen nach den ersten ordentlichen Probearbeiten im Laufe der Zeit wieder deutlich absinken würden. Echte Putzteufel versuchte Celina als Arbeitgeber zu vermeiden. Sie hatte beim ersten Betreten eines Hauses dafür inzwischen den richtigen Riecher entwickelt, welche Haushalte sie meiden sollte. Allein schon, um ihren guten Ruf zu wahren.

„Na, wie läuft es bei Ihnen?“ Florian Urban schob seinen Kopf zur Badezimmertür herein. Er ließ seine Augen prüfend über die glänzenden Flächen gleiten. Celina merkte aber sehr wohl, dass sein Blick dabei auch beiläufig ihre langen Beine streifte. Wie gut, dass sie sich heute für das karierte Faltenröckchen entschieden hatte. Das gab ihr einen Touch Lolita-Look. „Wow – das sieht ja richtig gut aus!“, bemerkte Urban und Celina fragte sich, wen oder was er damit meinte.

„Ja, wurde mal wieder Zeit, dass hier gründlich geschrubbt wird“, erklärte Celina und entschärfte das Gesagte mit einem hinreißenden Augenaufschlag: „Ich meine, nachdem das Haus ein halbes Jahr leer stand, konnte sich der Schmutz überall festfressen – normales Reinigen reicht da nicht mehr.“

„Ich bin wirklich froh, dass Sie sich der Sache annehmen. Mein Job lässt mir da wenig Spielraum.“ Urban lächelte freundlich. „Ich wollte gerade eine kurze Kaffeepause machen. Möchten Sie auch einen?“

Celina nickte mit gespielter Begeisterung – eigentlich mochte sie keinen Kaffee. „Oh ja, gerne. Ich könnte auch einen gebrauchen, bevor ich mich ans Gäste-WC wage.“

Sie folgte dem Hausherrn bereitwillig in die Küche und setzte sich mit hoch überschlagenen Beinen auf den Barhocker, wohl wissend, dass ihr Faltenrock in dieser Position noch einen Hauch weiter nach oben rutschte und ziemlich viel Oberschenkel erkennen ließ. Urban konzentrierte sich auf die Kaffeemaschine und ließ sich nichts anmerken.

„Milch oder Zucker?", fragte er und stellte Celina eine erschreckend große Tasse des bitteren Getränks vor die Nase.
„Zucker bitte!" Schnell schaufelte sie sich zwei Löffel voll in die Brühe – ohne das würde sie das Zeug niemals herunterbekommen. Urban konnte ein leichtes Grinsen nicht unterdrücken, während er sich seinen eigenen Milchkaffee griff und sich damit in die Ecke am Küchenfenster stellte – als würde er einen Sicherheitsabstand zwischen ihnen beiden einhalten.
„Wie gefällt es Ihrem Sohn in der neuen Schule?", fragte Celina, um die etwas unangenehme Gesprächspause zu überbrücken.
„Bisher ist er begeistert, aber es sind ja auch gerade mal zwei Tage. Das wird sicher nicht immer so bleiben."
„Bestimmt nicht", Celina lachte. „Wenn ich da an meine Schulzeit denke. Ich war so froh, als das vorbei war…"
„Sie wissen sicher besser, wie die Schule heutzutage ist. Ist ja noch nicht lange her bei Ihnen."
„Naja, bei Ihnen ja wohl auch noch nicht, würde ich wetten. Sie sind doch gerade mal Ü30, oder?", griff Celina bewusst ganz tief in ihre Trickkiste. Der große, kräftige Mann lächelte überrascht. Offensichtlich war er empfänglich für Schmeicheleien. Dann ließ er seinen Blick aus dem Fenster gleiten, runzelte die Stirn und kam wieder in die Küche zurück. Celina wusste sofort, worauf sich das Stirnrunzeln bezog. Es war ihr gleich aufgefallen, als sie das Haus heute Morgen betreten hatte.
„Ihr Nachbar hat seine Gartenzwerge wieder auf die

Mauer gestellt, was?", fragte sie direkt.
„Wieder? Was meinen Sie damit?", fragte Urban überrascht.
„Das macht er immer, wenn er die Nachbarn pranken will."
Urbans irritierter Blick zeigte Celina, dass sie sich mit der Wortwahl wohl etwas besser an sein Alter anpassen musste. Sie suchte nach der passenden Übersetzung, fand aber auf die Schnelle keine. Dann musste sie es wohl genauer erklären.
„Bei Herrn Peters hat er es auch getan, nachdem sie sich wegen der Dinger gestritten hatten. Hat sie alle aufgereiht und rüberglotzen lassen. Das hat den Armen echt gestresst."
„Kann ich mir vorstellen. Die Zwerge sind wirklich scheußlich."
„Tja, Peters hat dann versucht, mit seinem Anwalt irgendetwas zu unternehmen. Hatte aber wohl nicht so viel Erfolg. Der Nachbar hat die Dinger erst wieder runtergenommen, nachdem Peters abgetaucht war."
„Also meinen Sie, dass ich gar keine Chance gegen diesen Spinner habe?"
Celina lächelte verschlagen. Natürlich hatte sie sich dazu auch schon längst ihre Gedanken gemacht. „Nicht auf die Art, jedenfalls. Aber ich würde da sowieso ganz anders vorgehen."
Urban zog die Augenbrauen nach oben. „Und wie?"
Celina konzentrierte sich auf die richtige Wortwahl – der Hausherr sollte sie schließlich verstehen. „Naja – wissen

Sie, wie man bei Social Media mit Störenfrieden umgeht? Man ‚hatet' sie. Also man müllt sie zu mit Hassbotschaften, die ihnen zeigen, dass sie unerwünscht sind."
Urban winkte ab. „Ich glaube kaum, dass Herr Tulpe in den Sozialen Medien unterwegs ist."
Celina nickte zustimmend und grinste. „Das denke ich auch nicht. Ich habe das sogar schon mal für Herrn Peters gecheckt – ist nicht aufzufinden im Netz, der gute Tulpe. Was schade ist, weil Sie gerade dort viel Unterstützung für Ihre Sache sammeln könnten."
„Ach ja?"
„Es gibt viele, die über Gartenzwerge denken wie Sie. Man müsste sie nur suchen, und schon könnten Sie einen kleinen Troll-Angriff starten."
Urban dachte eine Weile darüber nach und seufzte dann. „Tja, daraus wird dann wohl nichts."
Celina hatte es nicht anders erwartet. „Aber was im Internet funktioniert, lässt sich vielleicht ja auch in die Kohlenstoffwelt übertragen, oder? Machen Sie es doch ganz oldschool: Suchen Sie sich ein paar schöne Artikel und Hasskommentare über Gartenzwerge im Netz, drucken Sie diese aus und schicken Sie sie Ihrem Nachbarn anonym per Post. Wenn er jeden Tag eine nette Botschaft in seinem Briefkasten findet, dann wird ihm das sicher irgendwann auch mal gehörig auf die Nerven gehen."
Urban lachte kopfschüttelnd. „Das klingt wirklich albern. Aus dem Alter bin ich wohl raus!", sagte er mit gespieltem Widerwillen, wurde dann aber nachdenklich und starrte eine ganze Weile stumm aus dem Fenster Richtung Nachbargrundstück. Celina sah deutlich, wie es in ihm arbeitete. Na also. Der Samen war gesät – mal abwarten, ob er aufging.

*****

In dieser Nacht schlief Florian mal wieder besonders unruhig. Er träumte von einem Ausflug in den Wald, traf dort auf eine Reihe unheimlicher Gartenzwerge, vor denen er zu fliehen versuchte. Doch sie waren überall, wohin er auch rannte. Plötzlich war sein Freund Stefan neben ihm und sie liefen gemeinsam vor der Armee der Gnome davon, bis sie von ihnen in eine Ecke gedrängt wurden, aus der es kein Entkommen mehr gab. Da fingen die Gartenzwerge auch noch zu bellen an. Ein heißeres, merkwürdig langgezogenes Bellen. Es machte ihn wahnsinnig. Florian griff sich einen Stock und schlug den Anführer der Zwerge, ein besonders dickes Exemplar mit feisten Wangen und dunkelroten, zu einem bösartigen Dauergrinsen verzogenen Lippen, in der Mitte entzwei. Scheppernd zerfiel der Zwerg in eine linke und eine rechte Hälfte. Aber er hörte trotzdem nicht auf zu bellen. Florian erwachte schweißgebadet und aufrecht in seinem Bett sitzend. Julia schlief neben ihm ruhig und tief. Doch das Bellen war real, es wehte aus dem Wald durch das gekippte Fenster herein. Florian stand auf und schloss es. Er ließ seinen Blick in die Dunkelheit wandern, suchte nach einem unbekannten Schatten, der nicht da war.
Er hätte sich gestern Nachmittag nicht so intensiv über Gartenzwerge und deren Gegner im Netz informieren sollen. Kein Wunder, dass die Zwerge ihn in seinem Schlaf verfolgten.
Sein Mund war völlig ausgetrocknet. Florian schlich aus

dem Schlafzimmer, die Treppe hinunter, um ein Glas Wasser zu trinken. Inzwischen fand er sich auch in der neuen Umgebung problemlos im Dunkeln zurecht. So konnte er auch in der Küche auf das Licht verzichten. Der Mond fiel hell genug herein, um sich ein Glas zu nehmen und unter den Wasserhahn zu halten. In einem Zug trank er es leer. Ihm war immer noch heiß. Er sollte ein bisschen Luft schnappen – aber nicht auf der Terrasse. Den Anblick des Waldes wollte er sich nach seinem Traum ersparen. Also tappte Florian Richtung Haustür, um ein bisschen auf die Straße zu gehen.

Im gleichen Moment hörte er ein leises Geräusch aus einem anderen Teil des Hauses. Ein leichtes Klopfen, das sich in regelmäßigen Abständen wiederholte. Beunruhigt drehte er sich um, schlich dem Geräusch entgegen. Es kam aus dem Treppenhaus, doch nicht von oben, sondern von unten, aus dem Keller. Florian überlegte kurz, welche Handlungsmöglichkeiten ihm blieben: Polizei rufen ohne konkreten Anhaltspunkt? Licht und Lärm machen, um – wen oder was auch immer – zu vertreiben? Oder eben gerade das Gegenteil: anschleichen und den Überraschungsmoment nutzen? Florian entschied sich für Letzteres und spürte unangenehm den kalten Schweiß auf seiner Haut, während er Stufe für Stufe die Treppe hinabstieg. Das Klopfen wurde lauter – er war also auf dem richtigen Weg. Der Keller teilte sich, abgehend von einem kleinen Vorraum, in mehrere Räume auf. Florian rief sich die Aufteilung möglichst genau in Erinnerung – er hatte bisher noch nicht sehr viel Zeit hier unten verbracht: rechts der Heizungsraum, daneben der Waschraum, dann ein kleiner Hobbykeller und eine bis oben vollgestopfte Abstellkammer. Linkerhand dann der große Raum, der für Partys genutzt werden konnte und von dem aus eine Tür direkt über eine steile Treppe in den Garten führte. Florian lauschte. Das Klopfen hatte kurze Zeit aufgehört, setzte nun aber wieder ein. Allerdings war schwer zu bestimmen, woher es kam. Eher von rechts als von links, vermutete er. Vielleicht war es auch gar kein menschliches Geräusch, sondern ein technisches Gerät, eine Mechanik, die dieses Klopfen verursachte? Falls das so war, dann musste es aus dem Heizungsraum stammen. Er hätte sich eine Taschenlampe mitnehmen sollen! Im Heizungsraum war kein Fenster verbaut – er würde dort nichts sehen können, ohne das elektrische Licht einzuschalten. Dennoch beschloss er, hier seinen kleinen Rundgang zu beginnen. Leise öffnete er die etwas schwergängige Metalltür, warf einen Blick in das tiefe Schwarz des Raumes. Das Klopfen war wieder verstummt, es war nun extrem still im gesamten Keller. Wie sollte er da die Ursache des Geräuschs finden? Florian lauschte eine ganze Weile angespannt in die Stille. Nichts. Aber er fühlte sich plötzlich beobachtet. Auf ihm lagen fremde Blicke – er konnte es deutlich spüren. Aber er würde hier nicht verharren wie das Kaninchen vor der Schlange. Er musste etwas tun! Beherzt tastete seine rechte Hand nach dem Lichtschalter und drückte ihn. Ein grelles Licht flammte an der Decke auf, Florian schloss geblendet die Augen. Im gleichen Moment hörte er hinter sich eine Tür, die aufgerissen wurde, dann Schritte. Er fuhr herum, starrte angespannt in den Keller hinter sich, sah unscharf einen Schatten hinter der Tür zum Partyraum verschwinden. Nach einer Schrecksekunde nahm Florian die Verfolgung auf. Mit wenigen großen Sätzen war er ebenfalls am Partyraum angelangt, riss die Tür auf und konnte gerade noch sehen, wie die Keller-Außentür vor seiner Nase wieder zuschlug. Während er quer durch den Raum hetzte, hörte er ein markantes Klicken aus Richtung der Tür. Er ahnte bereits, was das bedeutete. Trotzdem streckte er seine Hand nach der Klinke aus, drückte sie herunter, rüttelte daran. Umsonst – der unbekannte Eindringling hatte den Schlüssel von innen abgezogen und die Tür damit von außen abgeschlossen. Erschöpft zitternd blieb Florian an der Kellertür stehen und lehnte seine heiße Stirn an das kühle Metall. Eines war nun jedenfalls klar: er hatte sich den Schatten nicht eingebildet. Jemand hatte es auf sie abgesehen.

*****

„Krass! Das sind ja echt viele Gartenzwerge!"
„Grässlich. Was für ein Kitsch! Und so spießig…"
„Aber die sehen doch eigentlich ganz freundlich aus."
„Gefällt dir das?"
„Ach naja, warum nicht. Wobei – es gibt ja auch so ganz witzige Teile. Halb nackte oder mit Gesichtern von Prominenten und so. Ein Kumpel von mir hat zwei betrunkene Zwerge und einen mit Messer im Rücken in seinem Garten

stehen. Die sind schon cool. Aber die Modernen scheint der hier nicht zu haben."
„Pah – ist ja noch schlimmer! Ob der unser Klingeln überhaupt gehört hat?"
Helmut legte seufzend die Feile aus der Hand. Die würden nicht verschwinden, er hatte es im Gespür. Seit drei Minuten standen sie an seiner Haustür und warteten geduldig auf sein Erscheinen. Durch das stumpfe Fenster seiner Werkstatt konnte er nur ein undeutliches Bild von den zwei Gestalten erhaschen, aber von hier aus hörte er jedes Wort, das sie sprachen. Und er hatte keine Lust mehr, dem Gespräch der zwei Vollidioten und Gartenzwerg-Dilettanten weiter zu lauschen. Also verließ er seine Werkstatt, stieß die verklemmte Tür auf und genoss einen Moment die Macht, zwei Polizeibeamte – einen Mann und eine Frau – aus dem Hinterhalt erwischt zu haben. Ihr erschrockener Gesichtsausdruck sprach Bände. Das sollte ihnen eine Lehre sein. Die beiden Uniformierten waren noch sehr jung, vermutlich gerade erst der Polizeischule entwachsen.
„Was machen Sie auf meinem Grundstück?", raunzte er sie erst einmal an. Sie brauchten einen Moment, um ihre Sprache wiederzufinden.
„Sind Sie Herr Tulpe?", fragte die junge Polizistin nach einem Moment der Stille.
„Klar. Wer sonst? Und Sie?"
Die beiden zückten synchron ihre Dienstausweise. „Polizeimeister Lehmann und Gutknecht", stellte der Mann seine Kollegin und sich vor.

„Wir hätten ein paar Fragen an Sie."
Helmut trat ein paar Schritte auf sie zu, hakte dann seine Daumen in die Hosentaschen und knurrte abfällig. „Na, dann mal los!"
„Es geht um gestern Nacht. Ihr Nachbar, Herr ..." – die junge Frau warf einen raschen Blick in ihr Notizheft – „...Herr Urban hat Anzeige gegen Unbekannt erstattet. Er sagt, gestern Nacht sei eine Person in sein Haus eingedrungen." Helmut achtete darauf, keine Miene zu verziehen.
„Tja, so ein Pech!" Die Polizisten waren irritiert, dass er als Nachbar nicht besorgter wirkte. Offensichtlich waren sie noch nicht abgebrüht genug, noch zu idealistisch, glaubten noch an gute Nachbarschaft und dass Menschen von Natur aus dazu neigten, sich gegenseitig zu helfen. Die würden auch noch eines Besseren belehrt werden, dachte Helmut.
„Unsere Frage wäre nun, ob Sie irgendetwas bemerkt haben gestern Nacht oder auch am Abend? Haben Sie etwas Verdächtiges gehört oder gesehen?"
„Nein, nichts." Die junge Frau machte sich eifrig eine Notiz zu seiner Aussage.
„Vielleicht ist gestern oder in den Tagen davor eine unbekannte Person hier herumgeschlichen? Haben Sie Fremde bemerkt?"
„Hier kommen immer wieder Leute vorbei, die im Wald eine Runde spazieren gehen wollen. Und ich kenne längst nicht alle hier ihm Ort, also sind da auch viele Fremde dabei. Das war gestern nicht anders als sonst."

Wieder war die Polizeimeisterin eine ganze Weile mit Schreiben beschäftigt, bevor sie aufblickte und fortfuhr.
„Sie haben hier ja eine bemerkenswerte Sammlung an Gartenzwergen. Wirklich beeindruckend." Netter Versuch, sich sein Vertrauen zu erschleichen.
„Wirklich? Meinen Sie nicht eher: grässlich, kitschig und spießig?" Ertappt warf sie einen hilfesuchenden Blick auf ihren Kollegen. Der schien sich allerdings gedanklich bereits aus dem Gespräch verabschiedet zu haben. So musste sie sich selbst aus der Schlinge ziehen:
„Naja, das ist natürlich Geschmacksache. Obwohl, in dieser Fülle ..."
Helmut kostete seine kleine Überlegenheit gerne ein bisschen aus: „Gartenzwerge sind gesellige Wesen. Nur in Gruppen fühlen sie sich wirklich wohl. Das nennt man artgerechte Haltung."
Äußerlich unbewegt, innerlich äußerst amüsiert beobachtete er, wie es unter der Polizistenmütze arbeitete. Sicher überlegte sie nun, welchen Grad der geistigen Verwirrung ihr Gesprächspartner bereits erreicht hatte.
„Ist Ihnen denn in Ihrer Sammlung heute Morgen eine Veränderung aufgefallen? Wurde einer der Zwerge bewegt, umgestoßen oder ähnliches? Es könnte ja durchaus sein, dass der unbekannte Eindringling es auch bei Ihnen versucht hat. Möglicherweise nicht heute, sondern an einem anderen Tag? Oft gehen Diebe systematisch vor und arbeiten sich auf der Suche nach Beute durch eine ganze Straße."

Helmut stutzte einen winzigen Moment, bevor er entschieden den Kopf schüttelte. „Nein, bei mir war niemand. Sicher nicht.“ Hoffentlich hatte sie sein Zögern nicht bemerkt. Er konnte keine Schnüffelei in seinen Angelegenheiten gebrauchen, schon gar keine Polizisten, die sein Haus durchsuchten. Bloß nicht! Die junge Frau schaute ihn abschätzend an. Ahnte sie etwas? Er ging zum Gegenangriff über.
„Sie haben vorhin im Konjunktiv gesprochen.“
„Bitte?“ Der Polizist schien aus seiner Starre erwacht zu sein und blinzelte irritiert. Vermutlich versuchte er, sich an längst vergessene Deutschstunden zu erinnern.
„Sie haben gesagt, der Nachbar behauptet, bei ihm *sei* jemand heute Nacht ins Haus eingedrungen.“
„Ja, und?“
„Das hört sich so an, als gibt es keine Beweise dafür, dass wirklich jemand in seinem Haus war. Wurde denn etwas gestohlen?“
„Die Sachlage ist nicht ganz eindeutig“, gab der junge Mann zu. Seine Kollegin schaute ihn stirnrunzelnd an. Gerne bohrte Helmut noch einmal nach.
„Wenn Sie mich fragen – Herr Urban ist ein ziemlich reizbarer Zeitgenosse, der leicht zu Überreaktionen neigt. Vielleicht entspringt der Eindringling auch einfach nur seiner blühenden Fantasie? Möglicherweise sollten Sie das mal in Erwägung ziehen. So, und nun entschuldigen Sie mich bitte. Ich habe noch etwas zu tun.“
Damit schob sich Helmut an den beiden Uniformierten vorbei, trat in sein Haus und schloss die Tür vor ihrer

Nase. Vom Küchenfenster aus beobachtete er, wie die beiden von dannen zogen, offensichtlich in eine Diskussion vertieft. Erst als sie in ihren Wagen gestiegen und fortgefahren waren, wagte er es allerdings, an seinen Schreibtisch ins Wohnzimmer zu gehen und den Computer hochzufahren. Er versuchte sich daran zu erinnern, was sein Neffe ihm erklärt hatte. Wie konnte man nochmal die gespeicherten Erinnerungen seiner kleinen Spione abrufen? Nach einigen Versuchen und Klicks hatte er gefunden, wonach er suchte. Er schaute durch die Augen seiner beiden Zwerge, erst durch die des einen, dann durch die des anderen. Da er Angst hatte, beim Vorspulen etwas Wichtiges zu verpassen, musste er eine ganze Weile schauen, bevor er sah, was ihn interessierte.

Verschwunden

Lennard schlug die Augen auf und brauchte ein paar Sekunden, bis ihm seine Mission einfiel. Wieder hatte er so lange warten müssen, bis er eingenickt war. Dass diese Erwachsenen sich immer so lange Zeit ließen, bis sie endlich schlafen gingen. Gestern Abend war es besonders unruhig gewesen hier im Haus. Seufzend erinnerte er sich daran, dass Mama und Papa sich noch ziemlich heftig gestritten hatten. Alles verstanden hatte er nicht, weil sie ihn natürlich vorher ins Bett geschickt hatten, nur dass es dabei um einen Einbrecher und um den Nachbarn ging. Papa glaubte wohl, dass Lord Garmadon – alias Nachbar Tulpe – selbst in ihr Haus eingestiegen war. Mama hielt ihn für verrückt, obwohl er bestimmt Recht hatte. Garmadon suchte den Rest seiner Ninjas, um diese auch zu entführen. Lennard hob das Kopfkissen an und schaute darunter. Lloyd, Nya, Meister Wu, Cole, Jay, Zane – alle lagen noch friedlich dort und schliefen. Lord Garmadon würde sie nie bekommen! Im Gegenteil: Lennards genialer Plan würde nun auch Kai endlich wieder zurückbringen.

Lennard schnappte sich seinen Rucksack, der unter seinem Bett bereitlag, und schlich leise wie eine Katze die Treppe hinunter. Er spürte, dass er heute besonders auf der Hut sein musste. Sein Vater war beunruhigt wegen des Einbruchs und achtete bestimmt auf jedes Geräusch. Vorsichtig schloss er die Haustür auf, zog den Schlüssel ab

und steckte ihn sich in seine Hosentasche. Den ganzen Nachmittag hatte er unbemerkt trainiert, die Tür so leise wie möglich aufzuschließen, zu öffnen und wieder hinter sich zuzuziehen. Nun machte sich die Übung bezahlt. Das konnte sein Vater sicher nicht gehört haben!
Die Nacht war nur schwach von der Mondsichel beleuchtet, die ganze Welt schien heute besonders ruhig zu schlafen. Nicht einmal aus dem Wald drangen Geräusche herüber. Regen lag in der Luft, Lennard konnte ihn bereits riechen. Sicher würde er bald einsetzen. Lennard schlich geduckt zum Nachbargrundstück und kletterte über die Mauer. Er musste aufpassen, dass er die beiden Zwerge, zwischen denen er hindurchstieg, dabei nicht umwarf. Die waren nicht sein Ziel, das war zu offensichtlich. Von seinem Baumposten aus hatte er mit seinem Kinderfernglas alle Exemplare angeschaut und hatte sich dann – auch aus praktischen Gründen – für einen eher kleinen Gesellen entschieden. Er hielt eine Fackel in der Hand – das schien Lennard passend, denn Kais Elementarkraft, mit der er seine Feinde bekämpfte, war schließlich das Feuer. Und außerdem stand der Zwerg gleich hinter der Gartentür neben dem Weg und somit möglichst weit vom Haus und von diesem Schuppen des Grauens entfernt, dessen Inhalt Lennard schon einige Albträume beschert hatte.
Lennards Augen hatten sich bereits an das schwache Licht gewöhnt, er brauchte seine Taschenlampe nicht, um den Weg bis zu seinem Zielobjekt zu finden. Schon wenige Sekunden später stand er neben ihm und hob ihn vorsichtig auf. Der Gartenzwerg war schwerer, als er gedacht hatte.

Und auch größer. Obwohl Lennard den Reißverschluss seines Rucksacks ganz geöffnet hatte, passte der Kerl nicht hinein. Nach mehreren vergeblichen Versuchen gab er auf. Dann musste er ihn eben im Arm tragen. Nun zog er aber erst einmal den beschrifteten Zettel aus dem Rucksack. Doch wohin damit? Einfach auf den Boden an die Stelle legen, an der der Zwerg gestanden hatte, schien ihm zu unsicher. Ein Windhauch könnte ihn fortwehen. Lennards Blick fiel auf den Nachbarzwerg. Der hatte sich eine Axt quer über die Schulter gelegt. Zwischen Axt und Schulter war eine Lücke. Lennard faltete den Zettel mehrfach zusammen, bis er genau in diese Lücke passte. Geschafft. Nun nichts wie weg. Er musste noch ein gutes Versteck für seine Geisel finden.

*****

„Aha – unser neuer Stammkunde. Was darf's denn sein?"
Inzwischen zwang sich der Bäckermeister immerhin ein Lächeln von den Lippen, wenn Florian den Laden betrat. Aber da machte er sich nichts vor – die Begrüßung war eher geschäftstüchtig als freundlich zu verstehen.
„Ein Fleischkäse-Brötchen und eine Mohnschnecke zum Hieressen. Dazu ein alkoholfreies Bier, bitte." Den Kaffee ersparte er sich und dem Bäckermeister, wenn dieser hinter der Theke stand.
Er wartete geduldig, bis der grobschlächtige Kerl, der sicher auch ein guter Metzger geworden wäre, das Essen auf

den Teller geworfen hatte. Das Bier schenkte dieser immerhin mit etwas mehr Hingabe ein. Dann verzog er sich an den kleinen Tisch in der Ecke. Heute war ihm nach Gesellschaft beim Mittagessen. Die ganze Nacht war er von schrecklichen Träumen geplagt gewesen, hatte sich hin und her gewälzt. Mehrmals war er aufgewacht und im ganzen Haus umhergewandert auf der Suche nach unbekannten Eindringlingen. Was ihn aber am meisten belastete: Weder die Polizei noch seine Frau hatten sein nächtliches Erlebnis wirklich ernst genommen.

Lustlos biss er in sein Brötchen und versuchte, sich auf den fleischigen Geschmack zu konzentrieren. Nur am Rande bekam er mit, wie die Tür sich öffnete und eine ältere Frau den Laden betrat. Da er sie nur aus den Augenwinkeln heraus sah, dachte er im ersten Moment, es sei Helga Meier, und atmete kurz darauf erleichtert auf: Es waren nur die grauen Haare und die Statur, die ihn getäuscht hatten.

„Na, Heidrun, wie geht es denn heute?“, brüllte Tommi Brunner über die Theke.

„Es muss ja. Es muss“, antwortete die Alte mit einem leichten Seufzen in der Stimme.

„Was darf's denn sein?“

„Ein Roggenbrot. Und noch einen Rahmkuchen darfst du mir einpacken.“

Brunner packte alles nach Wunsch in zwei Tüten und plauderte nebenher weiter.

„Donnerstags Rahmkuchen? Gehst du heute nicht zum

Landfrauenverein? Der trifft sich doch immer Donnerstagsnachmittags zu Kaffee und Kuchen, oder?"
Heidrun winkte verächtlich ab. „Neee – da geh ich heute nicht hin. Was soll ich bei den alten Weibern. Immer das gleiche Gewäsch, was man sich da anhören darf. Die einzige, die da Schwung reinbringt, ist doch die Helga mit ihren Geschichten. Die weiß immer ganz genau, wer mit wem was hier im Ort getrieben hat." Heidrun lachte meckernd.
„Tja, dann mal hier einen Rahmkuchen und das Brot für dich!" Brunner schmiss die beiden Tüten auf die Theke.
„Hast du Helga die Woche eigentlich schon gesehen?" Heidrun schien noch nicht vorzuhaben, den Laden so schnell zu verlassen.
„Nein. Die Woche war sie noch nicht hier. Aber die geht auch oft zum Becker Kurz. Angeblich sind seine Brötchen besser." Brunner grinste zynisch. „Dabei blendet Kurz die Leute doch nur mit seinem schicken großen Verkaufsraum und den ultramodernen Sitzecken in seinem Laden. Die Leute glauben mir nicht, dass der Kurz einfach nur fertige Rohlinge aufbackt. Keinen interessiert es, was da für Chemie in seinem Zeug steckt und wo es herkommt. Und außerdem kann das doch jeder! Meine Waren sind alle ganz traditionell handwerklich sauber selbst hergestellt. Sag das mal deinen Landfrauen, wenn du sie siehst."
Heidrun schien die kleine Ansprache wenig zu beeindrucken. „Schon merkwürdig, dass die Helga so einfach verschwunden ist."
„Was meinst du denn damit – ‚verschwunden'?", fragte

Brunner, mehr pflichtschuldig als aus echtem Interesse. Florian dagegen, der dem Gespräch bisher aus reinem Unterhaltungswert gelauscht hatte, spitzte interessiert die Ohren.

„Na, seit mehreren Tagen hat sie niemand mehr hier im Ort gesehen. Helga ist doch dauernd überall unterwegs, und seit Samstag scheint sie wie vom Erdboden verschluckt."

Brunner schien eine Weile intensiv nachzudenken. „Warst du schon mal bei ihr Zuhause? Bei Menschen ihres Alters kann es ja auch mal leicht sein, dass sie stürzen oder ohnmächtig werden oder Schlimmeres und bis sie dann jemand findet…"

„Monika hat doch die gleiche Putzfrau wie Helga. Und die hat sie natürlich schon gefragt. Die Kleine war inzwischen schon zweimal dort putzen. Aber sie sagt: Das Haus war bereits am Samstag leer, Helga liegt nicht bewusstlos irgendwo herum."

„Das ist doch beruhigend, oder? Vielleicht besucht sie ja jemand oder ist verreist?"

„Ohne irgendjemandem Bescheid zu sagen? Das sieht ihr nicht ähnlich. Monika will jetzt mal mit Helgas Sohn in Australien telefonieren. Ich nehme an, dass der die Polizei einschaltet. Ist schließlich seine Mutter."

„Warum ruft ihr nicht selbst die Polizei an – du oder Monika?"

„Die Polizei unternimmt ja nicht gerne was, wenn Erwachsene Personen verschwinden. Sagt mein Großneffe auch. Und das haben wir doch schon beim Ludwig gesehen.

Wenn die Helga geistig verwirrt wäre, dann könnte man was tun, sagt Kurt, aber das ist sie nun mal nicht. Und Selbstmordgedanken hatte sie garantiert auch keine. Nicht Helga."

„Also gut, wenn ihr euch nicht traut, dann mache ich das eben." Plötzlich schien Brunner voller Tatendrang. Er zog aus seiner Hosentasche ein Smartphone hervor und begann konzentriert, darauf herum zu wischen.

Und tatsächlich schuf Brunner sogleich Nägel mit Köpfen, ließ beim Polizeibeamten am anderen Ende der Leitung nicht locker, bis dieser ihm versicherte, jemanden vorbeizuschicken. Florian trank sein Bier leer und bezahlte schnell. Nach der Enttäuschung vom Vortag hatte er keine Lust, der Polizei heute schon wieder zu begegnen. Die Jungpolizisten Lehmann und Gutknecht hatten ihm deutlich zu verstehen gegeben, dass sie seine nächtliche Begegnung für ein Hirngespinst hielten. Denen würde er schon noch beweisen, dass sie falsch lagen.

Mit vollem Bauch und noch vollerem Kopf beendete Florian seine Mittagspause und kehrte in sein Homeoffice zurück. Der Nachmittag würde sich vermutlich wieder ziehen wie Kaugummi.

*****

Helmut brauchte eine Weile, um den Unterschied zu erkennen. Wie immer hatte er seinen Rundgang entlang der ganzen Familie gemacht, alles schien in Ordnung. Dank

des nächtlichen Regens waren auch keine größeren Reinigungsarbeiten notwendig. Und erst nachdem er fast schon an der entsprechenden Stelle vorüber war, wurde ihm bewusst, dass etwas nicht stimmte. Ganz und gar nicht stimmte. Aber da der kleine Heinzi ein eher zurückhaltender Zeitgenosse war, pflegeleicht und unauffällig, musste er seine Namensliste erst innerlich noch einmal abspulen, bevor er sich ganz sicher war: Heinzi war verschwunden! Fassungslos ging Helmut in die Knie und tastete das kleine Stückchen Erde ab, auf dem Heinzi bereits seit vielen Jahren gestanden hatte. Seine Füße hatten eine kahle Stelle im Rasen hinterlassen. Wer konnte ein Interesse daran haben, ausgerechnet Heinzi zu stehlen? Er war zwar in gutem Zustand, aber ganz sicher kein seltenes Sammlerstück. Und viele andere Zwerge, die auf der Mauer oder näher am Grundstückrand standen, wären eine leichtere Beute gewesen. Wer ihn ärgern wollte, hätte doch sicher so einen oder doch zumindest den Größten und Auffälligsten seiner Lieblinge entführt, nicht ausgerechnet diesen.
Helmut war zutiefst erschüttert. Irgendjemand hatte es auf ihn abgesehen und wusste ganz genau, wie er ihn richtig treffen konnte! Wieder einmal würde er die Erinnerung seiner beiden Zwergen-Spione anzapfen müssen, um die letzte Nacht Revue passieren zu lassen. So langsam nahm das wirklich Überhand. Zu dumm nur, dass er die Kamera-Augen hauptsächlich auf das Nachbargrundstück gerichtet hatte. Je nachdem, von welcher Seite der perverse Dieb gekommen war, hatte er diesen vielleicht gar nicht im Bild. Seufzend wollte Helmut schon wieder aufstehen und

sich ans Werk machen, da fiel sein Blick gerade noch auf Harry, den Nachbarzwerg mit der Axt. Was war das? Zwischen Schulter und Axt steckte etwas. Mit zittrigen Fingern pulte er ein Stück Papier von der Größe einer Briefmarke heraus, aufgeweicht vom Regen der vergangenen Nacht. Vorsichtig entfaltete er es, wobei er es in seiner Hast zweimal fast auseinanderriss. Das Blatt schien aus einem Schulheft zu stammen und zeigte eine merkwürdige Lineatur. Mit Filzstift hatte jemand etwas mit Großbuchstaben krumm und schief darauf geschrieben – leider war der Filzstift wohl wasserlöslich und die Schrift daher größtenteils verlaufen. Helmut konnte nur noch ein Z, ein E, zwei G und ein K sicher erkennen. Dennoch begann sich in Helmuts Kopf langsam ein Bild zu fügen. Zumal der unbekannte Absender sicherheitshalber unter der Schrift noch eine kleine Bleistiftzeichnung angefertigt hatte, die dem Regen standgehalten hatte. Sie zeigte seinen Heinzi – eine Figur mit Zipfelmütze und Fackel in der Hand – und daneben eine zweite, deutlich kleinere Figur mit einem seltsamen Kopftuch, das nur die Augen frei ließ. Zwischen den beiden Figuren waren zwei Pfeile in beide Richtungen gezeichnet. Helmut spürte, wie ihm das Blut in den Kopf schoss. Diese kleine Kröte! Der Junge war cleverer, als er vermutet hätte.

*****

Kurz vor der hinteren Zimmerecke brach das gleichmäßige Schnurren schlagartig ab. Celina konnte ihren kleinen

Wutschrei nicht mehr unterdrücken. Schon wieder hatte sie in ihrer Hektik den Stecker aus der Stromdose gerissen und das Kabel zischte wie eine lange Gummischlange durch das gesamte Zimmer, schlug laut gegen den Fuß der Stehlampe und den des Sessels, um im Staubsauger bis zu seinem dicken Ende zu verschwinden. Das war ihr heute bereits das dritte Mal passiert. Einerseits war das Staubsaugerkabel zwei Meter zu kurz für die großen Zimmer, andererseits war sie heute einfach zu ungestüm. Das Polizeiverhör gestern hatte ihr zugesetzt. Dann hatte ihre Oma die ganze Nacht auf sie eingeredet. Und jetzt reichte es ihr endgültig.

Florians Kopf bog um die Ecke zum Wohnzimmer. Er wirkte ehrlich besorgt. „Ist was passiert?"

„Nein, ist schon gut. Nur der Staubsauger triggert mich heute übelst. Tut mir leid – ich meine, ich bin gerade wirklich ungeschickt", erklärte Celina tapfer lächelnd, spürte aber im gleichen Moment, wie ihr die ersten Tränen in die Augen schossen. Sie beschloss, das geschehen zu lassen.

„Stimmt etwas nicht? Was ist denn los?", fragte er pflichtschuldig.

„Ach – es ist nur – gestern war die Polizei bei mir wegen Helga Meier. Sie ist wie vom Erdboden verschwunden. Die haben mich ausgequetscht wie eine Schwerverbrecherin. Und jetzt kommen die ganzen Erinnerungen an Ludwig Peters plötzlich wieder hoch." Celina brach in ein leichtes Schluchzen aus.

Florian machte drei Schritte auf sie zu und blieb stehen. Sein Gesichtsausdruck schwankte zwischen bestürzt und

beunruhigt. Junge, weinende fremde Frauen in seinem Haus waren sicher keine Situation, auf die er gut vorbereitet war.
„Das war doch nur eine Zeugenvernehmung. Das wirkt bestimmt bedrohlicher als es ist", erklärte er mit besänftigendem Tonfall.
„Nein, das glaube ich nicht. Die haben mich im Visier, weil ich doch schon bei Peters geputzt habe. Ich musste mit ihnen in Helga Meiers Haus gehen und ihnen alles zeigen. Und die haben mich die ganze Zeit so komisch angesehen. Ich war so durcheinander, dass ich wahrscheinlich meinen Geldbeutel dort vergessen habe. Jedenfalls hoffe ich das. Er ist er heute Morgen weg gewesen… Hoffentlich hat ihn niemand geklaut…" Celina ließ ihren Tränen nun freien Lauf. Florian kam noch etwas näher, legte ihr vorsichtig die Hand auf die Schulter.
„So schlimm wird es doch nicht sein. Gehen Sie doch hin und schauen Sie nach Ihrem Geldbeutel."
„Nein, ich bin doch heute hier bei Ihnen zum Putzen."
„Das ist schon okay. Ich verstehe das. Sie können sich ja gar nicht auf die Arbeit hier konzentrieren. Kommen Sie einfach nächste Woche wieder."
Celina erlaubte sich noch ein etwas stärkeres Schluchzen und registrierte zufrieden, dass er nun auch seine zweite Hand tröstend auf ihre Schultern legte.
„Um ehrlich zu sein – ich traue mich nicht mehr alleine in das Haus. Irgendetwas ist da, seit Frau Meier verschwunden ist. Etwas Unheimliches. Und seit die Polizei mich gestern so in die Mangel genommen hat…" Sie schluchzte

noch einmal laut. „Nein, ich kann da nicht reingehen."
Florian schwieg eine Weile, dann seufzte er leicht. „Na schön. Dann begleite ich Sie. Wir gehen zusammen rein, suchen Ihren Geldbeutel und verschwinden dann gleich wieder. Was meinen Sie?"
Celina schickte einen zutiefst dankbaren Blick in seine Richtung. „Das ist wirklich nett von Ihnen. Danke!"

*****

Warum hatte er sich nur dazu hinreißen lassen? Er hatte einfach kein gutes Gefühl dabei. Nervös blickte Florian die Straße auf und ab, während Celina ihren Nachschlüssel umständlich aus den Tiefen ihrer viel zu großen Tasche kramte. Niemand zu sehen – aber wer wusste schon, was sich hinter den Vorhängen der Nachbarhäuser abspielte. Der Gedanke, dass ihn jemand dabei beobachtete, wie er mit Celina in dieses fremde Haus ging, deren Besitzerin auf mysteriöse Weise verschwunden war, beunruhigte ihn. Auch wenn er noch kaum jemanden hier im Ort kannte, war er sicher, dass viele inzwischen wussten, wer er war. Der Neue, der in das berüchtigte Haus von Ludwig Peters gezogen war. Florian wünschte sich in diesem Moment sehnlichst die Anonymität der Großstadt zurück.
Endlich fand Celina, wonach sie suchte, und schloss auf. Als er die Tür hinter ihnen ins Schloss zog, zuckte er kurz zusammen. Das Geräusch wirkte in der völligen Stille des Hauses wie ein Fremdkörper. Auch die junge Frau schien nervös, als sie sich zu ihm umdrehte.

„Spüren Sie das auch? Irgendetwas stimmt hier doch nicht, oder?“ Sie erschauderte sichtlich. „Das habe ich gleich gespürt, als ich am Samstag hierherkam. Frau Meier war eigentlich fast immer im Haus, wenn ich zum Putzen kam. Es sei denn, sie hatte einen Arztbesuch oder einen anderen wichtigen Termin – dafür hat sie mir den Nachschlüssel gegeben. Deshalb kam mir das hier zwar irgendwie sus vor, aber andererseits hätte es ja sein können, oder nicht? Ich hab also samstags alles ganz normal geputzt und bin am Mittwoch wiedergekommen. Und die war immer noch nicht da. Und es war noch alles so, wie ich es am Samstag verlassen habe. Keine neuen Krümel in der Küche, nichts. Das ist doch schon seltsam, oder?“
„Aber die Polizei haben Sie nicht gerufen?“
„Naja, ist ja nur so ein Gefühl. Steht mir doch eigentlich nicht zu, mich da in fremde Dinge einzumischen. Ich habe es aber einer Kundin erzählt, die mit Helga Meier befreundet ist.“
Florian erinnerte sich an das Gespräch in der Bäckerei. „Monika?“
Celina nickte anerkennend. „Genau, Monika Stahl. Das hat sich ja schnell rumgesprochen. Aber ich wusste, was ich der erzähle, bleibt nicht lange geheim. Ist quasi eine indirekte Anzeige bei der Polizei, wenn man ihr was erzählt.“
„Gut – dann... Wo könnte denn Ihr Geldbeutel liegen?“
Celina schaute sich etwas hilflos nach allen Seiten um. „Tja, wenn ich das so genau wüsste. Ich war gestern mit der Polizei im ganzen Haus unterwegs. Küche, Wohnzim-

mer, Bad, Toilette, Schlafzimmer... Sogar das Gästezimmer und den Keller wollten sie sehen. Aber nirgends eine Spur. Und trotzdem ... Hier im Haus stimmt etwas nicht. Spüren Sie das nicht?"

Sie warf ihm einen unschuldigen Blick aus ihren unnatürlich grünen Augen zu. Florian spürte durchaus eine gewisse Unruhe in sich aufsteigen, zuckte aber nur nüchtern mit den Schultern. „Ich fürchte, ich bin kein Medium und auch in keiner Weise dazu geeignet. Meine parapsychologischen Fähigkeiten sind nicht sehr weit entwickelt."

Er ging an Celina vorbei und trat auf gut Glück in den nächstbesten Raum, der sich als Küche erwies. Tatsächlich hatte sich hier schon ein leicht muffiger Geruch breitgemacht, nachdem das Haus bereits fast eine Woche lang nicht mehr gelüftet worden war. Auf der Suche nach einem Geldbeutel ließ er die Augen über Tisch und Arbeitsfläche wandern, konnte aber nichts entdecken.

„Hier scheint er schon mal nicht zu sein", erklärte er bestimmt. „Sollen wir uns aufteilen, damit es schneller geht? Sie suchen oben, ich hier unten?" Er drehte sich um, nach Bestätigung suchend, und sah, dass Celina längst an seine Seite getreten war. Sehr nah an seine Seite. „Ich glaube, mir wäre es lieber, wenn wir das zusammen machen. So ganz allein hier im Haus – das ist mir irgendwie unheimlich." Sie untermauerte ihre Aussage mit einem hilflosen Augenaufschlag.

Florian machte einen Ausfallschritt. „Na schön. Dann gehen Sie mal vor, ich folge Ihnen."

Sie führte ihn zunächst in ein altmodisch, aber hochwertig

eingerichtetes Wohnzimmer. Sie suchten auf der Couch, dem Wohnzimmertisch, der Regalwand. Nichts. Florian achtete auf einen Mindestabstand, als er ihr die Treppe hoch folgte und blickte stoisch an ihrem – durch den eng anliegenden Rock hervorgehobenen – Hintern vorbei, wohl merkend, dass dieser genau in seiner Augenhöhe aufreizend hin und her wackelte.

Sie betraten das Schlafzimmer der Witwe, in dem offensichtlich nur noch eine Seite des Doppelbettes benutzt wurde. Neben der unbenutzten Seite auf dem Nachttisch stand das großformatige Foto eines attraktiven Mannes mittleren Alters. Ein schwarzes Band zog sich um die obere linke Ecke. Ein deprimierender Anblick. Florian war froh, als sie dieses Zimmer hinter sich ließen und sich dem Gästezimmer und ehemaligem Kinderzimmer zuwandten, in dem sie jedoch genauso wenig fündig wurden. Zwischen den beiden Räumen lag das Badezimmer, das eher klein und mit braun-grünen Kacheln gefliest war. Typisch 70er Jahre. Zweimal stieß er in dem engen Raum fast mit Celina zusammen, als sie sich darin umsahen. Ihr leichtes Parfüm stieg ihm in die Nase. Florian war heilfroh, als sie unverrichteter Dinge wieder in den Flur zurücktraten.

„Vielleicht haben Sie den Geldbeutel doch bei sich Zuhause verlegt? Ich kann Sie kurz dort vorbeifahren, müsste aber langsam zurück an die Arbeit. Das nächste Meeting wartet“, log er, ohne mit der Wimper zu zucken. Die nächste Videokonferenz begann erst in zwei Stunden, aber das alles hier machte ihn zunehmend nervös. Es war ein Fehler gewesen, hierher zu kommen. Wenn er etwas in

diesem Haus deutlich spürte, dann dies.
„Es fehlt nur noch der Keller. Können wir nicht noch schnell dort nachschauen? Wenn mein Geldbeutel wirklich weg ist, dann…" Wieder dieser hilflose Augenaufschlag vermischt mit einem Ansatz von Tränen. Florian seufzte innerlich. Wenn er schon mal hier war, konnte er das auch noch schnell zu Ende bringen. Den Keller würde er nun auch noch überstehen.
„Na schön, aber danach muss ich zurück."
„Super!" Mit schnellen Schritten eilte sie die Treppe hinunter und führte ihn weiter in den Keller. Ein altmodischer, düsterer Ort, unverputzt, nur gedacht als Waschkeller und zum Lagern von Lebensmitteln, überflüssigem Geschirr und alten Papieren. Säulen und Stützwände unterteilten den Kellerraum optisch in mehrere Bereiche. Celina schaltete das spärliche Deckenlicht ein, das den Raum nicht wirklich ausleuchtete. Florian besah sich die Waschküche, bestehend aus Waschmaschine, Trockner und Regal für diverse Waschmittel und Reiniger. Nichts. Er drehte sich um und zuckte kurz zurück. Schon wieder hatte Celina sich in seine Komfortzone geschlichen.
„Spüren Sie das auch? Hier unten ist das seltsame Gefühl besonders deutlich." Sie beugte sich zu seinem Ohr und flüsterte fast. Florian schluckte. „Das ist nur ein altmodischer Kellerraum. Da kann es einem schon ein bisschen unbehaglich werden."
Er befreite sich schnell aus ihrem Nahbereich und flüchtete in das nächste Kellerabteil, das größte, das wohl für Le-

bensmittel vorgesehen war. Ein Regal voller Einmachgläser, Dosen, Nudeln und Reis, Marmeladen und was sonst noch monatelang haltbar war. Daneben eine mächtige Kühltruhe, die ein beständiges Brummen von sich gab. Und auf der Kühltruhe lag ein etwa handgroßes, mit Glitzersteinen beklebtes weißes Lederetuis.

„Da ist er ja!“ Celina schoss an ihm vorbei und schnappte sich ihren verschwundenen Geldbeutel.

Florian atmete erleichtert auf. „Na, dann ist ja alles gut und wir können gehen.“

Das wurde Zeit! Schnell dreht er sich um und ging ein paar Schritte Richtung Kelleraufgang. Fast rannte er dorthin. Erst am unteren Treppenabsatz angekommen bemerkte er, dass ihm niemand folgte. Als er sich umsah, erblickte er Celina, die völlig erstarrt neben der Gefriertruhe stand und auf den Boden zu ihren Füßen starrte.

„Was ist denn?“

Celina streckte ihre Hand aus, wies auf einen unsichtbaren Fleck vor sich. „Ihr Ohrring!“ Sie flüsterte nun wieder. „Das ist Helga Meiers Ohrring!“

Widerstrebend ging Florian zurück zu ihr. Was sollte das? Was wollte die junge Frau bloß von ihm? Konnte sie ihn nicht einfach in Ruhe lassen? Erst als er neben ihr stand, folgte er ihrem Blick und entdeckte einen winzigen, im matten Kellerlicht kaum erkennbaren Gegenstand auf dem grauen Betonboden. Er ging in die Knie und hob ihn auf, drehte ihn prüfend in der Hand. In der Tat, das war ein kleiner Ohrstecker mit Diamanteinsatz. „Was macht das hier unten? Sie hat diese Ohrstecker immer getragen.

Immer“, flüsterte Celina weiter. Die Panik in ihrer Stimme machte auch Florian allmählich nervös.
„Vermutlich hat sie ihn hier verloren, als sie etwas in ihre Kühltruhe gelegt hat“, vermutete er und versuchte das leichte Unbehagen, das in ihm aufsteigen wollte, im Keim zu ersticken.
„Da stimmt was nicht. Können Sie das nicht fühlen? Meine Oma sagt auch, dass da etwas nicht stimmt.“
„Ihre Oma? Wie kommt die denn dazu…“
Celina unterbrach ihn unwirsch: „Vergessen Sie's. Egal. Wir müssen nachschauen.“
„Nachschauen? Wo denn? Was denn?“
Celina antwortete nicht. Stattdessen streckte sie ihre Hand langsam – als stände sie unter Hypnose – nach dem Griff der Gefriertruhe aus. Sie ächzte leise, während sie den schweren Deckel anhob und mit Schwung nach hinten klappte, damit die Truhe geöffnet blieb. Florian wurde das Gefühl nicht los, unfreiwilliger Zuschauer einer kleinen Theaterinszenierung zu sein. Er hätte sich gerne einfach umgedreht und wäre weggegangen. Doch er blieb stehen und fühlte den kalten Luftzug, der aus der Truhe zu ihm aufstieg. Dann hörte er einen kurzen, schrillen Schrei neben sich. Florians Blick folgte den angstgeweiteten Augen der schreienden Frau an seiner Seite. In die Kiste.
Dort lag sie, wie in einen Sarg gebettet. Die Augen geschlossen, schlafend, die Hände auf der Brust über Kreuz gelegt. Haare, Gesicht, Körper und Kleidung über und über mit einer dünnen Schicht kleiner Eiskristalle bedeckt. Sie hatten Helga Meier gefunden.

Auf Spurensuche

Noch schwieg sie beharrlich. Vermutlich dachte sie nach. Musste erst einmal begreifen, was er ihr für Neuigkeiten erzählt hatte. Mit etwas Glück würde das entsetzliche Schicksal Helga Meiers vom anderen ablenken. Doch dieses Glück sollte Florian nicht haben. Inzwischen hatte sich die steile Falte mitten auf der Stirn gebildet. Sie war ein deutliches Zeichen dafür, was nun kommen würde.

„Das ist ja wohl unglaublich!“, war das erste, was Julia schließlich hervorbrachte. Er versuchte noch einmal, die Aufmerksamkeit auf das Wesentliche zu konzentrieren.

„Ja, das finde ich auch. Ich meine, wir sind aufs Land gezogen, um ein friedliches, ruhiges Leben zu beginnen, und dann geschieht quasi in unserer Nachbarschaft ein Gewaltverbrechen. Hier! Und wir kannten das Opfer sogar schon. Das ist doch wirklich entsetzlich!“

Julia sah ihn durchdringend an. Nein, das klappte nicht.

„Du hast tatsächlich hinter meinem Rücken und gegen meinen ausdrücklichen Willen diese Putzfrau eingestellt?“

„Noch nicht eingestellt. Wir haben nur eine Probezeit vereinbart. Einfach, um es mal eine Weile auszuprobieren. Weißt du noch: Du warst doch letzte Woche ganz begeistert, als du von der Arbeit nach Hause kamst und alles hier so sauber und ordentlich war? Das war Celina. Ich hätte dazu gar keine Zeit, um ehrlich zu sein.“

„Celina? Tze! Ihr seid ja schon sehr vertraut.“

„So ein Quatsch!"
„Ihr schleicht zusammen durch fremde Häuser und findet dort im Keller in der Gefriertruhe zufällig eine Leiche. Was seid ihr – die zwei Fragezeichen? Kommt dir das nicht irgendwie seltsam vor?"
Ihre Augen hatten sich zu Schlitzen verengt. Jetzt wurde es ernst.
„Wenn du das so sagst, klingt das tatsächlich seltsam. Aber es gibt dafür doch eine ganz vernünftige Erklärung. Sie hat ihren Geldbeutel gesucht, ich habe ihr nur beim Suchen geholfen."
„Warum?"
„Was?"
„Warum hilfst du einem jungen Mädchen, das halb so alt ist wie du, ihren Geldbeutel zu suchen. Kann sie das nicht alleine? Braucht sie jemanden, der ihr das Händchen hält?"
Florian verkniff es sich, Julia vorzurechnen, dass der Altersunterschied zwischen ihm und Celina nicht der Hälfte seiner Lebensjahre entsprach. Es wäre jetzt wohl nicht sehr klug gewesen, darauf einzugehen. Stattdessen blieb er sachlich.
„Nachdem Helga Meier auf so seltsame Weise verschwunden war, hatte sie eben Angst davor, alleine in das Haus zu gehen. Sie hatte ja wohl auch allen Grund dazu, ein bisschen panisch zu sein."
„Und der gute Ritter Florian musste der armen Maid dann natürlich heldenhaft zur Seite stehen. Glaubst du wirklich,

der Gedanke, dass dieses Mädchen hier zweimal die Woche mehrere Stunden alleine mit dir in unserem Haus verbringt, gefällt mir?"
Florian schnappte ehrlich empört nach Luft und ging zum Gegenangriff über. „Ich glaube wirklich nicht, dass du jemals einen Grund hattest, eifersüchtig zu sein! Kannst du mir einen einzigen Moment nennen, an dem ich mich je für andere Frauen interessiert hätte? Und habe ich jemals an dir gezweifelt, als du so oft alleine mit Johann unterwegs warst?"
Julia schüttelte unwirsch den Kopf. Aber er hatte sie ein wenig verunsichert, hatte wohl einen wunden Punkt getroffen, er sah es genau.
„Du wirst mir doch jetzt nicht Johann vorhalten, oder? Wir waren niemals alleine unterwegs, sondern immer mit unseren beiden Babys, wenn du dich erinnerst. Wir waren beide in Elternzeit und haben uns über Babybrei und Windelsorten ausgetauscht. Das war wirklich wahnsinnig erotisch – darauf wirst du ja wohl nicht eifersüchtig sein, oder?"
Doch, das war er – auch damals schon gewesen. Er hatte es zwischenzeitlich schon fast wieder vergessen, wie sehr ihn das damals belastet hatte, dass seine Frau so viel Zeit mit einem anderen Mann verbrachte, den sie in der Krabbelgruppe kennengelernt hatte. Aber jetzt, da sie es schon erwähnte, spürte er die lange unterdrückte Eifersucht sofort wieder in sich aufsteigen.
„Wenn du auf eine Putzfrau eifersüchtig bist, nur weil sie zufällig jung und hübsch ist, dann darf ich ja wohl erst

recht auf diesen Frauenversteher eifersüchtig sein, mit dem du ein Jahr lang mehr Zeit verbracht hast als mit mir."
„Beim Babywickeln!"
„Babys schlafen die meiste Zeit des Tages!"
Julia schwieg abrupt. Nun hatte er sie doch getroffen. Sah er da einen Anflug von schlechtem Gewissen in ihren Augen? Florian war sich nicht sicher, ob er sich über diesen kleinen Sieg wirklich freuen sollte. Hoffentlich waren die Kosten am Ende nicht höher als der Gewinn! Er beschloss, das Gespräch in versöhnliche Bahnen zu lenken.
„Hör mal, Julia. Du hast es doch überhaupt nicht nötig, auf Celina eifersüchtig zu sein. Dir kann doch keine andere Frau das Wasser reichen."
Er machte ein paar Schritte auf sie zu, um sie in den Arm zu nehmen. Julia drehte sich jedoch von ihm weg und begann, mit ungewöhnlichem Eifer das Kissen aufzuschlagen. Sie hatten sich für das Gespräch ins Schlafzimmer zurückgezogen und die Tür geschlossen, damit Lenni, der im Wohnzimmer seine Serie schaute, nichts davon mitbekam.
„Hahaha, Celina ist 15 Jahre jünger als ich und aufgebrezelt wie … naja! Mit ihrem unschuldigen Augenaufschlag und ein bisschen Hinternwackeln wickelt die doch jedes männliche Wesen sofort um den kleinen Finger. Da musst du mir nichts erzählen."
Das Kissen erhielt zwei kräftige Schläge.
„Julia, bitte!" Florian schnappte sich seine Frau, bevor das Kissen in Fetzen aufging, und zog sie zu sich. Sie gab auf. Die steile Falte ebnete sich, sie legte ihren Kopf an seine Schulter.

„Weißt du, eigentlich geht es auch nicht darum. Ich weiß doch, dass du eine treue Seele bist!"
„Worum geht es dann?"
„Ich bin sauer, dass du einfach hinter meinem Rücken Entscheidungen triffst, die wir zusammen treffen sollten. Das geht so nicht – das ist unser gemeinsames Zuhause hier, auch wenn du hier mehr Zeit verbringst als ich."
„Klar. Aber wenn du jetzt öfter unterwegs bist, muss ich auch manchmal Dinge alleine entscheiden. Du hast mich doch auch nicht bei allem gefragt, als du in Elternzeit warst, oder? Ich lass dir deine Freiheiten, du lässt mir meine. Das war uns doch immer wichtig."
„Stimmt!" Julia wand sich aus seiner Umarmung und machte einen Schritt rückwärts. „Apropos öfter unterwegs. Ich muss jetzt erstmal öfter auf Fortbildung, habe ich heute erfahren. Ich war so lange aus dem Thema draußen und es gibt einiges Neues, das ich verpasst habe. Meine Chefin hat mich gleich für mehrere Seminare angemeldet. Das erste beginnt übermorgen. Ich bin dann eine Woche weg. Ist das ein Problem?"
Florian schluckte seinen Ärger über diese Neuigkeit herunter. Eine Woche lang alleine für den Kleinen verantwortlich, während es gerade begann, auf der Arbeit richtig anstrengend zu werden. Na toll! Aber gerade hatte er noch von Freiheiten geredet, da musste er sich nun wohl auch an sein Wort halten.
„Okay!" Er überspielte den leichten Ärger mit einem Grinsen. „Dann kann ich wenigstens mehr ungestörte Zeit mit unserer Putzfrau verbringen. Vielleicht legt sie ein paar

Sonderstunden ein."
Seine Rechnung ging auf. Mit einem kräftigen Stoß gegen seine Schultern schmiss Julia ihn aufs Bett und warf sich gleich hinterher. „Träum weiter, Casanova!"

*****

Die Gestalt war nicht zu erkennen. Es war zu dunkel. Aber sie war nicht viel höher als die Mauer. Eindeutig ein Kind. Und das Kind war aus dem Eingang des Nachbarhauses gekommen. Es verschwand aus dem Sichtfeld der Kamera, um kurze Zeit später wieder darin zu erscheinen. Diesmal trug es etwas im Arm. Es musste das Ding kurz auf der Mauer abstellen, um darüber zu klettern. Jetzt konnte Helmut die Umrisse von Heinzi schon recht eindeutig erkennen. Auch das Kind drehte sich beim Überklettern der Mauer ziemlich deutlich ins Bild. Helmut zoomte etwas näher heran. Diese Funktion hatte ihm sein Neffe glücklicherweise am Telefon erklären können. Das Gesicht des Kindes konnte er trotzdem nicht sichtbar machen. Dafür bräuchte er eventuell so eine Zaubertechnik, wie sie in Krimis manchmal verwendet wurde, um Verschwommenes zu schärfen. Natürlich brauchte er das eigentlich nicht, denn er wusste ja längst, wer seinen Heinzi entführt hatte. Aber das hier war der Beweis, den er für sich nutzen konnte. Er musste sich nur noch überlegen, wie.
In diesem Moment klingelte es an der Haustür. Vielleicht das Paket, auf das er seit gestern wartete? Helmut stand hastig auf. Der Paketdienst war so furchtbar ungeduldig

geworden, seit jeder Hinz und Kunz alles im Internet bestellte. Eine Sekunde zu langsam, und der Austräger samt Paket war wieder verschwunden. Dann würde er sein Päckchen wieder in der Filiale abholen müssen. Eine Abgabe in der Nachbarschaft hatte er ja ausdrücklich verboten. Auf keinen Fall wollte er, dass die Nachbarn mitbekamen, wann er sich welche Dinge bestellte. Er öffnete die Haustür für seine Verhältnisse schwungvoll, und stand vor zwei Männern, die ihn ernst anblickten. Einer von ihnen war schon älter, nahe an der Pensionsgrenze. Er trug einen etwas altmodischen Anzug und war deutlich kleiner als sein jüngerer Begleiter, der leger in T-Shirt und Jeans unterwegs war. In ihren Händen hielten sie zwei Kreditkarten, die sie ihm schnell entgegenstreckten. Nein, es waren keine Kreditkarten. Hellblau und mit Landeswappen – das waren Polizei-Dienstausweise.
Der Jüngere der beiden stellte sie vor: „Guten Tag Herr Tulpe. Mein Name ist Michael Abel, das ist mein Kollege Redlicher. Wir sind von der Kriminalpolizei und hätten einige Fragen an Sie. Würden Sie uns bitte kurz reinlassen?"
Dieses Mal konnte Helmut die Polizei nicht an der Haustür abspeisen. Die beiden Kerle bestanden darauf, für das Gespräch hereinzukommen. Widerwillig ließ er sie eintreten und führte sie rasch in die Küche. Der Gedanke, dass sie einen Blick in sein Wohnzimmer und auf den Computerbildschirm werfen könnten, beunruhigte Helmut.
Er bot den beiden keinen Platz an, sie setzten sich trotzdem an den kleinen Esstisch. Der Ältere – Redlicher – wies auffordernd auf den freien Stuhl. Helmut blieb stehen, lehnte

sich an seine kleine Arbeitsfläche und verschränkte die Arme vor der Brust. Die Polizisten verzogen keine Miene.
„Herr Tulpe, kennen Sie eine Helga Meier?", fragte Redlicher ruhig.
Helmut schnaubte verächtlich. Er hasste Fragen, deren Antwort bereits bekannt war. Reine Zeitverschwendung.
„Würden Sie uns bitte antworten?", bohrte Abel in schärferem Tonfall nach.
„Ja, ich kenne Frau Meier. Absolut jeder hier im Ort kennt sie."
„Und in welchem Verhältnis stehen Sie zu ihr?" Abel hatte ein Notizheft und einen Stift aus der Tasche gezogen und begann eifrig mitzuschreiben.
„In gar keinem! Ich habe rein gar nichts mit ihr zu tun! Worauf wollen Sie denn eigentlich hinaus?"
Der Alte lächelte scheinbar freundlich. „Aber, aber! Das ist doch kein Grund, sich gleich aufzuregen. Wir stellen doch nur ein paar Fragen."
„Das sind aber reichlich merkwürdige Fragen", knurrte Helmut.
„Und Sie reagieren recht merkwürdig auf unsere einfache Frage. Wir wissen zufällig, dass Sie gerade in letzter Zeit häufiger mit Frau Meier geredet haben. Sie wurde auch allein in den letzten Tagen mindestens dreimal bei Ihnen hier am Haus beobachtet."
„Was kann ich dafür, wenn sie hier einfach vorbeikommt? Ich habe sie bestimmt nicht darum gebeten, bei mir herumzuschnüffeln. Helga Meier ist wie eine Naturkatastrophe. Die bricht einfach über einen herein, ob man will oder

nicht."
Helmut sah, dass Abel eine Notiz in sein Heft machte, die er zweimal unterstrich. Vermutlich das Wort Naturkatastrophe.
„Sie mögen Helga Meier also nicht?", fasste Redlicher die Tatsache ganz treffend in Worte.
„Na und, ist das ein Verbrechen?"
„Nein. Aber Helga Meier wurde ermordet. Und das ist ein Verbrechen", erklärte Abel und schaute ihn scharf an. Helmut spürte, dass seine Hände feucht wurden. Zum Glück gab ihm die Arbeitsplatte, an die er sich lehnte, genügend Halt. So blieb er äußerlich reglos, doch sein Hirn arbeitete schlagartig auf Hochtouren.
„Haben Sie dazu nichts zu sagen?", setzte Abel nach.
„Haben Sie etwas gefragt?", konterte Helmut sofort. Er hielt dem stechenden Blick des jungen Mannes stand.
„Was wollte Frau Meier denn hier, wenn Sie wie eine Naturkatastrophe über sie hereinbrach?", fragte Redlicher. Sein Ton blieb – wie gehabt – höflich und gelassen.
„Vermutlich schnüffeln. Sie schnüffelt für ihr Leben gern im Leben anderer Leute herum. Hat herumgeschnüffelt", verbesserte er sich schnell.
„In Ihrem Leben? Was hat sie denn da so interessiert?"
„Bei mir?", Helmut lachte abfällig. Das Geräusch kam ihm selbst seltsam fremd vor. „Bei mir gibt es nichts zu schnüffeln. Nein, sie war einfach neugierig wegen der neuen Familie, die ins Nachbarhaus eingezogen ist. So ist sie eben."
Abel blätterte in seinem Notizbuch zwei Seiten zurück und las etwas nach. „Ihr Nachbarhaus ist das Haus, aus

dem vor einem halben Jahr ein Mann spurlos verschwunden ist?“
„Das wissen Sie ja schon.“
„Hat sich Frau Meier sehr für das Verschwinden dieses Ludwig Peters interessiert?“
„Vermutlich.“
„Hat sie deswegen hier ‚herumgeschnüffelt‘?“
„Woher soll ich das wissen?“
„Haben Sie eine Ahnung, wo Ludwig Peters sein könnte? Immerhin war er Ihr direkter Nachbar.“
„Nein, keine Ahnung. Man sagt, er habe sich mit seinem Schwarzgeld ins Ausland abgesetzt. Ich würde ihm das zutrauen. Aber ich weiß nicht mehr als jeder andere hier im Ort.“
„Es heißt, Sie haben sich mit Ludwig Peters nicht gut verstanden. Es gab wohl Streit?“ Dieser Abel ging Helmut tierisch auf die Nerven. Er musste sich beherrschen, um seine eiserne Ruhe zu bewahren.
„Geht es jetzt um Peters oder Frau Meier? Ich bin ein wenig verwirrt, um ehrlich zu sein.“
„Wir müssen allen Spuren nachgehen, Herr Tulpe“, erklärte Redlicher geduldig. „Auch die, welche zunächst nicht direkt zusammenzuhängen scheinen.“
Es wurde Zeit, dass er die beiden Männer aus dem Haus bekam. Helmut atmete einmal tief ein und setzte zum Angriff an. „Herr Peters und ich hatten ein ganz normales nachbarschaftliches Verhältnis, wie es unzählige andere Menschen in diesem Land auch pflegen. Nichts Ungewöhnliches. Und Frau Meier war jetzt auch nicht gerade

dicke mit ihm. Viele Menschen hier im Ort sind nicht gut auf ihn zu sprechen. Hat immer große Töne gespuckt, um was er sich alles kümmern würde, und quasi nichts davon gehalten. Ich sag nur neues Feuerwehrhaus – der neue Standort ist ja immer noch nicht geklärt. Aber das ist Politik, das interessiert mich nicht die Bohne. Und was mit Frau Meier passiert ist mag schrecklich sein, aber auch das betrifft mich nicht. Ich will hier einfach nur ungestört meine Rente genießen und alles andere ist mir egal. Und deshalb ziehe ich auch nicht los und bringe irgendwelche alten Frauen um. Verstanden?"

Redlicher und Abel schauten sich an. Der Ältere nickte dem Jüngeren kurz bestätigend zu. Dann standen die beiden gleichzeitig auf. Endlich.

„Na gut, das wäre es fürs Erste. Nur noch eine Frage: Wo waren Sie eigentlich am Freitagabend bzw. in der Nacht von Freitag auf Samstag?"

„Zuhause."

„Und haben Sie dafür Zeugen?"

„Nur meine 97 Gartenzwerge. Aber die reden nicht mit Polizisten."

*****

Lennard wusste, dass die beiden Männer Polizisten waren, auch wenn sie keine Uniformen trugen. Er hatte sie gehört, als sie an der Haustür standen und sich seinem Vater vorstellten. Dann hatten sie ihn in den Garten geschickt. Die

Erwachsenen benahmen sich seit gestern besonders seltsam. Irgendetwas war geschehen und es hatte mit dieser alten Frau zu tun, aber niemand hatte ihm gesagt, was geschehen war. Es war wohl nichts für seine Ohren – darin waren sie sich einig. Aber Jonas, sein Klassenkamerad, hatte bei seinen Eltern etwas aufgeschnappt. Er behauptete, Frau Meier sei schockgefrostet worden. Was immer das hieß – Jonas Vater hatte das wohl so gesagt. Lennard fragte sich seither, ob es möglich war, dass der echte Ninja Zane – also nicht seine Plastikfigur – in den Ort gekommen war. Immerhin konnte Zane mit seiner Elementarkraft alles in Eis verwandeln. Vielleicht waren hier im Ort wirklich dunkle Mächte am Werk, die aufgehalten werden mussten. Und Frau Meier war die heimliche Komplizin von Lord Garmadon. Und dieses seltsame umzäunte Gelände mitten im Wald war der Ort, an dem Garmadon die dunklen Mächte aus der Unterwelt auf die echte Welt holen wollte, um die Weltherrschaft zu erlangen.
Lennard warf noch einen Blick Richtung Haus. Undeutlich konnte er die Gestalten im Wohnzimmer erkennen. Sicher würden sich die Erwachsenen noch eine ganze Weile unterhalten. Niemandem würde auffallen, wenn er sich davonschlich. Lennard beschloss, die Chance zu nutzen. Als er hinter dem Nachbarhaus über die Brücke huschte, fühlte er sich kurz beobachtet. Doch davon ließ er sich nicht aufhalten. Im Gegenteil, er lief mit schnellen Schritten weiter, fast rannte er.
Ganz genau wusste Lennard nicht mehr, wo sich das seltsame Grundstück befunden hatte, aber er hatte einen recht

guten Orientierungssinn, der ihm zumindest die richtige Richtung wies. Er erinnerte sich auch an seine erste Spionageaktion, als er dem alten Mann in den Wald gefolgt war. Da war er sicher auch auf dem Weg zu seinem Geheimversteck gewesen. Er fand mühelos bis zu der Stelle, an der er Kai verloren hatte. Von hier aus musste er raten, wie es weiterging. Oder ein bisschen Spuren lesen. Lennard erinnerte sich an ein Detektivhörspiel. Die Kinder hatten auf dem feuchten Waldboden Spuren des Diebes gefunden und konnten ihm so auf die Schliche kommen. Vorgestern hatte es geregnet und tatsächlich konnte man auf dem schmalen Trampelpfad, auf dem sich Lennard inzwischen befand, ganz schwache Abdrücke von Schuhen erkennen. Allerdings führten sie in beide Richtungen. Lord Garmadon auf dem Hin- und Rückweg zu und von seinem Geheimversteck? Lennard folgte den Spuren, die weiter in den Wald hineinführten. An manchen Stellen waren sie nicht mehr zu erkennen, an manchen dafür sehr deutlich, je nach Beschaffenheit des Bodens. Lennard fühlte sich wie ein Superdetektiv, während er den Fußspuren folgte. Er hätte auch einfach nur weiter auf dem kleinen Pfad bleiben können, denn die Fußabdrücke taten das auch, aber das wäre bei weitem nicht so cool gewesen. So war er doppelt stolz, als er nach weiteren zehn Minuten auf die Stelle stieß, die er sofort wiedererkannte. Ein umzäuntes Gelände mitten im Wald. Lennard betrachtete eine Weile die bizarre Verkleidung hinter dem Maschendrahtzaun, die das Innere des Grundstücks wohl vor fremden Blicken schützen sollte. Wer immer das gebaut hatte, hatte

genommen, was er fand. Alte Sperrholzplatten, ausrangierte Türen, Teile eines Schrankes – alles stand dicht an dicht nebeneinander, miteinander verschnürt und verdrahtet und an dem Maschendrahtzaun befestigt, der das ganze Gelände umspannte.
Lennard ließ seine Augen den ganzen skurrilen Zaun entlangwandern und erstarrte kurz. Auf den beiden vorderen Ecken des Grundstücks – da, wo der Trampelpfad vorbeiführte – prangten zwei Gartenzwerge jeweils auf den Spitzen der Ecken. Sie schwebten dort fast wie der Engel über der Weihnachtskrippe. Nur dass die Augen stechend und merkwürdig aussahen. Als würden sie ihn beobachten. Lennard lief eine Gänsehaut über den Rücken. Er erinnerte sich an die Zwerge mit den ausgestochenen Augen, die er nachts in der Werkstatt des Alten gesehen hatte. Lennard spürte, wie seine Knie weich wurden. Er sollte weglaufen, solange es noch möglich war. Aber nein, er unterdrückte seinen Fluchtinstinkt. Ein Ninja lief niemals davon! Außerdem war er neugierig. Er war nicht so weit gelaufen, um dann keinen Blick hinter diese Barriere zu werfen. Mit wackligen Beinen trat er näher an den Zaun heran, lief ihn vorsichtig ab, auf der Suche nach einem Spalt. Da! Zwischen einer Sperrholzplatte und einem großen Stück Styropor klaffte eine kleine Lücke, da das Styropor an einer Stelle bereits zu zerbröseln begann. Das Loch befand sich etwa auf Bauchnabelhöhe. Lennard bückte sich und schob sein Gesicht ganz nahe heran. Er musste ein Auge zukneifen, damit sich der Blick scharf stellen konnte. Da packte ihn plötzlich etwas am Kragen! Es ging so schnell, dass er

nicht einmal schreien konnte.
Lennard wurde in die Höhe gerissen und mit dem Rücken gegen den Zaun geworfen. Dann blickte er in die zu wütenden Schlitzen verengten Augen von Lord Garmadon!
„Was machst du hier?“ Der Alte krächzte und keuchte gleichzeitig vor Anstrengung. Starr vor Angst, hatte Lennard keine Idee, was er auf diese Frage antworten sollte. Also schwieg er. Der Griff um den Halsausschnitt seines T-Shirts verstärkte sich.
„Los, sag schon. Was willst du hier? Was willst du von mir? Kannst du mich nicht endlich in Ruhe lassen?“
Selbst wenn er wollte: Seine Kehle war wie zugeschnürt. Er brachte keinen Laut hervor. So würde der Alte nichts aus ihm herausbekommen! Wo konnte Tulpe so plötzlich hergekommen sein? Hatte er ihn über die Brücke in den Wald verschwinden sehen und war ihm dann hierher gefolgt? Jedenfalls sah der Alte nun wohl ein, dass er so nicht weiterkam, und ließ seinen Kragen los. Dafür packte er ihn mit einem festen Griff am Oberarm. Weglaufen konnte Lennard immer noch nicht.
„Hör zu: Ich weiß genau, dass du meinen Heinzi, meinen Gartenzwerg, vorgestern Nacht entführt hast. Du gibst ihn mir auf der Stelle zurück und wir vergessen das Ganze. Wenn nicht, werde ich die Polizei informieren. Ich habe einen Beweisfilm, der zeigt, dass du der Dieb bist. Willst du, dass die Polizei dich wegen Diebstahls verhaftet?“
Der Gedanke an die Polizei machte Lennard nervös. Ganz sicher wollte er nicht ins Gefängnis wegen dieses Gartenzwergs. Andererseits hatte er schon in einem Kinderbuch

gelesen, dass Polizisten zu Kindern freundlich waren und Kinder gar nicht ins Gefängnis gesteckt werden durften. Deshalb nahm er allen Mut zusammen: „Ich möchte aber meinen Kai zurückhaben!“
Tulpe runzelte die Stirn und tat ahnungslos. „Welchen Kai denn?“
„Meinen Ninja. Du hast ihn gefunden und entführt. Ich will ihn zurückhaben. Wenn ich Kai zurückhabe, gebe ich dir den Gartenzwerg zurück.“
Der Alte ließ ihn los und richtete sich auf. „Meinst du diese hässliche rote Plastikfigur?“
„Kai ist nicht hässlich. Ihr Gartenzwerg ist hässlich.“
„Pass auf, was du sagst!“ Sein Zeigefinger fuchtelte drohend vor Lennards Gesicht herum, doch die schlimmste Wut des Alten schien verflogen. Er dachte eine Weile nach. „Na schön. Wir machen es so: du stellst mir heute Nacht meinen Zwerg genau an die Stelle zurück, an der du ihn geholt hast. Wenn du das tust, lege ich dir morgen Nacht deine Plastikfigur unter den großen Walnussbaum in eurem Garten. Da bist du doch so gerne und spionierst andere Leute aus. Alles klar?“
Lennard spürte seinen Mut zurückkehren. „Warum kriege ich Kai erst morgen Nacht?“
„Weil ich das so sage. Erst gibst du mir meinen Zwerg zurück, dann bekommst du deine Belohnung. Du bist der Dieb. Ich habe nur im Wald etwas Müll aufgesammelt. Zur Sicherheit, damit sich kein Reh daran verschluckt und stirbt.“ Er blickte Lennard streng an und setzte noch hinzu: „Das sieht die Polizei sicher genauso.“

Was die Polizei dachte, interessierte Lennard nicht. Aber er sah ein, dass Lord Garmadon nicht nachgeben würde. Also nickte er. „Abgemacht!“

Ammenmärchen

Oft ist es das besonders Abstoßende, von dem man seine Augen nicht lassen kann. Zutiefst entsetzt und zugleich fasziniert muss man hinstarren, gerade auch dann, wenn man es eigentlich nicht will. Das Auge saugt sich daran fest und kann sich beim besten Willen nicht davon lösen, auch wenn man weiß, dass es nicht gut ist. Dass es nicht guttut. Trotzdem. Florian ertappte sich bereits zum dritten Mal an diesem Vormittag dabei, wie sein Blick auf dem Nachbargrundstück ruhte. Wie hypnotisiert starrte er die kleinen Scheußlichkeiten an, die wiederum genauso unverwandt zurück zu starren schienen. Ihn erfasste eine tiefe Unruhe bei ihrem Anblick. Gartenzwerge waren für Florian nicht nur einfach spießig und hässlich, nein, sie waren Vorboten des Unglücks, Zeugen eines abgrundtiefen Grauens, das sich nicht in Worte fassen ließ. Vielleicht, weil Gnome im Märchen Wesen waren, die im Untergrund lebten, quasi aus der Unterwelt herauskamen? Es war jedenfalls kein Wunder, dass an einem Ort wie diesem Unglücke geschahen, dass Menschen verschwanden und in Gefriertruhen wieder auftauchten.

Stefan hätte das verstanden. Wie gerne hätte er ihn jetzt angerufen und mit ihm über das alles gesprochen. Florian konnte immer noch nicht begreifen, dass er einfach nicht mehr existierte. Von einem Tag auf den anderen aus dem

Leben gerissen. Er war immer da gewesen, sie waren zusammen aufgewachsen, hatten so viel zusammen erlebt. Florians Gedanken drifteten immer weiter in die Vergangenheit ab. Stefan hatte damals auch in der Nähe eines kleinen Wäldchens gewohnt, sie waren dort gerne zusammen umhergestreift. Nur Stefans Nachbar hatte sie immer genervt. Mit seinem überreizten Köter, der sie andauernd ankläffte. Der Nachbar hatte auch... Florians Gedanken kehrten augenblicklich in die Gegenwart zurück, denn gerade war Helmut Tulpe in den Garten getreten. Für diese Uhrzeit ungewöhnlich, wie Florian bereits wusste. Tulpe trug etwas in den Händen, einen eingewickelten Gegenstand in der Größe eines Babys. Und er trug ihn auch vorsichtig wie ein Baby, während er direkt auf die Grundstücksgrenze zuging. Dort wickelte er den Gegenstand vorsichtig aus, betrachtete ihn liebevoll, und stellte ihn dann auf die Mauer, natürlich in Richtung ihres Hauses. Tulpes Blick wanderte nach oben, direkt in sein Fenster. Kurz hatte Florian das Gefühl, als schaute er ihm unverwandt in die Augen, obwohl er wusste, dass sein Gesicht durch die Spiegelung des Fensters wohl nicht wirklich gut von dieser Position aus zu sehen war. Tulpe grinste kurz hämisch, dann drehte er sich um und schlurfte wieder ins Haus. Zurück blieb ein neuer Gartenzwerg, die Zipfelmütze typisch nach oben gereckt, leicht nach vorne gebeugt. Der größte Teil des Gesichts verschwand jedoch hinter einem Fotoapparat, den er direkt auf das Haus der Urbans gerichtet hatte. Ein Fotoapparat? Was sollte das heißen? Florian holte instinktiv seinen Fotoapparat aus dem stets bereitliegenden Rucksack. In jeder freien Minute zog er damit inzwischen in den Wald und suchte nach passenden Motiven für interessante Makro-Aufnahmen. Nun schraubte er das 300er Zoom-Objektiv auf und nahm den Neuankömmling ins Visier. Dann drückte er ab. Es klickte, und er hatte den ersten Gartenzwerg seines Lebens im Kasten. Florian zog das Bild gleich auf den Computer rüber und betrachtete nachdenklich das Ergebnis. Der Zwerg hielt in der rechten Hand den Fotoapparat, die linke hatte er nach vorne ausgestreckt, als würde er auf den Gegenstand zeigen, den er gerade ablichten wollte. Doch diese Hand war nicht leer. Jemand hatte ihm – offensichtlich nachträglich und handgemacht – etwas an die linke Hand geklebt, es sollte so aussehen, als hielt er es fest: rund, spiralförmig aufgewickelt, mit einem schwarzen Strich entlang der Spirale. Das sollte wohl eine Mohnschnecke darstellen. Florian spürte, wie ihm der Schweiß ausbrach. Sein Nachbar hatte eine Gartenzwergkarikatur seiner selbst aufgestellt. Er verhöhnte ihn! Das konnte er nicht auf sich sitzen lassen.

Florian sprang auf. Er musste über seine neue Erkenntnis mit jemandem reden. Jetzt sofort! Er öffnete die Tür seines Arbeitszimmers und lauschte ins Haus. Klopfende Geräusche verrieten ihm, dass er nicht allein war. Er horchte. Sie kamen aus der Nähe, vom oberen Stockwerk. Aus Lennis Zimmer? Er folgte den Geräuschen in das Nachbarzimmer, trat ein, konnte aber niemanden entdecken. Es klopfte aber immer noch.

„Celina, sind Sie hier?“

Aus dem Klopfen wurde Gepolter. Er hörte ein unterdrücktes „Ah!" – ein kurzer Schmerzenslaut – dann erschien das erwartete Gesicht über dem Loch, das in die kleine Dachkammer des Kinderzimmers führte. Trotz der dicken Schicht Schminke schimmerte die Röte etwas durch.

„Florian? Sie haben mich erschreckt!"

„Entschuldigung. Ich wollte Ihnen nur kurz etwas zeigen."

„Okay!" Celina kletterte mit aufreizend gelenkigen Bewegungen die Leiter herunter und kam neben ihm zum Stehen. „Ich habe da oben gerade versucht, die Invasion der Fliegen zu beenden. Wirklich widerlich. Wollen Sie sich mal den Haufen an Fliegenleichen anschauen, den ich schon gesammelt habe?"

„Nein, danke! Unsere letzte Leiche hat mir erstmal genügt." Allein der Gedanke daran verursachte ihm bereits leichte Übelkeit.

„Sorry – da haben Sie natürlich Recht. Das war mega cringe. Hat die Polizei Sie auch verhört?"

„Vernommen heißt das wohl. Ja, hat sie. Aber sie haben mir meine Geschichte, wie wir Frau Meier gefunden haben, irgendwie nicht richtig glauben wollen."

„Die Polizei!", Celina schnaubte leicht verächtlich. „Wissen die Polizisten inzwischen wenigstens, wer hier bei Ihnen vor kurzem eingebrochen ist?"

„Sie vermuten, dass es ein Penner war, der sich gerade hier in der Gegend herumtreibt. Der wurde wohl schon an verschiedenen Stellen hier im Ort beobachtet. Meine Frau glaubt, dass sie an dem Abend vergessen hatte, die Kellertür abzusperren. Vielleicht hat er sich so hereingeschlichen und wurde von mir dann überrascht."

„Zum Glück weiß Ihre Frau jetzt über unsere Übereinkunft Bescheid. Echt cool, dass ich jetzt offiziell hier arbeiten darf. Fühlt sich besser so an. Meine Oma findet das auch. Die Heimlichtuerei mochte sie gar nicht."

„Wohnen Sie bei Ihrer Oma?"

„Nein. Aber sie wohnt bei mir. Irgendwie."

Es entstand eine kurze, fast verlegene Gesprächspause, bevor Florian sich daran erinnerte, weshalb er eigentlich gekommen war.

„Ich wollte Ihnen kurz zeigen, was mein lieber Nachbar gerade neu erworben hat, und Sie fragen, was Sie davon halten. Hätten Sie kurz Zeit?"

„Echt, ich? Klar!" Celina folgte ihm bereitwillig in sein Arbeitszimmer. Sie brauchte auch nur Sekunden, um zu begreifen, was sie da auf dem Monitor sah. Wo Julia vermutlich wieder abgewiegelt und das Verhalten des Nachbarn entschuldigt hätte, stand Celinas Urteil sofort fest.

„Krass! Mit Foto und Mohnschnecke – der hat einen kleinen Doppelgänger von Ihnen gebastelt." Sie schüttelte leicht fassungslos den Kopf. Dann wurde ihre Mimik ungewöhnlich ernst. „Da sollten Sie echt aufpassen!"

„Meinen Sie, er will mich damit provozieren?"

„Klar, der will Sie ärgern. Aber vielleicht nicht nur das."

Celina warf ihm einen unheilvollen Blick zu. Florian bekam eine leichte Gänsehaut.

„Wissen Sie, dass der Alte da drüben auch für Ihren Vorbewohner einen Doppelgänger gebastelt hatte?"
„Für Ludwig Peters?"
„Ja. Dem hatte er eine Hornbrille auf die Nase gesetzt und eine Aktentasche unter den Arm geklemmt, so wie der Landrat sie immer trug, und der Zwerg hatte sich einen Sack über den Rücken geworfen. Einen Geldsack – hatte Tulpe mit goldener Schrift draufgeschrieben. Der Landrat ist im Dreieck gesprungen, als der Zwerg eines Tages auf der Mauer stand."
„Kann ich mir vorstellen. Hat er nicht versucht, juristisch dagegen vorzugehen? Gegen so etwas könnte man doch vielleicht klagen?"
„Ich glaube, er hat mal darüber nachgedacht, aber dann hat er plötzlich aufgegeben."
„Warum?"
„Keine Ahnung. Er meinte nur, dass man manche Dinge akzeptieren muss und dann versuchen, das Beste daraus zu machen."
Florian runzelte die Stirn. Er hatte nicht vor, das hier zu akzeptieren. Er würde heute noch mit seinem Anwalt Kontakt aufnehmen. Diesmal würde er ihm sicher zustimmen, dass man dagegen rechtlich vorgehen konnte. Wenn selbst für Celina offensichtlich war, dass ihn hier jemand mit einer Karikatur verhöhnte, dann würde das auch vor Gericht standhalten. Apropos Celina: Sie stand in Gedanken versunken neben dem Schreibtisch direkt am Fenster und starrte auf den Nachbargarten. In ihrem Gesicht lag eine Spur von echter Angst.

„Stimmt etwas nicht?", fragte Florian vorsichtig.
„Ich mag diese Gartenzwerge nicht. Irgendetwas an ihnen ist unheimlich." Sie sprach leise, flüsterte fast. Florian trat neben sie und schaute ebenfalls hinaus. Es beruhigte und beunruhigte ihn gleichzeitig, dass es jemanden gab, der das wie er empfand.
„Wie meinen Sie das?" Er versuchte, möglichst beiläufig zu klingen. Sie überlegte eine Weile, ob sie weitersprechen sollte. Schließlich gab sie sich einen Ruck.
„Manchmal frage ich mich, ob Gartenzwerge auch als Voodoo-Puppen missbraucht werden können." Celina schien das völlig ernst zu meinen. Florian brauchte eine Weile, um diese Information zu verarbeiten.
„Was? Wie kommen Sie denn darauf?" Sein Verstand warnte Florian eindringlich, dass das Gespräch gerade in absurde Bahnen abdriftete. Wenn es nicht um Gartenzwerge gegangen wäre, hätte er das Gesagte sofort als Spinnerei abgetan und die Unterhaltung an dieser Stelle möglichst schnell beendet, um sich und Celina weitere Peinlichkeiten zu ersparen. Aber es ging nun mal um Gartenzwerge. Und er wollte wirklich unbedingt wissen, was sie damit meinte.
„Sie halten mich bestimmt für verrückt."
„Nicht verrückt, nein. Aber ich muss zugeben, dass ich an solche Dinge wie Voodoo und Zauberei nicht glaube." Erleichtert stellte er fest, dass seine Stimme nach wie vor nüchtern klang. Nur ein leichtes Kratzen verriet seinen trockenen Hals.
„Ich eigentlich auch nicht. Meine Oma hat mich katholisch

erzogen. Da gibt es nur Gott, Engel, die Jungfrau Maria, den Teufel und die Hölle. Kein Voodoo."
Celina drehte sich zu ihm um und warf ihm von unten herauf einen hilflos-verzweifelten Blick zu. Auch das noch.
„Darf ich Ihnen ein Geheimnis verraten? Aber bitte nicht weitersagen. Außer meiner Oma weiß niemand davon."
„Natürlich", antwortete Florian automatisch und fragte sich im gleichen Moment, ob das eine kluge Reaktion gewesen war. Wollte er Geheimnisse mit seiner Putzfrau teilen? Aber es war schon zu spät, sie sprach bereits weiter.
„Ich habe den Zwerg kaputtgemacht." Ihre Stimme klang zittrig, während sie auf die Stelle der Mauer zeigte, auf der jetzt der Fotografen-Zwerg stand. „Ich meine den Doppelgänger von Ludwig Peters. Es war aus Versehen, ich war für meine Verabredung spät dran, bin etwas gerannt und mit meinen High Heels gestolpert. Ich habe mich an der Mauer abstützen wollen. Dabei bin ich gegen den Zwerg gestoßen und er ist nach hinten von der Mauer gekippt. Es hat laut gescheppert, er lag sicher in Scherben. Aber ich wusste ja, wie der Nachbar tickt. Deshalb habe ich gesehen, dass ich Land gewinne, bin so schnell wie möglich verschwunden. Ich wollte nicht, dass Tulpe sieht, wer seinen Liebling zerstört hat."
Celina schloss die Augen und atmete ein paar Mal tief durch, bevor sie weitersprach. „Und am nächsten Morgen war er verschwunden."
„Der Zwerg?"
„Nein, Ludwig Peters. Und der Zwerg natürlich auch.

Beide waren verschwunden. In der gleichen Nacht. Spurlos."

Florian versuchte, seine eigene Gänsehaut zu ignorieren. Das war doch Quatsch. Ammenmärchen.

„Ich glaube nicht, dass Sie sich deshalb schuldig fühlen müssen. Das waren sicher zwei zufällige Ereignisse, die rein gar nichts miteinander zu tun hatten."

„Glauben Sie?" Celina schien nicht überzeugt.

Florian beschloss, dass es Zeit wurde, weiterzuarbeiten. Für sie beide. Er lächelte sein überzeugendstes Lächeln und setzte sich zurück an seinen Schreibtisch. Ein Zeichen, dass ihr Gespräch jetzt beendet war. „Ich glaube nicht – ich weiß es. Aber keine Sorge: Ihr Geheimnis ist bei mir sicher."

*****

Mit einem Schwert, mit vier Schwertern, mit einer Art Superwaffe, mit Kappe, mit Halstuch und strubbeligen Haaren, mit verschiedenen Dekors auf der Brust – Helmut stützte das Gesicht in die Hände und seufzte. Er gab auf. Wie sollte er unter diesen zahllosen Varianten an kleinen roten Plastikfiguren die eine richtige wiederfinden? Seit einer halben Stunde durchstöberte er das Internetportal. Immerhin hatte der Kleine ihm den Namen der Figur verraten. Er dachte, damit würde es einfach werden, den Ersatz zu besorgen. Aber dem war leider nicht so, da es anscheinend unzählige Versionen von „Kai" gab. Die Firma wusste, wie sie den Eltern heutzutage möglichst viel Geld

aus der Tasche zog. Und Helmut war sich sicher, dass er den Falschen wählen würde und dass der Junge das auf den ersten Blick erkannte. Warum hatte er dieses Figürchen nur so achtlos in den Müll geworfen, als er aus dem Wald nach Hause gekommen war? Er war sauer gewesen, dass ihn dieser nervige Bengel durch den halben Wald verfolgt hatte. Er hielt das für eine gerechte, aber eher milde Strafe. Jeder wusste doch, dass die Kinder heutzutage unzählige solcher kleinen Figürchen in ihren Spielzeugkisten horteten. Wie konnte er ahnen, dass dies ausgerechnet die eine war, die eine so große Rolle spielte.
Helmut klickte sich planlos durch die viel zu große Auswahl an Kai-Figürchen. Er stieß auf ganze Bau-Sets mit fliegenden Schiffen, seltsamen Autos und merkwürdigen Kampf-Robotern. Grausig, mit was die Kinder heutzutage spielten. Aber während er die Beschreibungen der Sets durchlas, kam ihm eine Idee. Ob der Kleine wohl noch naiv genug war, dass er mit einer kleinen Notlüge davonkam? Ein kleiner Brief, von Kai persönlich geschrieben, in dem er erklärte, dass er auf Abenteuerreise gewesen war und sich dabei ein neues „Outfit" zugelegt hatte? Es war zumindest einen Versuch wert. Er musste sich nur ein bisschen in diese Abenteuerwelt einlesen, um die richtigen Schlüsselworte zu benutzen – im Internet gab es dazu ja genügend Informationen.
Erleichtert, eine Idee zu haben, klickte Helmut auf die nächstbeste Kai-Figur mit schnellstmöglicher Lieferfrist. Bis morgen würde sie da sein, sicherte der Händler ihm zu. Na dann…

*****

Der Raum war bis zum letzten Platz gefüllt. Schon bevor die Sitzung begonnen hatte, war es bereits unerträglich heiß und stickig im gesamten Raum. Neben dem Gemeinderat, der gesamten Mannschaft der freiwilligen Feuerwehr – einige davon demonstrativ in Einsatzkleidung – und den ortsansässigen Mitgliedern des führenden Umweltschutzverbands waren auch direkt betroffene Anlieger und zahlreiche interessierte Bürgerinnen und Bürger erschienen. Das Thema schien den Ort wirklich zu bewegen. Da Florian selbst sich dazu noch keine eigene Meinung gebildet hatte, fühlte er sich ein bisschen wie ein Voyeur, der einer unfreiwilligen Schmierenkomödie zuschaute. Nachdem der Bäcker ihn noch einmal persönlich zur Versammlung eingeladen hatte, war seine Neugier allerdings geweckt und er war dankbar um die kleine Ablenkung, die dieses spezielle Abendprogramm im Bürgerhaus bedeutete. Unauffällig hatte er sich in die hintere Reihe gesetzt und verfolgte die nüchterne Darstellung des Bürgermeisters, der den Stand der Dinge ausführlich erläuterte und schließlich in einer Art Schlussplädoyer noch einmal zusammenfasste:

„Ihr wisst also, dass unser aktuelles Feuerwehrhaus zu klein ist und nicht mehr den gesetzlichen Vorgaben entspricht. Wir brauchen ein neues, das von unserer freiwilligen Feuerwehr von allen Seiten schnell erreichbar und gut zugängig ist, mit genügend Platz nach allen Richtungen.

Wir haben neun verschiedene Möglichkeiten geprüft und das Waldgrundstück ist das einzige Gelände, das am Ende übriggeblieben ist. Dazu gibt es leider keine Alternative, also werden wir dort bauen!"

Ein Raunen, das sich bereits bei den letzten Sätzen anbahnte, schwoll nun zu einer unangenehmen Lautstärke an, bis sich eine zierliche, kleine Frau – Florian schätzte sie auf Mitte 30 – mit gestrecktem Zeigefinger zu Wort meldete und erhob, damit man sie besser sehen konnte.

„Ich verstehe nicht, warum es dazu keinen Bürgerentscheid gibt. Es geht hier immerhin um eine große Fläche unseres schönen Waldes, die einfach gerodet werden soll. Und das in diesen Zeiten! Wir haben Hunderte von Unterschriften unserer Bürgerinnen und Bürger gesammelt, die gegen diesen Standort sind. Unser Bürgerbegehren zeigt eindeutig, dass Sie diese Entscheidung nicht alleine treffen dürfen!"

Einzelne zustimmende Rufe im Publikum wurden laut. Der Bürgermeister ließ sich nicht aus der Ruhe bringen. Er lächelte milde, während er antwortete: „Frau Kurz, Ihre Kritik ist bei uns eingegangen und wurde zur Kenntnis genommen. Leider haben Sie sich aber bei Ihrem Versuch, einen Bürgerentscheid zu erzwingen, nicht an die entsprechenden Vorgaben gehalten. Damit sind Ihre gesammelten Unterschriften leider wertlos und es wird daher keinen Bürgerentscheid in dieser Sache geben!"

„Da geht es doch nur um Formalitäten. Ein Großteil unserer Bürger wünscht sich einen Bürgerentscheid. Nur darauf kommt es doch an. Blöde Korinthenkacker!", rief ein erboster Mann, den Florian auf Ende 50 schätzte, dazwischen. Zustimmendes und empörtes Gemurmel über diesen Zwischenruf machte das Fortführen der Diskussion für einen Moment unmöglich. Bis sich schließlich der Bäckermeister, Tommi Brunner, erhob und mit ausgebreiteten Armen für etwas Ruhe sorgte. Offensichtlich galt sein Wort etwas hier im Ort.

„Leute! Leute! Leute! Jetzt konzentriert euch doch mal auf das Wesentliche und reißt euch zusammen! Es geht hier um die Arbeit unserer Männer – und Frauen – die freiwillig ihre Freizeit opfern und manchmal sogar ihr Leben riskieren, um euer aller Leben zu schützen. Ist das euer Ernst, dass ihr wegen ein paar Bäumen so einen Aufstand macht? Habt ihr euch schon mal überlegt, wie das auf unsere Truppe wirkt? Bei der Feuerwehr zu sein, war bisher immer eine Ehre und alle haben unseren Freiwilligen zu Recht viel Respekt entgegengebracht. Und jetzt werden wir wie Verbrecher behandelt, nur weil wir ein neues Feuerwehrhaus brauchen, um weiterhin eure Hintern zu retten? Wer von den jungen Leuten hat denn da noch Lust, sich bei der Feuerwehr zu engagieren, wenn das in euren Augen gar nichts mehr wert ist? Wir haben, seitdem diese Diskussion begonnen hat, schon fünf Mitglieder verloren, die keinen Bock mehr auf dieses Affentheater hatten. Soll das so weitergehen? Was ist, wenn es am Ende hier im Ort keine Feuerwehr mehr gibt? Dann schaut ihr aber allesamt blöd aus der Wäsche!"

Aus den Reihen der Feuerwehrmannschaft kam lautstark

zustimmendes „So ist es!“ „Gut gesagt!“ „Wir haben keinen Bock auf diese Diskussion!“
Die Redensführerin des Bürgerbegehrens, die der Einfachheit halber stehen geblieben war, schien wenig beeindruckt. „Natürlich braucht ihr ein neues Feuerwehrhaus, und das sollt ihr auch bekommen. Aber nicht in unserem Wald! Ich finde nicht, dass alle Alternativen wirklich ausgeschöpft wurden. Wir haben dem Bürgermeister schon vor Wochen drei gute Möglichkeiten genannt. Aber man will uns ja nicht zuhören.“
Der Bürgermeister lächelte leicht süffisant. „Es gibt eben gewisse Vorgaben, an die wir uns halten müssen.“
Der erboste End-Fünfziger aus dem Publikum sprang von seinem Platz, erhob wieder seine Stimme und schrie lautstark: „Diese Vorgaben bastelt ihr euch doch zurecht, wie ihr sie braucht! Ihr habt unsere Alternativen doch gar nicht ernsthaft in Erwägung gezogen!“
Florian schielte unauffällig auf seine Armbanduhr. Eine Stunde saß er jetzt schon hier – die meiste Zeit davon hatte der elend lange Vortrag des Bürgermeisters in Anspruch genommen – und nun begann sich die Diskussion offensichtlich im Kreis zu drehen. Er hatte gehört, was er hören musste. Ob er sich unauffällig davonschleichen konnte? Florian schaute sich um. Als Neuer hier im Ort sollte er nicht den Anschein erwecken, als würde er bei dieser Diskussion die Flucht ergreifen oder als ginge es ihn nichts an. Er saß allerdings nicht schlecht, in der Nähe des hinteren Saalausgangs. Er wusste nur nicht, ob sich die Tür einiger-

maßen lautlos öffnen und wieder schließen ließ. Die Diskussion nahm derweil an Fahrt auf. Der Bürgermeister zeigte nun seine Wut über den störenden Zwischenrufer deutlich: „Ich weiß, dass du von diesem Neubau besonders betroffen bist, Emil. Dein Haus liegt ja direkt neben dem besagten Waldstück. Aber ich muss dich doch sehr bitten, dich etwas zusammenzureißen. Sonst musst du leider diesen Raum verlassen!"
Emil ließ sich aber nicht beruhigen. Die Mahnung des Bürgermeisters stachelte den Kerl eher noch mehr an. Er kämpfte sich durch die Stuhlreihe ins Freie und machte einige Schritte auf den Tisch zu, hinter dem der Bürgermeister frontal zum Publikum Platz genommen hatte: „Willst du mir nun auch noch das Maul verbieten, Egon? Leben wir hier in einer Diktatur, oder was?"
In der ersten Reihe sprang ein grauhaariger Mann in Feuerwehrmontur auf und brüllte wütend dagegen: „Ach, jetzt halt doch endlich die Schnauze, Emil. Wir wollen hier wie Erwachsene diskutieren, nicht wie Vollidioten!"
„Das nimmst du zurück, Jochen! Du nennst mich nicht einen Vollidioten, du nicht!" Der erboste Emil hatte nun den Rednertisch erreicht und ließ seine wütenden Blicke zwischen dem Bürgermeister und dem vorlauten Feuerwehrmann hin und her schweifen. Die angespannte Körperhaltung ließ nichts Gutes erahnen.
„Leute! Jetzt beruhigt euch doch alle wieder!", versuchte Tommi Brunner die Wogen zu glätten, während er sich ebenfalls durch die Stuhlreihe nach außen wälzte. Die Umsitzenden standen bereitwillig auf und schoben ihre Knie

zur Seite, um dem kräftigen Bäckermeister Platz zu machen.
Florian hatte keine Lust, den Rest des kleinen Schauspiels weiter zu verfolgen. Er ließ seine Blicke durch das Publikum schweifen. Alle Köpfe waren nach vorne gerichtet, auf die Streitenden. Alle bis auf einen, der sich gerade zur Seite gedreht hatte und die hintere Ausgangstür fixierte. Florian erstarrte kurz. Vier Reihen vor ihm saß Helmut Tulpe! Von hinten, ohne Kappe und im ordentlichen Hemd, hatte er ihn bisher nicht erkannt gehabt. Aber im Profil war es eindeutig.
Noch ein Grund mehr, möglichst schnell und unauffällig von hier zu verschwinden. Vorne lief die Schmierenkomödie gerade ihrem Höhepunkt entgegen.
„Ich hab dich gar nicht Vollidiot genannt. Was meint ihr, Jungs, habe ich gesagt, dass Emil ein Vollidiot ist?“ Feuerwehrmann Jochen drehte sich zu seinen Männern. Einige stimmten ihm lautstark zu, andere senkten etwas betreten den Kopf. „Aber wenn du es so verstanden hast – vielleicht ist da ja doch etwas dran?“
Florian stand leise und halb gebückt auf. Während er beobachtete, wie die beiden Männer sich Schritt für Schritt aufeinander zuschoben, schlich er sich Schritt für Schritt zur Tür.
„Was man anderen vorwirft, trifft meistens auf einen selbst zu, weißt du das?“ Emil hatte seine Stimme etwas gesenkt, aber das entspannte die Situation nicht. Er wirkte wie eine Raubkatze vor dem Sprung. Beide Männer stan-

den sich jetzt nur noch mit Armeslänge Abstand gegenüber. Emil grinste hämisch. „Deine Frau wusste es jedenfalls!“ Das war wohl der sprichwörtliche Tropfen. Die Anwesenden schienen das zu verstehen. Klar, sie kannten die Vorgeschichte. Es wurde einen Moment vollkommen still im Raum. Florian stand vor der Tür, die Hand zum Griff ausgestreckt, und verharrte in seiner Bewegung. Er wartete, bis der Tumult losbrach. Einige Sekunden, die sich unangenehm in die Länge zogen. Dann ging es los: Jochen stürzte sich schreiend auf Emil, warf ihn nach hinten auf den Tisch, hinter dem der Bürgermeister vollkommen fassungslos saß. Er schlug Emil ins Gesicht, dieser schlug augenblicklich zurück. Tommi Brunner sprang nach vorne und versuchte, Jochen von Emil herunterzuziehen. Zwei weitere kräftige Feuerwehrkollegen sprangen auf, offenbar bereit, sich in den Tumult einzubringen.

Florian drückte den Stangengriff nach unten und warf sich mit der Schulter leicht dagegen, um die schwere Saaltür nach außen aufzuschieben. Im gleichen Moment huschte Helmut Tulpe an ihm vorbei nach draußen ins Foyer. Sie blieben vor der Tür einen Moment stehen und ihre Blicke kreuzten sich. Zwei Flüchtende, wie sie unterschiedlicher kaum sein könnten.

„Er hat ihm vor Jahren die Frau ausgespannt“, erklärte Tulpe unvermittelt, während er Florian scharf anblickte. „Der Emil dem Jochen. Aber das hatte Jochen auch verdient, mit seinen Weibergeschichten. Man sagt, er habe sogar was mit dem jungen Au-Pair-Mädchen aus Chile gehabt. Die hätte seine Tochter sein können.“ Tulpe

schnaubte verächtlich. „Nicht gut für eine Ehe, so junge Mädels im Haus!"
Mit diesen Worten drehte Tulpe sich weg und ging gemessenen Schrittes auf den Hauptausgang des Bürgerhauses zu. Er kam nur wenige Meter weit. Gerade als er auf Höhe der vorderen Ausgangstür des Versammlungsraumes war, flog diese auf und zwei uniformierte Gestalten flogen quasi in einer Art Tanz miteinander verbunden heraus. Dabei stießen sie gegen Tulpe, der nach hinten torkelte, ins Stolpern geriet und auf seinem Hintern landete. Der Zusammenstoß brachte die beiden Feuerwehrleute augenblicklich wieder zur Räson. Tommi Brunner und Jochen ließen voneinander ab und beugten sich gleichzeitig zu Tulpe herunter, um den Alten wieder auf die Füße zu ziehen. Dieser schnaubte die beiden abfällig an, während er seine Kleidung zurecht zog.
„Ihr seid doch allesamt verrückt geworden! Das wird euch noch leidtun, das sag ich euch!" Wütend zog Tulpe von dannen. Auch Florian setzte sich in Bewegung, um sich unauffällig zu verdrücken. Doch zu spät.
„Herr Urban", Tommi Brunner winkte mit seinem aufgesetzten, geschäftsmäßigen Lächeln, mit dem er Florian immer begrüßte. „Ich hoffe, Sie haben heute keinen falschen Eindruck von uns bekommen. Eigentlich sind wir hier alle ganz vernünftige Leute. Rechtschaffen, ehrlich und vertrauenswürdig."
Florian nickte pro Forma, er wollte einfach nur von hier verschwinden. Er winkte schweigend, weil ihm kein passender Kommentar einfiel, und schob sich an den beiden

Mannschaftskollegen vorbei, die bereits wieder einträchtig zusammenstanden und ihm keine Beachtung mehr schenkten.

„Also Jochen, so geht das nicht – so schadest du uns und unserer Sache doch nur!“, hörte er Tommi noch zischen, während er sich dem Hauptausgang näherte.

„Apropos schaden – es gibt da etwas, das ich dir zeigen muss, Tommi“, hörte er noch, bevor er vor das Bürgerhaus trat und tief durchatmete. Geschafft!

*****

Langsam wurde es zur Routine, voll bekleidet unter der Bettdecke zu liegen und zu warten, bis endlich Ruhe im Haus eingekehrt war. Dann aus dem Zimmer zu schleichen, den Haustürschlüssel zu nehmen, in die Nacht hinaus zu huschen wie ein echter Geheimdienstagent. Lennard hatte sich den Gartenzwerg unter den Arm geklemmt. Zum Glück hatte den niemand unter der kunstvoll arrangierten Kuscheltierpyramide in seiner Zimmerecke entdeckt. Mama hatte gerade keine Zeit, Lennards Zimmer aufzuräumen, Papa bemerkte so etwas gar nicht und die neue Putzfrau schien das mit dem Putzen aller Ecken und Winkel auch nicht so genau zu nehmen. So schien alles wie geplant zu laufen, als Lennard die Haustür von außen leise zuzog und in Richtung Nachbargrundstück schleichen wollte. Der Himmel war bewölkt und die Nacht entsprechend dunkel. Aber den Weg kannte er ja mittlerweile schon ganz gut und wenn er langsam ging,

konnte auch nicht viel passieren. So dachte er sich nichts Böses, als er sich von der Haustür Schritt für Schritt entfernte. Alles schien nach Plan zu laufen, bis er kurz vor der Mauer zum Nachbarn stand. Dann ging alles ganz schnell. Erst spürte er kurz einen Luftzug, und im nächsten Moment sprang ein Schatten von links auf ihn zu. Lennard schrie schrill auf, riss die Arme vor Schreck nach oben und hörte einen dumpfen Aufprall. Der Schatten huschte weiter, stieß an ein Hindernis am Boden, kickte es dabei zur Seite, stolperte und stürzte. Lennard blieb wie gelähmt stehen, während er nach unten, vor seine Füße starrte. Dort lag ein schwarz gekleideter Mensch, selbst der Kopf war unter einer dunklen Sturmhaube verborgen. Die Sturmhaube erinnerte ihn an etwas. Konnte das ein Ninja sein? Trugen sie auch schwarze Klamotten, wenn sie im Dunklen nicht erkannt werden wollten?
„Wer bist du?", flüsterte Lennard. Es schien ihm besser, nicht so viel Lärm zu machen. Der Fremde setzte sich auf, zwei Augen musterten ihn durch einen schmalen Augenschlitz.
„Bist du ein Ninja?"
Statt einer Antwort, führte die Gestalt die behandschuhte Hand mit ausgestrecktem Zeigefinger an den nicht sichtbaren Mund. Lennard verstand die Geste: Er sollte es niemandem verraten! Aber das bedeutete ja, dass wirklich ein Ninja vor ihm saß!
„Du bist ein echter Ninja? Wahnsinn!" Lennard musste sich zusammenreißen, um nicht laut zu werden. Die Ge-

stalt vor ihm stand auf, beugte sich noch einmal zu Lennard herab, legte nun ihm den Zeigefinger der rechten Hand auf die Lippen. Lennard nickte. Er hatte verstanden: Er würde es niemandem sagen. Dann richtete sich die Gestalt auf, winkte ihm und huschte Richtung Wald davon. Bestimmt suchte der Ninja das Grundstück von Lord Garmadon. Er war hier, um den bösen Feind zu bekämpfen. Lennard konnte ihm zeigen, wo es war. Kurz überlegte er, ihm hinterherzurufen, ließ es aber dann. Er sollte leise sein, hatte der Ninja ihm klargemacht, also war es wohl besser so. Aber wenn er ihm noch einmal begegnete, dann würde er ihm zeigen, was er wusste. Möglicherweise kam der Kerl morgen Nacht wieder hier vorbei?

Nachdenklich bückte sich Lennard, um den fallengelassenen Zwerg aufzuheben. Erst jetzt bemerkte er, dass dieser gar nicht vor seinen Füßen lag. Er ließ seine Augen im schwachen Licht der Nacht über den Boden wandern und sah schließlich einen verdächtigen Umriss direkt an der Mauer zum Nachbarn. Lennard hob auf, was dort lag, und ahnte bereits, was passiert war: Er hatte vor Schreck über den Schatten die Figur direkt vor die Füße des Ninjas fallen lassen, dieser war dagegen gestoßen und hatte sie dabei an die Mauer gekickt. Und was er nun in der Hand hielt, war kein Gartenzwerg mit Fackel, es waren drei ausgefranste Teile bemalter Ton: den größten Teil bildeten die zertrümmerten Beine, dann kam der Rumpf mit Kopf, dann noch ein einzelner Arm, der eine Fackel trug.

Entsetzt schaute Lennard auf die Trümmer in seinen Händen. Dann legte er sie Stück für Stück auf die Mauer zum

Nachbarn und schlich sich so leise wie möglich in sein Zimmer zurück. Das würde Ärger geben!

Ein Unglück kommt selten allein

Jochen riss seine schwarze Jacke vom Kleiderhaken und warf sie sich über. Er war genervt. Gerade erst hatte er in einen unruhigen Schlaf gefunden gehabt – und das war für ihn gar nicht mehr so selbstverständlich. Nach dem Streit am Abend sowieso nicht. Lange würde er das nicht mehr durchhalten. In ihm reifte langsam aber sicher die Entscheidung, alle Ämter hinzuschmeißen. Sollten die doch zusehen, wie sie ohne Kassenwart auskämen. Und der ganze Ort sollte mal spüren, wie es ist, wenn die Feuerwehr plötzlich nicht mehr so selbstverständlich ausrückte, sobald es irgendwo brannte. Eigentlich sollte man es ihnen gleich jetzt, gleich heute einmal zeigen, wenn die Eindrücke noch frisch waren. Die Strafe sollte unmittelbar nach der Tat erfolgen, sonst merkten sie am Ende gar nicht, wofür sie bestraft wurden.

Jochen war wie üblich aus dem Bett gesprungen, als der Anruf kam, hatte sich in Windeseile in seine Kleider geschmissen, die Schuhe angezogen, die Jacke übergeworfen. Jetzt stand er schon vor seinem Haus. Trotz seines nicht mehr ganz jugendlichen Alters war er körperlich noch topfit und normalerweise rannte er die 300 Meter von seinem Wohnhaus zum Feuerwehrhaus, wenn der Einsatzbefehl reinkam. Jetzt aber stand er in seinem kleinen

Vorgarten und zögerte. Ganz kneifen konnte er nicht, dafür war ihm sein Gelöbnis, das er einst geleistet hatte, zu wichtig. Nein, aber heute würde er nicht rennen, heute würde er einfach mal ganz normal hinlaufen. Dann mussten sie eben drei Minuten länger auf ihn warten. Er hatte es wirklich satt, alles für die Mannschaft und den Ort zu geben und es so gedankt zu bekommen! Obwohl es nicht kalt war, schloss Jochen erst einmal in aller Ruhe den Reißverschluss seiner Sportjacke, dann schlenderte er los.
Worum es ging, wusste er noch nicht, aber seine Nase funktionierte noch einwandfrei und der leichte Rauchgeruch, der in der Luft lag, zeigte ihm, dass es irgendwo brennen musste. Allerdings war das Feuer nicht in unmittelbarer Nähe und es schien auch noch kein bedrohliches Ausmaß erreicht zu haben, das sagte ihm seine langjährige Erfahrung. So genoss er die nächtliche Ruhe und schlenderte auf seinen Einsatzort zu. Gleich musste er die Hauptstraße überqueren, die um diese Zeit völlig ausgestorben war. Nur ein einsames Auto kam gerade in Affengeschwindigkeit vom Bahnhof aus herbeigeschossen und bog links in die Straße zum Feuerwehrhaus ab. Klar, das war Johannes. Der Jungspund kostete es immer voll aus, wenn er nachts zum Einsatz gerufen wurde – endlich durfte er dann mal ungebremst durch den Ort heizen. Einige Anwohner hatten sich schon über ihn beschwert, aber niemand würde es wagen, einen Mann der freiwilligen Feuerwehr deswegen anzuzeigen.
Jochen hatte die Straße, die zum Feuerwehrhaus führte, erreicht und schlenderte gemächlich hinüber. Vermutlich

war er heute der letzte, der dort ankam. Das sollte ihnen eine Lehre sein! Was er in diesem Moment noch nicht wusste: Er war heute der einzige, der gar nicht kommen würde. Denn in dem Moment, als er den ersten Fuß auf die Straße setzte, schwenkte auch ein Auto aus einer Parkbucht aus. Es hatte keine Scheinwerfer eingeschaltet und der Motor schnurrte so leise, dass er im Getöse der Feuerwehrsirene, die in diesem Moment losheulte, nicht zu hören war.

Das erste Feuerwehrauto rückte also bereits aus, Jochen trat auf der Kreuzung, auf der er stand, zwei Schritte zurück, um es sicher an ihm vorbei zu lassen. Gunther saß am Steuer und winkte ihm kurz zu. Jetzt sollte er sich wohl wirklich beeilen, dachte Jochen, und wollte nun zügig die Straße überqueren, während er seinen Mannschaftskollegen hinterherblickte, in welche Richtung sie fuhren, um in etwa einschätzen zu können, wo der Brandherd lag. Der Wagen bog mit Blaulicht und Sirene an der ersten Kreuzung links ab. Fuhren sie Richtung Schrebergärten? Hoffentlich war sein eigenes, liebevoll gehegtes Fleckchen Natur nicht in Gefahr? Es sollte für Jochen keine Rolle mehr spielen, denn in diesem Moment erfasste ihn das Auto mit voller Wucht von hinten und schleuderte ihn durch die Luft. Er flog über das Dach des Wagens, schlug dahinter kopfüber auf den Boden auf und brach sich augenblicklich das Genick. So hatte er sich das Niederlegen seiner Ämter vermutlich nicht vorgestellt.

*****

Lenni war an diesem Morgen blass und unleidlich. Hoffentlich brütete er keine Krankheit aus, gerade jetzt, während Julia auf Fortbildung war. Aber Fieber hatte er keines und so schickte Florian ihn mit einem halb guten Gefühl zur Schule. Kaum war der Junge aus dem Haus, machte auch Florian sich auf den Weg für einen kurzen Morgenspaziergang zum Bäcker, um sich mit Brötchen und Mohnschnecken für den Tag zu versorgen. Er wollte heute vor der Arbeit zur Bäckerei, denn um diese Zeit stand Tommi Brunner sicher noch in der Backstube und eine der beiden netten Verkäuferinnen bediente die Kunden. Nach den Vorkommnissen im Bürgerhaus hatte er keine Lust, gleich auf den Feuerwehrmann zu treffen. Sicher würde dieser von ihm verlangen, dass er sich in Sachen Feuerwehrhaus auf eine Seite schlug, nachdem er die Sachlage nun kannte. Auf die Seite der Feuerwehr, natürlich. Florian war allerdings eher geneigt, der anderen Partei zuzustimmen – er mochte den Wald. So wollte er dem Bäcker vorerst lieber aus dem Weg gehen. Das war ihm gelungen. Und zu seiner Überraschung stellte er fest, dass der Streit im Bürgerhaus heute gar nicht das Dorfthema war, so wie er erwartet hatte. Offensichtlich hatten andere Ereignisse in der Nacht das Handgemenge um das Feuerwehrhaus von der Agenda verdrängt. Stattdessen waren zwei Kundinnen mit der Verkäuferin heftig in den Informationsaustausch um eine Brandstiftung in den Schrebergärten und um den tragischen Tod eines Feuerwehrmannes vertieft, der auf dem Weg zum Einsatz von einem Auto erfasst

worden war und diesen Unfall wohl nicht überlebt hatte. „Der ist ja auch immer regelrecht zum Feuerwehrhaus gerannt, wenn der Einsatzbefehl kam“, erinnerte sich eine der beiden Kundinnen, die den Toten wohl näher gekannt hatte. „Vermutlich hat er gar nicht auf die Straße geachtet und ist dem Auto direkt vor die Stoßstange gelaufen.“ Die andere Kundin nickte und schüttelte gleich darauf empört den Kopf. „Aber dass der Fahrer dann einfach weitergefahren ist, ohne sich darum zu kümmern – das ist doch wirklich unfassbar!“ Die Verkäuferin nickte Florian aufmunternd zu, seine Bestellung bei ihr aufzugeben. Offensichtlich waren die anderen beiden Kundinnen längst fertig und wollten nur ihr Gespräch noch weiterführen. Während sie Florians Tagesproviant zusammenpackte, ergänzte die Verkäuferin die Unterhaltung um ihr fachkundiges Wissen: „Aber der Autofahrer hätte sowieso nicht mehr helfen können. Der Arme soll sofort tot gewesen sein.“
Florian ließ sich Zeit beim Verstauen seiner Papiertüten in der mitgebrachten Jute-Tasche. „Wer wohl dieses Feuer in den Schrebergärten gelegt hat?“, überlegte die ältere der beiden Kundinnen. „Drei Hütten sollen dort vollständig abgebrannt sein. Inge sagt, es ist reiner Zufall, dass sie den Brand überhaupt bemerkt und die Feuerwehr gerufen hat. Bei ihr war wohl die Alarmanlage am Auto plötzlich losgegangen. Deshalb ist sie aufgewacht, hat aus dem Fenster gesehen und das Feuer entdeckt. Sonst wäre vielleicht die ganze Schrebergartensiedlung abgebrannt.“

Florian nickte zum Abschied und verließ den Laden in Gedanken versunken. Schon seltsam, was in diesem kleinen Ort in kürzester Zeit alles passierte. Allmählich begann er daran zu zweifeln, dass das Landleben ruhiger war als das Leben in der Stadt. Eigentlich hätte er das ja wissen müssen: Der Ort, an dem er damals aufwuchs, war auch nicht viel größer als dieser hier gewesen. Und langweilig wurde es dort auch nicht – mit Stefan schon gar nicht, der immer alle möglichen Ideen hatte, was man denn mal ausprobieren konnte. Allerdings hatte man als Kind auch einen anderen Blick auf die Dinge. Wie Lenni das Ganze hier wohl erlebte? Er hatte heute Morgen bedrückt ausgesehen. Er musste sich unbedingt mal wieder mehr Zeit für den Kleinen nehmen. Wenn er von der Ganztagsschule nach Hause kam, würde er mit ihm zusammen in den Wald gehen und ihm zeigen, wie man sich eine kleine Waldhütte baute.

Mit diesem guten Vorsatz bog er in sein Grundstück ein, darauf vorbereitet, sein Tagwerk schnell und konzentriert zu beginnen. Doch er machte einen Fehler: Beim Loslaufen hatte er es erfolgreich vermieden, einen einzigen Blick in Richtung Nachbargrundstück zu werfen, nun aber schweiften seine Augen einen Moment zur Mauer hinüber und erstarrten. Auf dem Mäuerchen lag etwas, das dort nicht hingehörte. Neugierig trat Florian an die Mauer heran und besah sich, was dort deponiert war: Es war ein Gartenzwerg oder besser gesagt das, was davon übrig war. Er war in drei große Teile gebrochen: Beine, Rumpf und Arm waren getrennt voneinander. Ohne zu überlegen, griff Florian nach dem einzelnen Tonarm und hob ihn auf. Der Arm trug eine Feuerfackel! Florian spürte, wie seine Schläfen zu pochen begannen. Die Verbindung war so klar, dass er keine Sekunde darüber nachdenken musste: In der Nacht, in der Ludwig Peters verschwand, hatte Celina seinen Gartenzwerg-Doppelgänger aus Versehen zerstört. In dieser Nacht war ein Feuerwehrmann gestorben und nun lag ein zerbrochener Gartenzwerg mit Feuerfackel vor ihm. Das konnte kein Zufall sein! Hier war etwas im Gange, etwas, das möglicherweise den logischen Verstand überstieg. Er musste…

„Finger weg von Heinzi!"

Florian zuckte zusammen. Vor ihm stand Helmut Tulpe, das Gesicht vor Wut rot angelaufen und zur Fratze verzerrt. Er hatte nicht bemerkt, wie er sich genähert hatte. Da er nicht gleich reagierte, wiederholte Tulpe seinen Befehl zischend:

„Finger weg von meinem Zwerg! Legen Sie das hin – sofort!"

Florian wich instinktiv einen Schritt von der Mauer zurück. Er stammelte: „Hören Sie – das hier war ich nicht. Das lag alles so da, als ich eben hier vorbeispaziert bin!"

„Ist mir egal, ob Sie das waren oder Ihr missratener Sohn! Das werden Sie bereuen, das schwöre ich Ihnen!" Tulpes zu Schlitzen verengte Augen ließen keinen Zweifel daran, dass er es bitter ernst meinte. Florian konnte sich ohne weiteres vorstellen, wie er sich trotz seines Alters über die Mauer schwang und ihm mit der Gartenschaufel, die er in der Hand hielt, den Schädel einschlug – allein angetrieben von seiner Wut. Obwohl Tulpe schmächtig war und ihm gerade mal bis zur Schulter reichte, brauchte er einen Moment, bis er zu seiner Souveränität zurückfand. Er versuchte, sich daran zu erinnern, was er in diversen Seminaren dazugelernt hatte.

„Jetzt beruhigen Sie sich mal, Herr Tulpe! Sie sind ja völlig verrückt geworden, wegen eines Zwerges hier so durchzudrehen!“ Während er zum Gegenangriff überging, fühlte Florian seine Selbstsicherheit langsam zurückkehren. „Und überhaupt: Wie kommen Sie dazu, mich oder meinen Sohn zu verdächtigen, das hier getan zu haben? Das ist eine total haltlose und unverschämte Unterstellung von Ihnen!“

„Ich weiß genau, dass das Ihr Sohn getan hat!“, schrie Tulpe und stampfte mit seiner Schaufel auf den Boden.

„Das nehmen Sie sofort zurück!“, nun spürte Florian, dass er selbst wütend wurde. Sehr gut, das machte es leichter. „Ich habe es Ihnen schon einmal gesagt: Mein Sohn ist ein lieber Junge. Der tut so etwas nicht. Und wenn Sie nicht aufhören, solche Lügenmärchen über uns zu verbreiten, werde ich meinen Anwalt einschalten, dann bekommen Sie eine Klage wegen Rufmordes an den Hals.“

Tulpe schnaubte verächtlich: „Und wenn ich es beweisen kann, dass Ihr Sohn der Übeltäter ist? Was wird Ihr Anwalt wohl dazu sagen?“

„Beweisen? Wie wollen Sie das denn beweisen? Haben Sie ihn dabei beobachtet? Das glaubt Ihnen doch kein Mensch!“

Tulpe taxierte ihn und schien eine Weile nachzudenken.

Dann beugte er sich nach vorne über die Mauer. Einen kurzen Moment fürchtete Florian, der Kerl könnte jetzt tatsächlich handgreiflich werden. Doch die blinde Wut schien bei ihm verflogen, statt mit der Schaufel nach ihm zu schlagen, wies er mit seiner freien Hand auf den Boden direkt vor dem Mäuerchen.

„Sehen Sie das hier?"

Florians Blick folgte Tulpes ausgestrecktem Zeigefinger. Direkt am Rand der Mauer lagen mehrere Ministücke bemalten Tons. Offensichtlich kleine Splitterstücke des Zwerges.

„Das hier beweist, dass der Zwerg auf Ihrer Seite der Mauer zerstört wurde. Jemand hat ihn also von meinem Grundstück entfernt, hierhergebracht und kaputtgeschlagen. Vielleicht auch nur fallengelassen – Kinder sind ja tollpatschig. Auf jeden Fall war es bewusster Diebstahl, denn mein Heinzi stand in der Mitte meines Gartens, als er entführt wurde."

Mit solch armseligen Beweisen konnte er weder ein Gericht noch Florian überzeugen: „Das heißt doch trotzdem nicht, dass mein Sohn das war. Jeder kann bei Ihnen in den Garten steigen und etwas mitgehen lassen. Sie haben das doch mitbekommen, dass erst vor kurzem bei mir eingestiegen wurde. Die Polizei hat Sie doch auch befragt, oder? Hier schleicht sich jemand nachts um unsere Häuser, und dieser Jemand hat vermutlich auch Ihren dämlichen Heinzi auf dem Gewissen!"

„Nein, jemand schleicht sich nachts um *Ihr* Haus! Mit mir

und meinen Zwergen hat das nichts zu tun – keine Ahnung, was Sie für Leichen in Ihrem Keller liegen haben. Das hier ist ein Werk Ihres Sohnes, und dafür werden Sie bezahlen!"

Die Worte des Alten jagten Florian augenblicklich eine Gänsehaut über den Rücken. Täuschte er sich, oder war das eine echte, tatkräftige Drohung? Hier stimmte etwas ganz und gar nicht, die Sache lief aus dem Ruder, er musste unbedingt etwas unternehmen! Äußerlich blieb Florian allerdings gelassen, während er versuchte, die Situation zu deeskalieren:

„Na schön, mein Angebot an Sie: Ich rede mit Lenni, wenn er von der Schule nach Hause kommt. Falls er wirklich etwas damit zu tun haben sollte, werde ich Ihnen selbstverständlich Ihren Schaden ersetzen. Falls nicht, erwarte ich von Ihnen eine ehrliche Entschuldigung. Können wir uns darauf einigen?"

Der Alte starrte ihn eine Weile wütend aus seinen wässrigen blauen Augen an, dann schnaubte er kurz und begann, die Reste seines Zwerges in einen Pappkarton zu räumen, den er wohl bereits dafür mitgebracht hatte. Sorgfältig, fast zärtlich bettete er jedes Teil seines Zwerges hinein, beugte sich auch noch einmal über die Mauer, um selbst die kleinsten Reste aufzusammeln. Florian schenkte er keinerlei Beachtung mehr.

*****

„Das kannst du nicht machen, Celina. So habe ich dich doch nicht erzogen! Lass die Finger davon, am Ende ist es noch gefährlich!"
Celina antwortete nicht auf das nervende Maulen ihrer Großmutter, das bereits seit mindestens zehn Minuten in ihrem Kopf herumspukte. Stattdessen stellte sie ihre Bluetooth-Kopfhörer lauter. Fast wären sie ihr dabei aus dem Ohr gerutscht und ins Wasser gefallen. Das machte sie nun doch wütend – die Dinger waren schließlich teuer: „Oma, sei endlich ruhig! Spar dir dein Genörgel. Ich bin erwachsen und mache, was ich will!"
Endlich schwieg es in ihrem Kopf. Oma war gekränkt. Auch gut. Celina beschloss, die Ruhephase ohne schlechtes Gewissen zu genießen. Sie schloss ihre Augen und lehnte sich in der Badewanne zurück, um es sich endlich mit ihrer Lieblingsplaylist gemütlich zu machen. Nach zwei Stunden auf Insta und TikTok war sie etwas müde und brauchte eine kleine Auszeit. Vielleicht würde sie dann auch eine Idee für ihren nächsten Insta-Post bekommen.
Leider war die ersehnte Pause kürzer als der erste Song ihrer Playlist. Noch bevor der letzte Ton verklungen war, klingelte es an der Haustür. Auch das noch! Celina erwartete keinen Besuch und spontane Gäste hatte sie nie. Im Zeitalter von Smartphones meldete man sich ja auch vorher an, oder nicht? Konnte also nichts Gutes sein, was da vor der Tür stand. Sie beschloss, es zu ignorieren. Aber da hatte sie die Rechnung ohne den Wirt gemacht. Nur wenige Augenblicke später klingelte es erneut.

Langsam erwachte Celinas Neugier. Vielleicht sollte sie zumindest mal durch den Spion schauen, wer da eigentlich vor der Tür stand? Am Ende war es der neue Nachbar von unten, der gerade erst eingezogen und unglaublich hot war und sich einen Korkenzieher ausleihen wollte?
Celina stand auf, zog sich die Kopfhörer aus den Ohren, trocknete sich nur flüchtig ab und griff bereits nach dem alten Frottee-Bademantel, bevor sie zögerte. Nein, wenn es wirklich der neue Nachbar war, dann band sie sich lieber schnell das Handtuch um die Brust, so dass gerade mal die anstößigsten Körperteile bedeckt waren, als sie zur Haustür schlich und durch den Spion lugte. Vor Schreck fiel ihr das Handtuch fast herunter. Polizei! Die beiden Bullen, die sie schon einmal wegen Helga Meier verhört hatten! Und ihre Wohnung war völlig unvorbereitet!
Gerade klingelte es das dritte Mal und eine laute Stimme drang nun durch die Tür:
„Frau Novac? Hier ist die Polizei. Bitte lassen Sie uns herein, wir wissen, dass Sie Zuhause sind!"
Celina geriet in mittlere Panik. Sie hechtete in ihr kleines Wohn- und Esszimmer mit eingebauter Küchenzeile hinüber und raffte dort alle Papiere zusammen, die auf dem Esstisch kreuz und quer ausgebreitet lagen. Mit zwei Händen voller bunter Zettelchen stand sie im Zimmer, drehte sich im Kreis und suchte den passenden Ort. Leider war das Zimmer nur spärlich mit Möbeln ausgestattet. Ihr wichtigstes Möbelstück war der gigantische Kleiderschrank, der in ihrem Schlafzimmer stand – darauf legte sie wert. Aber ein Wohnzimmerschrank – wozu? Als es

zum vierten Mal läutete kam ihr die rettende Idee. Sie sprang zum Küchenregal, riss den großen Nudeltopf herunter, stopfte die Zettel hinein, schmiss den Deckel drauf und wuchtete ihn ins Regal zurück. Dann hechtete sie an die Haustür zurück.

„Ja, keine Panik, ich komme ja!", versuchte sie die beiden Polizisten noch kurz hinzuhalten, während sie ihr Handtuch wieder festzog und einmal tief durchatmete, bevor sie die Tür öffnete.

„Na, Sie lassen sich aber Zeit!", knurrte der ältere der beiden Männer, als sie sich schließlich gegenüberstanden. Der Jüngere musterte kurz sprachlos ihren knapp bekleideten Körper, bis er den strengen Blick bemerkte, den sein Chef ihm von der Seite zuwarf.

„Sie erinnern sich doch bestimmt an uns beide – Abel und Redlicher von der Mordkommission", brachte der Alte zum Glück noch einmal ihre Namen in Erinnerung.

„Klar. Was gibt es denn noch?" Celina hatte kurz die Hoffnung, sie würde die beiden an der Tür abwimmeln können. Aber der Alte machte sie schnell zunichte:

„Dürfen wir bitte hereinkommen. Wir würden das ungern hier im Hausflur besprechen."

Na schön. Celina trat zur Seite und führte die beiden in ihr Wohn- und Esszimmer.

„Biete ihnen etwas zu trinken an", riet ihre Oma, die plötzlich aus ihrer Starre erwacht zu sein schien. Das hatte Celina aber sicher nicht vor. Sie sollten sich hier ja nicht wohnlich einrichten.

Da der Junge immer noch etwas aus dem Konzept gebracht zu sein schien, ergriff Redlicher wieder das Wort. „Frau Novac, wir wollten noch einmal bei Ihnen vorbeischauen und fragen, ob Ihnen in der Zwischenzeit noch etwas mehr zu Frau Meier eingefallen ist als das, was Sie uns bereits erzählt haben."
Er warf Abel einen vielsagenden Blick zu, der erwachte aus seinem Koma und zog sein Notizbuch aus der hinteren Hosentasche, klappte es auf und blätterte darin etwas herum.
„Nein, dann hätte ich mich ja gemeldet. Mir ist nichts weiter eingefallen."
„Sind Sie ganz sicher? Sie wissen, dass es um eine Mordermittlung geht und dass man sich hier schnell mal wegen Falschaussagen vor Gericht verantworten muss!" Abel durchbohrte sie mit einem strengen Blick. Er schien endlich wieder zu seiner uncharmanten Art zurückgefunden zu haben.
„Was genau meinen Sie eigentlich? Was soll mir denn in der Zwischenzeit eingefallen sein?"
Abel setzte zu einem aggressiven Kommentar an, wurde aber von Redlicher mit erhobener Hand zurückgehalten. „Nun, wir denken da an Informationen, die Frau Meier Ihnen eventuell gegeben haben könnte", erklärte Redlicher ruhig. „Sie war ja, wie man so hört, als eine Art Miss Marple im ganzen Ort unterwegs und hat die Leute zu den Umständen von Ludwig Peters Verschwinden befragt. Deshalb fragen wir uns natürlich, was sie bei ihren Detektivspielen eventuell herausgefunden haben könnte."

„Und?" Celina schickte einen unauffälligen Blick Richtung Nudeltopf. Er stand neben den drei anderen Töpfen, die sie besaß, auffallend schräg versetzt im Regal. Würde das Aufsehen erregen? Einem Sherlock Holmes würde das sicher nicht entgehen, zumal der Rest ihrer minimalistischen Küchenutensilien sehr ordentlich aufgereiht war. Aber wie sehr war die Kriminalpolizei im echten Leben darauf geschult, auf solche Details zu achten? Besser, wenn sie die Blicke der Männer auf die andere Seite des Zimmers lenkte. Sie zupfte sich noch einmal ihr Handtuch zurecht, während sie sich lässig auf ihre Couch setzte und die Beine übereinanderschlug. Zumindest Abel hatte sie damit wieder aus dem Konzept gebracht. Bei Redlicher dagegen biss sie mit solchen Tricks auf Granit. Zum Glück schien er sich allerdings auch nicht für Kücheneinrichtungen zu interessieren. Stattdessen zog er ein Smartphone aus der Innentasche seines altmodischen Jacketts, entsperrte es mit seinem Fingerabdruck und klickte einen Moment hochkonzentriert darauf herum, bis er wohl gefunden hatte, was er suchte. Dann beugte er sich weit nach vorne und hielt ihr das Display entgegen. Celina konnte nicht erkennen, was es war, auch wenn sie es bereits ahnte. Sie rutschte an den Rand der Couch und griff sich das entgegengehaltene Gerät, um so zu tun, als würde sie das, was ihr dort angezeigt wurde, das erste Mal sehen. Zur Untermauerung ihrer Ahnungslosigkeit fragte sie noch einmal nach: „Was ist das?"
Redlicher lächelte schwach. „Das ist ein Instagram-Post von einer sogenannten ‚Alice.N.' Darin wird behauptet,

dass ein gewisser J. Kreuznagel, Besitzer des gleichnamigen Autohauses, einen gewissen Landrat L. Peters vor einigen Jahren bestochen haben soll, damit er den Bau seines neuen Autohauses am Ortsrand genehmigt bekam. Er hat dem Landrat wohl zu einem unfassbar günstigen Preis – im Prinzip nur die Hälfte seines eigentlichen Wertes – einen sehr guten Jahreswagen verkauft. Einen dunkelgrauen SUV."

Celina achtete darauf, dass ihr Gesichtsausdruck gelassen blieb. Zum Glück hatte sie durch ihre Videoposts einige Übung darin.

„Diese Nachricht wurde gestern veröffentlicht. Sagt Ihnen das irgendetwas?" Die beiden Männer musterten sie genau. Celina zuckte gleichgültig mit den Schultern. Redlicher seufzte.

„Na schön. Lassen Sie uns Zeit sparen. Wir wissen, dass Sie hinter dem Account namens ‚Alice.N.' stecken. Unsere Fachleute haben nicht lange gebraucht, um das herauszufinden."

Celina ging zum Gegenangriff über. „Na gut. Aber ist es verboten, solche Vermutungen zu äußern und solche Skandale mal aufzudecken?"

Redlicher schüttelte den Kopf. „Das ist ein anderes Kapitel. Das interessiert uns im Moment nicht. Was wir aber wissen möchten, ist, woher Sie diese Information denn überhaupt hatten. Sie scheinen uns niemand zu sein, der anderen Leuten hinterherschnüffelt und irgendwelche Ortsgeheimnisse aufdeckt. Ihr bisheriges Verhalten auf allen uns bekannten Social-Media-Kanälen war unauffällig.

Irgendwelche Posts über Schminksachen, Klamotten, Tanzvideos, einfache Kochrezepte. Alles harmloser Mumpitz. Und nun plötzlich das? So kurz nach dem Tod von Helga Meier?"

Schweigend starrten die Männer sie an. Celina schwieg ebenfalls. „Gib auf, Celina. Du bringst dich noch um Kopf und Kragen", hörte sie die verzweifelte Stimme ihrer Oma im Kopf rumoren. Na gut, dann würde sie den beiden eben einen Brocken zuwerfen. Vielleicht würden sie dann endlich wieder verschwinden.

„Okay. Frau Meier hatte mir kurz vor ihrem Tod davon erzählt. Sie hatte sich mit Kreuznagels Ex-Frau unterhalten und die hatte wohl mal etwas in die Richtung angedeutet."

Abel setzte zu einer offensichtlich bissigen Bemerkung an und wurde erneut von Redlicher mit einer Geste gestoppt.

„Gut. Und wissen Sie auch, was genau Helga Meier mit ihrem Wissen anfangen wollte? Hatte sie Beweise, hatte sie irgendwelche Pläne? Wollte sie Kreuznagel erpressen, wollte sie zur Polizei gehen, was meinen Sie? Hat sie irgendetwas zu Ihnen gesagt?"

„Nein. Ich glaube, es ist ihr einfach einer abgegangen, wenn sie mehr wusste als alle anderen. Ich glaube nicht, dass sie irgendetwas damit machen wollte."

Redlicher beugte sich verschwörerisch nach vorne. „Na schön, selbst, wenn das stimmt, stellt sich die Frage, was sie noch alles gewusst hat. Was hat sie Ihnen denn außerdem für pikante Geheimnisse aus dem Ort erzählt?"

„Nichts, nur das. Wir waren nicht sehr dicke. Ich war ja auch nur ihre Putzfrau." Die konnten ihr nichts anhaben!

Celina lehnte sich wieder entspannt zurück, räkelte sich dezent und beobachtete den geifernden Blick Abels. Noch ein bisschen mehr und ihm würden Speichelfäden aus den Mundwinkeln triefen. Zu dumm, dass der Alte gegen alle Versuchungen immun zu sein schien. Der schwenkte seine Taktik schlagartig um auf besorgten Onkel.
„Frau Novac, das ist kein Spiel. Sie können nicht einfach solche Behauptungen ins Internet setzen. Selbst wenn sie wahr sind, sogar gerade wenn sie wahr sind. Es besteht die Möglichkeit, dass Frau Meier ermordet wurde, weil sie zu viel wusste. Wenn nun der Eindruck entsteht, dass sie ihr Wissen mit Ihnen geteilt hat, könnten Sie sich selbst damit in Gefahr bringen. Es ist also auch in Ihrem Interesse, dass wir den Mörder schnell finden. Und wenn Sie uns alles sagen, was Sie wissen, dann helfen Sie uns dabei. Also?"
Netter Versuch, aber Celina ließ sich nicht so leicht aufs Kreuz legen. „Ich habe Ihnen alles gesagt, was ich weiß."
„Na gut, dann nicht", Redlicher stand auf, Abel runzelte die Stirn, folgte ihm allerdings. Schon glaubte Celina, dass nun alles gelaufen sei, und wollte aufatmen, da bückte sich Redlicher plötzlich und hob einen kleinen gelben Zettel auf, der unter den Tisch gefallen war. Er blickte kurz, scheinbar desinteressiert, darauf und reichte ihn dann Celina. „Bitte sehr!" Mehr sagte er nicht. Celina spürte, wie ihre Hände leicht zitterten, während sie den Zettel entgegennahm. „Danke!", die Stimme war zum Glück fest. Die beiden wandten sich um, liefen einige Schritte zur Haustür, dann blieb Redlicher noch einmal stehen.
„Um übrigens zu Ihrer anderen Frage zurückzukommen,

ob das verboten ist, solche Informationen zu veröffentlichen: Wenn Herr Kreuznagel Sie wegen Rufmordes anzeigen würde, dann könnten Sie durchaus Probleme bekommen." Er machte eine kleine Kunstpause und lächelte freundlich. „Zum Glück für Sie wird das ja aber nicht mehr geschehen. Wie Sie vermutlich bereits gehört haben, kam Jochen Kreuznagel heute Nacht bei einem Unfall mit Fahrerflucht ums Leben. Tja, manchmal kommt irgendwie alles zusammen. Hatte wohl keine gute Woche, der Arme." Damit drehte er sich endgültig um, winkte Abel kurz zu und beide verließen einmütig die Wohnung. Celina ging zurück in ihr kleines Badezimmer und zog den Stöpsel aus dem Abfluss. Jetzt lieber eine kalte Dusche als ein heißes Bad.

Das Leben des Anderen

Er hatte gerade einmal drei Mails geschafft, als Florian Helmut Tulpe mit einem Karton unter dem Arm und einer Schaufel in der Hand Richtung Wald schleichen sah. Für lange Überlegungen blieb ihm keine Zeit. Dann musste er eben bis in den Abend hinein arbeiten, um das Versäumte nachzuholen. Störungen hatten Vorrang – und unkonzentriert war er seinem Arbeitgeber auch zu nichts nütze. Also schnappte sich Florian seinen Fotorucksack und eilte aus dem Haus. Er musste sich beeilen – auch wenn Tulpe nicht besonders schnell war, hatte er doch einen gewissen Vorsprung. Im Wald konnte er ihn leicht aus den Augen verlieren. Bereits jetzt sah er ihn nicht mehr. Nachdem er den Bach mit einem großen Satz überquert und den Hauptweg erreicht hatte, blickte er suchend nach links und rechts und konnte in einiger Entfernung gerade noch Tulpes Gestalt links in den Wald abbiegen sehen. Erleichtert folgte er der Spur, fand den schmalen Seitenweg, den Tulpe genommen haben musste, und schritt zügig weiter. Der Abstand war immer noch so groß, dass er Tulpe die meiste Zeit nicht sehen konnte, nur ab und an tauchte die verblichene beige Weste für einen kurzen Moment auf, um dann gleich von der nächsten Biegung wieder verschluckt zu werden. Als Florian an eine kleine Weggabelung kam, die den schmalen Weg aufteilte in einen breiteren, offiziellen Waldweg und in einen eher unbeabsichtigten Trampelpfad, blieb Florian kurz ratlos stehen. Von Tulpe gab es keine Spur mehr – welchen Weg hatte er genommen? Seinem Instinkt vertrauend wählte er den Trampelpfad. Tulpe hatte etwas zu verbergen, da schien ihm dieser Weg genau der richtige zu sein. Nachdem er seine Entscheidung getroffen hatte, schritt er beherzt weiter. Sein Instinkt hatte ihn nicht getrogen: Nicht einmal fünf Minuten später stieß er auf ein umzäuntes Gelände, dessen Tor sich gerade in dem Moment schloss, als Florian auf die kleine Freifläche trat, die das Grundstück umgab. Florian hörte noch, wie ein Vorhängeschloss klickte. Sehen konnte er nichts, denn das gesamte Gelände war nicht nur mindestens 2,50 Meter hoch umzäunt, sondern auch auf die seltsamste Art und Weise blickdicht verpackt, die Florian je gesehen hatte. Tulpe schien alle Reste, derer er habhaft werden konnte und die sich eigneten, um eine Sichtbarriere zu errichten, für diese Mauer entlang des Zauns verwendet zu haben. Falls er trotz allem noch den geringsten Zweifel gehabt hätte, ob es sich tatsächlich um Tulpes Grundstück handelte, brauchte er seinen Blick nur nach oben zu richten. Dort thronte auf den Spitzen der linken und rechten Ecke jeweils ein Gartenzwerg. Etwas Hässlicheres hatte Florian noch nicht gesehen, aber – das musste er zugeben – es passte zu seinem verschrobenen Nachbarn.

Florian ignorierte die leichte Gänsehaut, die sich beim Anblick dieser skurrilen Konstruktion bei ihm sofort einstellte, und versuchte, sich auf das Wesentliche zu konzentrieren, nämlich darauf, herauszufinden, was Tulpe hier trieb.

Das Dumme war nur, dass der Kerl ganze Arbeit geleistet hatte. Florian schlich entlang des Zauns um das Grundstück herum, soweit er kam, bis ein undurchdringliches Brombeer-Gestrüpp ihn an einem unbeschadeten Fortkommen hinderte. Nirgends konnte er einen größeren Spalt erkennen, durch den er einen Blick in das Innere des Geländes hätte erhaschen können. Florian hörte, dass Tulpe in seinem Grundstück ächzend herumwerkelte. Er hörte das metallische Geräusch einer Schaufel gefolgt von einem dumpfen Poltern – vermutlich ausgehobene Erde. Tulpe schien da zu graben. Zu gerne hätte Florian gesehen, was genau er dort drinnen erledigte. Irgendwie konnte er sich nicht vorstellen, dass er gerade seinen Blumenkohl beackerte. Aber genau wissen würde er es nur, wenn er es schaffte, einen Blick hineinzuwerfen. Florian sah sich um. Wenn er nicht durch die Verkleidung hindurchsehen konnte, dann musste er es vielleicht von oben versuchen. Rings um die kleine Freifläche standen einige Bäume, die hoch genug und stabil genug schienen, einen Mann seiner Größe und Statur auszuhalten. Einer davon, direkt an der linken vorderen Ecke des Grundstücks gelegen, schien ihm besonders geeignet, denn er hatte bis fast hinunter breite, stabile Äste, auf denen selbst er als völlig unerfahrener Kletterer hinaufgelangen müsste. Blieb nur noch das Problem mit seiner Höhenangst. Das war ein echtes Hindernis. Das Hinaufklettern würde er wahrscheinlich gerade noch hinbekommen, aber dort oben sitzen und hinunterschauen, ohne in Panik zu geraten – nein, das würde nicht funktionieren. Florian ließ seinen Blick den Baum hinaufwandern und überlegte. Er brauchte einen Komplizen, einen, der keine Angst vorm Klettern hatte und mühelos die höchsten Baumkronen erklimmen konnte. Und da fiel ihm auf Anhieb nur einer ein.

*****

Als Lennard von der Ganztagsschule nach Hause kam, stand sein Vater bereits mit gepacktem Rucksack im Flur und hatte offensichtlich ungeduldig auf ihn gewartet.
„Na mein Großer, bereit für ein kleines Abenteuer?“, fragte er grinsend. Lennard hatte eigentlich gar keine Lust auf ein Abenteuer, weder groß noch klein. Eher hatte er Lust auf sein Bett, aber er war so erleichtert, weil sein Vater ihn nicht mit einer Strafpredigt empfing, dass er automatisch nickte. Den ganzen Tag hatte er Angst gehabt, dass der Nachbar ihm von seinem Missgeschick mit dem Gartenzwerg erzählen würde. Doch sein Vater erwähnte den Vorfall mit keinem Wort, also wusste er wohl nichts davon.
„Kann ich erst noch ein bisschen fernsehen?“, fragte Lennard und hoffte auf eine kleine Pause nach der anstrengenden Nacht, in der er kaum geschlafen hatte.
„Das kannst du nachher – ich muss sowieso noch arbeiten.

Aber jetzt ist das Wetter so toll, das müssen wir doch nutzen. Und ich habe Butterbrezeln gekauft, die kannst du unterwegs essen."

Mit diesen Worten warf sich sein Vater schon den dick bepackten Rucksack über die Schultern. Seufzend trottete Lennard seinem energiegeladenen Erzeuger hinterher. Sie nahmen den offiziellen Weg in den Wald, kamen dementsprechend von der anderen Seite an den schmalen Weg, der vom Hauptweg abzweigte. Ab da liefen sie so weiter, wie Lennard es bereits kannte. Er wunderte sich: Wohin führte ihn sein Vater so zielstrebig? Doch er konnte nicht länger darüber nachdenken, was das bedeutete, denn sein Vater fing nun eine Unterhaltung mit ihm an.

„Sag mal, Lenni", er warf ihm einen beiläufigen Seitenblick zu. „Unser Nachbar, der Herr Tulpe, war heute Morgen furchtbar sauer, weil einer von seinen Zwergen wohl absichtlich zerstört worden ist."

Er machte eine kleine Pause. Lennard wurde es unbehaglich. Also doch – hatte der Alte doch geredet. Sein Vater schien aber seltsamerweise gar nicht wütend zu sein. Im Plauderton sprach er weiter.

„Herr Tulpe hat uns beschuldigt, hinter der Sache zu stecken. Kannst du dir das vorstellen? Dich, mich und Mama." Sein Vater schüttelte leicht empört den Kopf. Lennard zeigte keine Reaktion. Er war sich noch nicht sicher, worauf das alles hinauslief.

„Als ob einer von uns so etwas tun würde, oder?" Im Weiterlaufen schaute er prüfend zu Lennard hinab. Lennard kannte diesen Blick. Seinem Vater konnte man schwer etwas vormachen, wenn er diesen Röntgenblick aufsetzte. Oft war er unaufmerksam und abgelenkt, dann konnte man ihm alles erzählen. Aber wenn er ihn so konzentriert anschaute, dann entging ihm keine noch so kleine Flunkerei. „Du würdest doch wohl nicht absichtlich etwas kaputt machen, das einem anderen gehört. Oder, Lenni?", fragte er ihn nun ganz direkt.

„Nein, nie!" Lennard schüttelte entschieden den Kopf und war heilfroh, nicht lügen zu müssen, da sein Vater die Frage so gut gestellt hatte. Und tatsächlich: Sein Vater schien mit dieser Beteuerung zufrieden zu sein – er hatte wohl erkannt, dass er ehrlich geantwortet hatte.

„Siehst du – wusste ich es doch. Das habe ich Herrn Tulpe auch so gesagt. Ich hoffe, er gibt jetzt Ruhe. Falls er dir nochmal blöd kommen sollte, wenn ich nicht dabei bin, dann sagst du mir das bitte gleich, okay?"

„Klar." Lennard nickte, diesmal nicht ganz so überzeugt von seiner Ehrlichkeit. Aber sein Vater war bereits zu abgelenkt, um das leichte Zögern zu bemerken. Denn in diesem Moment kamen sie genau an die Stelle, die Lennard bereits kannte. Offensichtlich kannte sein Vater diesen Platz auch schon, denn er schien nicht sehr verwundert, mitten im Wald auf diese seltsame Zaunkonstruktion zu stoßen. Er ließ seinen schweren Rucksack von den Schultern gleiten und nickte zufrieden.

„So, mein Großer, hier beginnt unser kleines Abenteuer. Du wirst staunen: Du darfst heute mal ganz offiziell mein persönlicher Geheimagent sein. Willst du?"

Lennard staunte wirklich. Sein Vater mochte es nicht besonders, wenn er bemerkte, wie sein Sohn fremde Leute ausspionierte. Er meinte, dass man so etwas nicht tun sollte. Noch mehr wunderte er sich, als er in seinem Rucksack herumkramte und schließlich seine alte Kamera daraus hervorzog. Seit er seine große Spiegelreflexkamera besaß, war der kleine Automatik-Foto für ihn ein Tabu geworden, ein vergangener Fehler, für den er sich regelrecht schämte, wenn er alte Fotos betrachtete. „Wie konnte ich nur mit diesem Billig-Apparat die ganzen Babyfotos machen. Kein einziges davon ist brauchbar", hatte er vor ein paar Tagen kopfschüttelnd gesagt, während er die Familienfotos in der Küche an die Wand nagelte. Bei Mama hatte er damit nur ein Augenrollen ausgelöst. Es wunderte Lennard, dass er die Kamera überhaupt noch besaß.
Nun beugte er sich zu ihm hinunter und hängte ihm die große Schlaufe um den Hals, an die der Apparat befestigt war.
„Ich möchte gerne, dass du auf diesen Baum hier kletterst und in dieses Grundstück da rein fotografierst. Schaffst du das?"
Lennard sah prüfend am Baum hoch. Ein perfekter Kletterbaum, fast schon zu einfach für ihn. Er nickte perplex, konnte sich aber ein „Warum?" nicht verkneifen.
„Ich habe das Grundstück heute Morgen beim Spazierengehen entdeckt und hinter dieser Wand seltsame Geräusche gehört", erklärte sein Vater. Es wirkte ein bisschen, als habe er diesen Text auswendig gelernt. „Ich habe mir gedacht, es könnte vielleicht ein Tier sein, das irgendwie

da reingekommen ist und jetzt vielleicht nicht mehr herauskommt. Möglicherweise ein kleines Reh oder ein Fuchs. Dann müsste man dem Tier ja helfen, bevor es dort drin verhungert oder verdurstet. Und du kannst jetzt mal nachschauen, ob das stimmt."

Ein Tier? Hoffentlich waren das nicht ganz andere Geräusche gewesen, die sein Vater da gehört hatte. Garmadons Helfer aus der Unterwelt zum Beispiel. Mit etwas mulmigem Gefühl nickte Lennard und machte sich gleich an den Aufstieg. Wer weiß, was er da finden würde... Es dauerte nicht lange, der Baum war wirklich ein super Kletterbaum – die Äste hatten den perfekten Abstand und beim Klettern vergaß Lennard sofort, wovor er eben noch etwas Bammel gehabt hatte. Mit Leichtigkeit schwang er sich Meter für Meter hinauf und genoss dabei das bisher noch seltene Gefühl, seinem Vater überlegen zu sein. Sein Plan war, bis ganz nach oben zu klettern, doch sein Vater rief bereits nach zwei Dritteln des Weges besorgt von unten herauf: „Reicht das nicht schon? Du musst nicht bis in die Spitze, du musst doch nur über die Wand sehen."

Schade. Lennard hielt inne und setzte sich mit dem Rücken zum Stamm auf den Ast, den er gerade erreicht hatte. Tatsächlich hatte er hier schon eine gute Höhe für ihre Zwecke erreicht, allerdings versperrte ihm das dichte Laub des Baumes, auf dem er saß, etwas die Sicht hinunter. Vorsichtig schob er sich sitzend weiter nach vorne. Für sein Fliegengewicht war der Ast fast bis an sein Ende dick genug, auch wenn sein Vater, der nichts vom Klettern verstand, da offensichtlich anderer Meinung war. „Lenni – das ist keine so gute Idee! Bleib lieber am Stamm. Der Ast könnte vorne brechen!“

Lennard beschloss, die Kommentare erst einmal zu überhören, während er weiter nach vorne robbte, bis er endlich eine Stelle erreicht hatte, an der das Laub ein Guckloch freiließ, durch das man direkt auf das Grundstück schauen konnte. Lennard ließ seinen Blick über die Fläche wandern und war im ersten Moment maßlos enttäuscht. Er konnte nicht genau sagen, was er erwartet hatte, aber ganz sicher war es nicht das: Eine karge Fläche, auf der ein einzelner, windschief und leicht verwitterter Pavillon stand, darunter ein schlichter Tisch, ein Klappstuhl und ein Liegestuhl, ansonsten bestand das Grundstück hauptsächlich aus einer wenig gepflegte Wiese, unterbrochen von ein paar Büschen, die aber wild gewachsen zu sein schienen. Der einzige Platz, der von Menschenhand bearbeitet zu sein schien, lag neben dem Pavillon: Drei direkt nebeneinanderliegende, mit Steinen begrenzte rechteckige Flächen, auf denen ein paar schlichte Blumen gepflanzt waren. So hatte er sich das Hauptquartier von Garmadon sicher nicht vorgestellt. Oder war das nur Tarnung?

„Kannst du jetzt auf das Grundstück sehen?“, rief in dem Moment sein Vater von unten. Lennard erinnerte sich, dass er ja einen Auftrag hatte.

„Ja, aber da ist kein Tier. Nur ein langweiliger Garten. Nichts Besonderes.“

Sein Vater schien weniger enttäuscht als er selbst. „Kannst du trotzdem ein paar Fotos machen? Am besten von allem, was da drin zu sehen ist.“

Lennard griff nach der Kamera, schaltete sie ein und fotografierte, so gut er konnte. Erst den ganzen Garten, dann zoomte er etwas an den Pavillon heran, fotografierte auch jeden Busch und die drei spärlich bepflanzten Blumenbeete. Gerade wollte er schon aufgeben, weil ihm nichts weiteres Fotografierenswertes mehr einfiel, als sein Blick am Grundstücksrand hängen blieb. Stimmt – die beiden Zwerge mit den seltsamen Augen fehlten noch. Jene, die so merkwürdig auf den oberen Ecken des Zauns saßen wie die Sphinxen in der „Unendlichen Geschichte", die seine Mutter ihm gerade vorgelesen hatte. Er fotografierte auch diese – erst den linken Zwerg, dann den rechten. Dann machte er sich wieder an den Abstieg. Nein, ein Hauptquartier des Bösen hatte er sich ganz anders vorgestellt. Das Leben als Geheimagent konnte ganz schön ernüchternd sein.

*****

Helmut hatte auf „Standbild" gedrückt und sich in seinem Schreibtischstuhl zurückgelehnt. Was er beim Betrachten des leicht zuckenden, nur mäßig scharfen Bildes empfand, war eine Mischung aus tiefem Groll und seltsamer Befriedigung. Befriedigung deshalb, weil das, was er beobachtet hatte, sein Weltbild in jeder Hinsicht bestätigte. Seine schlimmsten Befürchtungen erwiesen sich wieder einmal als gerade angemessen angesichts der Realität. Man konnte nicht nur, man musste seinen Mitmenschen wirklich alles zutrauen. Sogar, dass sie sich mit einer Dreistigkeit in die Privatsphäre anderer Menschen hineinzwangen, die schon fast als Kriegserklärung betrachtet werden konnte. Doch eigentlich hatte er wirklich nichts Anderes erwartet, als das Nachbarhaus von der neuen Familie bezogen wurde. Natürlich musste das wieder Ärger geben, natürlich musste es wieder ein tragischer Wendepunkt in seinem Leben sein. Wie denn auch sonst? Das Leben hatte sich noch nie zum Besseren gewandelt – jedenfalls nicht mehr seit dem plötzlichen Tod seiner Frau vor inzwischen bereits 25 Jahren. Seine einzigen Verbündeten waren seither seine Zwerge, auf die war Verlass, die enttäuschten ihn nicht. Dabei war er selbst entsetzt gewesen, als Inge damals den ersten Gartenzwerg anschleppte. Sie war ganz stolz auf „Anton" – wie sie ihn taufte – während Helmut den Zwerg am liebsten gleich in der Mülltonne entsorgt hätte. Aber sie hatte sich durchgesetzt und Anton in die Mitte des Gartens gestellt, ihm noch zwei Gesellen dazugekauft und eine liebevolle Landschaft aus kleinen Pilzen und Tierfiguren darum herum gebaut, anschließend sogar das Gartenhäuschen wie eine kleine Märchenkulisse bemalt. Sie war eben durch und durch Erzieherin. Dass sie selbst keine Kinder haben konnten, hat sie auf diese Weise kompensiert, die Zwerge „ihre" Kinder genannt und sich gefreut über jeden, der staunend am Gartenzaun stehenblieb und ihre Märchenlandschaft bewunderte. Helmut hatte das nie wirklich verstanden, bis sie dann bei diesem Autounfall starb und die Zwerge zu ihrem persönlichen Vermächtnis wurden. Wenn sie wüsste, wie viele Zwerge er ihr inzwischen bereits geschenkt hatte, zu ihren Geburtstagen, an Weihnachten, zu jedem Hochzeitstag.

Einige von seinen Gartenbewohnern waren allerdings keine Geschenke an sie, die hatte er selbst von wohlmeinenden Bekannten oder Kollegen zu runden Geburtstagen oder ähnlichen Anlässen bekommen, bei denen man um ein Geschenk nicht herumkam – manche davon wirklich geschmacklos und ein Zeichen völliger Unkenntnis, worauf es Gartenzwergliebhabern ankam. Und einige wenige hatte er gekauft, um damit einen bestimmten Zweck zu erfüllen.

So beispielsweise der Neuzugang. Und den würde er sich jetzt vorknöpfen. Er musste ein Zeichen setzen für diesen hohlköpfigen Kretin. So konnte es nicht weitergehen. Entschlossen beendete Helmut das Video von der Überwachungskamera seines Waldschlupfwinkels und ging in seinen Garten. Dort griff er sich den Ton-Burschen von der Mauer und verschwand mit ihm in seiner Werkstatt. Mal sehen, ob sein Nachbar den Wink mit dem Zaunpfahl verstehen würde.

*****

Unter ihren Achseln wurde es feucht. Celina zügelte ihren Schritt etwas und ärgerte sich – sie hasste es, verschwitzt und abgehetzt zu wirken. Aber es war ihre eigene Schuld – sie hatte heute Morgen definitiv zu viel Zeit am Handy verbracht und dabei vergessen, sich rechtzeitig fertig zu machen. Ihr kleiner Insta-Post hatte doch einigen Staub aufgewirbelt, vor allem, nachdem Kreuznagel kurz danach auf so tragische Weise ums Leben gekommen war. Viele fanden das jetzt geschmacklos – über einen Toten sollte man ja nicht schlecht reden. Celina verstand nicht, warum ein Mensch plötzlich besser war, nur, weil er ins Gras gebissen hatte. Ein Toter konnte seine Fehler ja weder bereuen noch wiedergutmachen. Sie selbst jedenfalls neigte nicht dazu, toten Menschen einfach zu vergeben. Sie würde auch Ludwig nicht vergeben, das konnte er sich abschminken.

Abgelenkt von ihren eigenen Gedanken, hatte sie wieder an Fahrt aufgenommen und spürte nun bereits die ersten Schweißperlen auf der Stirn. Auch das noch! Ihre Schminke sollte zwar wasserfest sein, aber Schweiß und Tränen setzten ihr doch auf Dauer zu, wie Celina nur zu gut wusste, und heute Morgen hatte es zeitlich sowieso nur noch für das kleine Schminkprogramm gereicht. Jetzt war es aber zu spät, Urbans Haus kam bereits in Sicht, einen blickgeschützten Bereich, um schnell noch etwas nachzubessern, gab es hier nicht mehr.

Zu ihrem Verdruss stand auch noch der grässliche Nachbar gerade im Garten, an der Mauer zu Urbans, und hantierte dort an etwas herum. Schon wieder ein neuer Zwerg? Celina zwang sich, zielstrebig weiterzugehen, schließlich durfte sie nun offiziell bei Urbans putzen und konnte ganz offen und selbstbewusst an diesem Widerling vorbeilaufen. Dieser bemerkte nun auch Celina, warf ihr einen zutiefst misstrauischen Blick aus seinen zusammengekniffenen Augen zu, und suchte gleich darauf von selbst das Weite, rechtzeitig bevor Celina Richtung Haustür auf das Grundstück einbiegen konnte. Umso besser. Celina wollte direkt zur Haustür weiter und klingeln, wurde dann aber doch von ihrer eigenen Neugier ausgebremst. Ach – was soll's – sie war sowieso bereits zu spät, da konnte sie wenigstens einen Blick riskieren, was Tulpe sich da schon wieder Neues überlegt hatte. Sie ging zur Mauer hinüber, konnte aber auf Anhieb keinen neuen Zwerg entdecken. Erst beim zweiten Blick bemerkte sie die Veränderung: Der Gartenzwerg mit dem Foto in der einen und der Mohnschnecke in der anderen Hand war noch einmal überarbeitet worden. Über die Linse des Fotoapparats war ein roter Kreis mit einem roten Querstrich gemalt und unter dem roten Querstrich war mit etwas Fantasie das Symbolbild einer kleinen, schwarzen Kamera erkennbar. Jetzt wurde es interessant – mal sehen, was der gute Florian dazu sagen würde.

Voodoo

Endlich ein Meeting, das so verlaufen war, wie er es sich erhofft hatte. Die Vorbereitung bis spät in die Nacht hinein hatte sich gelohnt. Florian schloss zufrieden das Konferenztool sowie die vorbereitete Präsentation und lehnte sich in seinem Schreibtischstuhl zurück. Jetzt hatte er sich eigentlich eine kleine Pause verdient. Liebend gern hätte er sich eine Mohnschnecke und einen Kaffee dazu gegönnt, allein beim Gedanken daran lief ihm bereits das Wasser im Mund zusammen. Aber die vielen süßen Teilchen im Homeoffice setzten langsam an. Sein Ziel war es gewesen, sich in seinem neuen Leben gesünder zu ernähren, mehr zu bewegen und wieder ein ganzes Stück abzunehmen; stattdessen war bisher der gegenteilige Effekt eingetreten. Das musste er ändern und deshalb würde er sich heute die Zwischensnacks verkneifen und sich stattdessen mal dem widmen, was er sich seit gestern verkniffen hatte, um sich nicht wieder selbst von seiner Arbeit abzulenken. Florian schnappte sich seinen Rucksack, der noch voll bepackt an der Wand neben der Tür lehnte, und kramte die Kompaktkamera hervor. Der intensive Geruch nach Butterbrezel, der ihm beim Öffnen der Tasche in die Nase stieg, verführte ihn kurz. Lennard hatte nur eine der beiden gekauften Brezeln gestern geschafft. Sollte er die verbliebene nicht eben schnell… Nein! Florian versuchte sich vorzustellen, wie die Brezel in ihrer Papiertüte seit

gestern zäh und hart geworden war, das half für den Moment, der Versuchung zu widerstehen. Außerdem zog er den Rucksack wieder zu, in der Hoffnung, die Büchse der Pandora so wieder zu verschließen.
Florian zog den Speicherchip aus der Kamera und steckte ihn in das Laptop, um die Daten auszulesen. Wenige Sekunden später erschienen bereits hunderte von Bilddateien auf seinem Monitor, er hatte den Chip schon lange nicht mehr aufgeräumt. Auch von Stefan gab es sicher noch einige Fotos auf dem Chip – von gemeinsamen Ausflügen und Grillpartys. Florian widerstand der kurzen Versuchung, sich eines davon zu suchen, stattdessen öffnete er die Handvoll Fotos, die Lennard gestern geschossen hatte.
Das mit dem Fotografieren musste er wohl noch etwas mit dem Kleinen üben. Die meisten Bilder waren leicht verschwommen, Lennard hatte nicht daran gedacht, die Kamera richtig ruhig zu halten, damit das Bild sich scharf stellen konnte. Aber die Fotos gaben ihm zumindest einen kleinen und ernüchternden Eindruck davon, was hinter dem Sichtschutz lag. Lenni hatte Recht gehabt – das sah nun wirklich nicht besonders spannend aus. Es gab nur eine Sache, die Florians Aufmerksamkeit auf sich zog – da waren diese rechteckigen kleinen Blumenbeete. Bildete er sich das nur ein? Ihre Form, ihre Art der Einfassung und die Blumen darauf erinnerten Florian an Gräber. Ihm lief ein kurzer Schauer den Rücken hinunter. Konnte das sein oder war er nur paranoid? Je länger er darauf starrte, desto

sicherer war er sich. Aber natürlich war er voreingenommen, er brauchte unbedingt eine zweite Meinung, einen neutralen Blick auf die Sache.
Florian stand auf und verließ das Arbeitszimmer. Da er Celina nicht im oberen Stockwerk hörte, vermutete er, dass sie im Wohnzimmer oder in der Küche zugange war. Er streifte durch die unteren Räume, doch auch dort konnte er sie nicht finden. Alles lag noch unberührt – Florian erkannte Lennards Abendessenskrümel vom Vortag auf der Couch und die Erdklumpen seiner Waldschuhe im Flur. Da Celina bereits seit zwei Stunden im Haus war, kam Florian das seltsam vor. Gerade wollte er nach ihr rufen, da hörte er ein Geräusch aus dem Keller. Neugierig ging er die Treppe hinab. Kurz flammte dabei die Erinnerung an den nächtlichen Besucher in ihm auf. Aber er verdrängte sie schnell – es war heller Tag, was sollte schon passieren? Das Geräusch war ein Schleifen und Rascheln und kam aus dem Abstellraum.
„Celina, sind Sie hier?" Florian ging entschlossen auf den Raum zu und öffnete die Tür. Tatsächlich – da war sie. Verschwitzt, leicht zerzaust und mit hochrotem Kopf wuchtete sie gerade einen Pappkarton auf einen Stapel zurück.
„Was machen Sie hier?", fragte Florian perplex.
Celina lachte kurz auf und griff sich an die Brust. „Sie haben mich aber ganz schön erschreckt, Florian."
„Entschuldigung", murmelte dieser aus einem Reflex heraus.
„Schon gut!", sie winkte ab und zückte ihren Staubwedel,

den sie sich in die Gesäßtasche ihrer Hotpants gesteckt hatte, um damit dann schwungvoll über die Pappkartonstapel zu wedeln.
„Was machen Sie denn hier?“, fragte Florian noch einmal.
„Na, putzen natürlich. Sie wissen ja gar nicht, was sich im Keller für Ungeziefer breitmacht, wenn man ihn nicht auch mal regelmäßig putzt. Und solche Kartonberge“ – sie wies mit dem Daumen hinter sich auf die hoch aufgestapelten Kartons, die fast den ganzen Raum ausfüllten – „das sind wahre Brutstätten für Ratten, Kakerlaken und andere Hausbewohner, die man nicht haben will. Deshalb habe ich gerade mal stichpunktartig reingeschaut, nur um sicherzugehen, dass sich da noch nichts eingenistet hat.“ Sie lächelte ihr engelhaftes Unschuldslächeln und setzte noch eins obendrauf: „Sie sollten die Dinge hier nicht ewig so stehenlassen. Einen Umzug kann man doch auch dazu nutzen, mal kräftig zu entrümpeln. “
„Das sind gar nicht unsere Kisten“, verteidigte Florian sich. „Die gehören Ludwig Peters, seine persönlichen Habseligkeiten, Bücher, Unterlagen, Haushaltsgegenstände. Die Möbel wurden verkauft, aber man wusste wohl nicht, was man mit diesem Rest anfangen sollte, weil er ja auch plötzlich wieder auftauchen könnte, deshalb wurde es erstmal hier zwischengelagert. Wir haben die Anweisung von seinem Anwalt, es noch ein paar Monate lang hier aufzubewahren, für den Fall, dass er zurückkommt. Wenn er offiziell ein ganzes Jahr verschwunden ist, kümmert er sich darum, es zu entsorgen.“

„Oh. Na dann", sagte Celina leichthin und wollte den kleinen Abstellraum wieder verlassen. Florian war sich fast sicher, dass sie bereits wusste, was er ihr erklärt hatte. Wenn das stimmte – was hatte sie dann hier drinnen gemacht? Er hielt sie am Oberarm fest, während sie sich an ihm vorbeischieben wollte.

„Gibt es vielleicht irgendetwas, das Sie mir sagen wollen?", fragte er und versuchte, die richtige Mischung aus Strenge und Freundlichkeit hinzubekommen.

Celina dachte eine Weile nach. Dann beugte sie sich plötzlich nahe an ihn heran und raunte ihm zu: „Eine Sache gibt es tatsächlich: Haben Sie schon gesehen, was Tulpe mit Ihrem Doppelgängerzwerg angestellt hat?"

Florian runzelte die Stirn. „Wie meinen Sie das?"

„Schwer zu erklären. Er hat ein bisschen daran herumgebastelt. Am besten sehen Sie sich das direkt einmal an. Dann verstehen Sie schon, was ich meine. Ich weiß nur nicht, was er Ihnen damit sagen will."

Florian überlegte kurz, ob das nur ein billiges Ablenkungsmanöver war. Herausfinden würde er das aber wohl nur, wenn er selbst nachsah. Seine Befragung konnte er auch nachher fortsetzen – so schnell würde er sich nicht davon ablenken lassen, auch wenn sie das vielleicht glaubte.

*****

Das war ja gerade nochmal gut gegangen. Celina war zufrieden mit sich und ihrer Schlagfertigkeit, während sie beobachtete, wie ihr Arbeitgeber mit großen Sprüngen die

Treppe hinaufhechtete. Sie folgte ihm ganz entspannt, überlegte sogar kurz, einfach im Keller zu bleiben und die wenigen Augenblicke, die er nun abgelenkt war, sinnvoll zu nutzen. Doch es wäre wohl zu auffällig gewesen. Sie musste leider vorerst unverrichteter Dinge abziehen und so schnell würde sie nicht mehr hier unten weitermachen können, wenn sie nicht auffliegen wollte.

Als sie vor die Haustür trat, kniete Florian bereits vor der Mauer zum Nachbarn und betrachtete den Zwerg, als wäre er Sherlock Holmes persönlich, auf der Suche nach der einen Stoff-Faser, mit deren Hilfe er einen scheinbar unlösbaren Kriminalfall aufklären würde. Als er in die Brusttasche seines dunklen Jacketts griff, erwartete Celina fast, dass er eine Lupe daraus hervorziehen würde. Stattdessen war es allerdings nur sein Smartphone, das er zückte, um damit den Gartenzwerg von allen möglichen Seiten zu fotografieren. Celina trat näher heran. Die Tonfigur schien den Kerl ja wirklich aus der Fassung zu bringen. Fast bekam sie Mitleid mit dem erwachsenen Mann, der gerade wie ein erschreckter Junge zu ihr aufsah, als sie sich neben ihn stellte.

„Tulpe hat offensichtlich zu viel Zeit und zu viel ungenutzte Fantasie", stellte sie fest.

„Fantasie? Der Typ ist doch völlig krank im Kopf!" Florian schob sich wieder auf die Beine und warf einen hasserfüllten Blick Richtung Nachbarhaus.

„Was er Ihnen wohl mit der durchgestrichenen Kamera sagen will?", überlegte Celina laut. Es schien ihr angebracht, das Thema noch ein bisschen fortzusetzen. Es lenkte ihn

von der Sache im Keller ab.
Florian überlegte kurz, dann schüttelte er entschieden den Kopf.
„Er fühlt sich wohl von meinem kleinen Hobby irgendwie genötigt. Das mag ja sogar noch angehen. Die durchgestrichene Kamera könnte man ihm ja verzeihen. Aber wirklich krank ist doch, was er hier gemacht hat."
Florian deutete auf die linke Kopfseite des Zwerges. Celina beugte sich nach unten, um zu verstehen, was Florian wohl meinte. Dann erkannte sie, was sie vorhin gar nicht bemerkt hatte. Genau an der linken Schläfe des Zwerges befand sich ein kleines Loch von wenigen Millimetern Durchmessern, ein sorgfältiges, gerades Bohrloch. Und unterhalb des Bohrlochs waren mit roter Farbe kleine rote Flecken in Tropfenform gemalt, eine Blutspur, nur ein paar Zentimeter lang, dann verschwand sie scheinbar im weißen Bart des Zwerges.
„Das ist krass", musste Celina zugeben, während sie sich aufrichtete.
Florian sah sie fast flehentlich an. „Das ist doch eine echte Bedrohung, oder sehe ich das falsch?"
Celina hielt es für angebracht, ihren Arbeitgeber in seiner Sorge zu bestärken. „Auf jeden Fall. Wie sollte man das sonst verstehen. Dass der Kerl spinnt, wusste ich ja schon lange, aber das hier ist wirklich voll cringe."
„Dann sollte ich wohl die Polizei informieren, oder? Vor allem, nach dem, was mit Ludwig Peters und dem Feuerwehrmann passiert ist."
„Dem Feuerwehrmann?"

„Diesem Jochen Kreuznagel, der vorgestern Nacht überfahren wurde. Haben Sie das mitbekommen? An dem Morgen nach dem Umfall lag ein zertrümmerter Zwerg hier auf unserer Mauer. Ein Zwerg mit einer Feuerfackel in der Hand."
Celina verstand: „Oh my God. Das ist total abgefahren. Erst der Doppelgänger von Ludwig Peters, der an dem Abend zu Bruch geht, als Peters verschwindet. Dann der Feuerzwerg und jetzt..."
Florian starrte sie eine Weile unbewegt an, dann stieß er hervor: „Ich muss Ihnen noch etwas zeigen. Und Sie sagen mir ganz ehrlich Ihre Meinung dazu. Kommen Sie mit!"
Florian packte sie etwas unsanft am Oberarm und zog sie hinter sich her. Sie stolperte fast, um seinen großen Schritten hinterherzukommen, er bemerkte es nicht einmal, zog sie nach sich die Treppe hinauf bis in sein Arbeitszimmer. Dort schob er sie vor den Monitor und zeigte auf das leicht unscharfe Bild, das dort zu sehen war. Es zeigte eine Art Garten, allerdings nicht sehr gepflegt, mit hässlichem Pavillon, Büschen und wildem Rasen. Florian tippte aufgeregt mit dem Zeigefinger auf eine Stelle, die mit ziemlich spießigen Blumen bepflanzt war.
„Sagen Sie mal ganz spontan, an was Sie das hier erinnert!"
Celina verstand überhaupt nichts. „Was ist das?", fragte sie verwirrt.
„Erkläre ich gleich. Aber erstmal Ihr erster, völlig unvoreingenommener Eindruck: Wie sieht das für Sie aus?"

Na schön, dann spielte sie eben mit. Sie sah sich den Bildausschnitt ein paar Sekunden an und sagte dann das erste, was ihr in den Sinn kam: „Sieht aus wie ein kleiner Friedhof. Vielleicht für Haustiere?“
„Ich wusste es!“ Florian drückte sie in seinem Überschwang kurz an sich, dann ließ er los und räusperte sich. „Entschuldigung. Ich bin nur erleichtert, dass ich mir das nicht eingebildet habe. Langsam beginne ich schon, an meinem Verstand zu zweifeln.“
„Und was ist das?“, fragte Celina noch einmal.
„Das ist Tulpes geheimes Grundstück. Es liegt mitten im Wald, ist eingezäunt und abgeschirmt wie Fort Knox und was immer er dort drinnen treibt – Blumenkohl anbauen ist es offensichtlich nicht!“
Celina kniff die Augen zusammen. „Das ist ja interessant.“ Und das meinte sie ganz ehrlich. In ihrem Kopf begannen sich einige Puzzleteile zu einem ganz neuen Bild zu ordnen.
„Meinen Sie, das sollte ich den Polizisten auch zeigen? Es könnte sie vielleicht interessieren…“
Da musste sie nicht lange überlegen, instinktiv hatte sie gleich eine Antwort parat: „Ich glaube, das würde ich vorerst lassen. Nicht dass Sie am Ende noch Ärger bekommen. Das Foto ist irgendwie aus einer seltsamen Perspektive aufgenommen. Wie sind Sie denn an diese Bilder gekommen? Haben Sie eine Drohne oder so etwas?“
Ihre Frage bremste seine Euphorie augenblicklich, er sank etwas in sich zusammen. „Na schön, also nicht die Polizei informieren, meinen Sie?“

„Ich meine nur, dass Sie nicht auch noch das hier erwähnen müssen. Das mit den seltsamen Zusammenhängen zwischen zerstörten Gartenzwergen und seltsamen Vorkommnissen könnten Sie denen schon mal verklickern. Wenn die Polizei auf Zack ist, findet sie irgendwann ganz alleine heraus, dass Ihr Nachbar noch ein geheimes Waldgrundstück besitzt. Dann können die sich einen Durchsuchungsbeschluss holen und dort herumschnüffeln. Ganz offiziell."
Florian dachte eine Weile nach, dann nickte er langsam. „Na schön, dann für die Polizei nur die Zwerge." Er zog den Datenchip seitlich aus seinem Laptop, so dass das Foto augenblicklich vom Monitor verschwand. Eine Warnanzeige poppte sofort auf und ermahnte den Nutzer, dass ein Speichergerät nicht ordnungsgemäß entfernt worden war.
„Zeigen Sie mir mal dieses geheimnisvolle Waldgrundstück?", fragte Celina mit ihrem naivsten Augenaufschlag, den sie für ihre kleinen TikTok-Videos und Insta-Posts schon tausendfach geübt hatte.
„Warum denn? Da ist von außen überhaupt nichts zu sehen." Florian war zu sehr in seine eigenen Gedanken versunken, um darauf anzuspringen, er schaute nicht einmal richtig zu ihr hin.
Celina senkte ihre Stimme um eine halbe Oktave, was ihr einen leicht ruchlosen Touch verlieh, wie sie selbst jedenfalls fand. „Ich frage mich nur, wo das sein könnte. Ich gehe viel hier im Wald spazieren, aber ein geheimes Grundstück habe ich noch nie entdeckt. Ich finde das spannend."

Florian sah mit gehobenen Augenbrauen auf Celinas High Heels hinunter. Vermutlich fragte er sich, wie sie mit diesen Schuhen wohl durch den Wald stakste. Zu Recht. Abgesehen von den kleinen Ausflügen mit Oma zur Rentnerbank war sie das letzte Mal vor fünf Jahren freiwillig im Wald gewesen, und das auch nur, weil Oma Kevin nicht leiden konnte und es deshalb nicht duldete, wenn sie ihn mit in ihr Zimmer nahm. Ihr Arbeitgeber sparte sich klugerweise eine Bemerkung, die sie ihm sofort als ‚sexistisch' um die Ohren gehauen hätte, stattdessen erklärte er nur kurz: „Das Grundstück liegt etwas abseits von den Hauptwegen. Ist schwer zu finden. Soll wohl auch so sein."
„Und, zeigen Sie es mir?" Celina unterstützte ihre Bitte durch eine entsprechende Pose: schief gelegte Hüfte, beide Arme vorteilhaft unter den Brüsten verschränkt. Doch Florian schien nicht nur körperlich etwas schwerfällig zu sein, oder er war einfach zu sehr von seiner Gartenzwergphobie abgelenkt. Ohne noch weiter auf sie zu achten, setzte er sich an seinen Schreibtisch und öffnete sein Mailprogramm.
„Vielleicht später mal. Tut mir leid, mein nächstes Meeting steht bald an und ich muss noch etwas vorbereiten. Danke für Ihre ehrliche Meinung. Das hilft mir sehr weiter."
Celina gab auf. Heute wurde das nichts mehr. Sie hatte das Arbeitszimmer schon fast verlassen, da rief er ihr noch, ohne sich zu ihr umzuwenden, hinterher: „Ach ja – und könnten Sie nun bitte in Wohnzimmer und Küche weitermachen? Wenn meine Frau von der Dienstreise nach

Hause kommt, wäre es schön, wenn es einigermaßen ordentlich hier aussehen würde."
Nur mit äußerster Beherrschung gelang es Celina, sich selbst davon abzuhalten, die Arbeitszimmertür hinter sich zuzuknallen. Dieser Chauvi – was dachte der sich eigentlich! Erst bettelte er förmlich um ihre Komplizenschaft und dann ließ er wieder den Chef raushängen. So ließ sie nicht mit sich umspringen – da musste sie langsam mal andere Saiten aufziehen.

*****

Ein stechender Schmerz, ausgehend von der rechten Schläfe, zog sich bis tief hinein in seinen Schädel. Kurzzeitig hatte er den Schmerz verdrängen können. Doch nachdem er seinen kleinen Vortrag beendet hatte und der entstandenen Stille hinterherlauschte, war er schlagartig wieder da. Florian hatte seine Aussage so genau vorbereitet, als würde er eine Präsentation für den Firmenvorstand halten. Er hatte nichts ausgelassen, auch alle Fakten und Beobachtungen, die gar nichts mit den Gartenzwergen zu tun hatten, nüchtern auf den Tisch gelegt. Trotzdem hatte er jetzt, nachdem er fertig war, das Gefühl, totalen Quatsch erzählt zu haben. Laut ausgesprochen klang es in seinen eigenen Ohren so weit hergeholt, dass er den merkwürdigen Blick verstand, den die beiden Polizisten erst untereinander wechselten und dann ihm zuwarfen.
Schließlich fasste der ältere der beiden Polizisten seine Hinweise noch einmal in eigenen Worten zusammen: „Sie

denken also, irgendjemand hier im Ort begeht Morde an Mitbürgern und parallel dazu sucht er sich einen passenden Gartenzwerg im Garten Ihres Nachbarn und lässt diesen dann auch über den Jordan gehen. Um damit dann – was – ein geheimes Zeichen zu setzen?"

„Moment mal, Chef", der jüngere Polizist grinste schief, während er fortfuhr: „Wenn ich das richtig verstanden habe, dann ist der erste Zwerg doch aus Versehen von der Putzfrau umgeschmissen worden und danach ist erst Peters verschwunden, oder?"

Offensichtlich hatten die beiden nicht verstanden, worauf er hinauswollte. Florian ignorierte den stechenden Kopfschmerz und versuchte es noch einmal deutlicher: „Eigentlich vermute ich auch, dass es eher umgekehrt ist: Immer, wenn da drüben ein Gartenzwerg in die Brüche geht, passiert einem Menschen hier aus dem Ort, der eine gewisse Ähnlichkeit mit diesem Zwerg hat, ein seltsames Unglück."

Der Polizist im Anzug – Redlicher war sein Name – rutschte auf der Couch ganz nach vorne und sah Florian, der ihm gegenüber im Sessel saß, direkt in die Augen: „Damit wollen Sie sagen, dass Ihr Nachbar aus Rache für jeden zerstörten Gartenzwerg loszieht und irgendwelchen Menschen hier im Ort etwas antut? Um ganz deutlich zu sein: Sie meinen, dass Herr Tulpe ein gestörter Psychopath ist?"

Florian hätte dem liebend gern zugestimmt, denn das meinte er eigentlich wirklich. Aber eine direkte Beschuldigung schien ihm dann doch zu undiplomatisch. Er wich

daher noch einmal etwas aus. „Das habe ich so nicht gesagt. Ich wollte Ihnen nur mitteilen, welche Beobachtungen ich gemacht habe. Es heißt doch immer, dass jeder kleine Hinweis weiterhelfen könnte. Die Schlussfolgerungen daraus müssen schon Sie ziehen."
Kriminalkommissar Abel grinste immer noch hämisch, während er seine nächste Frage formulierte: „Sie haben bisher aber nur von zwei kaputten Zwergen gesprochen. Genau genommen ist hier im Ort aber in letzter Zeit nur ein wirklich nachweisbarer Mord geschehen, nämlich der an Helga Meier. Ludwig Peters gilt als vermisst, Jochen Kreuznagel ist einem Unfall mit Todesfolge zum Opfer gefallen. Ist denn zum Zeitpunkt von Helga Meiers Tod auch plötzlich ein Zwerg verschwunden?"
„Darüber habe ich auch schon nachgedacht, aber ich muss zugeben, dass ich dazu nichts sagen kann", erklärte Florian ruhig. Er hatte die Frage bereits erwartet. „Allerdings hat Herr Tulpe schätzungsweise 100 Zwerge, da würde mir einer mehr oder weniger sicher nicht auffallen. Also auch wenn ich nichts bemerkt habe, könnte durchaus ein Zwerg verschwunden sein."
Abel und Redlicher warfen sich einen vielsagenden Blick zu. „Ehrlich gesagt, klingt uns das alles ein bisschen vage", stellte Redlicher dann vorsichtig fest. „Vielleicht auch ein bisschen paranoid", ergänzte Abel. „Haben Sie nicht auch vor kurzem eine Anzeige wegen eines Einbruchs gemacht, der aber dann offensichtlich gar nicht stattgefunden hat?"
Florian richtete sich in seinem Sessel auf. Das wollte er nicht auf sich sitzen lassen: „Ach ja, paranoid? Auch wenn

das womöglich doch nur ein Landstreicher war – würden Sie nicht bei der Polizei anrufen, wenn plötzlich ein Fremder in Ihrem Haus herumschleicht? Nur weil nichts gestohlen wurde, war das ja trotzdem keine Einbildung vor mir. Und was würden Sie sagen, wenn Sie Ihr Nachbar mit einem Gartenzwerg bedrohen würde? Haben Sie Herrn Tulpe schon mal kennengelernt? Der tickt doch wirklich nicht ganz richtig! Nachdem ich ihn freundlich gebeten habe, seine Gnome etwas von unserem Grundstück fernzuhalten, hat er in der Nacht ein ganzes Gruselkabinett auf unserer Mauer aufgestellt. Ständig beschuldigt er mich und meine Familie, seinen Zwergen etwas anzutun. Dann bastelt er einen Gartenzwerg, der offensichtlich mein Doppelgänger darstellen soll, und kurz darauf bohrt er genau diesem Zwerg ein Loch in den Kopf. Dieser Typ ist doch total gestört, wenn Sie mich fragen."

Während Abel nur amüsiert den Kopf schüttelte, schien Redlicher nun tatsächlich etwas interessierter an Florians Geschichte zu sein. „Können wir den entsprechenden Zwerg einmal sehen?"

Florian zog sein Smartphone aus der Sakko-Tasche, öffnete die Bildergalerie und hielt es dem Kommissar entgegen. Der betrachtete die Fotos genau. „Das Original können Sie draußen auf der Mauer bewundern", ergänzte Florian.

„Wie kommen Sie darauf, dass das Ihr Doppelgänger sein soll?", fragte Abel, nach wie vor skeptisch.

„Weil ich ein begeisterter Hobby-Fotograf bin und weil ich Mohnschnecken liebe."

„Und warum hat der Zwerg eine verklebte Kameralinse? Haben Sie eine Ahnung, was Herr Tulpe Ihnen damit sagen will?"
Florian verzog keine Miene. „Vermutlich mag er mein Hobby nicht, warum auch immer. Aber entscheidender ist doch die Drohung, die damit verbunden ist, oder etwa nicht? Ich muss zugeben, ich fühle mich davon wirklich belästigt!"
Abel schüttelte schon wieder unverständig den Kopf. Offensichtlich hatte er Florian bereits als paranoid abgestempelt. Redlicher dagegen blieb ernst: „Sie haben Recht, das scheint mir auch zu weit zu gehen. Wir reden mit Ihrem Nachbarn und Sie sollten mal mit Ihrem Anwalt reden. Soweit ich weiß, kann man gegen solche Figuren und Darstellungen klagen, wenn man sich von ihnen direkt angegriffen fühlt."
Er erhob sich von der Couch und Abel tat es seinem Chef gleich nach. In besänftigendem Tonfall sprach der ältere Polizist seine Abschiedsworte: „Machen Sie sich keine Sorgen, Herr Urban. Wir kümmern uns darum. Vermutlich ist das alles nur ein ganz dummer Zufall."
Und Abel ergänzte, nach wie vor leicht hämisch: „Wer weiß – vielleicht haben wir es hier ja mit irgendeinem Gartenzwerg-Voodoo zu tun. Man sollte für alles offen sein."

*****

Beim letzten Mal hätte er die beiden am liebsten gar nicht erst in sein Haus gelassen. Nun wünschte sich Helmut, er könnte sie davon überzeugen, sich in der Küche weiter zu unterhalten. Selbst einen Kaffee hatte er ihnen angeboten – für ihn eine außerordentliche Geste der Gastfreundschaft. Aber die beiden Polizisten hatten abgelehnt. Offensichtlich genossen sie es, zu beobachten, wie er von Minuten zu Minute nervöser wurde. Sie stapften durch seinen Garten wie Elefanten im Porzellanladen, schauten sich seine Zwerge ganz genau an und wechselten regelmäßig abschätzige Blicke miteinander. Es war nur eine Frage der Zeit, bis hier ein Unglück geschah, einer versehentlich an einen seiner Freunde trat. Jetzt beugte sich der Junge – Abel – auch noch hinunter und grapschte sich seinen Karli, hob ihn sogar vom Boden auf und drehte ihn prüfend in alle Richtungen. Dabei machte er ein Gesicht, als hielte er einen Nacktmull in den Händen. Jetzt reichte es Helmut, sein Geduldsfaden riss:

„Stellen Sie den Zwerg sofort wieder auf den Boden! Sie haben kein Recht, sich an meinem Eigentum zu vergreifen!"

Abel grinste schief und wollte offensichtlich etwas erwidern, wurde durch einen strengen Blick seines Chefs allerdings eingebremst. Er stellte Karli wieder zu Boden, natürlich an den völlig falschen Platz. Helmut sprang hinzu und korrigierte das schnell.

„Ihre Zwerge haben hier alle ihren festen Standort, oder variieren Sie öfter mal?", fragte Redlicher, der ihn interessiert bei seinen Korrekturen beobachtete.

„Gartenzwerge sind sehr ortstreue Wesen", erklärte Helmut schlicht und bemerkte, wie Abel neben ihm die Augen

rollte. Redlicher dagegen nickte verständnisvoll und schritt weiter den Garten ab, dabei den Blick suchend auf den Boden gerichtet. Nach ein paar Metern blieb er stehen und wies vor seine Füße.
„Wo ein Gartenzwerg für längere Zeit steht, da wächst kein Gras mehr, nicht wahr? Diese Stelle hier sieht aus, als habe hier lange ein Zwerg gestanden, jetzt ist sie aber leer."
Helmut unterdrückte mühsam den Zorn, der in ihm beim Anblick des leeren Platzes aufstieg, und versuchte sachlich-nüchtern zu antworten: „Da stand mein Heinzi. Leider hat mein neuer Nachbar mir diesen Zwerg gestohlen und kaputt gemacht. Deshalb ist der Platz jetzt leer."
Redlicher verschränkte die Arme vor der Brust und sah ihn neugierig an. Den sachlichen Tonfall kaufte er ihm wohl nicht ab. „Warum sollte Ihr Nachbar denn so etwas tun? Er scheint doch ein ganz zivilisierter, umgänglicher Mann zu sein."
Helmut fragte sich, worauf das alles hinauslaufen sollte. „Vielleicht war es auch sein Lausebengel, der Sohn, was weiß ich!", knurrte er unwirsch. Was ging die Kriminalpolizei diese ganze Sache überhaupt an?
„Wie sah denn dieser Heinzi aus?", fragte jetzt Abel von der Seite. Er konnte es nicht lassen – er hielt schon wieder einen Gartenzwerg in der Hand und musterte diesen. Diesmal war es Berti. Die reine Provokation! Helmut beschloss, dies zu ignorieren. Er würde nachher wieder in Ruhe Ordnung schaffen, jetzt musste er sich auf dieses Verhör konzentrieren und alles andere ausblenden.

„Heinzi war ein kleiner Zwerg aus Ton, eigentlich ohne große Auffälligkeiten. Ein Gartenzwerg eben."
„Stimmt es, dass er eine Feuerfackel in der Hand hielt?", fragte Abel direkt. Helmut kniff die Augen zusammen. „Wieso?"
„Würden Sie meinem Kollegen bitte antworten?", bat Redlicher höflich.
„Okay. Ja, er hat eine Fackel getragen. Was spielt das für eine Rolle?"
Abel und Redlicher schienen ihm keine Antwort geben zu wollen, stattdessen setzten beide ihre Patrouille durch seine Zwergenkolonie unbeirrt fort. Nach kurzer Zeit blieb Redlicher erneut stehen und deutete vor sich.
„Hier ist auch so ein unbewachsener Flecken. War hier auch ein Zwerg gestanden?"
Helmut schaute auf den Platz. „Ja, dort stand Gerda", antwortete er, ohne darüber nachzudenken. Im gleichen Augenblick hätte er sich am liebsten auf die Zunge gebissen – warum hatte er nicht schlauer reagiert? Das konnte Ärger geben!
„Gerda?" Redlicher hob die Augenbrauen. „Sie besitzen auch weibliche Gartenzwerge? Ich wusste gar nicht, dass es die gibt."
Er wollte über Zwerge fachsimpeln, na gut, konnte er haben. „Da scheiden sich die Geister, um ehrlich zu sein. Traditionelle Gartenzwergliebhaber bestehen darauf, dass weibliche Gartenzwerge gar nicht existieren, dass diese immer nur Fälschungen und keine ‚echten' Zwerge sein können. Aber in der heutigen Gesellschaft lässt sich das

wohl nicht mehr so durchhalten, fürchte ich."
„Und wie stehen Sie persönlich zu weiblichen Gartenzwergen?"
„Eigentlich halte ich nichts von weiblichen Zwergen, aber meine lieben Ex-Kollegen haben mich das ein oder andere Mal zum Spaß mit einem Weibchen beglückt. Und so bekommen die dann auch einen Platz in meinem Garten – ganz so verbohrt bin ich nicht."
„Was für eine Zwergin ist Gerda denn?"
Helmut zog seine Weste vor seinem Körper zusammen. Er spürte überdeutlich, dass dieses Gespräch in eine ungünstige Richtung lief. „Ganz normal eben. Eine alte Zwergin mit einer Bauerntracht und ordentlich Runzeln im Gesicht. Warum wollen Sie das wissen?"
„Mich interessiert vor allem, was mit Gerda passiert ist? Warum steht sie hier nicht mehr?"
Helmut überlegte fieberhaft. Hatte Urban es also doch bemerkt? Dabei war es doch wirklich unauffällig.
„Gerda wird gerade überholt. Sie ist sozusagen auf Kur. Manchmal muss man die eine oder andere Stelle bei den Kleinen ausbessern, wenn sie in die Jahre kommen."
„Das heißt, sie befindet sich gerade in Ihrer Werkstatt? Dürfen wir sie denn mal sehen?"
Langsam ging ihm dieser Redlicher wirklich auf die Nerven. „Nein, das mache ich nicht selbst. Das macht jemand anders für mich."
„Ach ja? Vielleicht können Sie uns da mal die Adresse nennen?"
„Warum?"

„Nur so. Ich würde mich einfach gerne mal mit Ihrem Zwergen-Restaurateur über Gerda unterhalten."
„Klar. Ich suche Ihnen die Telefonnummer raus. Dauert aber eine Weile."
Redlicher winkte ab. „Schon gut, muss nicht jetzt sofort sein. Mailen Sie mir den Kontakt einfach im Laufe des Tages zu. Das reicht."
Er ließ seinen Blick noch weiter über den Boden streifen, stutzte schon wieder. „Und dieser Fleck hier?"
Helmut atmete innerlich auf. Endlich erreichten sie wieder sicheres Terrain. Er gönnte sich ein süffisantes Grinsen. „Da stand Gunter. Den habe ich vor kurzem drüben auf die Mauer gestellt. So wie seine Kameraden, die Sie da sehen können. Wollte meinen lieben Nachbarn zum Einzug eine kleine Freude machen. Sollen wir jetzt jeden einzelnen Quadratzentimeter in meinem Garten auf kahle Stellen untersuchen?"
Redlicher schaute ihn eine Weile aufmerksam an, als würde er diese Option ernsthaft in Erwägung ziehen. Dann schüttelte er zum Glück den Kopf.
Einen kurzen Moment hegte Helmut die Hoffnung, dass das Gespräch damit beendet war, aber dann wechselte Abel einfach das Thema. „Kennen Sie eigentlich einen Jochen Kreuznagel?", fragte er und stellte Berti achtlos wieder auf den Boden. Wie nicht anders zu erwarten, verlor dieser das Gleichgewicht und kippte nach vorne auf sein Gesicht. Berti war noch nie besonders standfest gewesen, man musste ihn regelrecht in den Boden bohren, damit er stehen blieb. Abel bückte sich, um ihn wiederaufzurichten,

und er kippt ein weiteres Mal um. Zum Glück hatte Helmut beide Hände in die Hosentaschen gesteckt, so sahen die Polizisten nicht, wie er die Fäuste so fest ballte, dass die Fingerknöchel weiß anliefen.
„Also?", fragte Abel, der den Zwerg ein drittes Mal aufrichtete und umfallen ließ.
„Was?", knurrte Helmut und hielt sich mühsam davon ab, loszubrüllen.
„Ich fragte: Kennen bzw. kannten Sie Jochen Kreuznagel?" Abel gab Berti auf.
„Nein, kaum. Nur vom Sehen eben. Wieso?"
Abel zog ein Notizheft aus der Gesäßtasche und schlug eine Seite auf. „Uns liegt eine Aussage vor, dass Sie am Abend, bevor Kreuznagel totgefahren wurde, mit ihm aneinandergeraten sind."
„So ein Quatsch! Ich bin mit überhaupt niemandem aneinandergeraten. Wer erzählt Ihnen das? Der Spinner da drüben?" Helmut machte eine Kopfbewegung Richtung Nachbarhaus, die Fäuste ließ er vorsorglich in der Hosentasche.
„Dann stimmt es also nicht, dass Sie an besagtem Abend bei einer Informationsveranstaltung im Bürgerhaus waren, dass es zu einem kleinen Kampf kam, in den auch Kreuznagel verwickelt war, und dass Sie bei diesem Kampf versehentlich von Kreuznagel und einem anderen Mann umgeworfen wurden?" Abel schaute ihn herablassend an. Erwartete er darauf wirklich eine Antwort? Offensichtlich.

„Doch!“, presste Helmut mühsam zwischen seinen zusammengebissenen Zähnen hervor. Er war so angespannt, dass sein Unterkiefer bereits schmerzte.
„Und stimmt es oder stimmt es nicht, dass Sie ziemlich wütend über diesen Zwischenfall waren und damit gedroht haben, dass es Jochen Kreuznagel noch leidtun würde?“
„Keine Ahnung, kann mich nicht genau erinnern.“
„Naja, so lange ist das nun aber nicht her“, erklärte Abel.
„Na gut. Aber vielleicht können Sie uns wenigstens sagen, welches Auto Sie fahren?“
„Einen uralten Passat. Warum?“
„Können wir uns den bitte mal kurz anschauen?“, fragte Redlicher, der wohl so leicht seinen höflich-freundlichen Tonfall nicht verlor. In der Hoffnung, die Polizisten damit endlich aus seinem Garten zu bekommen, nickte Helmut missmutig. „Na schön, kommen Sie mit!“
Er führte sie zur Gartenpforte und wies auf den freien Sandstreifen gegenüber seines Grundstücks, direkt zwischen Bahngleisen und Straße. Hier parkte er sein Auto bereits, seit er es besaß, und das war wirklich lange. Anhand der dicken Staub- und Pollenschicht, die sich darauf gebildet hatte, war auf den ersten Blick ersichtlich, dass es schon eine ganze Weile nicht mehr bewegt worden war. Helmut fuhr seit seiner Pensionierung kaum noch damit, eigentlich nutzte er es nur noch, wenn er eine größere Besorgung im Baumarkt machen musste oder wenn er zweimal im Jahr seine alte Tante in Köln besuchte. Seine wenigen Lebensmittel kaufte er in der Regel zu Fuß oder mit

dem Fahrrad im nahe gelegenen Supermarkt oder beim Gemüsehändler direkt um die Ecke. Auch die beiden Polizisten sahen sofort, dass dies sicher nicht der Wagen war, mit dem Jochen Kreuznagel vor wenigen Tagen überfahren worden war – denn Helmut war überzeugt, dass genau das der Grund war, weshalb sie sich für seinen Wagen interessierten. Abel wirkte regelrecht enttäuscht.
„Na schön, das wäre dann erst einmal alles, Herr Tulpe“, erklärte Redlicher zu seiner Erleichterung. „Aber bitte denken Sie daran, mir den Kontakt zu schicken – Sie wissen schon, wegen Gerda.“
Helmut nickte gelassen und wartete ab, bis die beiden Polizisten in ihren Wagen gestiegen und damit ganz sicher weggefahren waren.
Dann eilte er zurück in sein Haus, zu seinem Smartphone, das er auf dem Küchentisch liegen gelassen hatte, als es an der Haustür klingelte. Mit leicht zitternden Fingern suchte er Dennis‘ Nummer heraus. Diesen einen Wunsch würde der Junge ihm noch erfüllen müssen.

Top Secret

Lennard saß auf seinem Lieblingsast oben im Nussbaum und beobachtete Lloyd und den Schlangen-General, die in einen ausgiebigen Zweikampf vertieft waren, als Lord Garmadon an die Mauer zu ihrem Garten trat. Herr Tulpe – so sein weltlicher Name – sah direkt zu Lennard hinauf, sein Blick durchbohrte ihn förmlich. Er sagte nichts, stand nur so da und starrte. Erst nach einer Weile griff er in die Tasche seiner ausgeleierten Strickweste und zog etwas daraus hervor. Er hob es zwischen Zeigefinger und Daumen in die Höhe, damit Lennard es sehen konnte: klein und rot – mehr war aus der Entfernung nicht zu erkennen. Aber es verfehlte seine Wirkung nicht. Lennard kletterte flink wie ein Äffchen den Stamm des Nussbaums hinunter und rannte zum alten Mann hinüber. Kurz bevor er ihn erreicht hatte, ließ Garmadon den Gegenstand in seiner Hand wieder in der Jackentasche verschwinden. Aber ganz flüchtig hatte Lennard noch sehen können, dass es tatsächlich Kai war, den er mitgebracht hatte.

Lennard blieb mit ausreichend Sicherheitsabstand vor der Mauer stehen. Die beiden starrten sich eine Weile schweigend in die Augen. Dann setzte Tulpe endlich zum Reden an:

„So, Junge. Du hast also meinen Heinzi abgeschlachtet." Die stechende Wut in den Augen des Alten war furchterregend. Sollte Lennard ins Haus rennen und seinen Vater

rufen? Aber was würde dann aus Kai werden? Er nahm seinen Mut zusammen und blieb stehen:
„Das war ein Unfall. Da war jemand in unserem Garten, der ist an mir vorbeigerannt und dann ist der Zwerg runtergefallen." Und er zwang sich hinzuzufügen: „Tut mir leid!"
Tulpe schnaubte verächtlich und kniff seine wässrigblauen Augen zusammen: „Das klingt für mich wie eine billige Ausrede. Ein Lügenmärchen. Wer sollte denn nachts durch euren Garten rennen?"
Lennard zuckte die Schultern. „Weiß nicht", sagte er. Ganz sicher würde er Lord Garmadon nicht erzählen, dass es ein Ninja gewesen war, der ihm über den Weg gestolpert war. Seine Lippen waren versiegelt.
Tulpe durchbohrte ihn noch einen Moment mit seinem Blick, dann sah er wohl ein, dass es nichts brachte, und entspannte sich etwas. „Na schön, und wie geht es jetzt weiter?"
Das wusste Lennard ganz genau: „Können Sie mir trotzdem Kai zurückgeben? Sie haben es mir versprochen."
Tulpe verschränkte die Arme vor der Brust und lachte abfällig. „Einfach so, obwohl du deinen Teil unserer Vereinbarung gar nicht eingehalten hast? Du hast meinen Heinzi zerstört – unsere Abmachung ist damit hinfällig!"
„Bitte! Ich kann doch nichts dafür!" Lennard spürte, wie ihm die ersten Tränen in die Augen schossen, versuchte aber, dagegen anzukämpfen. Er wollte nicht vor Garmadon rumheulen.
Tulpe schien eine Weile zu überlegen, dann griff er noch

einmal in seine Westentasche, zog Kai daraus hervor, betrachtete ihn kurz und steckte ihn wieder weg.
„Na schön, ich will dir noch eine Chance geben. Beantworte mir ein paar Fragen – aber ganz offen und ehrlich – dann bekommst du deine Figur. Wenn ich das Gefühl habe, dass du lügst, dann war es das mit deinem Kai – ein für alle Mal. Verstanden?" Lennard nickte beklommen. Auf keinen Fall wollte er den Ninja verraten, der auf der Suche nach Garmadons Geheimquartier nachts durch seinen Garten schlich. Hoffentlich war Tulpe im Finden der richtigen Fragen genauso ungeschickt wie sein Vater.
„Na gut. Frage eins: Was wolltet ihr beide an meinem Grundstück im Wald?"
Das war zum Glück einfach: „Mein Vater hat beim Spazierengehen Geräusche hinter dem Zaun gehört und gedacht, ein Tier hat sich aus Versehen dort eingesperrt. Wir wollten nachsehen, ob das stimmt."
„Und dazu habt ihr dann Fotos von meinem Grundstück machen müssen? Warum?"
Lennard überlegte. So genau wusste er das nicht – er hatte seinen Vater gar nicht danach gefragt, was er mit den Bildern eigentlich vorhatte.
„Na – hat es dir die Sprache verschlagen?", drängte Tulpe ungeduldig. „Wer über eine Antwort erst nachdenken muss, der lügt! Und denk daran, was passiert, wenn du lügst. Also: Warum hast du meinen Garten fotografiert?"
„Ich weiß nicht. Mein Vater hat es gewollt, aber ich hab ihn nicht gefragt, warum."
Tulpe kniff schon wieder die Augen zusammen. Diesmal

dachte er nach. „Na schön, das kann ja sein", sagte er schließlich. „Aber dann wirst du das jetzt nachholen. Frag deinen Vater, was er mit den Bildern möchte. Frag ihn, was ihn denn an meinem Grundstück interessiert. Finde das heraus."

Lennards Magen zog sich zusammen. Konnte er das machen? War das nicht Verrat an seinem eigenen Vater? Aber was sollte er verraten? Sein Vater hatte doch keine bösen Absichten, eigentlich gab es da doch gar nichts, was er verheimlichen musste, oder? Zögernd nickte er.

„Gut. Und noch eins: Frag ihn auch, was er der Polizei über mich erzählt hat. Ich will wissen, welche Lügenmärchen er über mich verbreitet. Alles klar?"

Polizei? Lennard hatte gar nicht mitbekommen, dass sein Vater mit der Polizei gesprochen hatte. Warum sollte er das tun? Ahnte sein Vater von den bösen Machenschaften ihres Nachbarn? Aber er verstand doch gar nichts von den Ninjas und deren Welt. Bisher hatte er sich überhaupt nicht dafür interessiert. Tulpe merkte, dass Lennard zögerte und langte noch einmal in seine Westentasche. Er zog seine Faust daraus hervor und streckte sie ihm geschlossen über den Gartenzaun entgegen.

„Willst du Kai wiederhaben oder soll ich ihn gleich in den Abfalleimer werfen?"

Lennard nickte. Natürlich wollte er seinen besten Freund wiederhaben. Unbedingt!

„Also, findest du das für mich heraus oder nicht? Du spionierst doch sowieso so gerne anderen Leuten hinterher."

Er nickte noch einmal.

„Gut. Wenn du alles Nötige herausgefunden hast, kommst du hier an die Mauer und winkst dieser netten Dame hier zu." Er zeigte auf eine ältere Zwergenfrau mit kurzen Haaren und mürrischem Gesichtsausdruck, die am hinteren Ende des Grundstücks auf einem abgesägten Baumstumpf kurz hinter der Mauer stand. „Und achte darauf, dass deine Eltern das nicht mitbekommen. Verstanden?"
Lennard nickte ein drittes Mal. Damit drehte sich Tulpe endlich um und entfernte sich wieder Richtung Haus. Lennard atmete erleichtert auf. Immerhin gab es noch eine Chance, Kai wiederzubekommen. Die musste er unbedingt nutzen.

*****

Florian wachte schweißgebadet auf. Wieder dieser grässliche Traum von den Gartenzwergen, die ihn verfolgten. Wieder sein Freund Stefan, der – als Kind – plötzlich neben ihm auftauchte und laut lachte. Und wieder dieses furchtbare Bellen, das sein Blut in den Adern gefrieren ließ und das auch jetzt, als er wach war, einfach weiterging. Es kam aus dem Wald – wie immer. Er hätte das Fenster nicht kippen dürfen, aber es war gestern Abend so heiß und stickig im Schlafzimmer und sein Kopf dröhnte so sehr, dass er unbedingt frische Luft brauchte. Der stechende Kopfschmerz war leider unverändert und so stand Florian auf und ging hinunter, um sich eine Schmerztablette zu gönnen. Da Julia immer noch auf Dienstreise war, musste er nicht einmal besonders leise sein. Trotzdem machte er kein

Licht, während er in die Küche tapste und sich die Tablettenschachtel aus dem obersten Fach des Küchenschranks angelte.

Er spülte die Tablette mit einem großen Glas Leitungswasser hinunter und stellte sich an das schmale Küchenfenster, während er auf das Einsetzen der Wirkung wartete. Der Mond schien diese Nacht ungewöhnlich hell. Fast wäre es ihm anders lieber gewesen, denn so konnte er das auf der Mauer versammelte Gruselkabinett des Nachbarn sehen, das mit seinen kleinen, schwarzen Äuglein zu ihm hinüberspähte und lautlos zu verhöhnen schien. Nur sein Doppelgänger-Zwerg schien nicht zu grinsen, sondern verzog sein Gesicht zu einer schmerzverzerrten Grimasse. Das konnte natürlich auch daran liegen, dass das schale Mondlicht gerade in einem Winkel auf ihn fiel, durch welchen die eigene Zipfelmütze einen ungünstigen Schatten in sein Gesicht warf. Das wäre die logische Erklärung. Doch nach seinem Traum war Florian nicht nach vernünftigen Erklärungen. Er spürte, dass er gerade sehr empfänglich für abergläubische, irrationale Gedanken war.

Es waren diese Momente, mitten in der Nacht, noch halb schlafend, in denen Horrorfilme plötzlich gar nicht mehr so unwirklich wirkten, in denen man sich sogar vorstellen konnte, dass Werwölfe durch den Wald streiften und hässliche Puppen zum Leben erwachten, um mit dem Messer auf ihre Besitzer loszugehen. Es waren die Momente, in denen der Unterschied von belebter und unbelebter Materie verschwamm, und es auf einmal möglich zu sein schien, dass Gartenzwerge mehr waren als in Form gepresster, bemalter Ton. Dass sie tatsächlich eine Seele besaßen und alles beobachteten, was um sie herum passierte. Und dass es vielleicht wirklich eine Art Voodoo-Zauber gab, der es ermöglichte, dass das Schicksal eines Zwerges unmittelbar mit dem Schicksal eines Menschen verflochten war. Wie war es sonst erklärbar, dass er, der niemals Kopfschmerzen hatte, nun hier stand und auf die Wirkung der verfluchten Tablette wartete? Dieser stechende Schmerz, der von der rechten Schläfe bis tief in den Schädel zog, der hatte begonnen, als er das Loch im Kopf seines hässlichen Pendants entdeckt hatte. Irgendetwas ging von diesen Kreaturen im Nachbargarten aus, etwas Böses, er konnte es deutlich spüren. Je länger er hinüberstarrte, desto mehr spürte er die Beklemmung, die bei ihrem Anblick in ihm aufstieg, sie legte sich wie eine Schraubzwinge um seine Brust. Wie gerne hätte er jetzt einen schweren Knüppel in der Hand gehabt, wäre hinübergestürmt und hätte die Biester eins nach dem anderen in Trümmer geschlagen oder zumindest von der Mauer gefegt. Vielleicht würde er – wenn er schon dabei war – auch noch über das Mäuerchen steigen und sein Werk auf der anderen Seite fortsetzen. Den ganzen Garten in einen Haufen alter Tonscherben verwandeln. Er stellte sich vor, wie es wäre, wenn er seine ganze Angst, seinen Frust, seinen Schmerz, seine Trauer, seine Erinnerung in einem regelrechten Gartenzwergmassaker mit einem Mal loswerden konnte. Wie befreiend, wie befriedigend. Er schloss die Augen und malte es sich bildlich aus: Er alleine hatte ein Heer der

Finsternis besiegt und stand vor seinem Schlachtfeld, um sein Werk zu bewundern. Dann würde er ein tiefes Loch ausgraben und dort alles hineinwerfen, alle Beweise seines Triumphes verschwinden lassen, Stück für Stück. Aber da war noch etwas in diesem Loch, es lag schon etwas drin – ein lebloser Körper mit starren, offenen Augen lag am Grund des Grabes. Oder waren die schwarzen Augen gar nicht leblos, sondern schauten ihn aus dem Loch heraus an? Vorwurfsvoll und bohrend. „Schnell, mach das Loch zu!", rief eine Kinderstimme in sein Ohr.
Dann sackte sein Kinn auf die Brust, die Beine drohten einzuknicken und er kehrte augenblicklich zurück in seine Küche, an das Fenster, an die Arbeitsplatte, auf die er sich gestützt hatte, während er eben kurz eingenickt war. Florian richtete sich auf. Seine Beine zitterten leicht, er fühlte sich schwach. Immerhin hatte die Tablette den Kopfschmerz etwas gedämpft. Er musste sich an den Wänden und am Treppengeländer abstützen, während er sich zurück in sein Bett schleppte.

*****

„Ich habe gar keine Lust auf Wandern. Kann ich nicht zu Hause bleiben und Fernsehen?" Der Kleine stand immer noch mit verschränkten Armen im Flur und machte keine Anstalten, seine Schuhe anzuziehen. Celina hätte den verwöhnten Balg am liebsten geschüttelt. Stattdessen lächelte sie ihn mitleidig an. Es war die Aufgabe des Vaters, hier erzieherisch einzugreifen, was dieser auch versuchte. Er

beugte sich zu seinem Sohn hinunter:
„Lenni – wenn man den ganzen Tag fernsieht, verblödet man doch. Wir müssen jetzt ein bisschen raus an die frische Luft. Und richtig wandern ist das doch nicht, wir drehen nur eine größere Runde durch den Wald und suchen nach spannenden Abenteuern."
Lennard überzeugte das verständnisvolle Gehabe seines Vaters wenig. Celina wunderte das nicht. Hier musste väterliche Strenge her, nicht dieses wachsweiche Geschwafel. Es war Samstagmorgen und sie hatte Florian angeboten, heute ausnahmsweise zu kommen und für Ordnung zu sorgen, damit er sich nach der langen Arbeitswoche einmal ganz um seinen Sohn kümmern konnte. Mal einen schönen Ausflug mit ihm unternehmen. Die Mutter war noch auf Dienstreise, sie selbst hatte nach dem Ableben von Helga Meier samstags noch nichts Anderes vor – alles schien perfekt. Wenn der Bengel ihr jetzt keinen Strich durch die Rechnung machte.
„Das ist langweilig. Du willst ja nur wieder die ganze Zeit fotografieren. Ich will heute zu Hause bleiben!", beharrte dieser gerade.
„Komm schon, Lenni. Wir gehen auch gleich zum Bäcker und kaufen dir so viele Butterbrezeln, wie du willst. Du liebst doch Butterbrezeln."
„Ich hab gar keinen Hunger", erwiderte Lennard ungerührt. Florian schaute etwas verzweifelt über die Beharrlichkeit seines Sohnes.
Celina verbiss sich eine spitze Bemerkung, die ihr auf der

Zunge lag. In ihrer Familie hätte niemand so lange diskutiert. Wenn ihre Mutter mal etwas von ihr wollte, wurde das gemacht, sonst gab es eins hinter die Ohren. Allerdings wollte ihre Mutter auch selten etwas von ihr, der Vater schon gar nicht, der hatte ein halbes Jahr nach ihrer Geburt den Abgang gemacht. In der Regel hatte jeder bei ihnen sein eigenes Ding gemacht und sich nicht für die Belange des anderen interessiert. Gemeinsame Aktivitäten wären nur in hässliche Streitereien ausgeartet und wurden deshalb gar nicht erst versucht. Nur ihre Oma war da anders gewesen, deshalb war sie mit 16 von Zuhause fort und bei ihr eingezogen. Seither hatte sie von ihrer Mutter fast nichts mehr gehört und zu den Geschwistern nur hin und wieder über Social Media Kontakt. Das reichte völlig. Aber wenn sie sich das so anschaute, dann war diese freundschaftliche Erziehungsmethode auch nicht so das Gelbe vom Ei. Das sah Florian in diesem Moment wohl genauso und wurde eine Spur strenger:

„Lennard, wenn du nicht mitkommst, bleibt heute den ganzen Tag der Fernseher aus. Verstanden?" Der Kleine verzog den Mund zu einer beleidigten Schnute. Aber immerhin setzte er sich nach kurzem Zögern in Bewegung, hockte sich auf den Boden und begann, seine Schuhe anzuziehen. Endlich! Celina beobachtete jede seiner umständlichen Bewegungen ungeduldig. Das Zubinden der Turnschuhe dauerte eine gefühlte Ewigkeit. Mehrmals rutschte ihm ein Ende des Schnürsenkels aus der Hand und er musste von vorne beginnen. Sie war kurz davor, sich hinunter zu beugen und ihm zu helfen. Florian dagegen beobachtete die mühsamen Versuche des Schleifebindens mit unverkennbarem Stolz, als würde der Kleine gerade eine bahnbrechende wissenschaftliche Erfindung machen. Dann lobte er ihn auch noch: „Siehst du – das läuft inzwischen schon richtig gut. War doch höchste Zeit, dass wir endlich mal Schuhe ohne Klettverschlüsse für dich gekauft haben, oder?"

Lennard zuckte nur missmutig mit den Schultern. Mit einem Lob alleine konnte sein Vater wohl nicht wieder für gute Stimmung sorgen. Aber das brauchte er auch nicht, fand Celina. Hauptsache, die beiden verschwanden endlich aus diesem Haus. Als Florian endlich seinen Rucksack über die Schultern zog und Lennard seinem Vater hinterherschlurfte, musste sie sich regelrecht zwingen, nicht die Tür hinter ihnen zuzuwerfen.

„Viel Spaß, ihr beiden!", rief sie und winkte fröhlich. Dann lehnte sie sich mit dem Rücken gegen die geschlossene Haustür und dachte eine Weile nach. Wo würde sie beginnen? Sie hatte nur wenig Zeit und zumindest auf den ersten Blick musste das Haus etwas sauberer und ordentlicher wirken, wenn sie zurückkamen. Das heißt, sie musste wenigstens im unteren Stockwerk noch flüchtig saugen und Bad und Toilette grob putzen. Aber das kam zum Schluss, jetzt erst einmal nach oben. In Lennards Zimmer. Auf die Galerie. Celina rannte förmlich die Treppe hinauf und erklomm die Leiter in das Extra-Räumchen unter dem Dachstuhl in wenigen Sekunden. Es war etwas stickig hier oben. Der Sommer war noch nicht ganz vorbei, die Sonne

erhitzte das Dach immer noch ziemlich stark. Celina öffnete das Dachfenster, um Luft hereinzulassen. Dann starrte sie wieder auf die Wand, die sich seitlich neben dem Aufgang erstreckte. Irgendwo dahinter lag der Rest des Speichers, aber es gab keinen eigenen Zugang dorthin. Als diese Wand hier eingezogen wurde, um diesen Zusatzraum zu schaffen, hatte man sicher eine kleine Tür in der Wand gelassen, um auch diesen Teil des Speichers im Notfall erreichen zu können, falls es mal nötig sein sollte, an das Dach zu kommen. Sie wusste, dass Ludwig die Wände des Hauses komplett neu tapezieren und streichen ließ, als er hier einzog, weil ihm der Geschmack der Vorbesitzer überhaupt nicht gefiel. Also hatte er auch diese Wand tapezieren lassen und – möglicherweise absichtlich – die Türöffnung dabei einfach überklebt. Um sie zu tarnen, damit niemand sie fand? Was hatte er ihr mit diesem süffisanten Grinsen erklärt? „Das Versteck findet keiner, der nicht weiß, wo er suchen muss. Das ist absolut sicher. Also stell dich gut mit mir, mein Schatz, dann nehme ich dich mit, wenn ich hier irgendwann abhaue."
Und sie hatte sich immer gut mit ihm gestellt, obwohl er ganz sicher nicht der Mann war, der Herzflattern bei ihr auslöste. Aber was bedeutete das schon, wenn er ihr das geben konnte, was ihr viel wichtiger war als Lust und Leidenschaft? Er hatte es ihr versprochen, dass er sie mitnehmen würde in ein besseres Leben. Dass sie dann heiraten würden und in einer Villa leben mit Swimmingpool und allem Luxus, den sie sich vorstellen konnte. Und diesen Traum würde sie sich nicht nehmen lassen – egal ob mit

ihm oder ohne ihn!
Celina machte da weiter, wo sie das letzte Mal so plötzlich durch Florian unterbrochen worden war: Sie klopfte die Wand ab, systematisch von links nach rechts. Sie ging zügig vor, sie hatte schließlich noch einiges an Arbeit vor sich und keine Ahnung, wie lange der Vater-Sohn-Ausflug dauern würde. Aber wie auch schon das letzte Mal, klang alles gleichermaßen hohl. Während sie weiter klopfte, erinnerte Celina sich an diverse TikTok-Heimwerkervideos und plötzlich war ihr auch klar, warum das so nichts werden konnte. Hinter dieser Wand lag der restliche Speicher, und das hier war keine massive Wand, sondern es waren vermutlich nur ein paar Pressspanplatten, welche die beide Räume unterteilten. Wahrscheinlich war die Tür aus dem gleichen Material, keine echte, massive Tür, sondern einfach ein ausgesägter Umriss, der an zwei einfachen Scharnieren hing. Mit Klopfen würde sie die Tür also nicht finden. Stattdessen musste sie tasten. Die Tapete war dünn – was man sicher spüren konnte war der schmale Spalt zwischen Tür und restlicher Wand. Also änderte Celina ihre Taktik. Sie fuhr mit der flachen Hand über die Tapete, suchte nach Unebenheiten, nach der Stelle, die nachgab, wenn man mit der Fingerspitze leicht dagegen drückte. Im Wandbereich direkt hinter der Treppe wurde sie fündig. Da war etwas, eine Stelle, die nachgab. Vorsichtig bohrte Celina ihren aufgeklebten Fingernagel hinein. Das Papier der Tapete bot etwas Widerstand, sie drückte etwas fester, das Papier riss auf und ihr Fingernagel glitt mühelos in die Wand. Celina fuhr mit dem Finger senkrecht nach unten.

Auch das klappte problemlos. Vor ihr öffnete sich ein breiter Riss. Vermutlich ruinierte sie sich damit ihren künstlichen Nagel endgültig, aber das war ihr egal, Celina fuhr mit dem Nagel wie mit einem Cutter-Messer bis zum Boden hinunter. Dann hinauf, bis sie auf einen deutlichen Widerstand stieß. Hier machte sie eine 90-Grad-Drehung nach rechts und schon ging es weiter bis zum nächsten Winkel, der dann wieder nach unten zum Boden führte. Erst hier zog sie den Fingernagel wieder aus der Wand und betrachtete ihn kurz: Völlig verschrammt und ruiniert, aber das war es wert! Sie sah jetzt auf eine rechteckige Form in der Wand, etwa 1,50 Meter hoch und 80 Zentimeter breit. Sie drückte dagegen, aber die Öffnung gab nicht nach. Irgendetwas hielt die Tür geschlossen. So ein Mist! Celina stemmte sich stärker dagegen, doch das Ding ließ sich ohne rohe Gewalt wohl nicht öffnen. Sie hatte nicht übel Lust, aus dem Keller den schweren Hammer zu holen und dagegen zu schlagen, bis das Ding nachgab, aber wie sollte sie einen solchen offensichtlichen Schaden später dem Hausherrn erklären, wenn er zurückkam? Nein, sie musste eine unauffällige Lösung finden. Sicher war die Tür nicht zugenagelt, sondern es gab irgendeine versteckte Mechanik, um sie zu öffnen. Sie tastete die Tapete noch einmal gründlich mit den flachen Händen ab, fuhr vor allem am Rand entlang und fand eine weitere Stelle etwa in der Mitte des rechten Randes, die unter Druck leicht nachgab. Wieder musste ihr sowieso bereits kaputter Fingernagel dran glauben. Sie stieß ihn kräftig in das Loch hinein und legte eine ovale Aussparung in der

Pressspanplatte frei, nur wenige Zentimeter breit. Sie schaute hinein und entdeckte darin versenkt einen kleinen Hebel, den man nach links schieben konnte, was sie sofort tat. Und im gleichen Moment schwang die Tür vor ihr nach innen auf.

*****

Lennard hatte keine Lust auf diesen dämlichen Ausflug! Viel lieber wollte er den Tag gemütlich vor dem Fernseher verbringen und sich einige Folgen Ninjago anschauen. Mürrisch trottete er hinter seinem Vater die Straße hinunter Richtung Bäckerladen. Er wusste jetzt bereits, dass sein Vater wieder Stunden damit beschäftigt sein würde, das perfekte Foto zu schießen, während er gelangweilt danebenstehen würde. Als sie die Hälfte der Strecke hinter sich hatten, fiel ihm eine Möglichkeit ein, den Tag ein wenig erträglicher zu machen.

„Kann ich meine Ninjas mitnehmen, Papa? Dann hab ich was zum Spielen dabei!"

Sein Vater schaute genervt zu ihm hinunter. Überhaupt schien er heute gar keine gute Laune zu haben. Den ganzen Morgen schon schien er in trübsinnige Gedanken versunken, nur Lennard gegenüber riss er sich hin und wieder zusammen und versuchte, auf ihn einzugehen.

„Das hätte dir aber früher einfallen können, Lennard. Jetzt sind wir schon unterwegs. Und außerdem wirst du doch auch mal einen Tag ohne dein Spielzeug auskommen, oder?"

„Bitte! Du hast doch auch dein Spielzeug dabei!“, erklärte Lennard und zeigte auf den Rucksack mit der großen Kamera und den vielen Objektiven. Sein Vater hatte ihm schon mehrfach erklärt, dass das sein Spielzeug sei, ein Spielzeug für Erwachsene.
Aber sein Vater schüttelte den Kopf: „In der Natur gibt es genug zu spielen, da muss man nichts mitschleppen. Ich habe als kleiner Junge die schönsten Spiele draußen, im Freien, ganz ohne irgendein Spielzeug erlebt.“ Jetzt war es klar – er hatte schlechte Laune. Immer wenn er schlechte Laune hatte, versuchte er Lennard irgendwelche wichtigen Grundregeln aus seiner eigenen Kindheit beizubringen. Die meisten davon passten überhaupt nicht in die heutige Zeit, fand Lennard. Deshalb hörte er bei solchen Tipps gar nicht erst richtig zu.
„Ich kann schnell nach Hause rennen und sie holen“, schlug er ganz praktisch vor.
Sein Vater seufzte genervt. „Ich habe doch schon ‚nein‘ gesagt! Wir gehen jetzt weiter zum Bäcker und dann in den Wald. Und heute Nachmittag kannst du dann so lange wie du willst mit deinen Ninjas spielen.“
„Ich dachte, ich darf heute Mittag ganz lange fernsehen?“, fragte Lennard alarmiert. Hatte sein Vater schon wieder vergessen, was er ihm gerade eben versprochen hatte, als sie das Haus verließen? Das war doch erst fünf Minuten her.
„Klar darfst du heute Mittag fernsehen. Aber nur, wenn du mich ab sofort nicht mehr ärgerst! Ich habe Kopfweh und keine Lust auf deine Nörgelei.“ Okay, sein Vater war

offensichtlich genervt. Lennard beschloss, etwas feinsinniger vorzugehen.
„Wenn ich meine Ninjas dabei hätte, würde ich dich überhaupt nicht mehr ärgern, weil ich dann ja beschäftigt bin. Dann kannst du in Ruhe fotografieren."
Das Argument zog. Sein Vater seufzte zwar, rollte mit den Augen und schüttelte den Kopf – aber das waren klare Anzeichen dafür, dass er kapitulierte. Er blieb stehen und schaute die Straße zurück. Sie waren nun kurz vor der Kreuzung, an der der Bäckerladen lag. Sein Vater seufzte noch einmal, fasste in seine Hosentasche, zog den Haustürschlüssel hervor und reichte ihn Lennard.
„Na gut, lauf zurück und hol deine Ninjas. Ich besorge inzwischen etwas zu essen und wir treffen uns dann gleich wieder hier. Alles klar?"
Lennard nickte und machte sich mit großen Sprüngen auf den Heimweg.

*****

Dunkel und stickig war es in dem Raum, der nur durch zwei kleine, durch eine dicke Schmutzschicht fast blinde Dachfensterchen spärlich erhellt wurde. Es roch abgestanden und staubig. Celina öffnete als erstes das Dachfenster, das der Tür am nächsten lag – sie musste ziemlich fest daran rütteln, bis es sich in Bewegung setzte – und sog die frische Luft ein, die von draußen hereinwehte.
Erst danach sah sie sich in dem dunklen Raum um. Wenn

sie den putzen wollte, hätte sie viel zu tun. Alles war staubig, zahlreiche Kadaver von Mücken, Bienen, Spinnen und anderen Insekten, die sich durch einen Spalt hereingequetscht hatten und dann im Speicher verendet waren, bedeckten den Boden. Abgesehen davon war der Raum leer bis auf drei Umzugskisten, die in der hintersten Ecke standen. Angewidert schaute Celina auf ihre blanken Füße, die Schuhe hatte sie ordnungsgemäß im Hausflur ausgezogen. Jetzt musste sie barfuß einen kleinen Slalomparcours absolvieren, um in die Ecke mit den drei Pappkartons zu gelangen. Aber aufgeben so kurz vor dem Ziel würde sie natürlich nicht. Sie setzte ihre Füße mit Bedacht auf Stellen, an denen keine Insektenkadaver zu erkennen waren. Dennoch spürte sie es zweimal unter ihren Fußsohlen knirschen, als würde sie ein ausgedörrtes Blatt zertreten. Vermutlich hatte unter der Staubschicht doch noch etwas gelegen. Sobald sie heute nach Hause käme, würde sie sich auf jeden Fall sehr gründlich duschen.
Gerade war sie fast in der Ecke mit den Kartons angekommen, da hörte sie ein Geräusch. Celina zuckte zusammen, blieb auf der Stelle stehen und lauschte. Schritte im Haus. Sie trampelten die Treppe hoch, dann wurde die Tür zum Kinderzimmer aufgerissen. Wenn Celina je den Glauben ihrer Oma angenommen hätte, würde sie jetzt beten. So hoffte sie nur in ein unbestimmtes Nichts hinein, was natürlich nichts nützte. Sie hörte bereits die Leiter knarzen, die in das kleine Dachzimmerchen führte, dann einen Moment absolute Stille, dann sah sie, wie die Tür in den Spei-

cher sich vorsichtig bewegte und ein Kopf sich hereinschob. Der Junge!
Wie Kinder eben sind, wirkte er nicht einmal übermäßig erstaunt, nur neugierig, als er Celina in der Ecke mit den Kartons erspähte.
„Was machst du hier?", fragte er direkt.
„Hallo Lenni. Hast du was vergessen?", fragte Celina zurück, um sich etwas Zeit zu verschaffen. Sie brauchte noch eine gute Geschichte, die sie dem Jungen erzählen konnte.
„Meine Ninjas. Und du?" Der Kleine ließ sich nicht so schnell ablenken. Also gut, dann musste eben das Erstbeste her, was ihr einfiel.
„Ich wollte hier oben bei dir saubermachen, da habe ich plötzlich Geräusche hinter der Wand gehört. In solchen Häusern nisten sich gerne Ratten und anderes Ungeziefer in Dächern ein, deshalb wollte ich lieber mal nachschauen, bevor die hier ihre Nester bauen und Löcher in die Verkleidung fressen."
Lennard machte einen Schritt in den Speicher hinein und ließ seinen Blick über Boden und Decke schweifen. Offensichtlich war er beeindruckt von diesem Raum.
„Ich wusste gar nicht, dass hier noch so ein riesiges Zimmer ist", stellte er staunend fest. Celina witterte ihre Chance.
„Ja, das muss ich nur mal kurz saubermachen, dann kannst du das hier als ein super Geheimversteck für dich nutzen. Und zwar ein echtes Geheimversteck, wenn du deiner Mama und deinem Papa nicht verrätst, dass es das gibt."

Die Augen des Kleinen weiteten sich erstaunt. „Kennen die den Raum hier noch nicht?"
Celina zwinkerte ihm verschwörerisch zu. „Woher denn? Es gibt nur diesen einen Zugang über dein Dachzimmer, und der ist gut getarnt. Wir könnten zur Sicherheit ja auch noch dein Spielzelt vor die Tür stellen. So selten, wie deine Eltern hier heraufkommen, merken die das nie."
„Cool!" Offensichtlich gefiel ihm diese Idee. Dann fiel sein Blick auf die drei Kartons und nahm wieder diesen neugierigen Zug an.
„Was ist denn in den Kisten?"
Celina hatte mit der Frage bereits gerechnet. „Nur alte Kleider von den Vorbewohnern. Vielleicht sitzt da unten das Vieh drin, das ich gehört habe. Willst du mal nachschauen? Ratten sind aber ziemlich bissig, du musst vorsichtig sein."
Lennard dachte eine Weile ernsthaft über die Möglichkeit nach, schüttelte aber am Ende doch den Kopf. „Nein, mein Papa wartet auf mich. Wenn er herkommt, sieht er ja mein Versteck. Ich gehe lieber mal zu ihm." Damit drehte er sich um und verschwand grußlos.
Ungewöhnlich schlauer Kerl, dachte Celina. Bei dem musste sie vorsichtig sein.

Glaubensfragen

Als Helmut seine beiden Mülltüten rausbringen wollte und dafür mit dem Rücken voran schwungvoll seine Haustür aufschob, prallte er an eine unförmige, weiche, aber auch unnachgiebige Wand, die sich unbemerkt davor aufgebaut hatte. Vor Schreck hätte er fast den zweiten Herzinfarkt seines Lebens bekommen. Bevor er sich umdrehen konnte und nachsehen, was seinen Ausgang blockierte, hörte er die Ursache bereits.

„Vorsicht, Onkelchen. Du solltest schauen, wo du hinläufst…"

Dennis schenkte seinem erschrockenen Onkel ein hämisches Grinsen. Sein breiter Körper steckte heute in einem T-Shirt, auf dem eine Art Raumschiff quer über die unendlichen Weiten seines Bauches flog.

„Dennis!", sagte Helmut und verzichtete bewusst auf jede Begrüßungsfloskel. Er hatte seinen Neffen nicht hergebeten, war aber nach ihrem letzten Telefonat auch nicht ganz überrascht, dass er nun hier auftauchte. „Was willst du?"

„Mit dir reden", erklärte Dennis knapp.

„Ich wüsste nicht, was wir beide zu besprechen haben."

„Willst du nicht wissen, wie mein Gespräch mit der Polizei gelaufen ist?"

Helmut blickte seinem Neffen in die zusammengekniffenen Augen. Er sah ein, dass er ihn sowieso nicht so einfach loswerden würde, also gab er auf:

„Ich muss die Müllsäcke wegbringen."
„Ich warte drinnen auf dich!" Die beiden Männer schoben sich aneinander vorbei, Dennis waberte in den Hausflur, Helmut machte sich auf den Weg zu den beiden Mülltonnen, die in einem kleinen Betonkasten außerhalb seines Gartenzauns untergebracht waren. Er beeilte sich nicht, sondern ließ sich dabei noch einmal alle möglichen Optionen durch den Kopf gehen: Was konnte Dennis von ihm wollen und welche Angebote war er bereit, ihm im besten und im schlimmsten Fall zu machen? Der Weg zu den Mülltonnen und zurück, durch das Haus und ins Wohnzimmer genügte, um sich erste Klarheit zu verschaffen und er fühlte sich für alles gewappnet, was kommen würde. Als er das Wohnzimmer betrat und Dennis bereits eifrig an seinem Computer spielend vorfand, verschlug es ihm trotzdem kurz die Sprache.
„Was machst du da? Hast du keinen Anstand? Das ist privat!", knurrte Helmut, wohl wissend, dass er sowieso nichts verhindern würde.
Dennis drehte sich süffisant grinsend zu ihm um. Der Schreibtischstuhl knarzte dabei verdächtig. „Sorry, Onkelchen. Ich hatte wohl kurz vergessen, wie sehr du selbst die Privatsphäre anderer Menschen schätzt und achtest." Auf dem Computermonitor hinter ihm war gerade das Bild, das die Kamera aus dem Nachbargarten sendete, zu sehen.
„Das verstehst du nicht. Der Kleine von nebenan hat jetzt schon zwei meiner Gartenzwerge auf dem Gewissen. Ich warte nur auf den richtigen Moment, um ihn auf frischer Tat zu ertappen. Ich kann mir von den Nachbarn ja nicht

alles gefallen lassen."
„Und wo sind die anderen beiden?" Dennis drehte sich wieder zum Computer und klickte das Kamerabild klein, um weiter in den Programmen herumzustöbern.
„Was meinst du?"
„Die anderen beiden Kameras. Du hast mich zweimal herbestellt, um dir zu helfen, die Dinger in deinen Tonkameraden zu installieren. Im Garten habe ich nur die ersten beiden Zwerge gesehen, einer vorne, einer hinten – die Äuglein schön auf das Nachbargrundstück gerichtet. Aber wo sind die anderen beiden hin?"
„Die sind nur Reserve." Kurz hatte Helmut die Hoffnung, dass Dennis nicht finden würde, wonach er suchte, denn die Kameras aktivierten sich automatisch, wenn sie eine Bewegung wahrnahmen, ansonsten waren sie auf Standby, um den Akku zu schonen. Aber die Hoffnung dauerte nicht lange, denn mit den richtigen Befehlen ließen sie sich auch vom Computer aus anschalten. Im nächsten Moment flammten zwei Bilder auf dem Monitor auf, die einen Waldweg und ein Stück Wald zeigten.
Dennis kniff die Augen zusammen. „Was ist das? Wo ist das?"
Leugnen war zwecklos, also gab Helmut unumwunden zu: „Mein kleines Grundstück mitten im Wald. Mein Refugium vor dieser kranken Welt. Habe ich mir vor kurzem geleistet. Ist aber nichts Besonderes, einfach nur abgelegen und ruhig. In meinem eigenen Garten finde ich ja keine Ruhe."
Dennis verschränkte die Arme vor der Brust und starrte

Helmut misstrauisch an. „Wovon kannst du dir ein Grundstück leisten? Von deiner mickrigen Beamtenpension?“

„Ja. Ich lebe sparsam, wie du siehst, habe die letzten Jahre einiges beiseitegelegt. Das geht.“

Dennis schwieg eine Weile, dann wechselte er unvermittelt das Thema: „Willst du eigentlich nicht wissen, wie das Gespräch mit der Polizei gelaufen ist? Was sie von mir wissen wollten? Immerhin musste ich für dich lügen.“

Nachdem er die ganze Zeit noch in der Tür gestanden hatte, erlaubte Helmut sich nun erst einmal, auf seiner Couch Platz zu nehmen, bevor er antwortete.

„Ich vermute, es ist gut gelaufen, denn bisher ist die Polizei nicht wieder bei mir aufgetaucht. Wenn du sie nicht überzeugt hättest, wären sie bestimmt wiedergekommen.“

Nun konnte Dennis seinen Zorn nicht länger hinter seiner Fassade als lässiger Nerd verbergen: „Das ist alles, im Ernst? Ich bringe mich in Gefahr, gebe mich bei denen als begeisterter Hobby-Restaurateur für Gartenzwerge aus, behaupte, dass ich deine Helga…“ „Gerda!“, korrigierte Helmut automatisch. „… deine Gerda gerade auf Vordermann bringe, und von dir kommt noch nicht mal ein einfaches ‚Danke‘?! Nichts, gar nichts habe ich seitdem wieder von dir gehört!“

Helmut versuchte zu beschwichtigen: „Das war doch keine große Sache, oder? Einmal mit denen telefonieren und ihnen erzählen, was sie wissen sollen, das war‘s auch schon. Ich finde nicht, dass du darum so ein großes Aufheben machen solltest. Ich wollte denen ja nur nicht unter

die Nase reiben, dass ich meine Gerda in eine Spionin verwandelt habe. Dann hätte ich gleich wieder Stress mit dem Nachbarn, wenn der erstmal erfährt, dass ich sein Treiben im Auge behalte. Und die Polizei würde meine Gerda vermutlich gleich konfiszieren. Das wäre doch ärgerlich."
Dennis schnaubte halb verächtlich, halb ungläubig: „Kein großes Aufheben, ja. Weißt du eigentlich, was das für mich bedeuten könnte, wenn die rausfinden, dass ich in meinem Leben noch nie einen dämlichen Gartenzwerg, nicht mal einen einzigen bescheuerten Blumentopf repariert habe?"
„Wie sollen die das denn rausfinden?"
Die fettigen Haarsträhnen wirbelten um seinen Kopf, so heftig schüttelte Dennis ihn: „Onkelchen, in welcher Zeit lebst du eigentlich? Unser Leben ist ein offenes Buch. Auch wenn ich mich bei Twitter, Facebook und Co. relativ zurückhalte und wenig von mir preisgebe – wenn ich ein toller Gartenzwergrestaurateur wäre, würde ich das dort doch irgendwann schon mal erwähnt haben. Und andere Gartenzwergbesitzer würden über mich schreiben. Im Netz müsste mein Name in Verbindung mit diesem Tonschrott doch irgendwo auftauchen. Tut er aber nicht. Nirgends. Wenn die Polizei ein bisschen online recherchiert…"
Helmut unterbrach ihn barsch, bevor er sich noch weiter reinsteigern konnte: „Tut sie aber nicht! Das war für die doch nur eine Formsache, bei dir anzurufen. Die interessieren sich doch nicht wirklich für Gerda. Die wollten mich nur unter Druck setzen. Die werden keine weitere Zeit an dich verschwenden, die Polizei hat gerade anderes zu tun,

glaub mir."
Dennis rollte mit dem Schreibtischstuhl näher an seinen Onkel heran und streckte den Finger drohend nach ihm aus: „Das hoffe ich für dich. Denn wenn du falsch liegst, wenn die mich in die Mangel nehmen und durchleuchten, dann sitze ich tief in der Scheiße. Und mit mir dann du, das schwöre ich dir!"
„Selbst wenn – nur wegen einer kleinen Notlüge, die du für deinen lieben Onkel erfunden hast, werden die dich doch nicht an die Kandare nehmen. Das fällt dann eher auf mich zurück als auf dich. Du musst wirklich nichts befürchten."
Helmut sah, dass sich auf Dennis' Stirn lauter kleine Schweißperlen gebildet hatten. Gleichzeitig stieg ihm der säuerliche Schweißgeruch, der von seinem Neffen ausging, in die Nase.
„Du verstehst wirklich gar nichts, Onkelchen. Ich rede nicht von der bescheuerten Gartenzwerglüge. Aber wenn die mich durchleuchten, dann finden sie vielleicht ganz andere Dinge, wegen derer sie mich dann drankriegen."
Jetzt wurde es interessant. Helmut überwand sich und beugte sich zu seinem Neffen hinüber. „Hast du Dreck am Stecken? Was hast du angestellt?"
Die ersten kleinen Schweißbahnen liefen an Dennis Schläfe hinunter. „Ich stecke in Schwierigkeiten. Die Programmieraufträge liefen in letzter Zeit nicht besonders, also habe ich mich nach lukrativeren Erwerbsmöglichkeiten umgesehen. Mit meinen Fähigkeiten musste ich da nicht lange suchen."

„Und?“
„Naja, ich habe da für eine gewisse Organisation ein paar gut bezahlte Hackeraufträge angenommen.“
„Welche Organisation?“
„Glaub mir: Mehr musst du nicht wissen. Ist besser so.“
Helmut überlegte, ob das gut geschauspielert oder tatsächliche Panik war, die da in den Augen seines Neffen aufleuchtete. Der Schweiß, der sich großflächig unter den Achseln ausgebreitet hatte, war jedenfalls echt.
„Was geht mich das denn an? Was hat das alles mit unserer kleinen Notlüge zu tun?“
Dennis beugte sich nahe zu ihm hinüber und flüsterte nun fast: „Am Anfang waren das relativ harmlose und leicht Aufträge. Vermutlich nur ein Test, wie ich mich anstelle. Letztens kam dann der erste große Auftrag. Den habe ich verpatzt und bin noch dazu fast erwischt worden. Jetzt wollen die, dass ich es wiedergutmache, und haben mir noch eine schwierigere Aufgabe gestellt. Eine unlösbare, wenn du mich fragst. Wenn ich das mache, werde ich erwischt und fahre ein. Das ist zu groß für mich. Aber die haben mir schon einen ordentlichen Vorschuss gegeben, und wenn ich mich weigere, meinen Job zu erledigen, muss ich ihnen erst das Geld zurückzahlen, plus Strafzinsen, dann lassen sie mich vielleicht von der Angel. Wenn ich Glück habe.“
Helmut schnaubte und kniff die Augen zusammen: „Dann gib ihnen eben ihr Geld zurück“, sagte er ungerührt.
Täuschte er sich, oder quetschte sich Dennis tatsächlich ein paar Tränen aus den Augen? Zumindest schwamm die

blau-graue Iris bereits verdächtig. „Das kann ich nicht. Ich habe das Geld schon in meine neue Ausrüstung investiert. Für solche Aufträge braucht man eine top Ausstattung. Neue Rechner und mehr. Das Geld ist zum Großteil schon weg."

„Klingt mir nicht gerade nach einem guten Geschäft, wenn du mich fragst", kommentierte Helmut lapidar.

Immerhin wendete er so die Gefahr eines weinenden Erbneffen von sich ab, denn Dennis' Verzweiflung schlug nun um in offenen Zorn: „Das war eine Investition in meine berufliche Zukunft. Aber du verstehst ja auch rein gar nichts von Geschäften, Onkelchen. Mit deinem Leben als kleiner Beamter und deinem bombensicheren Einkommen musstest du dir ja auch noch nie darüber Gedanken machen, wie du deine nächste Monatsmiete bezahlst, oder?"

Davon ließ sich Helmut nicht aus der Fassung bringen. „Du hast dir deinen Job selbst ausgesucht. Hättest du eine Beamtenlaufbahn gewählt, hättest du jetzt auch ein sicheres Gehalt. Deine Wahl, Dennis!"

Dennis richtete sich schlagartig auf und kniff die Augen zusammen. Offensichtlich hatte er verstanden, dass er mit Gefühlsduselei bei Helmut auf Granit biss. Also wurde er direkt: „Ich brauche Geld. Und jetzt bist du an der Reihe. Du hilfst mir, da wieder heil rauszukommen, und ich spiele dein Spielchen bei der Polizei weiter mit. Andernfalls erzähle ich denen, was du mit Gerda wirklich gemacht hast."

Helmut war nicht überrascht. Im Grunde seines Herzens

hatte er damit gerechnet, seit Dennis so bereitwillig zugestimmt hatte, für ihn zu lügen. Natürlich würde er dafür irgendwann die Rechnung bekommen. Allerdings hatte er eher vermutet, dass Dennis darauf bestehen würde, das Haus zu erben.

„Wie viel Geld brauchst du denn?", fragte Helmut vorsichtig.

„15.000 Euro in bar und bis morgen."

Helmut rechnete nach. War es das wert? Einem Gartenzwerg eine Kamera einzubauen, um seine eigene Sicherheit zu gewährleisten, war heutzutage keine große Sache mehr. Viele Menschen stellten sich doch Überwachungskameras auf ihren Grund und Boden. Andererseits – der ganze Ärger, wenn die Polizei ihn für einen Lügner hielt und misstrauisch wurde. Wenn sie anfing, überall in seinem Leben herumzuschnüffeln, wenn sie auf Dinge stieß, die sie nichts angingen – nein, das wollte er auf keinen Fall! Aber er wollte auch nicht kampflos aufgeben, sonst würde Dennis morgen mit der nächsten Forderung vor der Tür stehen.

„Wie soll ich denn bis morgen 15.000 Euro auftreiben? Woher soll ich das nehmen?", knurrte er daher missmutig. Doch Dennis war von seiner schauspielerischen Leistung nicht überzeugt, das erkannte er gleich.

„Du sagst doch selbst, dass du in den letzten Jahren einiges beiseitegelegt hast. Du hast bestimmt irgendwo eine eiserne Reserve, Onkelchen, geizig wie du bist. Ich kenne dich."

Helmut blieb cool. „Auch, wenn du Recht hättest – ich

glaube kaum, dass mir meine kleine Bankfiliale von heute auf morgen so viel Bargeld herausgeben kann. Das muss man ankündigen, wenn man eine solche Summe abheben möchte.“

Dennis grinste schief. Er stemmte sich ächzend auf die Beine und machte sich offensichtlich bereit für seinen Abgang. „Na schön, übermorgen komme ich wieder. Aber länger warten kann und werde ich nicht. Mir sitzen meine Auftraggeber im Nacken. Wenn ich mich bis übermorgen nicht freikaufe, bekomme ich eine Menge Ärger. Und das wollen wir beide nicht, das kannst du mir glauben!“

*****

Während Florian sich einen guten Löffel voll cremigem Rapshonig auf sein Butterbrötchen träufeln ließ und darauf wartete, dass die zähe Masse der Schwerkraft nachgab, schaute er sich verstohlen am Frühstückstisch um. Das Angebot an Marmeladen, Käse und Wurst, der Teller mit frisch aufgeschnittenem Obst und sogar das kleine Sträußchen mit Astern, das er gestern noch besorgt hatte – das alles zusammen präsentierte einen Frühstückstisch, der mit jeder Margarine-Werbung mithalten konnte. Allerdings bildete das um den Tisch versammelte Menschen-Ensemble einen deutlichen Kontrast dazu. In den Werbungen, mit denen Florian seit seiner Kindheit aufgewachsen war, saßen an einem solchen Tisch zwei lachende Kinder, für die es nichts Schöneres gab, als sich ihr eigenes Brötchen appetitlich herzurichten, während die Mutter der Familie glückselig lachend für weiteren Nachschub an Leckereien sorgte und der Vater stolz schmunzelnd die Schar seiner versammelten Liebsten beobachtete. Die ganze Familie hatte sich unglaublich komische Sachen zu erzählen und amüsierte sich offensichtlich köstlich miteinander. So oder so ähnlich jedenfalls. An ihrem Tisch saßen drei Menschen schweigend und ernst nebeneinander. Der Kleine wartete gerade lustlos darauf, dass seine Mutter ihm sein Brötchen mit Schokocreme bestrich, Julia arbeitete sich konzentriert und sichtlich genervt an ihrer Aufgabe ab. Eine tiefe Falte hatte sich in ihre Stirn gegraben, seit sie gestern Nachmittag erschöpft von ihrer Dienstreise nach Hause gekommen war und das Haus nicht in dem Zustand vorgefunden hatte, den sie sich erhofft hatte. Und diese Falte war seither nicht mehr von der Stirn verschwunden. Viel geredet hatten sie bisher nicht, dabei hätte Florian ihr gerne von den neuesten Begebenheiten im Nachbargarten erzählt. Nun aber hatte er das Gefühl, dass die Gelegenheit dazu verstrichen war.

„Wir könnten heute einen schönen Sonntags-Ausflug in den Zoo machen", schlug er vor, hauptsächlich, um das eisige Schweigen zu brechen. Lenni reagierte mit einem wenig enthusiastischen Schulterzucken, seine Mutter hob nicht einmal den Blick. Sie murmelte nur wenig ambitioniert:

„Ich bin ziemlich erledigt von der Fortbildung, aber wenn du mit Lenni gehen möchtest, kann ich mich ja ein bisschen ausruhen."

Das war nicht gerade die Reaktion, die sich Florian erhofft hatte. Er reagierte leicht beleidigt: „Dann schlagt doch was Anderes vor. Worauf habt ihr denn Lust?"
„Fernsehen!", kam es ohne Zögern aus Lennards Mund. Julias Falte vertiefte sich. Aber der vorwurfsvolle Blick traf nicht den fernsehsüchtigen Sohn, sondern seinen Vater: „Wie viel Fernsehen hast du den Kleinen denn in den letzten Tagen schauen lassen? Der weiß ja schon gar nichts anderes mehr mit sich anzufangen!"
Bevor Florian es verhindern konnte, rutschte ihm bereits eine entnervte Erwiderung aus dem Mund: „Entschuldigung – ich bin hier nicht gemütlich in Elternzeit, sondern ich bin zufällig voll berufstätig."
Julia schnappte kurz nach Luft: „Gemütlich in Elternzeit? So siehst du das also, was ich hier in den letzten Jahren geleistet habe, um euch ein perfektes Zuhause zu bieten?"
Florian erkannte das verminte Terrain und verstummte lieber. Hier konnte er nicht gewinnen – da half nur ein sofortiger Richtungswechsel.
„Jedenfalls wäre es für Lenni doch wichtig, dass wir heute mal wieder etwas zusammen unternehmen. Als Familie. Wenn ich alleine mit ihm gehe, sieht er dich ja schon wieder nicht. Und nächste Woche gehst du wieder auf Dienstreise."
Treffer! Julia seufzte. Natürlich hatte jetzt sie das schlechte Gewissen. „Das ist doch nur am Anfang so, bis ich in meinem Job richtig drin bin", versuchte sie zu erklären. Ihr Blick wanderte schuldbewusst zu Lennard hinüber, dann blieb er plötzlich starr an etwas über dem Kopf des Jungen

hängen. Sie stand auf und umrundete den Tisch, ging auf die Zimmerecke zu, die hinter ihm lag, und schaute zur Decke. Florian versuchte herauszufinden, was sie sah. Ihr Zeigefinger fuhr vorwurfsvoll nach oben. „Siehst du diese fette Spinnwebe?"

Tatsächlich, da hing ein wirklich großes Netz von der Decke. „Das mit dem Ausflug heute kannst du vergessen, weil ich erstmal unser Haus auf Vordermann bringen muss." Lag da eine gewisse Genugtuung in Julias Stimme? „Das ganze Haus ist völlig verdreckt! Fällt dir das nicht auf?" Florian zuckte gleichgültig mit den Schultern, aber natürlich war ihm in den letzten Tagen auch die eine oder andere Ecke aufgefallen, die dringend mal wieder entstaubt oder gewischt werden müsste. Aber wie sollte er das alles schaffen: sich in den neuen Job einarbeiten, den Kleinen bespaßen und dann auch noch das Haus sauber halten?

„Was ist denn mit unserer tollen neuen Reinigungskraft? War sie diese Woche nicht da?", fragte Julia mit einem gefährlichen Unterton in der Stimme. Florian war sofort klar, dass er Celina verteidigen musste, um sich selbst zu verteidigen:

„Doch, sie war schon da, aber unser Haus ist groß und ab und an muss beispielsweise auch mal der Keller ordentlich geputzt werden. Da bleibt dann eben nicht mehr so viel Zeit für den Rest…"

Julia schnaubte ungläubig und verschränkte die Arme vor der Brust. „Ich habe mir gleich gedacht, dass das mit ihr nichts wird. Die will hier nicht putzen, die führt etwas

ganz Anderes im Schilde."
„Ach ja? Und was sollte das sein?"
Lennard rutschte vom Stuhl. „Kann ich in mein Zimmer gehen? Spielen?"
Mit einem kurzen Anflug von schlechtem Gewissen schauten die beiden Erwachsenen zu ihm hinüber. Sollten sie sich ihm zuliebe nicht etwas zusammenreißen? Aber es war zu spät, die Dinge waren schon am Rollen, alles, was sich jetzt aufstaute, würde nur den Rest des Tages wie eine Gewitterwolke über ihnen schweben. Besser, wenn sie es gleich erledigten.
„Ja, mein Schatz, geh ein bisschen spielen", sagte Julia mit einem liebevollen Lächeln, das augenblicklich erlosch, als Lennard das Zimmer verlassen hatte. Sie richtete ihren zornigen Blick wieder auf ihn:
„Du solltest besser aufpassen, was die Kleine hier den ganzen Tag so treibt. Wenn das nicht sofort besser wird, setze ich sie nächste Woche höchstpersönlich vor die Tür."
„Ich werde aufpassen", beteuerte Florian schnell. Julia meinte das ernst, soviel stand fest. „Aber nebenher muss ich arbeiten, Lenni betreuen und außerdem habe ich seit Tagen unerträgliche Kopfschmerzen!" Er hoffte auf ein bisschen Mitleid seiner Gattin, stattdessen erntete er ein wütendes Kopfschütteln.
„Für mich ist das auch nicht einfach, mich an all das Neue hier zu gewöhnen, glaub mir. Du bist nicht der einzige, der sich gerade gestresst und überfordert fühlt. Ich frage mich inzwischen ernsthaft, ob das alles hier die richtige Entscheidung war."

Florian überging Julias Bemerkung. In diese Richtung führte ihre Diskussion auf dünnes Eis. Es wurde Zeit, dass er einen anderen Player ins Spiel brachte.

„Das alles wäre viel einfacher, wenn wir nicht so einen bescheuerten Nachbarn hätten!"

Julia schaute ihn überrascht an. Mit dieser Wendung hatte sie wohl nicht gerechnet.

„Dieser Tulpe treibt mich noch in den Wahnsinn, glaub mir. Und er selbst ist bereits wahnsinnig. Wusstest du, dass er Gartenzwerge baut, die an gewisse Mitbürger erinnern? Und wenn er sich über die Mitbürger ärgert, dann quält er seine eigenen Zwerge, um sich zu rächen."

Julias Augen wurden immer größer, doch sie sagte nichts dazu. Florian interpretierte das als Aufforderung, ihr endlich auch den Rest der Fakten zu offenbaren, die er inzwischen herausgefunden hatte. „Von unserem Vorbewohner hatte er einen solchen Doppelgängerzwerg – und in der gleichen Nacht, in welcher der Zwerg zerstört wurde, ist Ludwig Peters spurlos verschwunden. Meinst du, das ist Zufall?" Endlich zeigte sich jenes Entsetzen in Julias Gesicht, das Florian selbst empfand. Also fuhr er fort: „Mir hat er übrigens auch so ein hässliches Doppelgängermonstrum gebastelt. Ein fetter Zwerg mit Kamera und Mohnschnecke in der Hand. Und dann hat er dem Zwerg ein Loch in den Kopf gebohrt. Wahrscheinlich hältst du mich jetzt für verrückt: Aber seitdem habe ich diese schrecklichen Kopfschmerzen. Ich werde noch wahnsinnig!"

Florian machte eine Pause und wartete ab, wie sein Geständnis wirkte. Seine Frau stand wie erstarrt in der Zimmerecke und schaute ihn an. Offensichtlich hatte es ihr die Sprache verschlagen. So zog Florian noch schnell sein Resümee: „Wir müssen etwas gegen diesen Kerl unternehmen. Der ist völlig durchgedreht. Der Polizei habe ich schon gesagt, was ich weiß, aber irgendwie schienen die mir nicht richtig zu glauben. Ich fürchte, wir müssen das selbst in die Hand nehmen. Glaub mir, Julia: Wenn wir Tulpe in den Griff bekommen, dann wird alles hier besser!"

Endlich kam Bewegung in seine Frau. Sie schüttelte den Kopf, zutiefst erschüttert, wich einen Schritt nach hinten zurück und setzte zweimal zum Reden an, bevor sie seltsam tonlos herausbrachte: „Du bist ja völlig paranoid."

Florian glaubte zunächst, sich verhört zu haben. Aber nach einer kleinen Pause fuhr sie fort: „Was ist das nur mit dir und diesen bescheuerten Gartenzwergen? Du solltest dir wirklich Hilfe suchen, Florian. Du machst mir Angst!"

„ICH bin paranoid?" Florian konnte es nicht fassen.

„Hast du dir mal selbst zugehört? Das ist doch nicht normal, was du dir da einredest."

Florian schluckte. So hatte er sich das nicht vorgestellt. „Aber Julia, findest du das normal, was Tulpe da mit seinen Zwergen treibt?"

Sie schloss kurz die Augen, dachte wohl nach oder versuchte sich selbst zu beruhigen. Mit einem zutiefst rationalen, nüchternen Tonfall fuhr sie fort: „Okay, hör mir zu: Tulpe ist bestimmt ein Spinner, da gebe ich dir Recht. Aber ich bin mir sicher, dass er völlig harmlos ist. Lass ihn doch mit seinen Figuren spielen. Was hast du denn nur – das ist nur in Form gepresster Ton mit Farbe außen herum. Mehr nicht. Soll er doch damit machen, was er will. Sieh einfach nicht rüber, wenn es dich stört. Das ist sein Garten und seine Sache – das geht uns wirklich nichts an!"

Florian konnte es nicht fassen: „Ist das dein Ernst? Und das mit dem Loch im Kopf? Er droht mir. Und dann diese Kopfschmerzen – die bilde ich mir doch nicht ein. Ich habe sonst nie welche, das weißt du genau!"

Nun lachte sie leicht hysterisch-schrill auf: „Meinst du das wirklich ernst? Der bohrt ein Loch in den Kopf einer Tonfigur und du bekommst Kopfschmerzen? Ist unser Nachbar ein Voodoo-Priester, oder was?"

„Keine Ahnung, vielleicht ist er auch nur ein billiger Trickbetrüger. Ich weiß nicht, wie er das macht, aber irgendwie steckt er dahinter. Und du musst doch zugeben, dass in diesem Ort seltsame Dinge passieren: Ein Mann verschwindet, eine alte Frau wird ermordet, ein Feuerwehrmann wird überfahren – und irgendwie hängt Tulpe da immer mit drin."

Julia schüttelte ungläubig den Kopf, dachte eine Weile schweigend nach, überwand sich schließlich, ging auf Florian zu und streichelte ihm sanft über die Wange. „Das hier ist ein Dorf, Florian. Hier hängt jeder mit jedem zusammen und wenn etwas passiert, findet man vermutlich in kürzester Zeit irgendeine Verbindung zu fast jedem Anwohner." Der liebevoll-zärtliche Ton, den sie jetzt aufge-

legt hatte, ließ bei ihm endgültig alle Dämme reißen. Zornig stieß er ihre Hand beiseite und bluffte sie an:
„Ich bin nicht verrückt, Julia. Das ist keine Spinnerei – ich weiß genau, wovon ich rede. Wenn erst einmal ein Unglück passiert ist, wirst du noch an meine Worte denken. Dann wird es aber vermutlich zu spät sein!" Mit diesen Worten drehte er sich um und verließ vor Wut innerlich kochend das Haus. Nur mit Mühe unterdrückte er das kindische Verlangen, die Tür mit einem lauten Krachen hinter sich ins Schloss zu werfen.

Auf Eskalationskurs

„Lass es sein, wenn du das tust, rede ich kein Wort mehr mit dir!“ Oma war heute zur Abwechslung mal wieder ziemlich in Fahrt. Celina versuchte sie zu ignorieren, während sie sich die Wimperntusche und den Lippenstift erneuerte. Alles ganz dezent, so dass es möglichst natürlich wirkte, denn auf zu viel stand er nicht, wie Celina inzwischen vermutete. Seine Frau besaß kein Make-up. Das traurige Häufchen, das sich im Badezimmerschrank auffinden ließ, würde Celina zumindest als „nichts“ bezeichnen. Sie selbst hatte schon mit zwölf Jahren mehr davon besessen. Wie konnte eine Frau sich nur so vergammeln lassen? Celina war sich ziemlich sicher, dass sie leichtes Spiel haben würde, wenn sie es darauf anlegte. Und das musste sie, denn wie er ihr vorhin eröffnet hatte, stand ihr Arbeitsverhältnis in diesem Haus auf der Kippe, obwohl sie leider noch nicht fertig war. Der Speicher hatte sich als totaler Fehlschlag entpuppt. Die Kisten enthielten nichts als alte Bücher vom Vorbesitzer des Hauses. Sie musste noch eine gewisse Zeit durchhalten. Das konnte sie nur durch überdurchschnittliche Arbeitsleistung – was ihr zu unrealistisch und anstrengend schien – oder durch das Schließen besonderer Bündnisse.

„Celina – so habe ich dich nicht erzogen. Denk bitte an das sechste Gebot! Was du planst, ist eine Sünde“, empörte

sich ihre Oma. Sie gab einfach nicht auf.
„Lass gut sein, Oma. Ich muss es ja nicht so weit kommen lassen, okay?", versuchte sie diese zu beschwichtigen, während sie sich mit der Bürste der Hausherrin die langen, dunklen Haare samtig weich bürstete. Die Haare von ihr und seiner Frau waren sich sowieso sehr ähnlich. Auch die Figur der Konkurrentin konnte sich noch sehen lassen, auch wenn Celina sicher die straffere Haut und eine bessere Oberweite vorzuweisen hatte. Eine gewisse Ähnlichkeit schadete sicher nicht, denn viele Männer hatten doch ein bestimmtes Beuteschema, dachte Celina. So wischte sie sich kurz entschlossen den knallroten Lippenstift noch einmal mit einem Feuchtigkeitstuch vom Mund und holte sich einen der beiden armseligen Exemplare heraus, die seine Frau besaß. Deutlich dezenter, fast nicht von der natürlichen Lippenfarbe zu unterscheiden – vor die Haustür würde sich Celina damit kaum wagen. Aber für diesen Zweck würde es genügen.
Sie zupfte sich ihr enganliegendes Oberteil mit dem tiefen Dekolleté noch einmal optimal zurecht, dann wischte sie mit dem Putzlappen in Sekundenschnelle alle Oberflächen von Waschbecken und Toilette ab. Da sie zuvor eine großzügige Schicht von dem scharfen Reiniger aufgetragen hatte, genügte das, um einen gewissen Glanzeffekt zu erzeugen, der beißende Geruch tat sein Übriges, damit das Bad gründlich gereinigt wirkte. Schließlich tropfte sie sich eine ganze Pipette voller Augentropfen, die sie für ihren Heuschnupfen immer in ihrer Tasche trug, in beide Au-

gen. Jetzt musste es schnell gehen. Leise öffnete sie die Badezimmertür, fasste nach der Glasvase mit Trockenblumen, die dekorativ auf dem Eck über der Toilette stand, und wischte sie mit einer beherzten Bewegung herunter. Es schepperte laut, die Vase zersprang auf den Bodenfliesen in tausend kleine Scherben, Celina erlaubte sich einen erschrockenen Aufschrei.

Na also – keine zehn Sekunden später wurde die Tür des Arbeitszimmers aufgerissen und der Hausherr stürmte zu ihr herüber.

Die Zeit hatte Celina gerade gereicht, sich herunter zu beugen und eine der größeren Glasscherben so ungeschickt anzupacken, dass ein stechender Schmerz in ihren linken Ringfinger fuhr. Der Schmerz half, dass das leise Schluchzen noch echter wirkte.

„Was ist denn passiert?“, fragte Florian, wie nicht anders erwartet.

„Tut mir leid – ich bin so ungeschickt. Ich habe beim Putzen die Vase heruntergewischt. Ich werde Ihnen eine neue kaufen, ich verspreche es!“, schluchzte Celina und empfand mit sich selbst größtes Mitleid, so gut war sie bereits in ihrer Rolle drin. Aus den Augenwinkeln sah sie, wie Florian sich zu ihr hinunterbeugte.

„Sie bluten ja!“, stellte er besorgt fest.

„Nicht so schlimm. Nur ein Kratzer“, erklärte Celina und lächelte unter Tränen tapfer zu ihm hinauf. „Kommen Sie, das verarzten wir erst einmal.“

„Nein, nein, erst muss ich die Scherben wegräumen“, wehrte sich Celina und tat so, als wolle sie beherzt wieder in den Scherbenhaufen greifen. Genau nach Plan spürte sie, wie Florian sie am Oberarm fasste und aus dem Badezimmer zog.

„Die Scherben räume ich gleich weg. Kommen Sie mit!“ Er stützte sie wie eine Schwerverletzte die Treppe hinunter, während Celina sich bemühte, weiterhin leise vor sich hin zu schluchzen. In der Küche bugsierte er sie sanft auf einen der Stühle und förderte routiniert ein Pflaster und eine kleine Flasche mit Desinfektionsmittel aus einer der Schubladen. Vorsichtig sprühte er ihren verletzten Ringfinger mit der Flüssigkeit ein, ließ sie kurz einwirken, tupfte das Ganze mit einem sauberen Küchentuch ab und klebte ein Pflaster mit aufgedruckten Piratenköpfen über die Wunde.

„So, besser?“ Celina war zufrieden, so nahe vor ihr kniend hatte sie ihn genau da, wo sie ihn haben wollte. Jetzt nur nicht nachlassen! Schnell zwang sie sich noch ein paar Tränen heraus.

„Jetzt werden Sie mich sicher feuern!“, seufzte sie schicksalsergeben.

„Was, wieso denn?“

„Ich bin so ungeschickt – die schöne Vase!“ Zufrieden spürte sie, wie ein kleiner Tränenbach ihre Wangen benetzte. Das verfehlte seine Wirkung nicht. Florian legte ihr sogleich tröstend einen Arm um die Schultern.

„Ach was – wegen eines Missgeschicks wird bei uns doch niemand entlassen. Solche Unmenschen sind wir jetzt wirklich nicht.“

Celina hielt den richtigen Zeitpunkt für gekommen, ihren

Kopf an seine Schulter zu legen und spürte sofort, wie sich sein ganzer Körper anspannte. Okay, nun vorsichtig weitermachen, viel fehlte nicht mehr. Bildete sie sich das ein, oder wanderte sein Blick bereits in ihren Ausschnitt?

„Celina!“, kam in diesem Moment die drohende Stimme ihrer Oma aus den Tiefen ihres Kopfes. Sie ignorierte die Stimme, überspielte sie, indem sie selbst nochmal vernehmlich seufzte und fragte: „Sie werden mich also nicht entlassen?“

„Nein, nein, machen Sie sich keine Sorgen“, erwiderte Florian beherrscht.

„Das ist gut. Ich brauche diesen Job wirklich, vor allem nach diesem tragischen Tod von Frau Meier.“ Sie setzte ihr schüchternstes Lächeln auf: „Und außerdem arbeite ich gerne für Sie. Sie sind so nett!“

„Celina! Wenn du nicht sofort aufhörst, werde ich dich für immer verlassen!“ Oma kreischte jetzt regelrecht in ihrem Kopf. So aufgebracht hatte sie die alte Frau selten erlebt. Und als hätte Florian diese Stimme auch gehört, ließ er augenblicklich den Arm von ihrer Schulter sinken, stand auf und rückte ein paar Meter von ihr ab. Hektisch begann er, im Schrank unter der Spüle herumzuwühlen. Mit einem Handbesen und dunkelroter Gesichtsfarbe kam er schließlich aus den Tiefen des Schranks wieder nach oben. Ihren Blick vermeidend, sprach er in den Raum hinein. „Ich werde mal schnell die Scherben oben beseitigen.“

„Nein, Florian, ich mach das schon!“ Celina spürte, dass er kurz davor war, durch die Maschen ihres feinen Netzes zu schlüpfen. Sie sprang vom Stuhl auf und riss ihm förmlich

den Besen aus der Hand. Dabei musste sie sich nicht einmal verstellen: Durch das schnelle Aufspringen wurde ihr tatsächlich leicht schwindelig und sie torkelte kurz gegen ihn. Florian bugsierte sie auf den Küchenstuhl zurück. „Sie bleiben hier und ruhen sich etwas aus, ich erledige das mit den Scherben!", sagte er entschieden und flüchtete aus dem Wohnzimmer. Celina hörte, wie er die Treppe hochpolterte, dann eine ganze Weile nichts. Oma nutzte die Gelegenheit, um noch einmal auf ihre Enkelin einzureden:
„Celina – du lässt dieses Spielchen sofort. Hast du denn kein bisschen Ehre in dir?"
„Doch Oma, keine Sorge. Ich lass es schon nicht so weit kommen", versuchte Celina sie zu beruhigen. Sie wartete still ab, bis Florian wieder in die Küche kam, um die Vasenreste im Mülleimer zu beseitigen.
„Ihre Frau ist wirklich ein Glückspilz. Einen so aufmerksamen Mann findet man nicht so leicht", erklärte sie, während sie ihn beobachtete, wie er die Scherben von der Schaufel in den Abfalleimer wischte.
„Glückspilz?" Er lachte kurz auf. „Meine Frau würde Ihnen da im Moment wohl widersprechen – sie hält mich inzwischen für verrückt."
Celina hob überrascht die Augenbrauen. „Was? Wie kommt sie denn auf die Idee?"
Seufzend lehnte sich Florian an die Spüle. „Wegen meiner These über unseren Nachbarn und seine Absichten. Weil ich ihr von den Zusammenhängen zwischen den Zwergen und den Vorfällen hier im Ort erzählt habe. Weil sie nicht glauben will, dass es da eine Verbindung gibt."

Verständnisvoll schüttelte Celina den Kopf. „Das ist ja krass, dass sie Ihnen so wenig vertraut. Haben Sie ihr auch die seltsamen Gräber auf dem Waldgrundstück gezeigt?"
„Nein", er lachte bitter. „Wenn sie wüsste, dass ich unserem Nachbarn hinterherspioniert und dazu auch noch unseren Sohn angestachelt habe, würde sie vollends durchdrehen. Oder mich für durchgedreht halten."
Celina schwieg und ließ sich die neuen Optionen, die sich ihr gerade auftaten, durch den Kopf gehen. In Sekundenschnelle spielte sie die möglichen Spielzüge durch, bevor sie antwortete:
„Da sind Sie ja ganz schön angeschmiert. Das ist sicher schlimm, wenn selbst die eigene Frau einem nicht glaubt."
„Und die Polizei übrigens auch nicht. Die hielt mich auch für leicht durchgeknallt, als ich ihnen von meiner Theorie erzählt habe."
Celina winkte ab. „Die Polizei rafft doch gar nichts, das ist normal. Denen muss man die Beweise schon auf dem Silbertablett servieren, damit die aus den Hinweisen etwas machen können."
Sie hielt inne, erstarrte kurz für eine theatralische Pause, dann schaute sie Florian grinsend an.
„Was ist?", fragte er skeptisch.
„Mir kommt da gerade eine Idee!" Sie wartete geduldig, bis er nachbohrte: „Welche denn?"
„Wenn Ihre Frau und die Polizei eindeutige Beweise brauchen, damit sie uns glauben, wozu Tulpe fähig ist, dann sollten wir ihnen die Beweise vielleicht liefern."
Florian runzelte die Stirn. Natürlich wusste er noch nicht,

worauf sie hinauswollte. Wie denn auch? Sie gönnte ihm aber eine kleine Denkpause, bevor sie fortfuhr: „Machen wir doch einfach einmal ein kleines Experiment. Einen Test." Sie schaute ihn an, als müsste er selbst darauf kommen. Als von ihm nichts kam, sprach sie weiter. Sie bemühte sich um eine ausgereifte Wortwahl, schließlich kam es jetzt darauf an, schlau und gebildet zu erscheinen: „Wir beide wissen, dass immer, wenn bei Tulpe im Garten ein Zwerg zu Schaden kommt, kurz darauf auch hier im Ort ein Mensch zu Schaden kommt. Und zwar in der Regel ein Mensch, der gewisse Ähnlichkeiten mit dem entsprechenden Zwerg hat. Richtig?" Florian nickte langsam. Sie fuhr fort: „Vielleicht sollten wir unsere Vermutung durch ein kleines Experiment beweisen. Wir suchen uns einen dieser grässlichen Zwerge aus. Möglichst einen, den wir einem Menschen eindeutig zuordnen können. Dann hauen wir das Schrott-Ding entzwei und warten ab, was passiert."
Sie beobachtete erwartungsvoll seine Miene, während er langsam verstand, worauf sie hinauswollte. Wie nicht anders erwartet, reagierte er zunächst schockiert: „Damit würden wir ja riskieren, dass ein weiterer Mensch hier im Ort verletzt wird – oder sogar Schlimmeres."
Celina winkte ab. „Nicht, wenn wir wissen, wen es treffen wird. Dann könnten wir die Person beobachten und Tulpe eventuell sogar auf frischer Tat ertappen. Dann wären Sie mit einem Schlag der Held in dieser Geschichte, nicht mehr der durchgeknallte Spinner. Ihre Frau würde Sie dann endlich wieder so bewundern, wie Sie es verdienen."
Florian schaute Celina mit zusammengekniffenen Augen

an. Eine Weile schien er den Vorschlag ehrlich in Betracht zu ziehen. Dann jedoch schüttelte er entschieden den Kopf: „Nein, das geht nicht. Wenn wir mit unserer Vermutung Recht haben, bringen wir einen Menschen in Gefahr. Wenn wir nicht Recht haben, machen wir uns endgültig lächerlich." Florian räumte den Besen zurück unter die Spüle und verließ ohne ein weiteres Wort den Raum. Celina schaute ihm aufmerksam hinterher. Sie fühlte sich nicht entmutigt – im Gegenteil. Er war einfach nicht soweit. Noch nicht.

*****

Lennard hob zum zehnten Mal beide Arme und winkte zu der alten Zwergenfrau auf dem Baumstumpf hinüber. Helmut Tulpe ließ sich wirklich Zeit! Sah er ihn nicht, war er nicht Zuhause oder wollte er ihn zappeln lassen? Da er nicht wusste, wie lange sein Vater noch mit seiner Videokonferenz beschäftigt war und er Lennard versprochen hatte, danach gleich zu ihm in den Garten zu kommen, um mit ihm Federball zu spielen, begann Lennard unruhig an der Mauer entlang auf und ab zu laufen. Viel Zeit blieb ihm nicht mehr. Ob es etwas nützen würde, wenn er mit einem kleinen Steinchen nach der Zwergin warf? Vielleicht würde Tulpe ihn dann endlich bemerken und sich beeilen. Er sollte es versuchen. Am Rand der Mauer lagen ein paar kleinere Steine herum. Lennard bückte sich nach einem Exemplar in der passenden Größe.
„Wag es ja nicht, Bengel!", fuhr ihn eine Stimme plötzlich

so scharf an, dass er erschrocken zusammenzuckte. Hinter der Mauer ragte Lord Garmadon auf, verkleidet als alter Mann mit ausgeblichener Baseballkappe und beiger Wollweste, aber der stiere Blick ließ keinen Zweifel an seiner wahren Identität. Wie hatte er sich so unbemerkt anschleichen können? Und woher wusste er, was Lennard mit dem Steinchen vorhatte, das er schnell wieder zu Boden fallen ließ? Konnte er Gedanken lesen?
Lennard richtete sich auf und versuchte, den wässriggrauen Augen standzuhalten. Beide starrten sich eine Weile schweigend an, bis der Alte ihn schließlich anblaffte: „Und – was willst du nun von mir?"
Am liebsten wäre Lennard weggelaufen. Er hielt es plötzlich für gar nicht mehr klug, Tulpe von dem Streit zwischen seinen Eltern zu erzählen, den er gestern belauscht hatte. Aber die Frage war, wie er aus der Nummer wieder herauskam. Da Lennard keine Anstalten machte, etwas zu sagen, wurde Tulpe langsam ungeduldig:
„Also? Hast du etwas rausgefunden, oder willst du mir nur meine Zeit stehlen?"
Lennard blickte nervös zur Terrassentür. Wenn sein Vater jetzt herauskäme, hätte sich das Problem von selbst gelöst. Aber im Haus rührte sich nichts. Vor ihm griff Tulpe in die Tasche seiner ausgeleierten Weste und zog Kai daraus hervor. Er präsentierte die Figur aber nur ganz kurz und ließ sie gleich wieder in seiner Faust verschwinden.
„Hör zu – ich warte nicht ewig. Wenn die Müllabfuhr morgen das nächste Mal vorbeikommt, liegt dein kleiner

Freund drin, wenn du dich nicht an deinen Teil der Abmachung hältst. Verstanden?
Lennard schluckte. Soweit durfte er es auf keinen Fall kommen lassen. „Ich weiß, was mein Vater der Polizei erzählt hat", erklärte er schnell. Dann fasste er hastig und in wenigen Sätzen das zusammen, was er vom Streit seiner Eltern verstanden hatte. Tulpe hörte mit zusammengekniffenen Augen zu. Seine Miene blieb ausdruckslos. Nachdem Lennard fertig war, schien er eine Weile nachzudenken.
„Geben Sie mir Kai jetzt zurück?", fragte Lennard hoffnungsvoll. „Ich habe Ihnen alles gesagt, was ich weiß."
Tulpe kniff die Lippen zusammen und verschränkte die Arme vor der Brust. „Und was ist mit meinem Waldgrundstück? Du solltest auch herausfinden, was dein Vater so sehr an meinem Waldgrundstück interessiert."
Lennard schluckte. „Ich hab ihn gefragt – ehrlich! Aber er hat es mir nicht gesagt. Er will auch, dass wir nicht mehr darüber reden."
Tulpe schüttelte verächtlich den Kopf. „Dann hast du dich wohl nicht richtig angestrengt, was?"
„Doch, ehrlich! Ich weiß nicht, wie ich das rausfinden soll. Bitte geben Sie mir Kai jetzt zurück!"
Mühsam blinzelte Lennard seine Tränen weg. Das konnte doch nicht wahr sein! Er hatte dem Alten alles erzählt und wollte jetzt endlich seinen Ninja zurückhaben. Doch Lord Garmadon ließ sich natürlich nicht erweichen – schon gar nicht von ein paar Kindertränen.
„Denk nochmal genau nach. Irgendwie kommst du schon

an die Informationen. Und bis dahin bleibt dein kleiner Freund bei mir." Tulpe lächelte kalt zu ihm herunter. „Aber ich will mal nicht so sein. Weil du immerhin einen Teil deiner Aufgabe erledigt hast, gebe ich dir für den zweiten Teil noch ein bisschen mehr Zeit. Die Müllabfuhr wird morgen ohne dein Spielzeug abfahren."

Damit drehte Garmadon sich um und humpelte im Körper eines alten Mannes in sein Haus zurück. Lennard schaute ihm nach. Sicher würde er auf diese Art niemals seinen Ninja zurückbekommen. Selbst wenn er von seinem Vater etwas erfuhr, würde dem Alten das nicht reichen. Der würde ihn immer weiter zappeln lassen, weil er dadurch Macht über ihn besaß. Es wurde Zeit, dass er sich einen anderen Plan überlegte. Oder sich den richtigen Komplizen für seine Befreiungsaktion suchte. Und Lennard hatte auch eine Idee, wen er fragen würde. Dazu musste er ihn nur noch einmal erwischen.

*****

Wäre das denkbar? Eines dieser bunten Hässlichkeiten absichtlich zu zerstören und dann abzuwarten, was geschah? Falls nichts geschah, wusste er, dass er sich alles andere nur eingebildet hatte und konnte endlich wieder Ruhe finden. Endlich wieder eine Nacht durchschlafen, ohne Albträume. Wahrscheinlich würde dann auch dieser ziehende Schmerz in seinem Schädel endlich aufhören. Aber falls doch etwas passieren würde…

Gedankenversunken lehnte Florian an „seinem" kleinen

Stehtisch am Fenster in der Bäckerei mit dem Rücken an der Wand. Aus den Augenwinkeln merkte er, wie sich eine kräftige Gestalt von der Seite rasch näherte und im nächsten Moment knallte eine Mappe vor ihm auf den Tisch. Florian zuckte zusammen und riss sich aus seinen Gedanken: „Was ist das?"

Tommi Brunner legte seine mächtige rechte Pranke auf den Pappumschlag und schob sein unrasiertes Gesicht dicht vor Florian. Sein Gesichtsausdruck war noch mürrischer als sonst, der Mann wirkte so unausgeschlafen wie Florian sich fühlte.

„Unsere kleine Unterschriftenaktion wegen des neuen Feuerwehrhauses."

Florian blinzelte erstaunt. Erst am Freitag hatte eine Person vor dem örtlichen Supermarkt ihn wegen dieser Liste angesprochen. Die Frau hatte umständlich ausgeholt und wollte ihm die ganzen Streitpunkte zum neuen Standort der Feuerwehr ausgiebig erklären, als hielte sie Florian für einen völligen Neuling, der noch keine Ahnung hatte, worum es hier im Ort ging. Entnervt und mit der Absicht, der Dame zu demonstrieren, wie gut er bereits unterrichtet war, hatte er sie unterbrochen und die Liste kurzerhand mit seinem Namen und der Adresse unterschrieben. Die Frau lächelte ihn sehr freundlich an und bedankte sich herzlich für sein Engagement zum Erhalt der Natur. Sie reichte ihm auch einen kleinen Flyer mit Werbung für den örtlichen Naturschutzverein, in dem er sich gerne fortan engagieren konnte, wenn ihm doch auch die Umwelt so am Herzen lag. Florian nickte höflich und war sehr froh gewesen, so schnell aus der Nummer rausgekommen zu sein und noch dazu Punkte bei den Einheimischen hier gesammelt zu haben. Ein erster Schritt in Richtung Integration in die neue Heimat.

Nun schob Brunner grobschlächtig den Teller mit seinem belegten Brötchen beiseite und klappte die Mappe vor ihm auf. Sie war mehrere Blätter dick – offensichtlich sollte es eine lange Liste werden. Bisher war aber nicht einmal die erste Seite zur Hälfte mit Unterschriften gefüllt. Tommi Brunner zog einen alten Werbe-Kuli aus der Brusttasche seiner Bäckerschürze und knallte den Stift vor Florian auf den Tisch.

„Da – unterschreib kurz, dann kannst du in Ruhe weiteressen."

Florian griff irritiert nach dem Stift und fragte sich, wann er mit dem Bäcker zum „du" übergegangen war. Er konnte sich an keinen Schlüsselmoment erinnern. Immer, wenn er ihn um die Mittagszeit hinter der Theke antraf, schenkte Brunner ihm ein kurzes, aber wenig herzliches Nicken, manchmal zwang er sich auch ein ebensolches Lächeln von den Lippen. Hin und wieder wechselten sie ein paar Sätze. Mehr nicht. Aber vielleicht begann Florian langsam, den Status des Fremden hier im Ort zu verlieren. Immerhin war er inzwischen ein wichtiger Stammkunde dieser Bäckerei. Von diesen Gedanken abgelenkt, hatte Florian den Kuli bereits mit einem Klick entsichert und die Spitze in der untersten Reihe der Tabelle angesetzt, als ihm plötzlich Bedenken kamen. Durfte man eine Liste eigentlich zweimal unterschreiben, oder wurde die Petition dann ungültig? Der Bäcker bemerkte sein Zögern, deutete es aber auf seine Weise:

„Was? Du bist doch wohl auf unserer Seite, oder?"

„Klar!", erklärte Florian reflexartig und fragte sich im gleichen Moment, was der Bäcker wohl meinte. Dann schaute er auf die Überschrift der Liste und es wurde ihm schlagartig bewusst: Dieses hier war die Liste der Leute, die *für* den neuen Standort des Feuerwehrhauses auf dem Waldgrundstück waren. Natürlich – Brunner als Feuerwehrmann würde natürlich keine Petition dagegen starten.

Florian erstarrte innerlich und eine ganze Reihe von Fragen prasselte plötzlich auf ihn ein. Wie war das rechtlich – durfte er seine Unterschrift unter zwei gegensätzliche Petitionen setzen? Gab es jemanden, der die Namen auf den Listen kontrollierte? Brachte er mit einer solchen Aktion die ganze Sache zum Kippen? Ohne einen Rat seines Anwalts sollte er hier erstmal nichts weiter unternehmen. Doch dazu würde er jetzt keine Zeit haben, denn Brunner starrte ihn mit verschränkten Armen höchst misstrauisch an.

„Tut mir leid. Ich habe leider gerade nicht viel Zeit. In wenigen Minuten fängt meine nächste Videokonferenz an. Ich unterschreibe es beim nächsten Mal – versprochen!", versuchte Florian, sich schnell herauszureden und fasste nach seinem Brötchen, um damit eilig die Backstube zu verlassen. Natürlich glaubte Brunner ihm die lächerliche Ausrede nicht. Er klappte mit einem lauten Knall die Liste auf dem Tisch wieder zu und stellte sich so breit in den

kleinen Verkaufsraum, dass Florian keine Chance sah, sich schnell an ihm vorbeizuschieben.
„Wirklich schade, dass Sie sich gegen die Feuerwehr entschieden haben“, erklärte Brunner ruhig – nun wieder zum „Sie“ zurückgekehrt. „Übrigens: Falls es in Ihrem Haus einmal brennen sollte, würde ich nicht damit rechnen, dass wir allzu schnell vor Ort sein werden. Kann schon sein, dass wir uns auf dem Weg zu Ihnen ein bisschen verfahren.“
Florian schluckte – nicht wegen der versteckten Drohung, sondern weil ihm bewusst war, was es bedeutete, den Ortsbäcker gegen sich zu haben. Ein Großteil der Anwohner kam hier regelmäßig vorbei. Wenn Brunner wollte, könnte er ihn regelrecht vernichten mit irgendwelchen Gerüchten, die er über ihn und seine Familie in die Welt setzte. Es wäre klüger, die Bäckerei jetzt nicht im Bösen zu verlassen: „Na gut, um ganz ehrlich zu sein: Ich bin überhaupt nicht gegen die Feuerwehr. Ich unterstütze Sie gerne, wo ich kann. Ich will mich nur hier als Neuling im Ort nicht gleich für irgendwelche Interessen instrumentalisieren lassen. Mir fehlt noch die Erfahrung, um wirklich beurteilen zu können, welche Seite die richtigen Argumente hat. Deshalb möchte ich mich aus diesem Streit erst einmal heraushalten.“ Florian hoffte inständig, dass Tommi Brunner nicht schon längst wusste, dass seine Unterschrift bereits unter der Liste der Gegenseite saß. Dieser grinste plötzlich hämisch, bevor er weitersprach:
„Wirklich schade, dass Sie so ein Weichei sind. Wie findet

Ihre Frau das denn? Sie scheint mir ein ganz anderes Kaliber zu sein."
Florian horchte schlagartig auf. Seine Frau? Woher sollte Brunner sie kennen? Seit sie hier wohnten, ging Florian alleine die Besorgungen beim Bäcker machen. Julia hatte seines Wissens nach noch keinen Fuß in die Backstube gesetzt. Sicher war das nur eine Finte des Bäckermeisters. Florian zwang sich, nicht auf die plumpe Provokation einzugehen und machte Anstalten, sich am Bäcker vorbeizuschieben. Dieser schien aber den kleinen Konflikt jetzt und hier eskalieren lassen zu wollen. Statt zur Seite zu treten und Platz zu machen, sprach er einfach weiter:
„Ist schon immer wieder erstaunlich, dass Typen wie Sie an eine solche Frau gelangen. Das hab ich gleich beim ersten Mal gesehen, als Sie hier in die Backstube gestelzt kamen, dass Sie nur ein verwöhnter Stadtpinkel sind. Muss doch am Geld liegen, dass Sie eine solche Frau abbekommen haben." Er grinste schon wieder: „Die Frage ist nur, wie lange Typen wie Sie eine solche Frau halten können. Irgendwann wird der Dame bewusst, welchen Waschlappen sie da geheiratet hat, und dann fängt sie an, sich nach Alternativen umzuschauen."
Florian atmete tief ein und zählte innerlich bis zehn, bevor er antwortete: „Herr Brunner – ich möchte Sie hiermit höflich bitten, mich nicht mehr zu beleidigen und sich aus meinem Privatleben herauszuhalten." Die beiden standen sich jetzt mit wenigen Zentimetern Abstand gegenüber und starrten sich in die Augen. Brunner war etwas kleiner und etwa zehn Jahre älter als Florian, aber dafür breiter

und muskulöser. Vor allem die riesigen Pranken, die offensichtlich anpacken konnten, waren kein Vergleich zu Florians filigranen Bürohänden. Wenn es hart auf hart käme, würde Florian nicht auf sich selbst setzen. Dennoch würde er nicht klein beigeben. Um dem Bäcker dies zu verdeutlichen, versuchte er, dessen einschüchternde Körperhaltung möglichst genau zu imitieren und richtete sich gleichzeitig voll auf, um seine Größe zu verdeutlichen.
„Heraushalten? Klar halte ich mich heraus. Aber ich kann Ihrer Frau ja nicht verbieten, in unseren Tennisclub einzutreten. Und ich habe ja auch keinen Stress mit ihr. Wenn sie ihre privaten Tennisstunden bei mir nehmen möchte, kann sie das natürlich gerne weiterhin tun. Mit Vergnügen sogar." Sofern das noch möglich war, wurde sein Grinsen noch breiter.
Tennisstunden? Klar – Julia hatte gleich nach ihrem Umzug Kontakt mit dem örtlichen Tennisverein aufgenommen und mit dem Training begonnen. Sie wollte schon lange Tennis lernen und war ganz begeistert, dass es in diesem Ort das Angebot dazu gab. Viel Zeit hatte sie bisher nicht dafür gehabt, meist nur am Wochenende. Am Samstag nach der Dienstreise beispielsweise hatte sie, als sie das Chaos im Haus bemerkt hatte, sofort ihre Sporttasche gepackt und war abgehauen.
„Was haben Sie mit dem Tennisverein zu tun?", fragte Florian.
„Naja, ich bin im Vorstand und außerdem habe ich eine Trainerlizenz. Wir beide haben schon einige nette Trainingseinheiten miteinander verbracht. Hat Julia Ihnen das

nicht erzählt?"
Allein mit welcher Selbstverständlichkeit der Kerl den Namen seiner Frau in den Mund nahm, brachte Florian bereits auf 180. Plötzlich wurde ihm auch bewusst, warum dieser Typ von Anfang an so reserviert ihm gegenüber gewesen war. Florian hatte vermutet, es wäre die natürliche Abneigung gegenüber einem Zugezogenen aus der Stadt. Aber in Wirklichkeit war es vermutlich die Konkurrenz gewesen, die dem Bäckermeister den mürrischen Ausdruck ins Gesicht getrieben hatte, sobald er den Laden betrat. Er hatte vom ersten Moment an ein Auge auf Julia geworfen und Florian stand seinen Ambitionen im Weg. So musste es sein! Florian wählte seine Worte mit Bedacht und mühsam beherrscht:
„Natürlich hat Julia mir erzählt, dass ein älterer Kerl aus dem Dorf ihr das Tennisspiel beizubringen versucht; eine Notlösung, bis sie einen professionellen Trainer gefunden hat. Wir haben keine Geheimnisse voreinander. Ich wusste nur nicht, dass Sie das sind – offensichtlich schien es ihr nicht wichtig genug, das zu erwähnen!"
Mit Schwung schob sich Florian an dem Bäcker vorbei, wobei er ihm mit seinem Körper wie nebenbei einen ordentlichen Schubs versetzte. Brunner torkelte etwas zur Seite. Als Florian schon fast die rettende Tür erreicht hatte, rief ihm der Bäcker noch in einem Tonfall hinterher, der wohl anzüglich wirken sollte: „Grüßen Sie Ihre Frau schön von mir. Natürlich bleibt es bei unserer verabredeten Trainingsstunde am Freitagabend. Da haben wir den Platz mal

wieder ganz für uns alleine und können uns ganz ungestört auspowern."

Große Pläne

Als Celina schreiend zu sich kam, brauchte sie eine ganze Weile, um herauszufinden, wo sie sich befand. Um sie herum war es bereits dunkel. Offensichtlich war sie über ihrer Arbeit direkt auf dem Fußboden ihres Wohn- und Esszimmers eingeschlafen und hatte wieder diesen fürchterlichen Traum gehabt. Helga Meier stand vor ihrer Tür und beschuldigte sie, ihren Schatz gestohlen zu haben. Dabei sah die alte Dame aus wie in einem dieser Zombie-Filme: mit blasser Haut, die sich langsam vom Gesicht schälte, von Motten zerfressenen Kleidern, die drohend ausgestreckte Hand bereits ganz bis auf das Skelett vom Fleisch befreit.

Um die Bilder des Albtraums loszuwerden, drehte Celina sich auf den Rücken, schloss die Augen und beschwor noch einmal die echten Erinnerungen herauf, die nüchterne Realität: Es war Samstag, sie kam wie üblich zum Putzen, doch niemand öffnete auf ihr Klingeln, so musste sie schließlich die Tür mit ihrem Zweitschlüssel öffnen. Sie war alleine im leerstehenden Haus von Helga Meier und fragte sich, was sie mit dieser geschenkten Zeit nun anfangen sollte. Sie ging von Zimmer zu Zimmer und spürte immer deutlicher, dass etwas nicht stimmte. Als sie nirgends eine Spur von der alten Frau entdeckte, hatte sie plötzlich eine Idee. Das war die Gelegenheit, endlich einmal das zu tun, was sie schon lange einmal machen wollte. Sie griff sich den Stab mit dem Haken daran und öffnete die Klappe zum Speicher. Sie wusste, dass Helga Meier da oben irgendetwas verbarg – schon zweimal war sie dort zu Gange gewesen, als Celina zum Putzen kam. Jedes Mal hatte sie eiligst die Speichertür verschlossen, bevor Celina auf die Idee kommen konnte, einen Blick hineinzuwerfen. Nun nutzte sie die einmalige Chance, diesem Geheimnis auf die Spur zu kommen. Und tatsächlich – was sie dort vorfand war mehr als erstaunlich. Sie besah sich alles genau, versuchte zu begreifen, was das war, bis sie verstand, was Helga Meier auf dem Dachboden getrieben hatte. Dann machte sie mit ihrem Handy einige Fotos, bevor sie vom Speicher wieder herunterstieg und diesen sorgfältig verschloss. Danach begann sie oberflächlich das Haus zu putzen, damit Helga Meier zumindest bemerkte, dass sie da gewesen war. Aber ihre Gedanken wanderten immer wieder zurück – zu den Zetteln und zu Helga Meier. Im Wohnzimmer fand sie dann einen Rest Erde auf dem Boden neben dem Fenster. Ihr Blick wanderte nach oben und sie stellte fest, dass das Glas mit der Kaktee fehlte, das sonst auf der Fensterbank stand. Celina konnte sich nicht vorstellen, dass Helga Meier die Reste dieses kleinen Unfalls nicht vollständig beseitigen würde. Die alte Dame putzte sehr penibel, wenn Celina nicht da war. So hatte Celina sich noch einmal gründlicher im Haus umgesehen, war schließlich auch in den Keller hinabgestiegen. Ihr war der Ohrstecker neben der Kühltruhe sofort aufgefallen. Ein Instinkt oder die Erinnerung an diverse Horrorfilme hatte sie schließlich dazu gebracht, auch den Deckel der

Kühltruhe anzuheben. Und da lag sie – nicht entstellt wie ein Zombie, sondern scheinbar unversehrt und friedlich schlafend. Nur eben am falschen Ort. Celina hatte den Deckel erschrocken wieder zufallen lassen und war panisch nach Hause gelaufen. Erst als ihr Körper langsam aufhörte zu zittern, konnte sie sich darüber Gedanken machen, wie es nun weitergehen sollte. Später war sie unbemerkt in das Haus zurückgeschlichen und hatte sich erst einmal der Zettel angenommen, die Helga Meier nun nicht mehr benötigte. Celina hatte sich darauf verlassen, dass man die Leiche auch ohne ihre Hilfe bald finden würde. Am Ende musste sie dann doch nachhelfen, weil die Polizei sich einfach zu blöd angestellt hatte. Wenn erwachsene Menschen spurlos verschwanden, war es wohl rechtlich schwierig, gleich das ganze Haus auf den Kopf zu stellen. Dennoch – Celina hatte sie extra noch in den Keller geführt, sie hätten den Ohrstecker finden sollen, doch nichts dergleichen. Sie hatten die Kühltruhe gesehen, waren aber gar nicht erst auf die Idee gekommen, den Deckel anzuheben. Aber Celina hatte die ganze Sache dann ja recht elegant gelöst, indem sie Florian zur richtigen Stelle geführt hatte. Eigentlich konnte sie mit sich zufrieden sein.

Celina setzte sich auf. Der Schreck des Albtraums war nun dem leichten Grusel vor der Realität gewichen. Sie schaltete die Stehlampe ein und besah sich das Zettelchaos, das den gesamten Fußboden bedeckte. Sie hatte angefangen, die Dinge thematisch zu sortieren. Viele Zusammenhänge und Abkürzungen verstand sie noch nicht, aber zwei

Komplexe konnte sie inzwischen etwas einordnen. Sie beschloss, sich erst einmal auf diese beiden zu konzentrieren, und sammelte langsam alle anderen Zettel wieder zusammen, um sie sorgfältig im Nudeltopf zu verstauen. Am Ende waren nur etwa ein Dutzend Zettelchen übrig. Diese legte sie vor sich auf den Küchentisch, ordnete sie in die beiden Themenbereiche, die sie glaubte, erkannt zu haben, und dachte eine Weile nach.
Was wäre dieses Wissen wohl wert? Wie viel konnte sie dafür verlangen? Da man diese Frage schlecht googlen konnte, musste sie sich wohl oder übel auf ihr Bauchgefühl verlassen. Nach längerem Nachdenken beschloss sie, dass ein mittlerer vierstelliger Betrag erstmal angemessen sein dürfte. Nun musste sie sich nur noch überlegen, wie die beiden Auserwählten von ihren Bedingungen erfahren sollten.

*****

„Hi. Sorry, ging nicht früher." Julia klang erschöpft. Florian war auch erschöpft, aber gleichzeitig hellwach. Bevor er das hier nicht geklärt hatte, würde er unmöglich ein Auge zumachen können. Er hatte sich nun schon seit Stunden Gedanken gemacht, wie er vorgehen würde, sobald er sie endlich erreichte. Jetzt kamen ihm plötzlich Zweifel an der Sache. Vielleicht sollte er es einfach abhaken?
„Hi. Wie läuft die Fortbildung?"
„Gut. Aber ganz schön anstrengend. Ziemlich viel Neues, das ich erstmal verarbeiten muss." Sie seufzte am anderen

Ende der Leitung. Florian saß in seinem Arbeitszimmer, um ungestört zu telefonieren, während Lennard im Wohnzimmer schon die dritte Folge seiner Lieblingsserie schaute. Er ließ seinen Blick aus dem Fenster über den Horizont wandern, der sich allmählich rötlich verfärbte. Die Sonne ging langsam unter. Die Erinnerung an das Gespräch mit dem Bäcker kam ihm inzwischen fast irreal vor. Eigentlich war die ganze Sache doch lächerlich – der Kerl wollte ihn sicher nur gehörig verarschen. Eine billige Revanche dafür, dass er den dummen Zettel nicht ausgefüllt hatte.

„Und bei dir? Was macht Lenni?“, fragte Julia zurück. Florian zögerte kurz. Aber wenn er es jetzt nicht durchzog, würde er die ganze Nacht wachliegen. Sobald er aufgelegt hatte, würde das Gedankenkarussell wieder starten. Besser, er klärte das sofort.

„Lennard geht es gut. Die Arbeit läuft. Aber ich hatte heute Stress mit unserem Bäcker.“

„Hm?“ Julia schien ahnungslos. Das beruhigte – ein wenig!

„Der Chef der kleinen Backstube am Eck. Thomas Brunner. Sagt dir der Name etwas?“

„Ach so!“, erwiderte Julia – eine relativ unergiebige Antwort.

„Kennst du ihn überhaupt?“, stellte sich Florian erstmal ahnungslos. Eigentlich hatte er das anders geplant gehabt, wollte sie ehrlich darüber informieren, was er über ihre gemeinsamen Tennisstunden wusste, aber nun war es ihm doch so herausgerutscht.

„Ich war noch nie in dieser Bäckerei einkaufen“, erklärte Julia. Lag da eine gewisse Unsicherheit in ihrer Stimme? Warum wich sie aus?
„Klar, aber Brunner ist im Dorf sehr aktiv. Du bist ihm ja vielleicht schon mal irgendwo anders begegnet?“
Nach einer kurzen Pause kam ein knappes: „Schon möglich.“ Florian spürte, wie sich ihm der Magen leicht zusammenzog. Wer nichts zu verbergen hatte, der reagierte doch anders, oder? Warum sagte sie nicht frei heraus: „Ach so – ja, der trainiert mich im Tennis.“ Oder ähnlich.
„Worüber habt ihr denn gestritten?“, fragte Julia stattdessen. Klassisches Ablenkungsmanöver!
„Über das neue Feuerwehrhaus. Er wollte, dass ich seine Petition unterschreibe.“
„Dann mach das doch“, sagte Julia, völlig nüchtern und rational. Aber ihm machte sie damit nichts vor. Er hörte deutlich diesen leicht misstrauischen Unterton in ihrer Stimme. Vermutlich ahnte sie bereits, dass es um mehr ging als um irgendeine Petition. Vielleicht hatten die beiden sogar schon miteinander telefoniert, sie wusste von ihrem Streit heute und war auf alles vorbereitet. Deshalb war sie auch so spät erst ans Telefon gegangen – am liebsten hätte sie vermutlich gar nicht abgehoben.
„Ist das dein Ernst?“, fragte Florian ungläubig zurück.
„Warum nicht? Was spricht dagegen? Wenn es ihn glücklich macht“, erklärte Julia scheinbar desinteressiert. Ich weiß sehr gut, was den Typen glücklich macht, dachte Florian und spürte den pochenden Kopfschmerz, den er an diesem Tag völlig vergessen hatte, plötzlich mit doppelter Kraft zurückkehren.
„Warum willst du, dass ich unseren Bäcker glücklich mache? Ich darf doch wohl meine eigene Meinung haben“, knurrte Florian.

„Warum bist du denn so aggressiv?“, fragte Julia zurück – ihr Stimme wurde leicht tonlos. Ein deutliches Zeichen für einen sich anbahnenden Sturm.
„Ich kann den Typen nun mal nicht leiden. Er ist ein arroganter, eingebildeter Macho.“
„Echt jetzt? Macho? Und das aus deinem Mund?“ Julia lachte etwas schrill.
„Warum? Darf ich als aufgeklärter Mann des 21. Jahrhunderts andere Männer nicht als Macho bezeichnen? Du darfst andere Frauen doch auch Tussi oder Zicke nennen.“
„Darf ich vielleicht, mache ich aber nicht.“ Julia schnaubte am anderen Ende der Leitung. Dann fuhr sie genervt fort: „Was soll das alles eigentlich? Worauf willst du schon wieder hinaus?“
„Warum bist du denn jetzt so genervt. Ich erzähle dir nur von meinem Tag und meinen Problemen und statt mir zuzuhören ernte ich mal wieder nur Missbilligung und Unverständnis. Könntest du nicht zur Abwechslung mal auf meiner Seite sein?“
Julia seufzte laut. „Hör zu – ich hatte einen wirklich anstrengenden Tag und gerade habe ich das Gefühl, dass du von einer Paranoia in die nächste rutschst. Erst der Nachbar, jetzt der Bäcker. Wer ist denn als nächstes gegen dich? Ich habe für deine Empfindlichkeiten im Moment einfach keine Nerven, Florian!“
Das ging nun aber wirklich zu weit. Durfte er als Ehemann sich nicht einmal mehr darüber aufregen, dass die eigene Frau heimlich Tennisstunden beim Bäckermeister nahm? War das nun auch schon verrückt?
„Na schön, dann will ich dich für heute nicht mehr mit meinen Sorgen belästigen“, erklärte er frostig.
„Florian!“, kam es halb entschuldigend, halb vorwurfsvoll aus der nicht vorhandenen Leitung.

„Ach ja, ich soll dir übrigens noch ganz liebe Grüße von Tommi ausrichten. Er sagt, dass eure Tennisstunde am Freitag steht und dass ihr den Platz dann ganz für euch alleine habt – mal wieder!"

Florian gab seiner Frau noch fünf Sekunden, darauf irgendwie zu reagieren. Worauf hoffte er? Ein Abstreiten, eine Entschuldigung, eine Erklärung? Als sie sich nach dieser Zeit immer noch nicht rührte, drückte er so fest auf den roten Button, dass das Display seines Handys leicht knackste. Kurz war er versucht, das Teil in die Ecke zu schleudern. Im letzten Moment beherrschte er sich und schaltete es einfach nur komplett aus. Sie sollte sich keine schlaue Antwort zurechtlegen und ihn dann zurückrufen. Er hatte gehört, was er hören musste. Florians Blick verließ den Himmel vor seinem Fenster und fuhr hinunter in den Garten seines Nachbarn. Er wusste nun mit eiskalter Klarheit, dass er etwas unternehmen musste. Und er hatte auch schon eine Idee.

*****

Gleich als sie die Haustür der tattrigen Monika hinter sich zuzog, fiel ihr Blick auf den schwarzen Mercedes mit den getönten Scheiben, der am Bürgersteig direkt vor der Tür stand. In dieser Straße durfte nur in den eingezeichneten Haltebuchten geparkt werden. Direkt vor der Haustür der tattrigen Monika stand daher niemals ein Wagen. Celina beschloss, sich davon nicht irritieren zu lassen, und wollte rasch nach rechts in Richtung ihres Zuhauses davonlaufen. Doch im gleichen Augenblick sprangen die Fahrer- und die Beifahrertür des Wagens gleichzeitig auf und heraus kamen zwei Männer, die sie bereits besser kannte, als sie wollte: Redlicher und Abel.

Die beiden Polizisten kamen rasch auf sie zu, umzingelten sie förmlich, und zwangen sie so dazu, stehen zu bleiben.

„Frau Novac, schön, dass wir Sie gefunden haben. Wir haben schon drei Ihrer Kunden abgefahren, bis wir nun endlich fündig geworden sind." Redlicher lächelte einnehmend. Aber damit konnte er Celina natürlich nicht täuschen.

„Warum suchen Sie mich denn?", fragte sie und bemühte sich um einen unbedarften Tonfall.

„Wir hätten noch ein paar Fragen an Sie. Steigen Sie am besten in den Wagen, wir nehmen Sie mit aufs Revier, damit wir uns in Ruhe weiter unterhalten können."

Nun spürte Celina doch eine leichte Panik in sich aufsteigen. Wollten die Typen sie jetzt ernsthaft verhaften? „Ich habe dir doch immer gesagt, dass dein Treiben noch ein schlimmes Ende nimmt!", schaltete sich in diesem Moment ihre Oma zu allem Überfluss ein.

„Ich habe heute noch zwei Kunden, für die ich arbeiten muss", erklärte Celina entschieden.

„Das ist nicht unser Problem. Wir müssen auch arbeiten", erklärte Abel cool. Sein älterer Kollege beschwichtigte etwas: „Ihren Arbeitgebern dürfen Sie natürlich noch kurz absagen. Melden Sie sich krank, Sie müssen niemandem erzählen, dass wir Sie zu einem Gespräch ins Polizeirevier

mitnehmen. Von uns erfährt das keiner."
Celina warf einen zweifelnden Blick zurück zum Haus ihrer letzten Kundin. Täuschte sie sich, oder wackelte da die Wohnzimmer-Gardine bei der tattrigen Monika? Sicher würde morgen das ganze Dorf Bescheid wissen, dass sie von zwei Polizisten abgeholt worden war. Gut, dass sie auf den Dorftratsch eigentlich nichts gab. Wichtig war, dass sie sich nicht wie eine Schwerverbrecherin abführen ließ, sondern dass sie bei allem eine gewisse Haltung bewahrte. Sie setzte für die beiden Polizisten, aber auch für Monika und alle Nachbarn rundherum, die das kleine Schauspiel vermutlich gerade beobachteten, ein selbstbewusstes Lächeln auf und erklärte vernehmlich: „Aber natürlich helfe ich Ihnen. Alles, was ich dazu beitragen kann, das schreckliche Verbrechen an Helga Meier aufzuklären, werde ich selbstverständlich gerne tun."
Damit stakste sie auf ihren High Heels ganz selbstverständlich auf den Mercedes zu, genoss den Moment, als Abel ihr wie ein Gentlemen die Tür öffnen musste, und stieg elegant wie ein Star nach Verlassen der Oscar-Verleihung in den Wagen. Nur mühsam unterdrückte sie die Verlockung, das getönte Fenster herunter zu lassen und noch einmal in die Zuschauermenge zu winken, bevor der schwarze Mercedes mit ihr davonrollte.

*****

Was für ein traumhaftes Häuschen. Ganz in der Nähe hatten Helmut und seine Frau ihren letzten gemeinsamen Urlaub verbracht. Auch Inge hatte die Mecklenburgische Seenplatte geliebt.
Helmut sah sich nun bereits zum hundertsten Mal die Internetanzeige an und kam ins Schwärmen: 65 Quadratmeter ebenerdige Wohnfläche, darin alles, was man brauchte: eine kleine Küche, ein Wohn- und Esszimmer, ein Badezimmer, ein Schlafzimmer und Teile des Hauses sogar unterkellert. Der Grundzustand war noch einwandfrei, braune Fliesen, grüne Waschbecken, weiße Wände und dunkle Holzdecken strahlten den Charme und die Gemütlichkeit der 70er/80er Jahre des letzten Jahrhunderts aus. Der Garten war eher klein – aber wer brauchte schon einen großen Garten, wenn das Haus direkt im Wald lag und noch dazu weit außerhalb des Ortskerns einer nur wenige hundert Menschen umfassenden Gemeinde. In dem ehemaligen Bauerndörfchen gab es keinerlei Sehenswürdigkeiten, welche lästige Touristen anlockten, kaum Kinder und Jugendliche, die Bevölkerungszahl war seit Jahren rückläufig. Einsamkeit pur! Und das traumhafte Angebot sollte nur 180.000 Euro kosten! Kaum zu glauben, dass diese Anzeige nun schon so lange im Netz stand, offensichtlich ohne einen Interessenten zu finden. Immer, wenn Helmut dieses graue Gefühl überkam, die trostlosen Gedanken überhandnahmen, immer dann gönnte er sich einen Blick in diese Anzeige. Es war so zum Greifen nahe – 180.000 Euro – das wäre machbar. Allein der Gedanke daran, dass er sich das leisten konnte, half normalerweise,

ihn wieder etwas aufzumuntern.
Helmut befühlte zum zigten Mal die Plastiktüte vor sich auf dem Schreibtisch. Die Bündel Geldscheine wogen nicht viel. Aber es war ein Schritt in die falsche Richtung. Statt seinem Traum näher zu kommen, entfernte er sich von ihm. Genau in diesem Moment klopfte es an seiner Haustür. Das konnte nur einer sein! Helmut stand auf, schlurfte zur Tür und öffnete sie missmutig.
Dennis hatte sich heute sogar in Schale geworfen: er trug ein zeltgroßes, schwarzes Jackett über seinem weißen T-Shirt. Die zum Zopf zusammengebundenen Haare wirkten frisch gewaschen. Helmut trat in seinem Flur drei Meter zurück, um Dennis einzulassen. Dort blieb er demonstrativ stehen. Er wollte ihm das Geld nicht vor der Haustür überreichen, damit niemand die Szene beobachtete. Er hatte aber auch keine Lust, Dennis zu einem Plausch hereinzubitten. Das hier sollte schnell gehen. Seinem Neffen schien der unhöfliche Empfang nichts auszumachen. Auf seinem runden Gesicht lag eine tiefe Zufriedenheit, die Helmuts Widerwillen nur noch verstärkte. Wortlos streckte er ihm die Tüte entgegen.
„Danke, Onkelchen." Dennis nahm die Tüte, öffnete sie und holte die Scheine heraus. Tatsächlich begann er im trüben Licht des Flurs, seinen Schatz zu zählen. Ernst blätterte er die Bündel durch, prüfte langsam und genau. Helmut musste sich beherrschen, keine bissigen Bemerkungen dazu zu machen. Natürlich stimmte der Betrag exakt, er war ja kein Idiot.
„Stimmt genau!", stellte dann auch Dennis am Ende mit

leichter Überraschung in der Stimme fest. „Nichts für ungut, Onkelchen, aber meine Schuldeneintreiber verstehen keinen Spaß. Da will ich schon sichergehen, dass sie bekommen, was ich ihnen versprochen habe."

Helmut blieb stumm, während Dennis ihm nun sogar ein aufmunterndes Lächeln entgegenwarf: „Du rettest mir damit wirklich den Hintern."

Helmut holte tief Luft, um das Folgende möglichst emotionslos zu verdeutlichen: „Gut. Und damit sind wir nun aber endgültig quitt. Für das bisschen, was du für mich getan hast, ist das eine mehr als angemessene Entlohnung. Ich möchte ab sofort nichts mehr von dir hören, verstanden?"

Dennis grinste. „Na klar, Onkelchen. Hierfür sind wir quitt. Aber das heißt ja nicht, dass wir gleich alle Brücken abreißen müssen, oder? Immerhin sind wir doch eine Familie. Also wenn ich nochmal was für dich tun kann – lass es mich gerne wissen!" Helmut schüttelte entschieden den Kopf. „Nein danke, dein Stundenlohn ist mir zu hoch!"

Der Junge ließ seine Augen noch einmal interessiert über die Inneneinrichtung des Hauses gleiten. Mit zwei beherzten Schritten auf ihn zu signalisierte Helmut ihm, dass es Zeit war zu gehen.

„Wie du meinst, Onkelchen. Aber so zuverlässig und diskret wie ich wird kein anderer jemals deine Aufträge für dich erledigen. Das wird dir sicher auch bald bewusst werden. Wenn es soweit ist – du hast ja meine Nummer!"

Damit drehte Dennis sich um und verließ das Haus. Helmut beobachtete, wie der mächtige Körper seines Neffen beschwingt tänzelnd, die Tüte in der Hand leicht schlenkernd, den Weg zur Gartentür zurücklegte. Er schien sich regelrecht über die physischen Grenzen seines eigenen Gewichts hinwegzusetzen. Pfiff er dabei etwa auch noch? Diese offen zur Schau getragene gute Stimmung schlug Helmut auf den Magen. Der Junge führte doch etwas im Schilde. Was hatte er von diesem Geld, das er gleich an seine Gläubiger weiterreichen musste? Entweder es gab diese angeblichen Schulden nicht und er behielt den Gewinn für sich, oder er hatte eine Idee, wie er die frisch entdeckte Einnahmequelle „Erbonkel" weiter anzapfen konnte. Helmut hatte das beängstigende Gefühl, dass dies erst der Anfang einer Reihe ähnlicher Besuche seines Anverwandten sein könnte, wenn er nichts dagegen unternahm.

Er blieb in seiner Haustür stehen, bis sein Neffe die Gartentür hinter sich zugezogen hatte und in seinen klapprigen feuerroten Ford Fiesta gestiegen war, den er direkt am Gartenzaun geparkt hatte. Er hörte, wie sich der Motor widerwillig in Bewegung setzte und traf genau in dem Moment seine Entscheidung, als der Kleinwagen aus seinem Sichtfeld rollte. Er würde etwas unternehmen – und zwar sofort!

*****

Auch im Polizeirevier behielten die beiden Polizisten ihre übliche Rollenverteilung bei, sofern das überhaupt eine absichtliche Aufteilung in good Cop und bad Cop war und nicht einfach nur ihr natürlicher Charme, was Celina viel eher vermutete. Redlicher war bemüht und bot ihr einen gar nicht so schlechten Kaffee an. Offensichtlich gab es inzwischen auch in Polizeidienststellen ganz anständige Vollautomaten. Dann besorgte er ihr auf ihre Bitte hin sogar ein ordentliches Schälchen voll Zucker – denn ohne bekam sie selbst den besten Kaffee nicht hinunter. Abel kam mit einer Papierakte herein, die er geräuschvoll auf den Tisch knallte und ernst darin herumblätterte, bis alles für die Befragung vorbereitet war.

„So, Frau Novac, wir wollten noch einmal mit Ihnen über diverse Details unserer Ermittlung sprechen, die sich zwischenzeitlich ergeben haben", eröffnete Redlicher schließlich die Vernehmung. Dann legte er mehrere Ausdrucke nebeneinander vor sich auf den Tisch, die ihm Abel aus der Papierakte herausgefischt hatte. Anscheinend gab es viele Details zu besprechen. Celina beschloss, sich davon nicht nervös machen zu lassen. Um sich abzulenken, fing sie an, ihre Fingernägel zu inspizieren.

„Vielleicht berichten Sie uns einmal, welche Aufgaben Sie im Haus von Helga Meier erfüllt haben."

Celina sah kurz auf: „Naja, das übliche eben. Saugen, feucht durchwischen, Staub wischen, Bad putzen."

„Und in welchen Teilen des Hauses haben Sie geputzt? Bitte beschreiben Sie uns das ganz genau."

„Überall natürlich. Schlafzimmer, Gästezimmer, früheres Kinderzimmer, Wohnzimmer, Küche, Flur, Treppe, Bad und Toilette", zählte Celina die Räume des Hauses auf.

„Ist das alles?“, hakte Abel nach. Sein lauernder Gesichtsausdruck zeigte deutlich, dass er die begründete Hoffnung hatte, sie aufs Glatteis zu führen. Celina nickte. Sie hatte beschlossen, gelassen zu bleiben und so ihre Unschuld zu demonstrieren. Deshalb wandte sie sich nun wieder ihren Fingernägeln zu. Der Lack an Zeigefinger und Mittelfinger der rechten Hand zeigte deutliche Abnutzungserscheinungen. An den Spitzen waren kleine Teile abgesplittert, sie wirkten dadurch leicht ausgefranst. Darum sollte sie sich unbedingt kümmern, sobald sie hier raus war.

„Wie kommt es dann, dass wir Fingerabdrücke von Ihnen auf dem Dachboden des Hauses gefunden haben?“, fragte Abel scharf.

Celina schaltete schnell, blieb weiterhin auf ihre Fingernägel konzentriert: „Ach ja – da habe ich auch gelegentlich mal geputzt. Das hatte ich eben vergessen, weil das nur ab und zu war.“

Abel schnaubte abfällig: „Ihre Fingerabdrücke auf der Stange, mit der sich die Speichertür öffnen lässt, sind aber noch recht frisch. Zumindest lagen sie über jenen Abdrücken von Helga Meier. Das heißt, Sie waren als letzte Person auf dem Speicher.“

Celina sah auf, überlegt kurz, und zuckte dann unschuldig mit den Schultern. „Keine Ahnung, wie oft Frau Meier dort oben war. Ist bei ihr ja vielleicht auch schon eine Weile her.“

Redlicher schob eines der Papiere in die Tischmitte und wies darauf. Celina erlaubte sich nur einen kurzen, desin-

teressierten Blick. Es war der schlechte Ausdruck einer Fotografie des Speichers.
„Wir hatten bei der Besichtigung des Speichers den Eindruck, dass Frau Meier dort relativ viel Zeit verbracht hat. Es gibt dort oben einen Schreibtisch voller Notizzettel und Pinn-Nadeln. Und die holzvertäfelten Wände sehen aus wie Dartscheiben: Völlig durchlöchert. Als hätte Frau Meier sie als riesige Pinnwand genutzt. Haben Sie eine Ahnung, was sie dort oben getrieben hat?"
„Nein!" Celina senkte ihren Blick wieder auf ihre Fingernägel. Wenn man genau hinsah, waren auch die anderen Fingernägel inzwischen etwas ausgefranst an den Rändern. Sie überlegte, ob sie sich die Nagelfeile aus ihrer Handtasche holen sollte, um damit das gröbste Unheil zu beseitigen.
„Sind Sie ganz sicher, dass Sie nicht wissen, was sich auf dem Speicher von Helga Meier befunden hat?", insistierte derweil Redlicher. Celina schüttelte entschieden den Kopf. Da zog Abel aus der Mappe eine klarsichtige Plastiktüte hervor und schob diese auf ihre Tischseite. Sie konnte gar nicht daran vorbeisehen. In der Plastiktüte befand sich ein gelber Notizzettel – so einer, wie sie ihn in großer Menge und in verschiedenen Farben in ihrem Nudeltopf aufbewahrte. Celina spürte, wie ihr Herz zu pochen begann. Hatten die etwa hinter ihrem Rücken ihre Wohnung durchsucht? War das möglich, dass sie ihren geheimen Schatz gefunden hatten? Da sie nichts dazu sagte, fuhr Redlicher fort.

„Diesen Zettel habe ich bei Ihnen Zuhause auf dem Fußboden gefunden. Erinnern Sie sich – als wir Sie neulich wegen Ihres Instagram-Posts besucht hatten?"
Natürlich erinnerte sich Celina, und sie erwiderte schnell, bevor sie darüber nachdenken konnte: „Wie kommen Sie da dran? Sie hatten mir den Zettel doch zurückgegeben!"
Redlicher und Abel tauschten einen vielsagenden Blick. „Falsch. Ich hatte zwei dieser Zettel unter Ihrem Tisch gefunden. Einen habe ich Ihnen zurückgegeben, einen habe ich unbemerkt eingesteckt. Alte Polizeiangewohnheit." Fast klang aus Redlichers Stimme ehrliches Bedauern.
Bevor Celina diese Information richtig verarbeitet hatte, hakte Abel schon mit seiner Frage nach: „Woher haben Sie diesen Zettel?"
„Wieso? Das ist nur ein einfacher Notizzettel von mir. Die gibt es doch überall." Celinas Gedanken begannen, sich im Kreis zu drehen. Wie kam sie aus dieser Nummer wieder raus? Konnte dieser einzelne Zettel irgendetwas beweisen? Möglichst unauffällig versuchte sie, den Inhalt zu erspähen, und erschak. Sie erkannte diesen Zettel, eigentlich hatte sie ihn damals gleich vernichten wollen – warum war ihr nicht aufgefallen, dass ausgerechnet dieser in ihrer Sammlung fehlte? „C.N. Liebschaft mit L.P." stand dort. „Liebschaft" – wer benutzte dieses Wort heutzutage eigentlich noch? Wussten die beiden bereits, was das bedeutete?
„Das ist kein Notizzettel von Ihnen", erklärte Abel mit herablassender Genugtuung in der Stimme. „Das ist ein Zettel aus dem Bestand von Helga Meier. Die KTU hat nicht nur

festgestellt, dass Klebstoff und Papierfasern darauf deuten, dass dieser Zettel mit höchster Wahrscheinlichkeit vom gleichen Block stammt, den wir auf Helga Meiers Speicher gefunden haben…“ – „Vom selben Block, um genau zu sein“, präzisierte Redlicher schnell.

„Stimmt, vom selben Block – noch besser. Aber was es noch eindeutiger macht: Auch die Schrift auf dem Zettel stammt von Helga Meier. Die Schriftstücke, die wir im restlichen Haus gefunden haben, beweisen die Übereinstimmung der Handschrift.“

Redlicher beugte sich etwas über den Tisch und deutete mit dem Zeigefinger auf eine Stelle des Notizzettels: „Sehen Sie hier, diese Einstichstelle? Höchstwahrscheinlich war der Notizzettel zuvor irgendwo angepinnt gewesen. Mein Tipp wäre, dass das auf dem Speicher von Frau Meier gewesen ist. Da wir aber unzählige Löcher in der Holzvertäfelung des Dachbodens gefunden haben, wäre meine wichtigste Frage an Sie: Wo ist der Rest?“

Konnte man wirklich anhand eines einzigen Zettels all diese Rückschlüsse ziehen, oder blufften die beiden nur? Celina war nicht bereit, anhand einer so dünnen Beweislage bereits ihren Trumpf aus der Hand zu geben. So schnell und kampflos würde sie sich nicht beugen. Sie musste nur eine gute Geschichte erfinden – und das war doch ihre Spezialität.

„Es gibt keinen Rest. Ich habe nur die beiden Zettel im Haus gefunden. Sie lagen an dem Tag im Flur auf dem Boden, als Frau Meier plötzlich verschwunden war. Ich habe sie beim Putzen achtlos in meine Hosentasche gesteckt und wollte sie später fortschmeißen. Dann habe ich es vergessen und erst später, als ich die Hose waschen wollte, bin ich wieder auf die beiden Zettel gestoßen."

Abel lachte kopfschüttelnd: „Das wäre aber ein seltsamer Zufall, wenn ausgerechnet nach dem Mord an Frau Meier alte Notizzettel von ihr im Haus herumflatterten. Findest du nicht auch, Egon?"

Redlicher wiegte ebenfalls ungläubig mit dem Kopf: „Zumal zumindest auf dem einen Zettel ja Informationen zu stehen scheinen, die Sie direkt betreffen dürften, oder nicht, Frau Novac?"

Celina spürte, wie ihr das Blut in den Kopf schoss. Waren die beiden doch nicht so naiv, wie sie gehofft hatte? Sie versuchte, die Situation noch einmal zu retten: „Wäre es nicht denkbar, dass der Mörder Frau Meier umgebracht hat und dann auf den Dachboden gegangen ist und alle Zettel dort beseitigt hat? Leider sind ihm dann beim Verlassen des Hauses zwei davon heruntergefallen und die habe ich gefunden. Möglicherweise hat er Frau Meier ja gerade wegen dieser Notizen umgebracht?"

Redlicher beugte sich in seinem Stuhl zurück, die Hände vor der Brust verschränkt, und schaute sie eine Weile nachdenklich an. „Also stimmt es, dass der Dachboden von Frau Meier voller Notizen hing?"

„Woher soll ich das wissen, ich habe doch nur diese beiden Zettel gefunden", erklärte Celina selbstbewusst. Abel schlug so heftig und unerwartet auf den Tisch, dass nicht nur sie, sondern sogar sein Kollege erschrocken zusammenzuckte:

„Aber vor nicht einmal fünf Minuten haben Sie zugegeben, dass Sie regelmäßig auf dem Dachboden geputzt haben. Da wird Ihnen doch wohl aufgefallen sein, ob Frau Meier die Wände als riesige Pinnwand genutzt hat. Und neugierig wie Sie sind, werden Sie sicher auch den einen oder anderen Zettel dort mal genauer angeschaut haben." Er sah sie mit zu Schlitzen verengten Augen an.
„Als ich das letzte Mal oben war, hingen da noch keine Zettel", startete sie einen schwachen Versuch, den Kopf nochmal aus der Schlinge zu befreien. Redlicher setzte ein freundliches Lächeln auf:
„Na schön, angenommen Sie sagen die Wahrheit und es ist ein unerklärlicher Zufall, dass Ihre Fingerabdrücke auf der Stange zum Öffnen des Speichers über jenen von Frau Meier liegen. Dann erzählen Sie mir doch mal: Was steht auf dem anderen Zettel?"
„Bitte?"
„Sie haben zwei Zettel im Haus von Helga Meier gefunden. Auf dem einen, der hier vor uns liegt, steht: ‚C.N. Liebschaft mit L.P.' Das könnte beispielweise bedeuten, dass Sie und Ludwig Peters eine Affäre miteinander hatten. Korrekt? Was stand denn nun aber auf dem anderen Zettel, den Sie zufällig entdeckt haben."
Celina dachte krampfhaft nach – sie konnte sich beim besten Willen nicht erinnern, welchen der zahlreichen Zettel sie denn von dem Polizisten überreicht bekommen hatte. Welcher davon war unter dem Tisch gelegen? Was konnte sie gefahrlos verraten? Es musste eine Notiz sein, die es wirklich gab, denn sicher würde sie das Corpus Delicti als

nächstes der Polizei übergeben müssen. Schließlich zitierte sie eine Notiz, die ihr spontan in den Sinn kam. „Da stand etwas wie ‚Jochen K. besticht L.P. mit SUV'."
Redlicher beugte sich interessiert nach vorne: „Sind Sie sicher?"
Celina nickte möglichst deutlich. Gleichzeitig schüttelte Redlicher den Kopf. „Nein, tut mir leid, da habe ich etwas ganz Anderes gelesen. Auf dem Zettel stand: ‚Neffe H. – Privatdetektiv'. Also, wenn Sie wirklich nur diese beiden Notizzettel von Helga Meier in Ihrem Besitz hatten – wo kommt denn plötzlich diese dritte Information her?"
Mist – ausgerechnet! Celina merkte, dass sie in die Ecke gedrängt war. Einen Fluchtweg konnte sie nicht erkennen.
„Vergiss es, Egon. Die hilft uns nicht weiter. Wir müssen wohl doch einen Durchsuchungsbeschluss für ihre Wohnung beantragen."
In diesem Moment beschloss Celina, einen Teil ihres Schatzes aufzugeben, in der Hoffnung, wenigstens einen winzigen Bruchteil davon retten zu können. Es sollte wohl einfach nicht sein, das ganz große Glück. Sie war nun schon zum zweiten Mal so nahe dran gewesen, aber immer kam etwas dazwischen, immer musste sie sich mit dem Geringsten begnügen. Das Leben gönnte ihr nichts! Sie begann zu schluchzen, erst gespielt, doch nach nur wenigen Schluchzern wurde das Selbstmitleid so groß, dass die weiteren Tränen ganz echt waren: „Na schön, ich gebe es zu: Ich habe die Zettel tatsächlich gefunden und mitgenommen! Ich wusste nicht, dass sie so wichtig für Sie sind. Ich war einfach nur neugierig. Aber es war falsch – es tut

mir so leid!"
Viel Mitgefühl lag nicht in der Stimme der beiden Polizisten, die sofort nachbohrten: „Und wo finden wir die restlichen Informationen?"
Zwischen zwei Schluchzern erklärte Celina verzweifelt: „In meinem Nudeltopf. Ich bringe Sie hin, wenn Sie mich nach Hause fahren."

Im Rausch

Das Handy vibrierte bereits zum gefühlt tausendsten Mal. Aber sie widerstand auch diesmal tapfer der Versuchung, nachzusehen, welche Nachricht sie erhalten hatte. Ihre Oma konnte stolz auf sie sein – drei Stunden am Stück komplett offline – das funktionierte sonst nur nachts. Es wäre auch unvernünftig gewesen, mit den völlig verklebten Latex-Handschuhen das teure Teil zu berühren und den Touchscreen auf immer zu ruinieren. Celina blieb konzentriert und klebte nun auch noch das letzte Wort auf das Blatt Papier, das vor ihr lag. Dann lehnte sie sich seufzend in ihrem Stuhl zurück und versuchte, den verkrampften Rücken etwas zu entspannen. Fertig! Sie betrachtete noch einmal ihr Werk – genau genommen ihre beiden Werke, denn sie hatte beschlossen, beide Projekte gleichzeitig vorzubereiten, auch wenn sie sie nacheinander abarbeiten würde.

Die Polizisten waren mit dem Zettelhaufen aus ihrem Nudeltopf zufrieden von dannen gezogen, natürlich nicht, ohne ihr zu erklären, dass dies ein rechtliches Nachspiel haben werde. Schließlich habe sie wichtige Beweismittel unterschlagen und so weiter, bla, bla, bla. Dass in diesem riesigen Berg eine Handvoll Zettel fehlte, die sie bereits vorher beiseitegelegt hatte, würden die sicher nie kapieren, da konnten sie noch so schlaue Fachleute drauf ansetzen.

Während sie sich von ihrer wirklich anstrengenden Arbeit erholte, ließ Celina ihren Blick über Tisch und Boden wandern. Es sah aus wie auf einem Schlachtfeld. Überall lagen Papierfetzen herum; dass eine einzige Tageszeitung so viel Abfall produzieren konnte, war doch erstaunlich. Aber ein Blick auf das Endergebnis zeigte ihr, dass sich der Aufwand gelohnt hatte. Die beiden Briefe sahen so aus, als würde es jemand wirklich ernst meinen. Da ihre Hoffnung auf weitere Einnahmemöglichkeiten aus dem Wissensschatz von Helga Meier dahin war, hatte Celina den Preis höher angesetzt als ursprünglich gedacht. Die beiden Opfer sollten ruhig 10.000 Euro dafür berappen, dass sie den Mund hielt. Und theoretisch bestand natürlich die Möglichkeit, die gleichen Kühe noch ein zweites Mal zu melken, wenn sie bereit waren, das erste Mal zu bezahlen. Aber eins nach dem anderen. Celina gönnte sich ein Paar frische, unverklebte Latexhandschuhe, bevor sie die beiden Zettel sorgfältig zusammenfaltete, in einen Umschlag steckte, den sie bereits mit den beiden Namen beschriftet hatte, und die Folie vom Klebestreifen zog. Die Befragung bei der Polizei hatte sie vorsichtig werden lassen. Sie wollte keinerlei Spuren hinterlassen – für den Fall, dass einer der beiden auf die Idee kam, sich bei der Polizei wegen der Erpressung zu melden. Auch wenn das sehr unwahrscheinlich war, denn schließlich hatten sie selbst ja einiges zu verlieren.

Nachdem sie die beiden Kostbarkeiten sicher beiseitegelegt hatte, machte sie sich daran, die Überreste ihrer Arbeit aufzuräumen. Danach putzte sie alles so penibel, wie es

ihre Arbeitgeber sich vermutlich immer von ihr gewünscht hätten. Nur für den Fall, dass die Polizei doch noch einmal mit einem Durchsuchungsbeschluss zurückkäme. Und auch als sie das erledigt hatte, gönnte sie sich noch keine Social-Media-Belohnung. Es dämmerte bereits und das würde sie nutzen, um unbemerkt den ersten der beiden Briefe auszutragen. Als Celina in ihrem unauffälligsten Outfit – Jeans, T-Shirt und minimalistisch geschminkt – die Wohnungstür hinter sich zuzog, konnte sich ihre Oma nun doch nicht mehr den Kommentar verkneifen, der ihr vermutlich bereits seit Stunden auf der Zunge lag: „Mein liebes Kind, wenn du alles in deinem Leben mit so viel Leidenschaft und so gründlich machen würdest, könntest du dir auf ganz ehrliche Weise dein Geld verdienen!"
Celina lächelte milde: „Aber Oma, das wäre doch nicht halb so spannend!"

*****

Die ganze Nacht hatte Florian sich schwitzend im Bett hin und her gewälzt. Zwischendurch war er immer mal wieder eingenickt, um kurz darauf von seinem üblichen Albtraum wieder aus dem Schlaf zu schrecken. Am Ende nutzte er jedoch diese schlaflose Nacht, um seinen Plan, der am Abend noch ungenau und verworren gewesen war, zu vollenden. Sein Entschluss stand nun fest und er würde ihn auch gleich in die Tat umsetzen, würde sich selbst keine Zeit geben, wieder einen Rückzieher zu machen. Er musste nur noch den richtigen Zeitpunkt abwarten. Es gab leider eine unvermeidbare Lücke zwischen der Tatzeit und dem Zeitpunkt, an dem er die Observation beginnen konnte. Diese Lücke wollte er möglichst klein halten. So erhob er sich um 5.15 Uhr. Bevor die restliche Welt zum Leben erwachte, schlich er sich im Schutz der morgendlichen Dunkelheit aus dem Haus.

Der Sommer war nun endgültig vorbei, die Kühle der Nacht lag noch schwer über dem nebelfeuchten Boden. Wie schnell das immer ging! Einen Moment war Florian versucht, wieder ins Haus zu gehen und sich eine Jacke über das dünne T-Shirt zu ziehen, das immer noch leicht verschwitzt an ihm klebte. Aber nein – so lange würde er nicht benötigen, und außerdem wollte er das Ganze so schnell wie möglich hinter sich bringen, bevor ihn diese zermürbenden Zweifel wieder lähmten. Er streifte sich die mitgenommenen Handschuhe über und setzte seinen nachtschweren Körper in Gang.

Dank seiner Körpergröße bremste der Schritt über die niedrige Mauer kaum seinen Lauf. Er wusste auch im dämmrigen Licht des Morgens genau, wohin er musste. Sein Zielobjekt stand nur drei Meter hinter der Grenze. Florian war bereits angekommen, ging in die Knie und betrachtete sein Opfer zum ersten Mal genauer. Der Zwerg hatte ein fast kindliches Gesicht mit auffallend fetten Wangen. Der jugendliche Eindruck wurde noch dadurch unterstrichen, dass er recht klein war und – im Gegensatz zu vielen seiner Kollegen – nur einen dezenten Kinnbart trug.

Außerdem waren seine schwarzen Augen nicht auf den Betrachter, sondern fast schon naiv-erwartungsvoll gen Himmel gerichtet. Aber er konnte Florian nichts vormachen: Das schlangenhaft-falsche Lächeln, der stämmige Körper und vor allem die riesige Brezel in der Hand machten die Zuordnung eindeutig. Das hier war die Verkörperung von Tommi Brunner – daran bestand kein Zweifel.

‚So – und du glaubst also wirklich, du könntest mir meine Frau ausspannen?' Der Gedanke an Julia verscheuchte die letzte Zurückhaltung. Florian griff sich den Zwerg. Die Tonfigur war schwerer und massiver, als er gedacht hatte. Und jetzt? Florian schaute sich um. Hier befand sich nur weicher, taufeuchter Grasboden. Wenn er den Zwerg einfach fallenließ, würde dem soliden Teil vermutlich nicht einmal ein Splitter herausbrechen. Florian spürte, wie ihm der Schweiß ausbrach. Ihm wurde bewusst, dass sein Plan nicht ganz ausgereift war. Seine Gedanken waren immer nur bis zu diesem Punkt gekommen, er hatte keinen Gedanken daran verschwendet, wie er sein Werk eigentlich vollenden sollte.

Natürlich hatte er das nicht – denn sobald er darüber nachdachte, tauchten diese Bilder in seinem Kopf auf. Es waren ganz kurze Erinnerungssplitter, die aufleuchteten und sofort wieder erloschen: Bilder von zerbrochenen Tonscherben, von Blut, einer Schaufel, weicher Erde. Genau in diesem Moment hörte er das Bellen wieder, durchdringend laut. Bildete er sich das nur ein oder war es echt? Er wurde panisch, sein Herz begann zu rasen, die Hände zitterten plötzlich unkontrolliert, die Welt drehte sich um ihn. Er musste etwas unternehmen – und das schnell, bevor er völlig die Kontrolle über seinen Körper verlor. Florian sprang, den Zwerg mit beiden Händen fest umklammert, in zwei großen Sätzen zur kleinen Mauer hinüber. Während das Bellen in seinen Ohren immer lauter wurde, holte er mit beiden Armen weit über dem Kopf aus und ließ sie dann ohne zu zögern mit Wucht niedersausen, als wollte er mit der Axt ein Stück Holz spalten. Beim ersten Mal flog der ganze Kopf des Zwerges in hohem Bogen davon. Florian holte mit dem geköpften Rumpf erneut aus, ließ ihn wieder auf die Mauer krachen und stellte fast enttäuscht fest, dass bereits der zweite Schlag die ganze Struktur zum Einsturz brachte. Die Tonfigur zerbarst in hundert Einzelteile. Florian starrte auf den Scherbenhaufen und verharrte keuchend. War es das schon? So viel Aufregung für diesen kurzen Moment? Sollte er jetzt aufhören? Schließlich jagte noch all das Adrenalin durch seinen Körper. In seinem Kopf rauschte das Blut, er befand sich in einem Tunnel, da war nur noch er in der Dunkelheit des Morgens. Und er hatte noch etwas zu erledigen, das spürte er deutlich. Florian schaute sich benommen um. Seine Umgebung war seltsam unscharf, aber er sah sie trotzdem. Überall standen sie noch – diese kleinen Biester. Starrten ihn an, beobachteten ihn, stumme Zeugen seiner Tat. Florian fühlte sich berauscht. In ihm stieg ein noch nie dagewesenes Verlangen auf. Nein – eher eine Sehnsucht, eine Lust, eine Bestie, die schon lange tief in ihm schlummerte und nun zum Leben erwacht war: Die unbändige Lust zu zerstören. Einen nach dem anderen nehmen und in tausend Stücke zerschlagen. Zerfetzen. Weiterwüten, bis nur noch ein Berg Tonscherben übrig war. Ein regelrechtes Massaker. Und dann trafen sie ihn plötzlich wieder: die Erinnerungsfetzen. Dieses grässliche Bellen. Die gebleckten Reißzähne. Das Blut. Die Tonscherben. Die Schaufel. Die schwarzen Augen, die aus dem Erdloch heraufstarrten. Die Beine gaben unter ihm nach, Florian sank in die Knie, hielt sich mit den Händen an der Mauer aufrecht. Wieder drehte sich alles um ihn. Er schloss die Augen, atmete tief. Als er sie wieder öffnete, fiel sein Blick direkt in die schwarzen Augen, diesmal nicht gen Himmel, sondern direkt auf ihn gerichtet, denn der kleine, rumpflose Kopf mit den feisten Wangen und dem neckischen Kinnbart lag direkt zu seinen Füßen.

Er starrte ihn an. Er lauerte auf ihn, durchbohrte ihn mit seinen schwarzen Äuglein. Ein Zeuge seiner brutalen Tat. Florian hob den Kopf auf, der nicht größer war als seine Hand. Das Adrenalin verlor langsam seine Wirkung. Er spürte, wie die Kraft aus ihm wich wie aus einem Schlauchboot, in das man ein Loch gebohrt hatte. Mit Mühe hob er noch einmal seine Hand und ließ diese auf die Mauer niedersausen. Der Kopf löste sich widerstandslos in Tonbrösel auf. Florian unterdrückte einen Schrei: Ein stechender Schmerz war in seinen Handknochen gefahren. Ein Schmerz, der ihn wieder zur Besinnung kommen ließ. Florian stützte sich mit der unverletzten Hand an der Mauer ab und kam wieder auf die Füße. Er sah sich um

wie ein Schlafwandler, der plötzlich aus seinem Traum gerissen worden war. Er sah den zertrümmerten Zwerg am Boden und blickte besorgt zu Tulpes Haus hinüber.
War er zu laut gewesen? Er konnte es nicht sagen, das Rauschen in seinem Kopf hatte alles andere übertönt. Er hatte keine Ahnung, welche Geräusche der zersplitternde Zwerg gemacht hatte. Aber er konnte endlich wieder klar denken und wusste daher eins ganz sicher: Er musste zusehen, dass er schleunigst den Tatort verließ.

*****

Helmut kurbelte das Autofenster herunter und schloss die Augen. Er sog die Luft tief durch die Nase ein. Es roch nach Tannen und feuchter Walderde. Die Blätter in den Bäumen raschelten, hin und wieder sang eine Amsel. Der leichte Nieselregen breitete sich völlig lautlos auf allen Oberflächen aus. Kein menschliches Geräusch weit und breit. Nach der Nacht, die er komplett hinter dem Steuer seines Wagens verbracht hatte, sollte er sich nun ein kleines Nickerchen gönnen. Er war dank freier Straßen eine Stunde früher als geplant hier angekommen. Aber er war zu aufgeregt, um jetzt zu schlafen. Stattdessen goss er sich den letzten Rest seines inzwischen noch maximal lauwarmen Kaffees aus der Thermoskanne ein und trank ihn in kleinen Schlucken, während er das Haus betrachtete. Ein schlichter Bungalow, nicht gerade verfallen, aber doch schon in die Jahre gekommen. Äußerlich hatte es den

Charme einer größeren Garage. Der Erbauer dieses Gebäudes hatte bewusst auf jeden architektonischen Schnickschnack verzichtet. Es waren vier Wände mit vielen gleichgroßen Fenstern in jede Richtung und einem Flachdach. Der kleine Garten, der durch einen Holzzaun vom Wald abgetrennt war, lag etwas verborgen hinter dem Haus. Perfekt! So würde nicht jeder der sicher nur wenigen Menschen, die hier vorbeikämen, seine Sammlung betrachten. Er wollte nicht zum neuen Ausflugsziel gelangweilter Familien werden.

Er konnte jetzt eigentlich aussteigen, um das Haus herumlaufen und schon mal einen Blick durch die Fenster werfen, um das Innere des Häuschens zu begutachten. Er konnte sich einen Eindruck vom Gesamtzustand des Hauses verschaffen, bevor er gleich die Maklerin traf. Nachprüfen, ob die Wände Risse hatten, ob es verdächtige feuchte Stellen gab, wie gut die Fensterrahmen erhalten waren. Aber er brauchte das alles nicht. Er wusste jetzt bereits, dass er sein Traumhaus gefunden hatte. Was noch nicht war, wie es sein sollte, würde er einfach machen lassen.

Helmut trank seinen letzten Schluck Kaffee, wischte den Becher mit einem Taschentuch aus, schraubte ihn sorgfältig auf die Isolierkanne und verstaute diese wieder in seiner alten Aktentasche, die er seit seiner Pensionierung nicht mehr gebraucht hatte. Dann zog er den Umschlag heraus und überprüfte noch einmal die Scheine, die er gestern Abend noch von der Bank abgehoben hatte. Sein gesamtes Erspartes reichte genau für die Anzahlung. Bisher hatte er sich in seinem Leben nur mit bösen Vorahnungen und schlechten Omen beschäftigt. Möglicherweise gab es aber doch auch hin und wieder gute Vorzeichen? Helmut lehnte noch einmal den Kopf zurück an die Lehne, roch einfach die Luft um sich herum und lauschte in die Stille des Waldes. Vielleicht war das Leben doch kein Fluss, der stets bergab führte. Vielleicht gab es im Leben so etwas wie Berge und Täler – und er saß bereits in einer Seilbahn, die ihn geradewegs zu einem der wenigen Gipfel seiner Lebenslandschaft emportrug.

*****

„Guten Morgen, Herr Urban." Florian sah irritiert von seinem Bildschirm auf. Die Stimme kam ihm unbekannt vor. Eine Frau war neben seiner Sitzbank stehengeblieben und sah ihn erwartungsvoll an. Offensichtlich müsste er sie kennen, aber woher? Sie war klein, zierlich gebaut, hatte kurz geschnittene braune Haare und war schätzungsweise Mitte 30. Sie kam ihm bekannt vor, aber er konnte sie keiner Erinnerung klar zuordnen und beschränkte sich daher auf ein freundliches, aber namenloses „Guten Morgen."
Sie schien es ihm nicht übel zu nehmen. Vielleicht musste er ihren Namen auch nicht kennen. „Haben Sie mal darüber nachgedacht?", fragte sie direkt.
„Ich hatte noch keine Zeit dazu, tut mir leid", wich Florian instinktiv aus und senkte den Kopf demonstrativ auf das Laptop, das auf seinem Schoß lag. Er hoffte, das Gespräch damit abzukürzen.

„Entschuldigung. Sie sind im Stress, oder? Arbeiten Sie hier gerade?“ Verwundert blickte sie sich um, als wäre sie selbst unsicher, ob sie sich tatsächlich gerade mitten im Dorf auf einer öffentlichen Straße befanden. Davon ließ er sich aber nicht beirren. Über diese Frage hatte er sich im Vorfeld bereits Gedanken gemacht.

„Ja, die schönen Tage sind langsam gezählt. Ich möchte nochmal so viel wie möglich Frischluft genießen, bevor der Herbst richtig losgeht.“

Die Frau schien nicht überzeugt. „Aber wohnen Sie nicht im Haus von Ludwig Peters, direkt am Waldrand? Da haben Sie doch sicher eine herrliche Terrasse, oder?“

Ohne seine Zeit damit zu verschwenden, sich zu fragen, woher die Fremde das wusste, ratterte Florian seine vorbereitete Antwort herunter: „Doch, habe ich und da sitze ich natürlich auch gerne. Aber manchmal brauche ich einfach einen Tapetenwechsel. Eine neue Umgebung bringt auch neue Perspektiven in die Arbeit. Das hält kreativ, verstehen Sie?“

Sie nickte nachdenklich, während hinter ihrem Rücken ein Moped lautstark um die Kurve knatterte. Die Stelle gehörte sicher zu den Punkten mit der höchsten Verkehrsdichte im Ort. An dieser Kreuzung stießen die Straßen aufeinander, die in die drei Nachbardörfer führten. Bis vor wenigen Minuten war ein Auto nach dem anderen an Florian vorbeigerauscht. Nun war die Zeit der Berufspendler vorüber und die Situation entspannte sich etwas. Wer sich diese öffentliche Sitzbank als Ort für sein mobiles Arbeiten wählte, musste ein bisschen verrückt sein. Oder derjenige hatte sich vorgenommen, den Bäckerladen auf der anderen Straßenseite im Blick zu behalten. Aber warum sollte man das tun?

„Wir haben übrigens schon fast 1.000 Unterschriften zusammen", erklärte die Frau nicht ohne Stolz. Jetzt fiel es Florian wieder ein: Die Frau, die ihn vor dem Supermarkt um seine Unterschrift gebeten hatte. Die Unterschrift, die ihm so viel Ärger eingebracht hatte!

„Wie viel brauchen Sie denn?"

„So viele wie möglich natürlich. Wie ich gehört habe, sammelt der hier" – sie wies mit einer Kopfbewegung Richtung Bäckerei – „auch fleißig Unterschriften für eine Gegenliste. Damit werden wir ihn nicht durchkommen lassen!" Florian grinste zufrieden. „Ihn nicht damit durchkommen lassen – das finde ich ein gutes Ziel. Wenn ich Sie noch irgendwie dabei unterstützen kann…"

Die Frau öffnete ihre überdimensionierte Handtasche und zog in erstaunlicher Geschwindigkeit eine Visitenkarte aus der Tasche hervor, die sie ihm entgegenstreckte. „Unseren Flyer haben Sie ja bereits. Das ist meine Visitenkarte. Ich bin die Vorsitzende von unserem Naturschutzverein und freue mich über jede Verstärkung. Wir sind bis jetzt nur ein kleiner, aber sehr netter Haufen Leute. Rufen Sie mich jederzeit an – wir freuen uns, wenn Sie zu uns stoßen."

Florian steckte die Karte in seine Brusttasche und beschloss, dieses Angebot ernsthaft in Erwägung zu ziehen. Eine erste Möglichkeit, Kontakte im Ort zu knüpfen. Und eine Chance, dem arroganten Bäckermeister eins auszuwischen.

„So, ich muss weiter. Mein Unterschriftenstand ist heute in der Bücherei. Man sieht sich." Sie nickte kurz zum Abschied und eilte dann weiter.
Florian starrte wieder auf seinen Monitor und versuchte, sich wenigstens einmal kurz auf seine Arbeit zu konzentrieren. Aber hier draußen, nach einer schlaflosen Nacht und mit all der Ablenkung, war das recht aussichtslos. Er ließ zum zigsten Mal in Folge den Blick zum Bäckerladen hinüberwandern. Heute stand Brunner selbst hinter der Theke, weil seine Verkäuferin wohl krank war. Das machte Florian die Observation leichter – in der Backstube, die im hinteren Teil des Gebäudes lag, hätte er ihn nicht beobachten können. So aber sah er die breiten Umrisse des Mannes im Laden hin und her wandeln. Sein Gartenzwerg-Pendant lag nun bereits seit fünf Stunden in Trümmern, aber bisher schien Tommi Brunner putzmunter zu sein. Mit klarem Verstand betrachtet schien Florian sein ganzes Unterfangen nur noch lächerlich. Worauf hatte er sich da nur eingelassen? Niemand durfte je davon erfahren, dass er auf so abergläubische Irrwege geraten war. Am besten, er packte jetzt sofort sein Laptop zusammen und ging nach Hause.
„Hallo Florian!" begrüßten ihn in diesem Moment zwei lange Beine in Hotpants, die sich in der nächsten Sekunde bereits unaufgefordert direkt neben ihn auf die Bank setzten. Florian rückte ein Stück zur Seite, denn die Beine waren ihm eindeutig ein Stück zu nahe.
„Guten Morgen Celina. Sind Sie gerade auf dem Weg zu unserem Haus?"

„Klar. Und was machen Sie hier?"
Florian warf sein eben noch getroffenes Vorhaben, niemanden einzuweihen, kurzerhand wieder über den Haufen. Schließlich war es ihre Idee gewesen und somit war sie der einzige Mensch, der ihn nicht für verrückt erklären durfte.
„Ich warte ab, was passiert." Celina sah ihn eine Weile nachdenklich an, dann wurden ihre Augen groß und sie hatte wohl verstanden. „Unser Experiment? Sie ziehen das wirklich durch?"
Florian nickte kaum merklich.
„Krass!" Celina schien ziemlich aufgeregt. „Wann haben Sie das gemacht?"
„Heute am frühen Morgen."
„Wie cool!" Florian warf Celina einen schnellen Seitenblick zu. Sie strahlte eine Begeisterung aus, die ihn fast schon erschreckte. Er musste sie wieder auf den Boden der Tatsachen zurückholen.
„Das ist nicht cool, das ist offensichtlich alles Quatsch. Ich war gerade dabei, von hier zu verschwinden. Da tut sich nichts."
„Wieso. Wen haben Sie denn überhaupt im Auge?"
Florian machte eine Kopfbewegung Richtung Bäckerladen. „Brunner."
„O. m. G.!" Sie verstummte und dachte eine ganze Weile mit zusammengepressten Lippen nach. Plötzlich war Florian sich nicht mehr so sicher, ob sie wirklich hinter dem kleinen Experiment stand. „Hat Tulpe den Schaden denn bereits entdeckt?"

„Keine Ahnung. Ich habe ihn heute noch nicht gesehen. Brunner geht es jedenfalls hervorragend."
Celina zwinkerte ihm zu, doch ihr aufmunterndes Lächeln wirkte unecht. „Noch! Tulpe hat es vielleicht noch gar nicht bemerkt. Und selbst wenn – so schnell kann der Alte ja auch nicht reagieren. Sie müssen schon ein bisschen Geduld haben." Ihr schien ein Gedanke zu kommen, denn sie setzte noch hinzu: „Wenn Sie möchten, kann ich heute Abend auch eine Schicht übernehmen."
Florian schüttelte entschieden den Kopf. Er würde nicht auch noch seine Putzfrau in diese lächerliche Sache mit hineinziehen. „Wenn hier weiterhin alles so ruhig bleibt, wird das wohl nicht nötig sein. Ich glaube nicht, dass wir uns auch noch die Nacht um die Ohren schlagen müssen."
Celina nickte zögernd. „Klar, falls sich bis heute Abend nichts getan hat, wird vermutlich auch nichts mehr passieren. Und bis dahin arbeiten wir einfach mit doppeltem Sicherheitsnetz: Sie behalten hier die Lage im Blick, ich behalte Ihren Nachbarn im Auge, während ich Ihr Haus putze. Dann kann doch nichts schiefgehen. Wenn Tulpe sein Haus verlässt, schicke ich Ihnen eine Nachricht. Was meinen Sie?"
Florian seufzte. Nun hatte er die Sache angefangen, dann musste er sie zumindest auch zu Ende bringen. Heute würde er Brunner noch im Auge behalten, danach wollte er die ganze Angelegenheit dann endgültig abhaken. Schließlich war in diesem Fall ein Misserfolg nüchtern betrachtet der größere Erfolg. Wenn nichts passierte, konnte

er endlich aufhören, über Gartenzwerg-Voodoo und mörderische Nachbarn nachzudenken und sein neues Leben mit beiden Händen anpacken.

*****

Florian hatte wirklich ganze Arbeit geleistet! Von seinem Opfer war nur noch ein Haufen farbiger Brösel übriggeblieben. Einzig die Brezel hatte er verschont, sie lag etwas abseits des Haufens, in der Mitte einmal durchgebrochen, aber sonst noch an einem Stück und erkennbar. Vielleicht war das auch Absicht, damit Tulpe das Opfer schneller identifizieren konnte, denn anhand der Zwergen-Reste war das kaum mehr möglich.
Celina blieb einen Moment länger stehen als nötig und fotografierte den Tatort mit dem Handy aus unterschiedlichen Perspektiven. Sie wusste noch nicht, was sie damit anfangen wollte – ein Insta-Post, eine kleine Erpressung, ein Druckmittel für die Hinterhand – mal sehen. Aber sie konnte es sich erlauben, sich für die Dokumentation des Tatorts Zeit zu nehmen, denn Tulpes Auto stand nicht an der Straße, also war er vermutlich auch nicht Zuhause. Ludwigs Pendant war ein sehr großer Zwerg gewesen. Damals, in der Nacht, hatte sie ihn im Zorn von der Mauer gepfeffert und war einfach weggelaufen, ohne genauer nachzusehen. Inzwischen hatte sie zunehmend das Gefühl, dass dies ein folgenschwerer Fehler gewesen war.
Nach zehn Fotos fiel ihr keine neue Perspektive mehr ein

und Celina verzog sich ins Haus, dort ging sie ohne Umschweife in den Keller. Heute hatte sie endlich freie Hand, nach Lust und Laune in den Kisten zu wühlen, die den kleinen Abstellraum bis zur Decke füllten. Florian würde ihr kaum Vorwürfe machen, wenn das Haus nachher keinen Deut sauberer war als vor ihrer Arbeitszeit – schließlich waren sie jetzt Komplizen und die Hausherrin war noch zwei Tage auf Dienstreise. Zeit genug, die Grundreinigung nachzuholen, wenn es bis dahin überhaupt noch nötig war. Denn Celina hatte das aufregende Gefühl, dass das Ende ihrer Zeit als Aschenputtel gekommen war. Ein heißes Eisen hatte sie bereits im Feuer und das zweite würde sie nun vielleicht auch noch schneller schmieden müssen, als sie geplant hatte. Nur der Zeitpunkt war ungünstig. Er hätte sich mit seiner Aktion noch etwas Zeit lassen sollen! Nun bestand nicht nur die Gefahr, dass sich die Ereignisse überschlugen, dass ihr alles aus der Hand glitt, sondern noch dazu musste sie fürchten, dass er ihr in die Quere kam.

Angesichts der bevorstehenden Ereignisse fiel es Celina schwer, sich auf das Hier und Jetzt zu konzentrieren. Und eigentlich hatte sie auch schon keine Lust mehr, Kiste für Kiste hervorzuziehen, zu öffnen und einmal komplett zu durchwühlen. Wonach suchte sie hier eigentlich? Klar, da blieb die geringe Wahrscheinlichkeit, dass es doch den altbewährten Schlüssel gab, irgendwo in seinen Sachen versteckt, eingeklebt in einen Buchdeckel beispielsweise. Ihr Instinkt sagte ihr jedoch ganz deutlich, dass er nicht auf die langweilige Schließfach-Variante gesetzt hatte. Tief in

ihrem Inneren war sie sich fast sicher, dass es sinnlos war, aber sie wollte sich nicht nochmal eine Nachlässigkeit vorwerfen. Sie durfte sich jetzt keinen Fehler mehr erlauben – jede Möglichkeit musste gründlich geprüft werden.
Während sie in alten Kleidungsstücken wühlte, Bücher durchblätterte und Geschirr in ihrer Hand drehte und wendete, kreisten ihre Gedanken immer wieder um Tulpe und was die jüngsten Ereignisse nun für sie bedeuteten. Je länger sie darüber nachdachte, desto unruhiger wurde sie. Ihre erste Euphorie und Zuversicht, das alles handhaben zu können, ebbte Stück für Stück ab und kehrte sich in Frust, je mehr ihr die Konsequenzen bewusst wurden. Florian war zu schnell gewesen. Alles hätte so perfekt sein können, wenn der Trottel einfach noch einen Tag gewartet hätte. Was hatte ihn nur dazu bewogen, so vorschnell zu reagieren? Sie hatte fest damit gerechnet, dass sie ihn noch ein bisschen bearbeiten musste, bis er soweit war. Nun musste sie zusehen, wie sie zwei Dinge unter einen Hut brachte – aber sie konnte ja schlecht an zwei Orten gleichzeitig sein. Immer hektischer wurde sie beim Durchwühlen der Kisten, während ihr die Aussichtslosigkeit ihrer Situation durch den Kopf ging. Die Kiste mit den hauchdünnen Weingläsern durchwühlte sie so grob, dass mehrere davon in ihrer zentimeterdicken Papierhülle klirrend zerbrachen. Celina war das egal. Sie spürte, wie ihr der Schweiß ausbrach – gleichzeitig intensiv nachdenken, die schweren Kisten von den Stapeln wuchten und wieder hinaufstemmen – das wurde zunehmend anstrengend. Dennoch arbeitete sie im Akkord weiter, zwang sich sogar

dazu, noch einen Zahn schneller zu werden. Es war ihr egal, dass jeder, der die Kisten irgendwann öffnete, sofort erkennen würde, dass jemand darin herumgewühlt hatte. Sie zerrte einen Stapel ordentlich zusammengefalteter Bettwäsche aus der Kiste und stopfte die Wäsche einfach wieder hinein, nur durch gewaltsames Zusammendrücken ließ sich der Pappdeckel noch schließen. Sie schüttete eine ganze Kiste voller technischer Geräte und Ladekabel einfach aus – zu ihren Füßen landeten alte Handys, Sportuhren, ein uralter MP3-Player, eine Kompaktkamera, diverse Batterieladegeräte und Dinge, die sie gar nicht zuordnen konnte – einige Plastikteile splitterten dabei ab. Es war ihr egal – kein Mensch brauchte diesen alten Plunder noch. Aber sie brauchte eine Idee. Und die hatte sie, als sie endlich bei der letzten Kiste – extrem schwer und vollgepackt mit uralten Auto-Magazinen – angekommen war. Wenn sie nicht an zwei Orten gleichzeitig sein konnte, dann musste sie eben die beiden Orte irgendwie zusammenbringen. Und sofort hatte sie auch schon ein klares Bild vor Augen: Die Rentnerbank! Wie oft hatte sie ihre Oma in ihren letzten beiden Lebensjahren dorthin begleitet. Sie lag ganz am Rande des Waldes, damit die alten Leute es nicht zu weit hatten bei ihren Spaziergängen. Dadurch befand sie sich in unmittelbarer Nähe zu Tulpes Haus und war der perfekte Ort, um zwei Interessen unter einen Hut zu bringen. Jetzt musste sie ihrer Zielperson nur diese Planänderung mitteilen, und zwar schnell! Celina schauderte innerlich bei dem Gedanken daran, was es sie an zusätzlicher Arbeit kosten würde. Allerdings musste es sein, wenn sie sich nicht eine einmalige Chance entgehen lassen wollte, sowohl den Spatz in der Hand als auch die Taube auf dem Dach zu bekommen. Celina griff sich die obersten drei Automagazine – das würde ihr ersparen, auch noch eine neue Tageszeitung zu kaufen. Schnell richtete sie den letzten Kartonstapel wieder auf und schlich sich aus dem Haus. Sie machte sich nicht einmal die Mühe, wie sonst, die Schuhe im Eingangsbereich neu ordentlich aufzustellen – ein kleiner Trick, den sie sich angewöhnt hatte. Denn mit dieser kleinen Aktion wirkte das Haus beim Hereinkommen ordentlicher und sauberer als es war. Wozu sollte sie noch jemanden täuschen? Mit etwas Glück würde sie diesen Job nach heute Abend sowieso nicht mehr benötigen.

Nachtspaziergänge

Freud und Leid lagen so nahe beieinander, dass es unerträglich naiv war von den Menschen, überhaupt so etwas wie Freude zu empfinden. Wozu? Jeder Mensch mit einem Hauch Lebenserfahrung wusste doch, dass nach einem Erfolg eine Niederlage auf ihn wartete, nach einem Geschenk der unvermeidbare Verlust kam, dass jedes Neugeborene, das von den überglücklichen Eltern in den Armen gehalten wurde, irgendwann auch wieder sterben musste und dass selbst die größte Liebe spätestens dann endete, wenn einer der beiden Liebenden den anderen alleine zurückließ. Und doch war auch er darauf hereingefallen und hatte sich einen Moment der Schwäche erlaubt, war mit einem längst vergessenen Hochgefühl quer durch Deutschland gefahren, das sogar noch anhielt, als er am Abend in seinem bisherigen Zuhause ankam, das erst schlagartig in sich zusammenbrach, als er das Verbrechen bemerkte. Wie betäubt stand er vor dem Scherbenhaufen, eine ganze Weile unfähig, überhaupt etwas zu empfinden. Er erkannte sofort, dass das Opfer Gisbert war, noch bevor er die Brezel entdeckte. Ganz mechanisch ging Helmut ins Haus, holte einen Karton und begann, Scherbe für Scherbe dort hineinzulegen. Selbst den kleinsten Splitter hob er auf und legte ihn behutsam zu den anderen Überresten. So waren seine Hände beschäftigt, während seine Gedanken erst allmählich wieder in Gang kamen.

Wer hatte das getan? Der Große oder der Kleine? Und warum? Warum gerade jetzt? Auf jeden Fall war das kein Missgeschick gewesen. Kein Unfall würde den massiven Gisbert in so viele Stücke zerschmettern. Das war ein Anschlag auf ihn gewesen, ein Zeichen. Der Krieg hatte begonnen. Nun, wenn dem so war: Krieg konnten sie haben. Er wusste noch nicht wie, aber er würde sich für dieses Unrecht rächen, soviel stand fest. Auge um Auge, Scherbe um Scherbe. Mit jedem Stück von Gisbert, das in der Kiste verschwand, spürte Helmut, wie seine Betäubung langsam nachließ und der einzig wahren Emotion Platz machte: Wut! So viel Wut! Immerhin: Ein Gefühl, das ebenso belebte wie die Freude. Seine Bewegungen wurden schneller, je mehr sein Blut in Wallung kam. Dennoch brach er nicht ab, erst als auch noch der letzte Rest von Gisbert in der Kiste lag, erlaubte er seinen alten Knochen, aufzustehen. Es dämmerte bereits leicht, als er sich mit dem Karton unter dem Arm in sein Haus zurückzog, um eine Weile nachzudenken.

*****

Lennard wunderte sich. Sein Vater hatte sich tatsächlich noch einmal rausgeschlichen und ihn alleine gelassen. Das Bett im Elternschlafzimmer war unbenutzt. Arbeitszimmer und Wohnzimmer waren leer. Hatte er also richtig gehört, dass die Haustür ins Schloss gefallen war. Da er sowieso wach im Bett gelegen hatte und nicht einschlafen wollte, hatte er sich sofort aus seinem Zimmer geschlichen und nachgeschaut. Nun sah er auf die große digitale Küchenuhr. 21.17 Uhr. Draußen war es ziemlich dunkel – aber ob der Ninja um diese Zeit schon vorbeikäme? Letztes Mal war er viel später unterwegs gewesen. Lennard stellte sich an die große Terrassentür und starrte in den Garten hinaus. Da im Haus kein Licht brannte, gewöhnten sich die Augen langsam an das schwache Licht, das von außen kam, die Schatten nahmen etwas Gestalt an. Er konnte den großen Nussbaum und das Gartenhäuschen immer deutlicher vom Rest der Umgebung unterscheiden.

Wo sein Vater um diese Zeit wohl noch hingegangen war? Lennard beschloss, genau hier stehen zu bleiben und erst einmal zu warten. Auf seinen Vater oder auf den unbekannten Ninja, dessen Hilfe er sich erhoffte.

Lennard war kein Spinner. Wenn er nüchtern darüber nachdachte, dann wusste er zu gut, dass er in einer Traumwelt lebte. Die Welt der Ninja gab es nicht in echt. Tulpe war nicht Lord Garmadon, sondern schlicht ein böser alter Mann. Und seine Ninjas waren nur in seiner Fantasie lebendig. Aber es waren nun mal die einzigen Freunde, die er in sein neues Leben hatte mitnehmen können. Niemand hatte ihn gefragt, ob er aus der Stadt wegziehen wollte. Die Großen hatten vor ihrer Entscheidung viel über ihn geredet, aber nie mit ihm. Immer hieß es nur, dass ein Kind sich doch so schnell an alles Neue gewöhnen würde und neue Freunde finde und dass man sich darüber überhaupt keine Sorgen machen müsse. Jetzt saß er hier, allein bis auf seine Spielkameraden, die er in seinem Kopf zum Leben erweckt hatte. Sie halfen ihm, und er würde keinen von ihnen im

Stich lassen.
Genau bei diesem Gedanken schälte sich vor Lennards Augen plötzlich ein Schatten aus der Dunkelheit, der sich langsam bewegte. Der Schatten war von hinten, aus dem Wald gekommen, anfangs kaum erkennbar, aber je näher er kam, desto deutlicher wurde das Bild. Die Gestalt bewegte sich vorsichtig am rechten Rand des Gartens, am Gartenhäuschen vorbei, immer Richtung Haus. Jetzt konnte er sie richtig sehen: Sie war ganz in Schwarz gekleidet, trug eine Sturmhaube und ging leicht gebückt. Ihr Körper wirkte schlank und drahtig. Nur einen kurzen Augenblick dauerte es – dann verschwand sie aus seinem Sichtfeld. Wo war die Gestalt hin? Lennard lauschte in das nachtstille Haus hinein. Wenige Sekunden später hörte er, wie eine Tür leise aufging und wieder geschlossen wurde. Die Haustür war es nicht, da war er sich sicher. Lennard ging in den Flur und hörte noch einmal genauer hin. Noch eine Tür wurde geöffnet und geschlossen. Die Geräusche kamen aus dem Keller. Was jetzt?
Lennard überlegte fieberhaft, was er tun sollte: weglaufen und verstecken oder hinschleichen und nachsehen, wer das war? Sein Instinkt riet ihm, sich zu verstecken. Oben, in seinem Geheimzimmer unter dem Dach. Da würde ihn niemand finden. Schon war er auf dem Weg nach oben, da ermahnte er sich selbst: Würde ein Ninja vor einem Schatten davonlaufen und sich verkriechen? Niemals! Und eigentlich hatte er doch genau darauf gewartet – auf diese Gestalt, die ihm helfen sollte, Kai wieder zu bekommen. Falls das ein echter Ninja war – und mit seiner Sturmhaube

sah er ja ganz danach aus – dann würde er ihm helfen. Er sollte zumindest einmal nachschauen. Es war eine einmalige Chance, die er sich nicht so einfach entgehen lassen durfte.
Lennard drehte um und machte sich auf den Weg in den Keller. Er schlich leise. Er wollte bereit sein wegzulaufen, falls sich der Ninja doch als normaler Dieb entpuppen sollte. Im Keller war es dunkel, bis auf einen schmalen Streifen Licht, der unter einer geschlossenen Tür hervorschien. Es war der Raum mit den vielen Umzugskisten, in die Lennard so gerne einmal geschaut hätte, was ihm aber seine Eltern klar verboten hatten. Die Kartons gehörten dem Mann, der vor ihnen hier im Haus gewohnt hatte. Gerade deshalb wäre es ja sehr spannend gewesen, diese einmal genau zu durchforsten. Offensichtlich war er nicht der einzige, der sich dafür interessierte. Lennard blieb an der Tür stehen und lauschte kurz. Er hörte ein lautes Rascheln, als würde jemand in ziemlich viel Papier herumwühlen. Lennard bückte sich und versuchte, durch das Schlüsselloch zu spähen. Doch leider war der Blickwinkel ungünstig – er sah nur die Kartonstapel, die Gestalt konnte er nicht erblicken. Was jetzt? Noch einmal zog er seine imaginären Freunde zu Rate: Was würde Kai tun? Die Antwort war klar. Mit zitternden Knien griff Lennard nach dem Türgriff und drückte ihn langsam hinunter. Er schaffte es ganz lautlos, dann zog er die Tür einen Spalt weit auf und blickte hinein. Im Raum stand ein Mann, schwitzend über eine Kiste gebeugt. Die Sturmhaube hatte

er abgezogen, aber leider hatte er ihm den Rücken zugewandt, so konnte Lennard nicht in sein Gesicht sehen. Er hatte nur noch wenig Haare, ein magerer Haarkranz lief um seinen Hinterkopf. er war mittelgroß und eher schlank. Leider spürte Lennard genau in diesem Moment plötzlich ein Kitzeln in der Nase. ‚Nicht jetzt!', dachte er, doch dann ging es ganz schnell und er nieste, bevor er es verhindern konnte. Der Mann erstarrte, griff sofort in seine Jackentasche, zog seine Sturmhaube heraus und zog sie sich über, bevor er sich umdrehte. Durch seinen Sehschlitz starrte er ihm einen Moment in die Augen. Dann dämmerte es Lennard: Das war kein Ninja – das war ein Einbrecher, ein Dieb. Und er musste weg hier. Lennard drehte sich um und rannte so schnell er konnte die Treppe hinauf. Er hörte, dass der Mann hinter ihm herkam. Wohin jetzt? Der Speicher machte keinen Sinn, wenn er ihm so dicht auf den Fersen war. Er brauchte ein besseres Versteck, eines, das keine Falle war. Lennard drehte im letzten Moment von der Treppe nach oben ab und rannte Richtung Haustür. Seine Gedanken waren langsamer als sein Körper. Er rannte ganz instinktiv nach rechts, weg von der hellen Straße, auf die Dunkelheit zu, sprang am Ende des Grundstücks über die kleine Mauer zum Nachbar hinüber, sprintete auf die provisorische Brücke zu, über den Bach, und verschwand in den Wald. Er sah sich nicht um, rannte einfach immer weiter, nicht wissend, ob der Mann noch hinter ihm war oder ob er ihn bereits abgehängt hatte. Erst einmal würde er einfach immer weiterlaufen, so lange, bis er nicht mehr konnte.

*****

Um 21.25 Uhr verließ Tommi Brunner so zügig sein Haus, dass Florian sich beeilen musste, um nicht den Anschluss zu verlieren. Er hatte sich nicht mehr auf die Bank gegenüber der Backstube gesetzt, denn um diese Zeit hätte es ihm niemand mehr abgenommen, dass er immer noch arbeitete. Stattdessen hatte er sich einen Platz gesucht, von dem aus er ungesehen einen Blick auf den Eingang zur Bäckerei werfen konnte. Schräg gegenüber, genau auf dem Eck, an dem die Straße begann, an deren Ende Florians Zuhause stand, befand sich ein zwei Meter hohes, massives Steinkreuz inklusive Gekreuzigtem. Von zwei Seiten war es mit einer Hecke umgeben. Wenn man sich dahinter stellte, konnte man höchstens von sehr aufmerksamen Passanten gesehen werden, die aber um diese Uhrzeit nicht unterwegs waren. Abgesehen davon war es bereits dunkel geworden.
Inzwischen hatte er sich auch einen Überblick über das Haus des Bäckers verschafft. Im hinteren Teil des Erdgeschosses lag die Backstube, über dem Verkaufsraum und der Backstube lag der Wohnbereich der Familie. Florian hatte Tommi Brunner dort einige Male am beleuchteten Fenster vorbeistreifen sehen. Er war davon ausgegangen, dass nun der gemütliche Teil des Abends bei Brunner begann, dass sich der Bäcker nach einem langen Arbeitstag auf die Couch legen und das Fußballspiel anschauen würde, das heute übertragen wurde. Dass Brunner nun so

plötzlich aus dem Hauseingang trat und davonlief, überrumpelte ihn etwas. Vorsichtig kämpfte Florian sich durch die Hecke hinter dem Kreuz hervor und sah Tommi Brunner bereits mit gut 30 Metern Vorsprung die Straße entlanglaufen, die geradewegs von seiner Backstube fortführte. Schnell hechtete Florian auf die andere Straßenseite und nahm die Verfolgung auf. Er wusste, dass Tulpe inzwischen den Gartenzwerg gefunden hatte. Denn als Lenni zu Bett gebracht war und er sich mit schlechtem Gewissen wieder aus dem Haus schlich, um seine Observation fortzusetzen, hatte er gesehen, dass die Scherben inzwischen weggeräumt waren. Wenn also etwas an seiner Theorie dran war, dann war Brunner nun in Gefahr und es war wirklich wichtig, dass er ihn nicht gerade jetzt aus den Augen verlor.
Florian legte noch einen deutlichen Zahn zu, denn im Dunkeln brauchte der Kerl nur einmal unerwartet abzubiegen und schon wäre er womöglich verschwunden. Zum Glück tat er das aber nicht, sondern lief noch ein ganzes Stück geradeaus weiter, so dass Florian Stück für Stück aufholen konnte. Er war bis auf etwa zehn Meter an ihn herangekommen, da schwenkte Brunner plötzlich nach links ab und blieb ziemlich abrupt an der Bordsteinkante stehen. Instinktiv sprang Florian hinter einen der Bäume, die entlang des Bürgersteigs gepflanzt waren. Brunner verharrte eine Weile in Gedanken versunken, dann ließ er seinen Blick ungewohnt gründlich die Straße auf und ab gleiten, bevor er auf die andere Seite wechselte und dort in der Seitenstraße verschwand. Genau an dieser Stelle war

vor wenigen Tagen der Feuerwehrmann nachts überfahren worden. Auch Florian schaute bewusster als er es sonst tun würde in beide Richtungen, bevor er Brunner über die Straße folgte. Er bewegte sich so nahe wie möglich entlang der Häuserfronten, während er dem stämmigen Kerl hinterherhuschte. Wie er bereits vermutet hatte, steuerte der Bäcker direkt auf das Feuerwehrhaus zu. Als er beim Vorplatz des Gebäudes ankam, hatte dieser gerade die Tür aufgeschlossen und trat ein. Beim Zuziehen der Tür drehte er sich noch einmal um und schaute auf den Platz hinaus. Florian blieb fast das Herz stehen, einen Moment war er sich sicher, dass Brunners Kopf sich genau in seine Richtung drehte und kurz verharrte, als hätte er ihn bemerkt. Es dauerte nur den Bruchteil einer Sekunde, dann schloss sich die Tür hinter ihm.

*****

„Celina, sei vorsichtig. Das wird noch übel enden!" – „Ja, Oma, schon gut!" – „Mach dich nicht unglücklich. Noch kannst du das alles hier abblasen." – „Nein, das werde ich nicht tun. Ich bin so kurz vor dem Ziel!" – „Und dann missbrauchst du dafür auch noch unseren Ort!" – „Das ist nicht unser Ort. Das ist eine Holzbank im Wald, Oma. Tausende Menschen haben hier vor uns und nach uns gesessen." – „Aber wir hatten so schöne Augenblicke hier. Du hast dich doch so lieb um mich gekümmert die letzten Monate, als ich nicht mehr konnte. Wo ist nur mein liebes Mädchen hin?" – „Dein liebes Mädchen versucht nur, sich ein besseres Leben aufzubauen. Das sollte eigentlich in deinem Sinne sein. Du wolltest doch immer, dass ich es mal besser habe." – „Aber doch nicht so! Du bist so schlau und geschickt. Mach doch was daraus." – „Genau das habe ich vor, Oma. Und jetzt möchte ich bitte meine Ruhe haben!"

Wenn sie sich darauf konzentrierte, konnte sie die Stimme ihrer Oma in ihrem Inneren wie einen Radiosender stumm schalten. Sie verdrehte die Empfängersequenz und die Stimme machte einem Rauschen Platz. Heute rauschte es besonders laut. Celina war nervös, das musste sie zugeben. Ihr ungewohntes Outfit machte es nicht besser: schwarze Jeans, ein schlichtes T-Shirt und alte Turnschuhe, die sie schon ewig nicht mehr getragen hatte. Sogar auf jede Form von Make-up hatte sie bewusst verzichtet. Irgendwie schien ihr das angemessen für ihre Mission. Aber sie kam sich damit seltsam verkleidet vor, gar nicht wie sie selbst. Während sie durch den Ort gehuscht war, hatte sie still gebetet, dass niemand sie erkennen würde.

Nun stand sie sicher verborgen hinter dem dicksten Baumstamm, den sie im Sichtfeld der Rentnerbank finden konnte, und spähte in die Dunkelheit hinaus. Bald müsste er kommen. Nervös zog sie ihr Handy aus der Gesäßtasche und ließ es kurz aufleuchten, um die Zeit zu checken. Er war schon fünf Minuten über der Zeit. Ob er überhaupt käme? Hatte er den Drohbrief ernst genommen? War der zweite Brief auch rechtzeitig angekommen? Je länger sie darüber nachdachte, desto mehr Risikofaktoren gab es in ihrer Rechnung. So vieles konnte schiefgehen. Sie ließ ihren Blick in die andere Richtung wandern. Dort lag Tulpes Haus und somit auch sein persönlicher Zugang in den Wald. Aber inzwischen war es so dunkel geworden, dass sie von ihrer Position aus nur noch erahnen konnte, was dort vor sich ging. Dieser Teil des Plans war schon mal nicht ganz ausgereift. Ein raschelndes Geräusch ließ sie zusammenzucken. Sie warf vorsichtig einen Blick um den großen Baumstamm herum, gerade rechtzeitig, um den schwarzen Umriss zu sehen, der bereits neben der Rentnerbank stand und sich über den dort aufgestellten öffentlichen Mülleimer beugte. Celinas Herz machte einen Hüpfer. Es funktionierte doch! Die Gestalt drehte sich nicht einmal zu ihr um, sondern verschwand sofort nach vollendeter Aufgabe wieder in der Dunkelheit des angrenzenden Weges. Celina wartete voller Ungeduld drei Minuten ab. Sie musste die Zeit auf dem Handy kontrollieren, denn gefühlt dauerten die drei Minuten eine Ewigkeit. Endlich war es soweit und sie erlaubte es sich, hinter dem Baum hervorzutreten und auf die Rentnerbank zuzugehen. Ohne zu zögern beugte sie sich über den Mülleimer und griff hinein. Im gleichen Moment hörte sie hinter sich ein Knacken und noch etwas anderes. Waren das Schritte, die näherkamen? Sie wollte sich umdrehen, doch da traf sie bereits ein Schlag am Kopf. Um sie herum wurde es schwarz.

*****

Langsam kam er sich beobachtet vor. Ausgerechnet vor der Einfahrt zum Feuerwehrplatz stand diese grelle Laterne. Egal, wie er sich platzierte, wirklich verbergen konnte er sich nicht, ohne den Eingang aus dem Blick zu verlieren. Wenn einer der Anwohner jetzt zufällig gerade aus dem Fenster sah, würde er sich wundern, was dieser fremde Mann so spät am Abend herumstand und zum Feuerwehrhaus hinüberstarrte. Nervös schaute Florian bereits das zehnte Mal auf seine Armbanduhr. 21.45 Uhr. Was machte der Kerl eigentlich um diese Uhrzeit im Feuerwehrhaus? Ein Einsatz war es nicht und offensichtlich auch kein Vereinstreffen.
Es war ein zweistöckiges Gebäude. Unten gab es keine Fenster Richtung Straße, dafür neben der Eingangstür, in die Brunner verschwunden war, mehrere große Tore. Hier befand sich vermutlich eine einzige große Halle mit den Feuerwehrautos und der Ausstattung, die sie benötigten. Der obere Stock hatte mehrere Fenster. Hier waren sicher die Vereinsräume, Umkleidekabinen, Duschen und Büros untergebracht. Alle Fenster waren dunkel – zumindest diejenigen zur Straße hin. Auch in der Halle brannte kein Licht. Wenn er Brunner nicht mit eigenen Augen hineingehen gesehen hätte, hätte Florian geschworen, dass das Haus verlassen war. Erledigte der Kerl um diese Zeit irgendeinen Papierkram, arbeitete womöglich einen Plan zur Rettung des neuen Feuerwehrhauses aus? Konnte er das nicht auch Zuhause erledigen? Florian wollte nicht länger tatenlos abwarten, zumindest wollte er feststellen, wo genau sich der Kerl jetzt gerade befand. Er überquerte

den Feuerwehrplatz zügig, wie ein Vereinskamerad, der ein Recht darauf hatte, das Haus zu betreten. Jeder, der ihn zufällig beobachtete, sollte das Gefühl bekommen, dass hier alles seine Richtigkeit hatte. Genauso selbstverständlich griff er nach der Türklinke am Eingang und rüttelte daran. Verschlossen. Sein Plan ging nicht auf. Aber so schnell ließ er sich nicht davon abbringen. Da rechts neben dem Eingang der Zaun zum Nachbargrundstück begann, ging er links herum um das Gebäude, streifte an den großen Toren vorbei, aus denen im Bedarfsfall die Einsatzwägen herausschossen. Er bog um die Ecke und sah, dass der Platz durch mehrere Garagen am Ende begrenzt war – zur Rückseite des Hauses würde er von da aus nicht kommen. Ein Blick die Seitenwand hinauf zeigte ihm, dass auch hier hinter keinem Fenster Licht brannte. Was nun? Florian war fest entschlossen, das jetzt und hier zu klären: Er musste feststellen, wo Brunner sich befand, dass alles in Ordnung war, und dann konnte er vielleicht nach Hause gehen, ins Bett, zu seinem Sohn, den er noch nie abends so lange alleine gelassen hatte.

So ging er wieder zum Eingang des Hauses zurück, blickte sich einmal gründlich nach allen Seiten um, und als er sich unbeobachtet fühlte, stieg er über den Maschendrahtzaun. Oder besser gesagt: Er zerstörte ihn. Beim ersten Versuch, sich daran hochzuziehen, kapitulierte die in die Jahre gekommene Absperrung sofort unter seinem Gewicht, der dünne Mast, an dem der Zaun befestigt war, knickte widerstandslos nach vorne um. Unauffällig war anders. Aber jetzt war es sowieso zu spät, noch etwas zu ändern. Florian krabbelte über den Zaunrest, der sich ehrfurchtsvoll vor ihm verneigte, und betrat das Nachbargrundstück. Jetzt wurde es ziemlich dunkel, denn die Straßenbeleuchtung reichte nicht bis hierhin. Er spürte, dass seine Schuhe bei jedem Schritt etwas in den Boden einsanken. Vermutlich trampelte er gerade durch ein angelegtes Gemüse- oder Blumenbeet. Genau erkennen konnte er es nicht, aber nach dieser Nacht sollte er vorsichtshalber seine alten Turnschuhe, die er gerade trug, entsorgen. Er schaute hinauf. Auf dieser Seite des Gebäudes befanden sich gar keine Fenster. Aber irgendwann musste er ja auf die Rückseite stoßen und vielleicht würde er dort sehen können, wo Brunner sich aufhielt. Endlich erreichte er die hintere Ecke des Gebäudes und im gleichen Moment wurde es auch heller. Offensichtlich näherte er sich einer Straßenlaterne. Wieder ein Maschendrahtzaun, der ihm den Weg versperrte. Inzwischen waren alle Hemmungen gefallen, Florian trat die verrostete Stange einfach mit einem gezielten Tritt nach vorne um, dann stieg er über den Zaun und machte einige Schritte vom Gebäude fort, um die Rückseite besser erfassen zu können. Alles dunkel, hinter keinem der Fenster brannte Licht. Aber eines davon, ganz unten, ebenerdig, stand weit offen. Florian trat an dieses heran, streckte den Kopf in das Gebäude und lauschte. Kein Geräusch weit und breit. Es war totenstill. Florian überlief eine Gänsehaut. Da war niemand in diesem Haus – zumindest niemand, der bei Bewusstsein war oder lebte. Kein Rascheln, keine Schritte, kein Atmen. Was sollte er jetzt tun?

In dem Moment polterte eine laute Männerstimme hinter ihm los. „Hey! Was machst du da? Willst du einbrechen?“ Florian zuckte zusammen und drehte sich um. Der hintere Teil des Feuerwehrhauses lag in der Parallelstraße zum vorderen Eingang. Schräg gegenüber der Rückseite stand ein altes Haus, aus dessen oberen Fenster sich ein Mann gebeugt hatte und mit den Händen fuchtelte. Der Stimme nach war er bereits etwas älter, doch er war zu weit weg, um ihn im Dämmerlicht klar zu erkennen. Zum Glück, denn so war Florian auch zu weit entfernt, um erkannt zu werden. „Ich rufe die Polizei!“, schrie der Mann. Das holte Florian aus seiner Erstarrung zurück. Er drehte sich um und rannte, nein, stolperte den Weg zurück, den er gekommen war. Um das Feuerwehrhaus herum, auf die andere Seite. „Bleib stehen, du Feigling!“, hörte er den Mann im Rücken zetern. Aber das tat er natürlich nicht. Er holte seine letzten Kraftreserven aus sich heraus. Als er wieder festen Boden unter den Füßen hatte, legte er einen Spurt bis zum Ende der Straße ein. Erst dort, an der Hauptstraße, als ihm bereits die Luft ausging und die Beine unter ihm nachzugeben schienen, bremste er ab und zwang sich, im Schritttempo weiterzugehen. Unauffälliger. Er wollte jetzt nur noch eines: nach Hause und nicht mehr darüber nachdenken, was im Feuerwehrhaus geschehen sein könnte!

*****

Nach dem anstrengenden Tag spürte Helmut die Müdigkeit in jedem einzelnen seiner Knochen. Sein Körper sehnte sich nach nichts so sehr wie nach Schlaf. Hatte er überhaupt schon jemals in seinem Leben an einem einzigen Tag so viele Kilometer in seinem Auto zurückgelegt? Helmut stülpte sich das Gummiband der Kopflampe um die Stirn, trank seinen siebten Kaffee an diesem Tag aus und stand auf. Es hatte keinen Sinn – er konnte noch nicht schlafen. Entschlossen schritt er zur Haustür, schnallte sich den Rucksack auf den Rücken, hob den Karton auf und griff nach der Schaufel. Er bereute es etwas, dass er bisher zu geizig gewesen war, sich einfach eine zweite für das Waldgrundstück zuzulegen. Da er dort keine größeren Gartenarbeiten erledigte, hatte er diese Anschaffung immer für ineffektiv gehalten. Wer hätte gedacht, dass er sie nun innerhalb weniger Tage gleich mehrmals benötigen würde?

Sei's drum. Helmut zog die Haustür hinter sich ins Schloss und schritt zügig um sein Haus herum. Um das Vorhängeschloss zu öffnen, musste er bereits das erste Mal seine Stirnlampe einschalten, um sie gleich danach wieder zu löschen. Zum einen wollte er nicht gesehen werden, zum anderen war er sich nicht sicher, wie lange der Akku der Lampe im Dauerbetrieb durchhalten würde – sie war nicht mehr die Jüngste. So gönnte er seinen Augen eine Minute, um sich wieder an die Dunkelheit zu gewöhnen, bevor er sich auf den Weg über die Brücke machte. Er war in diesem Moment in einer seltsamen Stimmung. Die Euphorie des erfolgreichen Hauskaufs kämpfte in seiner Brust mit einer hilflosen Wut über die Zerstörung seines Gartenzwergs. Und über allem schwebte das Gefühl, seiner Inge näher zu sein, als er es seit über 20 Jahren gewesen war. Gleichzeitig vermisste er sie so schmerzhaft, als hätte er sie erst vor ein paar Tagen verloren. Das Haus, das hatte er nicht nur für sich, das hatte er für sie beide gekauft. Dort würde sie mit ihm einziehen.

In dieser seltsam aufgewühlten Seelenlage betrat er den Wald. Da der Himmel in dieser Nacht wolkenlos war und der Halbmond relativ hell schien, gab es genug Restlicht, um sich zumindest zu orientieren. Mühelos fand Helmut seinen kurzen Schleichweg, der ihn zum Hauptweg des Waldes führte. Dort angekommen, wollte er schnurstracks nach rechts abbiegen, als etwas zu seiner linken Seite ihn schlagartig verharren ließ. Vielleicht war es eine Bewegung, die er im Augenwinkel wahrgenommen hatte, vielleicht war es auch ein Geräusch oder einfach nur Instinkt: Auf jeden Fall drehte Helmut den Kopf nach links und erstarrte. Etwa fünfzig Meter von ihm entfernt, ungefähr da, wo sich diese grässliche Rentnerbank befand, an der sich Tags die Dorftratschen, Stammtischbrüder und Müttergruppen einfanden, sah er ein kleines, aber grelles Licht, das eindeutig nicht natürlichen Ursprungs war. Vielleicht ein später Jogger oder Hundebesitzer, der mit seiner Stirnlampe die Ruhe des nächtlichen Waldes nutzen wollte? Helmut wartete kurz ab, ob das Licht näherkam. Aber das tat es nicht. Es blieb an der gleichen Stelle, war auf den Boden gerichtet und bewegte sich nur leicht hin und her. Helmut überlegte, ob er es einfach ignorieren und seinen Weg fortsetzen sollte. Es schien so, als hätte diese Person ihn nicht bemerkt. Andererseits: Sicher sein konnte er sich

nicht. Und gerade heute wollte er auf jeden Fall sicher sein, dass niemand ihn bei seinem Waldspaziergang beobachtete. Vielleicht sollte er sich vergewissern, nur um nicht die ganze Zeit das Gefühl zu haben, verfolgt zu werden? Gerade nachts war das ein sehr unangenehmer Gedanke, den gesamten Weg entlang auf jedes Knacken achten zu müssen, immer getrieben von der Vorstellung, dass eine dunkle Gestalt hinter ihm herschlich.
So stellte Helmut sein Paket vorsichtig hinter einen Baum, die Schaufel nahm er allerdings mit – sie gab ihm ein gewisses Gefühl von Sicherheit. Dann schlich er auf das Licht zu. Er blieb natürlich nicht auf dem Weg, sondern lief parallel dazu, direkt hinter der ersten Baumreihe. Tags hätte ihn der dürftige Bewuchs nicht vor Blicken geschützt, aber in der Nacht war das gerade ausreichend, um unerkannt an die gewünschte Stelle zu gelangen. Zweimal stolperte er auf dem Weg über das Gestrüpp, konnte sich aber beide Male fangen, ohne zu stürzen. Je näher er der Stelle kam, desto vorsichtiger wurde er. Jeder Schritt verursachte ein leichtes Knacken oder Rascheln, aber je langsamer er seinen Fuß absetzte, desto unauffälliger war es. Er näherte sich der Stelle bis auf knapp zehn Meter, dann blieb er stehen und versuchte zu verstehen, was an der Rentnerbank vor sich ging. Nur langsam setzten seine Augen das optische Signal zu einer Szene zusammen. Was aber vermutlich auch daran lag, dass das, was er sah, so völlig jenseits dessen lag, was er je erwartet hätte: Eine dunkel gekleidete, vermummte Gestalt war gerade dabei, eine zweite Gestalt, die am Boden lag, auf eine Plastikplane zu ziehen.

Die Plane verrutschte bei diesem Versuch und die Gestalt musste am Ende auf allen Seiten die Plane wieder herausziehen, bis sich die liegende Person endlich in der Mitte derselben befand. Nun ging die Gestalt in die Knie und kramte kurz in einem Rucksack, der zu ihren Füßen lag. Sie zog zwei Gegenstände daraus hervor. Da sie mit der Stirnlampe auf die Gegenstände leuchtete, konnte Helmut die beiden Dinge erkennen: Es waren eine massive Axt und eine Säge, deren zahlreiche Zacken im Licht der Lampe bedrohlich aufblitzten. Einen Moment später fuhr der Lichtkegel über die am Boden liegende Gestalt und Helmut erkannte, dass dort eine Frau lag. Helmut über kam eine Gänsehaut. Mit einer solch skurrilen Situation hatte er sicher nicht gerechnet. Was war das hier? Ein untreuer Ehemann, der seine schwangere Geliebte aus dem Weg schaffte? Ein Kerl, der seine Frau im Suff erschlagen hatte und nun die Spuren beseitigen wollte? War er in einen Film geraten?
Der Kerl – der Figur nach eindeutig männlich – griff sich die Axt und richtete sich auf. Er stellte sich direkt neben den Kopf der Frau und hielt die Axt gen Himmel. Helmut verstand: Sein Opfer war noch gar nicht tot – er wollte sie in diesem Moment erschlagen. Einen winzigen Augenblick stand er wie erstarrt, dann übernahm der Instinkt das Kommando über seinen Körper. Mit einem Schrei brach er aus dem Gebüsch heraus, sprang auf den Weg, rannte auf die Gestalt mit der erhobenen Axt zu und hob brüllend seine Schaufel ebenfalls gen Himmel. Die Gestalt ver-

harrte. Drehte sich zu ihm um. Sah den brüllenden Schatten auf sich zukommen. Kurz zögerte sie, dann holte sie aus und warf die Axt in seine Richtung. Helmut machte einen Ausfallschritt nach links, gerade rechtzeitig, um der fliegenden Waffe auszuweichen. Er stoppte nicht, sondern rannte weiter und das genügte: Der Kerl, nun ohne Werkzeug in der Hand, drehte sich von ihm fort, ließ alles stehen und liegen und rannte in die entgegengesetzte Richtung davon.

Helmut verzichtete darauf, ihn zu verfolgen. Er war zu alt und alles andere als ein Superheld. Wer weiß, ob er bei Tageslicht und im Vollbesitz seiner geistigen Kräfte überhaupt den Mut gefunden hätte, einzugreifen. Keuchend blieb er neben der liegenden Gestalt stehen und stützte sich vornübergebeugt auf seiner Schaufel ab, um wieder zu Atem zu kommen. Während er darauf wartete, dass sein wummerndes Herz sich wieder beruhigte, ließ er den Blick über die Person am Boden gleiten. Kannte er sie und lebte sie überhaupt noch? Im Halbdunkel des Waldes war das schwer zu beurteilen. Kurzentschlossen griff Helmut nach seiner Stirnlampe und schaltete sie ein. Ihr Lichtkegel fiel direkt in ihr Gesicht und im gleichen Moment begann sie zu blinzeln und zu sich zu kommen. In dieser Kleidung, ungeschminkt, mit zerzausten Haaren und in einer Umgebung, in der er sie niemals vermutet hätte, brauchte Helmut mehrere Sekunden, um sie zu erkennen. Gerade so lange, wie Celina brauchte, um die Augen ganz aufzuschlagen und sich ruckartig aufzusetzen.

„Was machen Sie denn hier?“, knurrte Helmut. Die Putzfrau und Komplizin des verhassten Nachbarn! Allein ihr Anblick ließ ihn schlagartig und automatisch in die Rolle des alten Griesgrams zurückfallen. „Tulpe? Sind Sie das?“, klang die fassungslose Stimme der jungen Frau, die gegen den Lichtkegel der Lampe anblinzelte, die in ihr Gesicht schien. Gleichzeitig schob sie sich sitzend ein ganzes Stück von ihm fort. Helmut, der die ganze Zeit immer noch auf seine Schaufel gestützt dagestanden hatte, richtete sich auf. Er konnte sich einfach keinen Reim darauf machen, was das alles zu bedeuten hatte. Seine Gedanken fingen an, nach irgendwelchen Erklärungen zu suchen. Was trieb die Frau nachts hier im Wald – ganz in der Nähe seines Grundstücks? War sie auf dem Weg zu ihm gewesen? Wollte sie ihn ausspionieren – vielleicht sogar im Auftrag von Urban? In Tulpe läuteten sämtliche Alarmglocken. Ganz bestimmt hatte das alles etwas mit ihm zu tun. Das konnte kein Zufall sein.
„Was machen Sie hier, mitten in der Nacht im Wald?“, fuhr er die Frau an. „Wollten Sie zu mir? Unauffällig noch ein paar Gartenzwerge zerschlagen?“
„Nein, ganz bestimmt nicht. Aber was zur Hölle machen Sie hier?“ Die Stimme der Frau klang leicht hysterisch und gleichzeitig aggressiv. Helmut war sich nun ganz sicher, dass sie log. Was sollte er von dieser Person auch schon anderes erwarten? Sie hatte sich bereits an Ludwig Peters herangeschlichen, um an sein Geld zu kommen. Urban war gleich ihr nächstes Opfer geworden, obwohl dieser sogar verheiratet war. Die war zu allem fähig. Womöglich

wusste oder ahnte sie sogar Dinge, die sie absolut nichts angingen. Helmut beschloss, die Unterhaltung hier zu beenden. Jedes weitere Wort könnte gefährlich werden. Er schulterte seine Schaufel und raunzte sie an:
„Sehen Sie zu, dass Sie nach Hause kommen. Der Wald ist nachts kein Ort für junge Fräuleins, wie Sie gesehen haben. Hat Ihnen Ihre Mutter das nicht beigebracht? Das hat auch etwas mit Respekt zu tun. Aber davon versteht euresgleichen ja nichts mehr."
Kaum hatte er diese Worte zu Ende gesprochen, da ging alles so schnell, dass er keine Chance mehr hatte, irgendwie zu reagieren. Celina sprang nach vorne und warf sich mit voller Wucht gegen seine Knie. Helmut kippte um wie ein gefällter Baum, mit dem Kopf direkt auf den Stiel der eigenen Schaufel, die er über der Schulter getragen hatte. Ein blitzartiger Schmerz fuhr durch seinen Schädel, dann schaltete er sich ab.

Man sieht sich

Florian war schweißgebadet, als er Zuhause ankam. Gefühlt hatte der Weg zurück eine Ewigkeit gedauert. Er hatte sich gezwungen, sein normales Schritttempo beizubehalten. Aus allen Häusern schienen ihn neugierige Blicke der Dorfbewohner zu verfolgen und jede seiner Bewegungen genau zu registrieren. Erst als er die Haustür hinter sich zugezogen hatte und sich mit dem Rücken daran zu Boden gleiten ließ, gelang es seinen rasenden Gedanken, etwas zu Ruhe zu kommen und sein Verstand schaltete sich ein. Er schloss die Augen und dachte nach. Ganz nüchtern betrachtet: Was war geschehen? Er war nachts um das Feuerwehrhaus herumgeschlichen, hatte dabei zugegebenermaßen ein privates Grundstück überquert und einen Zaun niedergetrampelt. Okay, aber was hieß das schon? Ein guter Anwalt – und den hatte er – würde diese Bagatelle gar nicht erst vor ein Gericht kommen lassen. Er musste sich keine Sorgen machen – selbst wenn der Mann am Fenster ihn wiedererkennen würde, war dieser Vorfall nicht viel mehr als eine peinliche Geschichte, ein kurzes Gesprächsthema im Ort, aber mehr auch nicht.

Schwieriger wurde es womöglich, wenn Tommi Brunner am Ende tatsächlich ermordet im Feuerwehrhaus gefunden werden würde. Aber Florian war ja nicht im Haus gewesen. Sie würden dort keinerlei Spuren von ihm finden. Und dass er am Fenster gestanden und hineingeschaut hatte, würde wohl kaum ausreichen, um ihm einen Mord zu unterstellen. Abgesehen davon musste ja gar nichts geschehen sein. Tommi Brunner konnte beispielsweise auch irgendwo dort liegen und tief und fest schlafen. Eigentlich war das sogar wahrscheinlicher als Florians wilde Mordfantasien, basierend auf nichts als einem zerschmetterten Gartenzwerg.

Florian spürte, wie sein Körper sich bei diesen Gedanken langsam entspannte. Alles war gut, seine ganze Aufregung war völlig hysterisch und umsonst gewesen. Morgen würde er nur noch darüber lachen. Nein, morgen würde er endlich sein neues Leben hier beginnen. Er würde alles auf Null setzen und nochmal von vorne anfangen. Seinen Nachbarn und dessen Zwerge würde er einfach ignorieren. Er würde an ihnen vorbeigehen und sie gar nicht mehr wahrnehmen. Ihre fiesen kleinen schwarzen Augen, die ihn überallhin verfolgten und beobachteten, würde er nicht mehr bemerken. Sollten sie doch starren, sollten sie doch alles sehen: Was konnten sie schon tun? Sie konnten es niemandem erzählen, alles andere war Einbildung.

„Meine kleinen Freunde hier sehen alles. Denkt daran, was immer ihr treibt!“ Der kahlköpfige alte Mann mit dem grauen Haarkranz und den Augen, deren Farbe man nicht erkennen kann, weil sie stets zu schmalen Schlitzen verengt sind, fuchtelt bedrohlich mit seinem Gehstock. Florian ist mulmig zumute, dennoch lacht er genauso laut wie Stefan und bringt den Alten damit nur noch mehr in Rage.

„Schert euch jetzt weg, ihr Dreckspack!“, ruft dieser erbost und haut mit dem Stock über den Zaun hinweg in ihre

Richtung. Aus einer plötzlichen Laune heraus packt Stefan zu und beginnt sofort, am Stock zu ziehen. Der Alte gibt nicht so schnell auf, also fasst auch Florian mit an. Mit einem gemeinsamen Ruck reißen sie dem Mann den Stock aus der Hand. Dann laufen sie weg, so schnell sie können, lachen dabei keuchend. Ein wirklich gelungener Streich, den sie ihm damit gespielt haben. Das hat er verdient, so wie er immer grundlos auf die beiden losgeht. Erst als sie außer Hörweite sind bleiben sie stehen und erlauben sich eine Verschnaufpause, immer noch lachend über ihren kleinen Triumph. Sie setzten sich auf den Stamm einer gefällten Buche und malen mit dem Stock abwechselnd Figuren in den Waldboden.
„Das wird der nicht auf sich sitzen lassen. Der rennt gleich zu deinen Eltern und verpetzt uns“, erklärt Florian schließlich, als sich die erste Aufregung gelegt hat und er langsam wieder zu klaren Gedanken kommt.
„Er hat uns mal wieder einfach so angeschrien, nur weil wir auf der Wiese hinter seinem Grundstück gespielt haben. Er hat einen Denkzettel verdient“, erklärt Stefan völlig überzeugt. Er hasst den Alten. Florian versteht das: Er selbst muss ihn nur ertragen, wenn er Stefan besucht, aber der lebt schon sein ganzes Leben neben diesem Spaßverderber. „Wir haben noch nie einen von seinen dämlichen Gartenzwergen mit unserem Ball getroffen, trotzdem kriegt der immer einen halben Herzinfarkt, wenn wir hinter seinem Grundstück kicken.“
„Und sein grässlicher Köter, der uns die ganze Zeit anbellt, als wollte er uns die Kehle zerfetzen“, setzt Florian hinzu.

Denn den Hund, so klein er auch ist, findet er noch viel schlimmer als den Alten.
„Stimmt, mein Vater sagt, der hat die Größe eines Meerschweinchens und das Selbstbewusstsein eines Grizzlybären." Die beiden lachen über den passenden Vergleich und Stefan malt mit dem Stock die Kontur eines wirklich hässlichen kleinen Hundes mit gebleckten Zähnen in den Sand.
„Und was machen wir jetzt damit?", fragt Florian und deutet auf den Gehstock. „Am besten, wir verstecken ihn irgendwo hier im Wald", meint Stefan.
„Was ist da eigentlich in euch gefahren? Seid ihr verrückt geworden?", brüllt Stefans Vater sie an, als sie pünktlich zum Abendessen aus dem Wald zurückkommen. Es folgt eine längere Standpauke. Er ist echt sauer und gibt Stefan eine Woche Fernsehverbot mit der Option, dass daraus vier Wochen werden, wenn sie den Stock nicht bis zum nächsten Tag wieder herbeischaffen und zurückgeben. Am liebsten würde er Florian zur Strafe auch nach Hause schicken, aber weil seine Eltern über das Wochenende verreist sind, muss er wie vereinbart doch bei ihnen übernachten. Die Jungs liegen bis um Mitternacht wach in ihren Betten, bis die Eltern sicher eingeschlafen sind. Dann schleichen sie sich raus und steigen in den Garten des Nachbarn ein. Sie werden dem Alten einen Denkzettel verpassen. Klein und hässlich, mit einer Schaufel in der Hand und leicht schielend ist der Zwerg, den sie sich aussuchen. Er steht unter einem Busch, der im Laufe der Jahre so um ihn herumgewuchert ist, dass man ihn auf den ersten Blick gar nicht mehr sieht. Der Alte soll es ja auch nicht gleich

bemerken, am besten erst in ein paar Tagen oder sogar Wochen – ein Vorteil für sie, wenn er am Ende gar nicht sagen kann, wann genau sein Zwerg eigentlich verschwunden ist. Florian packt ihn an der Mütze und zieht ihn ächzend hervor. Für seine geringe Größe ist er erstaunlich schwer. Schnell laufen sie zurück zum Zaun, Stefan ist bereits mit einem Bein darüber geklettert, da kläfft es plötzlich hinter Florian. Erschrocken fährt er herum. Der Miniköter des Alten steht hinter ihm, duckt sich etwas, knurrt, bellt, bleckt die Zähne. Offensichtlich zu allem bereit. Stefan springt über den Metallzaun, der den beiden Jungs etwa bis zum Kinn reicht. „Schnell, Flori. Komm rüber!", zischt er. Florian steht wie paralysiert, starrt auf den knurrenden Hund, der ihn gleich anspringen wird. „Gib mir den Zwerg und komm über den Zaun!", flüstert Stefan hinter ihm. Florian würde das gerne tun, aber sein Körper hört gerade nicht auf seine Befehle. Eine gefühlte Ewigkeit verharrt er regungslos, alles um ihn herum scheint in einem Standbild eingefroren. Bis der Köter plötzlich einen Satz nach vorne macht. Aus der Drohung wird Ernst. Scharfe kleine Zähne haken sich in Florians Hosenbein fest und ziehen. Nun kommt endlich wieder Leben in ihn. Florian schüttelt das Bein, versucht das Vieh wie eine lästige Stubenfliege abzuschütteln. Das macht den Kleinen aber nur noch rasender, den Biss noch fester. Er beginnt, durch den Jeansstoff hindurch nach Florians Schienbein zu schnappen. Schon spürt er einen ersten Striemen von einem der Reißzähne auf seiner Haut. Florian schüttelt noch einmal panisch das Bein, doch der

Dreckshund lässt nicht ab. Knurrt und beißt und zerrt einfach weiter an ihm. Er muss ihn loswerden, sonst wird er ihm das Bein zerfetzen. Panisch und ohne nachzudenken fasst Florian das schwere Tongebilde in seinen Händen, hält es nach oben und stößt es mit Wucht Richtung Boden. Ein kurzes Aufjaulen, ein dumpfes Klirren, dann ist plötzlich Ruhe. Florian schließt die Augen und genießt einen Moment die Stille.

„Oh Mann!", hört er Stefan plötzlich hinter sich keuchen. Er zwingt sich, nach unten zu schauen: Reglos liegt der Körper vor ihm, die Augen noch aufgerissen, die Zunge hängt heraus. Der Hundekopf ist irgendwie schief, verschoben, der Schädel scheint in der Mitte gebrochen, wird nur noch von der umliegenden Haut zusammengehalten. Der Zwerg liegt, mittig in zwei Teile gebrochen, links und rechts davon. Florians Hirn geht offline, er macht jetzt alles, was Stefan ihm von jenseits des Zaunes zuflüstert. Er reicht die Zwergenreste rüber, dann packt er den Hund am buschigen Schwanz und nimmt ihn mit weit ausgestrecktem Arm mit. Er ist ganz leicht, viel leichter als der Zwerg. Er muss ihn nicht einmal loslassen, während er über den Zaun klettert.

Stefan verschwindet kurz, holt im heimischen Schuppen eine Schaufel. Schweigend ziehen sie in den Wald, um dort zu tun, was zu tun ist. Das Loch wird richtig tief, sie geben sich alle Mühe, arbeiten abwechselnd und nahezu wortlos, bis sie das Fellbündel zusammen mit den Tonscherben darin verschwinden lassen und alles wieder zuschaufeln. Stefan ist ganz bei der Sache – er gräbt kurzerhand zwei

Baumreihen weiter einen Farn aus und pflanzt ihn auf das frische Grab. Erschöpft kehren sie nach getaner Arbeit nach Hause zurück. Es ist eine ruhige Nacht. Keine Menschenseele weit und breit scheint etwas bemerkt zu haben. Nichts ist geschehen. Nur die Gartenzwerge des Nachbarn stehen als stumme Zeugen am Zaun und verfolgen die beiden Jungs mit ihren schwarzen Augen, während sie sich am Tatort vorbeischleichen, um in Stefans Kinderzimmer zurückzukehren.

*****

Zu schade, dass sie Yoga niemals ausprobiert hatte. Ein paar Entspannungsübungen würden ihr jetzt guttun. Celina saß in der Hocke, mit dem Rücken an einen Baumstamm gelehnt, und hatte die Augen geschlossen, in der Hoffnung, dass der dumpfe Schmerz in ihrem Kopf so schneller nachlassen würde. Das funktionierte leider nicht, aber zumindest schaffte sie es inzwischen wieder, ein paar klare Gedanken zu fassen.

Warum hatte Tulpe sie niedergeschlagen? Sie versuchte sich einen Reim auf das alles zu machen. Sicherlich hatte er Gründe, sie loszuwerden. Aber woher sollte er denn wissen, was sie eigentlich bisher nur vermutete? Auf jeden Fall schien sie mit ihrem Verdacht auf einer heißen Spur zu sein, sonst hätte er das nicht getan. Ein Grund mehr, an ihm dran zu bleiben. Aber sie musste vorsichtig sein – der Kerl schien zu allem bereit zu sein.

Sie gönnte sich und ihrem dröhnenden Kopf noch eine Minute Pause und rief innerlich nach ihrer Großmutter. Sie hatte das Bedürfnis, ihre tröstende Stimme zu hören. Vielleicht würde sie ihr Mut zusprechen. Denn zugegeben: Celina spürte etwas Angst – und je länger sie darüber nachdachte, desto größer wurde die Angst. Der Kerl hätte sie vielleicht sogar getötet, wenn sie nicht rechtzeitig zu Bewusstsein gekommen wäre. Und nun musste sie ihm noch durch den dunklen Wald folgen, wenn sie ihre Mission zu Ende bringen wollte. Ihr Gefühl sagte ihr, dass es besser wäre, jetzt zu fliehen, das Ganze abzubrechen. Es war viel zu gefährlich und sie war wehrlos und schwach. Ihr Verstand mahnte sie eindringlich: Wenn sie ihn gehen ließ und sich nun aus dem Wald verdrückte, dann war alles umsonst gewesen und die großen Hoffnungen, die sie auf diesen Abend gesetzt hatte, waren alle zunichtegemacht. Sie konnte jetzt wirklich etwas Zuspruch und einen Rat vertragen. Oder vielleicht auch das Gegenteil – Ermahnungen, Zorn, Verbote – oft spornte Celina das sogar noch mehr an, ihren Kopf durchzusetzen. Doch Oma schwieg einfach. Nichts, kein Zeichen von ihr. Das war beunruhigend – wenn nicht sogar zutiefst verstörend. Celina fühlte eine leichte Panik in sich aufsteigen. Was war hier los? Wo war sie? Diese Gelegenheit, um ihre Lebensweisheiten loszuwerden, würde sich die alte Dame doch niemals entgehen lassen! Celina konzentrierte sich, versuchte ihren inneren Sender ganz auf die richtige Frequenz einzustellen. Aber es blieb nur das große Rauschen. Leere. Stille. Nur

widerstrebend ließ sie den Gedanken zu, der ihr kaum erträglich schien: War es möglich, dass Oma durch den Schlag auf den Kopf vernichtet worden war? Celina lauschte diesem Verdacht eine Weile hinterher und gestand sich dann ein: Ja, es war möglich. Sie fühlte sie nicht mehr. Womöglich hatte dieser Schlag sie endgültig aus ihrem Kopf vertrieben. Ihren Geist von der Festplatte gelöscht. Falls das so war, dann war sie nun ganz allein. Es gab niemanden mehr, der sich um sie sorgte, den es kümmerte, was sie mit ihrem Leben trieb. Falls das so war, dann war Tulpe ein Mörder!
Celinas Angst schlug schlagartig in Wut um. Sie konnte den Alten unmöglich ungeschoren davonkommen lassen. Es wurde Zeit, dass sie ihr Schicksal in die Hand nahm. Hoffentlich war es nicht bereits zu spät. Entschlossen öffnete sie die Augen, stemmte sich gegen den Baumstamm und schob sich wieder auf die Füße. Sie spürte, wie ihr Fingernagel an einer Unebenheit im Stamm hängen blieb und einriss. Na toll, auch das noch. Sie würde ihn kurz schneiden müssen und es würde Wochen dauern, um die erforderliche Mindestlänge wieder zu erreichen. Prüfend betrachtete sie sich den Rest ihrer Fingernägel im hellen Mondlicht. Sie schienen weitestgehend in Takt zu sein, waren lange, scharfe Krallen. Sollte er ihr noch einmal zu nahekommen, würde sie ihm damit die Augen auskratzen!

*****

Florians Kopf kippte nach vorne, eine Bewegung, die ihn augenblicklich aus seinem Traum hochschrecken ließ. Er brauchte eine Weile, bis er erkannte, wo er war: an die Haustür gelehnt, sitzend und offensichtlich kurz eingenickt. Die Bilder des Traums standen ihm noch klar vor Augen. Es war beklemmend: So deutlich und realistisch hatte er schon lange nicht mehr davon geträumt! Er sollte Stefan anrufen und mit ihm darüber reden – das half immer am besten gegen die nagenden Gewissensbisse. Er zog sein Smartphone aus der Hosentasche, öffnete sein Adressbuch, suchte die Nummer und zuckte dann zusammen. Erst als er den Namen vor sich sah, unter dem auch sorgfältig die Adresse und das Geburtsdatum eingetragen waren, wurde ihm schlagartig bewusst, dass es Stefan ja gar nicht mehr gab. Kurz überlegte er, ob er den Kontakt nicht einfach löschen sollte. Sein Daumen schwebte bereits über dem roten Befehl. Dann fühlte er die Trauer, die in einer kurzen Welle über ihn hinwegschwappte, ihm das Handy aus der Hand riss und über den Boden schlittern ließ. Es blieb an einem Kinderschuh hängen und das Display erlosch.

Nicht jetzt, das war nicht der richtige Zeitpunkt für diese Dinge. Florian ließ sein Handy achtlos liegen und stemmte sich an der Haustür hoch. Er würde jetzt einfach ins Bett gehen und schlafen, tief und fest und traumlos. Sein ganzer Körper war so erschöpft, dass dies bestimmt gelingen würde. Mühsam schleppte er sich die Treppe hinauf, der Kopf leergefegt, bereit, sich endlich auszuruhen.

Doch oben angekommen stutzte er: Die Kinderzimmertür

stand leicht offen. Seltsam – Lennard schlief immer nur mit fest geschlossener Tür. Florian versuchte, einen Blick auf das Bett zu erhaschen. Aber er musste ganz hineingehen, ans Bett treten, um zu sehen, dass es leer war. Suchend schaute Florian sich um und schaltete das Licht ein. Das Kinderzimmer war verlassen. Nun war Florian wieder hellwach, jede Müdigkeit war aus ihm gewichen. Er schaltete alle Lichter ein und suchte das gesamte obere Stockwerk ab: Schlafzimmer, Bad, Arbeitszimmer – keine Spur von Lenni. Beunruhigt stürmte er die Treppe hinunter und setzte die Suche im unteren Stockwerk fort. Doch nirgends konnte er eine Spur von seinem Sohn entdecken. Das konnte doch nicht wahr sein! Träumte er noch? War sein Albtraum einfach in den nächsten, noch schlimmeren übergegangen? Nein, das war kein Traum mehr. Der kühle Strahl aus dem Wasserhahn des Spülbeckens, den er mit zwei Händen auffing und sich ins Gesicht warf, der war ganz real. Das überlaute Ticken der Küchenuhr in der Stille des Hauses war ganz real. Seine Panik war ganz real. Hektisch lief Florian im Wohnzimmer auf und ab, überlegte fieberhaft, was passiert sein könnte. War der Kleine aufgewacht, hatte gemerkt, dass er alleine Zuhause war und war dann rausgegangen, um ihn zu suchen? Wie konnte er ihn nur einfach alleine Zuhause lassen? Es war seine Schuld, dass Lenni verschwunden war. Diese vermaledeite Gartenzwerg-Phobie! Dieses hirnverbrannte Experiment! Wer, der bei klarem Verstand war, machte so etwas? Julia hatte recht: Er war verrückt geworden! Und wie sollte er Julia das alles erklären? Er zerschlug einen Gnom mit Brezel in der Hand, um dem Bäcker eins auszuwischen und um ihr zu beweisen, dass an seiner Theorie etwas dran war: Diese Gartenzwerge waren allesamt verflucht. Sogar so ein kleiner mit kindlich-unschuldigem Gesicht.

Florian erstarrte mitten in der Laufbewegung und riss die Augen auf. Die Erkenntnis traf ihn wie ein Schlag: Der kindlich-naive Augenaufschlag, die Brezel – der Gartenzwerg, den er zerstört hatte, sollte gar nicht den Bäckermeister verkörpern. Das war Lenni, sein Sohn, der Butterbrezeln über alles liebte! Wenn Tulpe ein Pendant für ihn hatte, warum dann nicht eins für jedes Familienmitglied? Wie lange stand der Zwerg schon in seinem Garten? Er hatte keine Ahnung, er konnte nicht wissen, ob es dieses Exemplar schon vor ihrem Einzug gegeben hatte. Aber er wusste in diesem Moment eins: Wer schuld war, wenn seinem Jungen etwas passierte. Das hier war Tulpes Werk! Er hatte gesehen, wie Florian abends das Haus verlassen hatte, er war hier herübergekommen, um sich für den zerstörten Gartenzwerg zu rächen. Tulpe war sein Mann.

Florian spürte, wie dieser Gedanke Geist und Körper augenblicklich zur Ruhe brachte. Keine entspannte, gemütliche Ruhe, sondern im Gegenteil: eine, in der sich das ganze Sein auf eine einzige Sache konzentrierte. Die Ruhe eines Tigers kurz vor dem Sprung. Er hatte nun endlich ein Ziel, das er verfolgen konnte.

*****

Das hatte man davon, wenn man sich in fremde Angelegenheiten einmischte! Helmut musste nicht an seinen Hinterkopf greifen, um die fette Beule zu spüren, die sich da bereits entwickelt hatte. Er sparte sich den zusätzlichen Schmerz, den dieser Griff verursachen würde, rappelte sich stattdessen auf, hob seine Schaufel vom Boden, deren Stiel für seine Blessur mit verantwortlich war, und stützte sich die ersten Meter daran ab, während er den Waldweg entlanghumpelte. Jetzt würde er sich ganz auf seine eigene Angelegenheit konzentrieren und sich nicht mehr ablenken lassen. Er würde auf dem kürzesten Weg zu seinem Grundstück gehen und die Sache zu Ende bringen. Zum Glück erleuchtete der Mond unbeirrt weiter die Nacht, sodass er ohne große Probleme seinen Karton wiederfand und den vertrauten Weg fortsetzen konnte.

Während er den wohl bekannten Abzweig vom Hauptweg nahm und den deutlich dunkleren, weil dichter bewachsenen Seitenweg entlanglief, kehrten seine Gedanken auch gegen seinen Willen immer wieder zu den letzten Ereignissen zurück. Die Realität hatte ihm mal wieder bewiesen, dass sie genauso schlecht war, wie er sie sich vorstellte. Man half einer jungen Frau und diese trat ihn dafür zum Dank zu Boden. Dennoch – so musste er sich insgeheim doch eingestehen – war er erleichtert, dass er nicht tatenlos zugesehen hatte, wie ein Mensch einen anderen umbrachte. Um ganz ehrlich zu sein: Es war sogar ein erstaunlich gutes Gefühl, eingegriffen zu haben. Das Richtige getan zu haben. Ja, das Gefühl beflügelte regelrecht seine Schritte, ließ ihn leichter vorankommen als es nach

dem langen und ereignisreichen Tag zu erwarten wäre. Er war selbst erstaunt über die leichte Euphorie, die sich in ihm ausbreitete, während er zielsicher seinen Weg durch das Gestrüpp fand. Es lenkte ihn allerdings auch ab, machte ihn unaufmerksam. Er achtete nicht mehr auf verdächtige Geräusche, die so vielleicht nachts gar nicht in den Wald gehörten: Ein unbeherrschtes Rascheln und Knacken, das nicht von umsichtigen Igeln oder Mäusen, Füchsen oder Wildschweinen, sondern von etwas Plumpem, Ungeschicktem und offensichtlich Ortsunkundigem verursacht wurde. Ein Schatten, der sich immer wieder hinter ihm plötzlich aus dem Dunkeln eines Baumstammes herauslöste und zum nächsten huschte. Ein keuchendes Atmen, das hektisch bemüht war, einen Schmerzensschrei zu unterdrücken.
Helmuts Gedanken wanderten zu Inge. Sie war immer so ein Gutmensch gewesen, hatte überall geholfen, ohne nach ihren eigenen Vorteilen zu fragen. Er fühlte sich ihr in diesem Moment so nahe wie schon seit Ewigkeiten nicht mehr. Er näherte sich nun der Stelle, an der sich der Weg gabelte. Er wollte bereits routiniert nach rechts, in den Trampelpfad einbiegen, als er etwas sah, das ihn stutzen ließ. Da war jemand! Nicht auf dem Trampelpfad, sondern links, auf dem breiteren der beiden Wege. Dort lief eine dunkle Gestalt. Eindeutig ein Mensch. Im ersten Moment dachte Helmut, der Mensch hätte eine Behinderung, weil die Umrisse und auch die Bewegungen unsymmetrisch waren, irgendwie schief. Dann glaubte er jedoch zu erah-

nen, dass der Mensch etwas über die rechte Schulter geworfen hatte. Irgendeinen Gegenstand, ein Sack vielleicht, der nicht ganz leicht zu sein schien. Das erklärte den schiefen Gang. Was hatte das zu bedeuten, mitten im Wald, um diese Uhrzeit? Der Mensch lief von ihm fort, weiter in den Wald hinein. Vermutlich wieder jemand, der seinen Sperrmüll lieber in den Wald brachte, als ihn gegen Geld in der Sondermülldeponie abzugeben. Man hörte immer wieder davon.

Sollte er ihm folgen? Aber wozu, mit welchem Ziel? Nur weil er ein Verbrechen verhindert hatte, konnte er jetzt nicht zur Waldpolizei werden. Alles hatte seine Grenzen, er hatte selbst eine wichtige Aufgabe zu erledigen. Eine Aufgabe, die entscheidend für seine weitere Zukunft war. Nun war der Unbekannte auch bereits vom Dunkel der Nacht verschluckt. Und Helmut wandte sich nach rechts, ging seinen gewohnten Trampelpfad weiter. Langsam kehrte die Müdigkeit in seine alten Knochen zurück. Es wurde Zeit, dass er seinen Job zu Ende brachte.

*****

Florian machte sich gar nicht erst die Mühe, am offiziellen Gartentor zu klingeln und darauf zu hoffen, dass der Hausbesitzer herauskäme. Er nahm den kürzesten Weg, stieg direkt über die Mauer und stürmte quer durch den Garten auf die Haustür zu. Dort klopfte er lang und kräftig. Doch nichts rührte sich im Haus. Er klopfte noch einmal, legte dann das Ohr an die Tür und lauschte. Kein Laut deutete darauf hin, dass innerhalb des Hauses Leben war. Er ging nach links vor das nächstgelegene Fenster. Kein Lichtschimmer war dort drinnen erkennbar. Dann kam ihm ein naheliegender Gedanke. Er drehte sich um und hielt nach Tulpes alter Rostlaube Ausschau. Das Auto stand an seinem üblichen Platz, genau gegenüber dem Gartentor am Seitenstreifen zur Bahnlinie. Mit dem Auto war er also nicht weg. Falls er wirklich nicht Zuhause war – wo konnte er um diese Zeit sein? Tulpe war sicher nicht bis spät in den Abend bei Freunden – welchen eigentlich? – zu Besuch, Partys waren ganz auszuschließen. Schlief er so tief und fest, dass er ihn nicht hörte? Florian machte ein paar Schritte vom Haus weg, so weit, dass er zum Schlafzimmerfenster hinaufschauen konnte. Auch ohne jemals einen Fuß über die Schwelle des Hauses gesetzt zu haben, wusste Florian genau, hinter welchem Fenster es lag. Neben dem Badezimmer das einzige Fenster im oberen Stockwerk, das regelmäßig jeden Abend für einige Minuten erleuchtet war. Vermutlich genau so lange, wie der Alte brauchte, um sich seinen Pyjama anzuziehen. Florian bückte sich, tastete den dunklen Boden ab und fand schließlich, was er suchte: ein kleines Steinchen. Er zielte einen Moment und warf dann mit höchster Konzentration. Das leicht knirschende Geräusch von Stein auf Glas. Volltreffer! Möglicherweise etwas zu fest, er konnte nicht ausschließen, dass das Fenster nun einen kleinen Schaden hatte, dafür war das Geräusch laut genug gewesen um Schlafende wachzurütteln. Spätestens jetzt hätte das Licht im Schlafzimmer angehen müssen. Doch nichts passierte.

Wo steckte der Kerl?
Florian dämmerte es. Es war ein Gedanke, der ihn zutiefst beunruhigte: Wenn er wirklich Lennard entführt hatte, dann brachte er ihn vielleicht gerade irgendwohin. An einen Ort, wo er garantiert ungestört und unbeobachtet war. Das Waldgrundstück. Florian überlegte kurz: Sollte er jetzt die Polizei rufen? Kindesentführung war kein Spaß mehr, damit mussten sie ihn endlich ernst nehmen. Aber nein! Allein bis er die zuständigen Beamten am Telefon und ihnen die ganze Geschichte erzählt hätte, wäre viel zur viel Zeit vergangen. Er spürte deutlich, dass er diese Zeit nicht hatte. Er musste handeln, jetzt sofort! Seine Entscheidung stand fest. Ohne weiter zu zögern stürmte er los, direkt in den Wald.

Der unsichtbare Dritte

Das T-Shirt klebte klamm auf ihrer Haut. Celina lief das Wasser aus allen Poren, ein Ergebnis von Schmerz, Angst und Anspannung. Inzwischen machten sich ihr pochender Kopf und ein unangenehmes Ziehen im linken Knöchel gegenseitig Konkurrenz. Natürlich war sie in der Dunkelheit mehrfach über Wurzeln und Steine gestolpert, einmal hatte es dabei sehr deutlich in ihrem linken Fußgelenk geknackt, seither ließ sie das Ziehen im linken Knöchel nur noch leicht humpelnd vorankommen. Dennoch hatte sie Tulpe nicht aus den Augen verloren und er schien sie nicht bemerkt zu haben. Das machte sie in gewissem Sinne stolz – ein selten erlebter Ehrgeiz hatte sie gepackt. Ihre Oma wäre begeistert von ihrem Durchhaltevermögen, wenn sie das sehen würde. Aber nichts deutete darauf hin, dass sie noch da war. Diese Erkenntnis befeuerte Celinas Ehrgeiz aber noch mehr. Das durfte nicht umsonst gewesen sein – sie musste heute ihr Ziel erreichen. Als sie hinter dem Baum hervor endlich einen merkwürdigen Zaun erspähte, auf den Tulpe zuhielt, war sie dennoch erleichtert, dass die Verfolgungsjagd zu Ende war. Das musste er sein – dieser seltsame Garten, den Florian ihr bereits auf Bildern gezeigt hatte. Genau wie sie vermutete, blieb der Alte dort stehen, stellte den Karton auf den Boden, lehnte die Schaufel an den Zaun und griff sich in die rechte Hosentasche. Dann schaltete er kurz seine Stirnlampe ein und beugte sich etwas vor, vermutlich um das Vorhängeschloss zu öffnen, welches das Tor versperrte. Celina zog den Kopf unwillkürlich hinter den Baum zurück, als das Licht aufleuchtete, und verharrte so eine Weile. Als sie es wieder wagte, nach Tulpe zu schauen, war dieser bereits jenseits des Zauns verschwunden.

Beherzt trat sie hinter dem Baum hervor und ging auf das Tor zu. Die seltsame Barrikade, die Tulpe um sein Grundstück herum errichtet hatte, hielt nicht nur neugierige Blicke von seinem Garten fern, sie verhinderte auch umgekehrt, dass er hinausschauen konnte. Diesen Umstand nutzte sie nun für sich. Sie war darauf vorbereitet, dass das Tor versperrt sein würde. Doch offensichtlich kam sich der Alte sicher vor, er hatte sich nicht die Mühe gemacht, das Vorhängeschloss von innen wieder an die Tür zu hängen und sie damit zu verschließen. Oder er hatte sich die Zeit sparen wollen. Jedenfalls gab das Tor dem leichten Druck der Hand sofort nach und schwang nach innen auf.

Celina blieb erst einmal stehen und sondierte die Lage. Sie ließ ihre Augen über die ganze Fläche des Grundstücks gleiten. Tulpe stand neben dem Pavillon, hatte seine Schaufel gepackt und hieb diese mit Wucht vor sich in die Erde. Die Stirnlampe hatte er eingeschaltet und war so auf sein Treiben konzentriert, dass Celina keine Bedenken hatte, dass er sie bemerken könnte. Langsam schob sie das Tor hinter sich wieder zu und ging näher an ihn heran. Dabei ließ sie ihn nicht aus den Augen, wie er Schaufel um Schaufel Erde aus dem Boden holte. Auf der Rasenfläche kam sie lautlos voran. Erst als sie schon bis auf wenige Meter an ihn herangetreten war, erkannte sie, dass er in einem jener Beete herumwerkelte, die wie kleine Gräber aussahen. Sie blieb im Schatten des Pavillons stehen und überlegte einen Moment. Jetzt wurde es spannend: Würde sich ihre vage Theorie als wahr oder als übersteigerte Fantasie erweisen?

Bilder tauchten vor ihrem Inneren auf, Erinnerungen an ihre letzte gemeinsame Nacht. An ihren Streit. Als Ludwig ihr einfach eiskalt ins Gesicht gesagt hatte, dass er seine Zelte hier abbrechen und sie nicht mitnehmen würde. Ohne das geringste Bedauern, ohne das kleinste bisschen Schuldgefühl in der Stimme. Wie sie ausgerastet war. Wofür hatte sie sich denn mit diesem hässlichen alten Widerling eingelassen? Sollte das alles umsonst gewesen sein? Sie würde ihn erpressen, ihre Affäre bekannt machen, nein, behaupten, er hätte sie vergewaltigt. Aber er lachte nur hässlich und überheblich. Von seinem Geld würde sie nichts bekommen, egal was sie vorhatte, und auch sonst keiner der Geier, die über ihm kreisten. Überhaupt sei das bisschen Bares, das er sich mühsam beiseitegelegt hatte, gar nicht so üppig, wie manche Leute zu glauben schienen. So viel gab ein bisschen Lokalpolitik schließlich nicht her. Er wandte sich ab, sie war für ihn bereits Geschichte. Doch da stand die Vase mit den Trockenblumen. Sie merkte es nicht einmal, wie sie danach griff. Es war, als spule ihr Körper sein eigenes Programm ab, als ihre Hände sie hochhoben und ihm über den Schädel zogen. Ludwig kippte auf den Rücken wie ein gefällter Baum. Er bewegte sich nicht, aber er war auch nicht tot, starrte sie an und sprach röchelnd, unfähig, sich zu bewegen. Sein Vermögen sei sicher versteckt, da würde sie niemals rankommen. Und das Versteck sei so genial und gleichzeitig so bescheuert und geschmacklos, dass sie es nicht finden könne. Es sei der letzte Ort, an dem sie je danach suchen würde. Dann lachte er fast tonlos und rang gleichzeitig nach Luft. In dem Moment hatten sich ihr Körper und Geist wieder vereint und sie hatte die Panik gepackt, als ihr bewusst wurde, was sie getan hatte. Sie war einfach weggerannt. Sie stürmte nach Hause, lief dort in kopfloser Panik auf und ab, versuchte zu klaren Gedanken zu kommen, aber es dauerte, alles schien sich im Kreis zu drehen. Erst als sie sich ein heißes Bad einließ, im schaumigen Wasser, beruhigte sie sich etwas. Und plötzlich war da diese Stimme in ihrem Schädel. Es war das erste Mal seit ihrem Tod, dass sie die Stimme ihrer Oma hörte. So vertraut und nah. „Geh zurück, Celina. Ruf einen Krankenwagen. Noch kannst du das wieder geraderücken. Mach es!“ Und Celina hörte auf ihre Oma, wie sie es zu Lebzeiten auch getan hatte. Mit zitternden Knien schlich sie sich zurück, öffnete das Haus, das im Dunkeln lag, mit ihrem Zweitschlüssel. Suchte ihn im Wohnzimmer, dort, wo sie ihn liegen gelassen hatte. Doch er war weg. Keine Spur mehr von ihm, keine von der zertrümmerten Vase. Er war verschwunden. Abgehauen? Sie sollte erleichtert sein, dass er nicht tot war, doch sie spürte, wie gleich nach der Erleichterung die alte Wut wieder hochkam. Er hatte sie betrogen! Hatte den Schwerverletzten gespielt, um sie loszuwerden, damit er ungestört abhauen konnte. Sie lief aus dem Haus, schaute um das Eck zum Carport. Leer. Wenn sie es nur zu Ende gebracht hätte! Sie schlurfte zurück zur Haustür, wollte diese zuschließen, um wenigstens die Spuren ihrer Anwesenheit zu beseitigen. Hämisch grinsend blickte sie der Gartenzwerg von der Mauer aus an, sein hässlicher fetter Doppelgänger. Mit einer plötzlich aufflammenden Wut stürmte Celina auf ihn los und fegte ihn von der Mauer. Es knackte und knirschte nur kurz. Dann setzte ein sinnflutartiger Regen ein, der den Rest der Nacht in ihrer Erinnerung verschwimmen ließ.

Ein Knistern riss Celina in die Gegenwart zurück. Die Schaufel war auf etwas anderes als Erde gestoßen. Tulpe kniete sich auf den Boden und beugte sich in das Loch hinein. Es war so tief, dass er seinen ganzen Arm darin versenken musste. Er ächzte leise, während er etwas aus dem Loch zog und daneben ablegte. Im Schein der Stirnlampe erkannte Celina, dass es sich um einen schwarzen Müllbeutel handelte, der ordentlich verschnürt war. Sie spürte die Erregung in sich aufsteigen: Sie hatte Recht gehabt! Jetzt würde es sich zeigen, wer hier am Ende der Dumme war. Er war so verdammt überheblich gewesen, hatte sich für schlauer als sie gehalten. Wo immer Ludwig in diesem Moment war – sie hoffte so sehr, dass er das hier mitbekam: Sie war ihm auf die Schliche gekommen!

Tulpe war bereits dabei, die komplizierten Knoten, welche den Müllbeutel fest zusammenhielten, zu entwirren. Noch

hatte er sie nicht bemerkt, nach wie vor war er hochkonzentriert. Das wäre die Gelegenheit, ihn auszuschalten. Denn das musste sie, wenn sie an den Müllbeutel herankommen wollte. Die Frage war nur: womit? Celina suchte die Umgebung nach möglichen Waffen ab. Direkt neben den Beinen des Alten lag die Schaufel. Würde sie schnell genug an sie herankommen, diese aufheben können, bevor er sie bemerkte und selbst danach griff? Sie musste es wohl versuchen – denn etwas anderes sah sie in dem spärlich ausgestatteten Garten nicht. Celina spannte ihren Körper an und konzentrierte sich, ging die nächsten Schritte im Geiste ganz genau durch, um auf alles vorbereitet zu sein. Fünf Schritte vorhechten, im Laufen bereits herunterbeugen, die Schaufel greifen, darauf achten, hinter seinem Rücken zu bleiben, ausholen und zuschlagen. Und bloß keinen Moment zögern!
Jetzt war sie soweit, wollte losstürmen, den Körper hatte sie bereits zu einem kurzen Sprint in Position gebracht, ein Bein vorne, eins hinten. Plötzlich flog mit einem lauten Knall die Gartentür auf. Fast wurde sie aus den Angeln gerissen. Im nächsten Augenblick stürmte ein brüllendes Wesen in den Garten, groß, massiv, eine Urgewalt, die sich ungebremst auf den knienden Tulpe zubewegte. Celina erstarrte. Was war hier los?

*****

Es roch muffig, staubig und ein kleines bisschen nach Holz. Aber da war noch ein Geruch, den Lennard nicht zuordnen konnte, der ihm aber überhaupt nicht gefiel. Ein Geruch, der bei ihm leichte Übelkeit hervorrief. Jetzt bloß nicht spucken, dachte Lennard und spürte Panik aufsteigen, welche den Brechreiz leider noch weiter befeuerte. Aber mit dem festen Knebel, der seine Mundwinkel schmerzhaft verzog, wäre das jetzt eine Katastrophe. Lennard versuchte, sich auf das zu konzentrieren, was er sehen konnte, um sich vom Geruch abzulenken. Es war nicht viel: Nur durch ein Rechteck fiel ein schwaches Licht herein. Trotzdem wusste Lennard, dass der Raum nicht groß war. Er hörte es, wenn er mit den Beinen strampelte und gegen etwas trat, das in seiner Reichweite stand, derzeit seine einzige Möglichkeit, ein Geräusch von sich zu geben. Außer vielleicht ein heiseres, unartikuliertes Schreien aus dem geknebelten Mund. Das hatte er auch schon versucht, doch es war so anstrengend, dass er es gleich wieder gelassen hatte.

Nur langsam stellten sich seine Augen auf das schale Restlicht ein. Genauso langsam erkannte Lennard, in welcher Lage er sich befand. Der falsche Ninja hatte ihn am Ende doch noch eingeholt, gerade als er gedacht hatte, er wäre ihm endgültig entwischt. Plötzlich war er hinter ihm gewesen, hatte ihn gepackt und ihm so lange Mund und Nase zugedrückt, bis ihm schwarz vor Augen wurde. Nun saß er hier, seine Arme waren am Handgelenk um das Gestell eines Holzregals herum fest zusammengebunden. Das Holzregal war entweder sehr schwer oder mit der

Wand verschraubt, so sehr er auch daran rüttelte, es rührte sich nicht. Auch seine Beine waren fest miteinander verschnürt. Nur schattenhaft sah Lennard, dass der kleine Raum, in dem er sich befand, nahezu leer war. Es gab dieses Regal, dessen Inhalt er von seiner Position aus kaum erkennen konnte, und ein blaues Plastikfass in der Ecke, gerade so weit von ihm entfernt, dass er mit den Füßen dagegen treten konnte, wenn er sich etwas streckte. Er tat es noch einige Male und lauschte dem dumpfen Geräusch hinterher. Das war nicht besonders laut. Wer sollte das hören? Lennard trat noch einmal mit aller Kraft dagegen, dann gab er es auf.

*****

Erstaunlich, wozu ein Körper mit der richtigen Menge Adrenalin im Blut imstande war. Wenn er sich vorgenommen hätte, endlich wieder mit dem Joggen anzufangen, hätte er diese Strecke nicht einmal zur Hälfte geschafft, ohne zu kollabieren. Nun war er den ganzen Weg durch den Wald in einem für ihn rekordverdächtigen Tempo gerannt und fühlte sich nicht einmal erschöpft, als er das Grundstück stürmte. Im Gegenteil, als er Tulpes Umrisse auf dem Boden kniend erkannte, gab ihm das noch einmal einen regelrechten Energieschub. Ohne zu zögern sprang er auf den Erzfeind zu, packte ihn am Hemdskragen und schmiss ihn Rücklings zu Boden. Die Stirnlampe flog Tulpe beim Sturz vom Kopf. Er starrte ihn mit aufgerissenen Augen ehrlich überrascht an, während Florian seinen

Griff um den Kragen noch verstärkte und gleichzeitig den Kopf des Gegners etwas anhob.
„Wo ist er?", schrie er dem Alten ins Gesicht. Dieser blieb stumm, starrte ihn nur weiter an. Florian spürte das Verlangen, ihm mit der Faust ins Gesicht zu schlagen, etwas das er noch nie in seinem Leben getan hatte und bisher nur aus Filmen kannte.
„Wo ist mein Sohn?", brüllte er stattdessen. Tulpe hatte sich von seinem ersten Schreck erholt und schien nun wenig beeindruckt.
„Woher soll ich das wissen?", knurrte er in seinem üblichen Tonfall. Nicht der leiseste Hauch Angst lag darin.
„Weil du ihn entführt hast!", schrie Florian ihn an.
Der Alte schnaubte verächtlich. „Ich? Was soll ich mit dem Plagegeist?"
Im nächsten Moment flog sein Kopf zu Seite. Erst als er den Schmerz in den Fingerknöcheln spürte, merkte Florian, dass er ihm nun tatsächlich seine Faust ins Gesicht geschlagen hatte. Tulpe brauchte einen Moment, um das zu verarbeiten. Dann drehte er ihm wieder das Gesicht zu, die Augen zu hasserfüllten Schlitzen verengt. „Was soll das? Bist du jetzt verrückt geworden?", zischte er.
„Vielleicht. Ich will Lennard zurück, jetzt sofort. Sonst bin ich zu allem fähig." Zur Verdeutlichung seiner Worte holte er ein zweites Mal mit der Faust aus, stoppte allerdings in der Bewegung, um Tulpe Zeit zu lassen, darauf zu reagieren. Dieser zeigte eher Wut als Panik. „Ich habe deinen Sohn nicht. Verstanden? Und jetzt lass mich los!"
Das würde er sicher nicht tun. Statt ihn aber ein zweites

Mal zu schlagen, packte er ihn wieder mit beiden Händen am Kragen und verschaffte sich erstmal einen Überblick über die Lage. Nur mit Gewalt würde er den Alten nicht knacken. Er musste auch sein Hirn einschalten. Der Mond schien hell genug auf diese Lichtung, um die nähere Umgebung einigermaßen zu erfassen. Sein Blick fiel auf einen schwarzen Müllsack, der zwei Armeslängen von ihnen entfernt auf dem Boden lag. Daneben hatte der Alte ein Loch in seinem skurrilen Gräberfeld ausgehoben, das Florian bereits von Fotos kannte. Gerade groß genug, um den Müllsack darin verschwinden zu lassen. Florians Magen krampfte sich schlagartig zusammen: War dieser Sack groß genug…? Er wagte nicht, den Gedanken zu Ende zu denken.

„Was treibst du hier eigentlich mitten in der Nacht? Was ist in dem Sack, wozu das Loch?", herrschte er den Nachbarn an. Tulpe lachte bitter auf: „Ich beerdige Gisbert." – „Gisbert?" – „Dein letztes Opfer. Ist nicht mal einen Tag her – du solltest dich erinnern." – „Der Zwerg?" – „Ganz recht. MEIN Gartenzwerg."

Florian überlegte kurz. Konnte das stimmen? Waren das hier Gräber für seine Gartenzwerge, nichts weiter? Zutrauen würde er es ihm. Aber er traute dem Kerl auch noch ganz andere Sachen zu. Er schaute den Müllsack noch einmal genauer an und erkannte, dass sich in einer Falte der Mülltüte Erde gesammelt hatte. „Was ist in dem Plastiksack, den du gerade ausgegraben hast? Dein Zwerg ist es sicher nicht!"

„Gisbert ist in dem Karton. Im Sack ist ein anderer Zwerg.

Die beiden bekommen ein Gemeinschaftsgrab. Ich kann ja nicht für jeden von ihnen ein eigenes anlegen, so schnell wie die derzeit gemeuchelt werden", erklärte Tulpe. Karton? Florian ließ seinen Blick noch etwas weiter wandern. Tatsächlich – ein Stückchen hinter der Tüte stand auch noch ein offener Karton, dessen Inhalt er allerdings von seiner Position aus nicht sehen konnte. Der Alte erriet wohl seine Gedanken, denn er knurrte in diesem Moment: „Sieh doch nach, wenn du mir nicht glaubst. Gisberts Überreste befinden sich im Karton."
Florian zögerte. Natürlich glaubte er dem Alten kein Wort, aber wenn er wissen wollte, was sich wirklich im Sack oder in der Tüte befand, dann musste er wohl selbst nachschauen. Aber zuerst musste er die Gefahrenquelle ausschalten, um die Hände frei zu haben. Nachdem sich die erste Wut, die ungeahnte Urinstinkte in ihm freigesetzt hatte, zusammen mit dem Adrenalin inzwischen allerdings etwas abgebaut hatte, kostete es ihn Überwindung. Florian konzentrierte sich: Es ging um Lenni – er musste alles tun, um ihn zu finden. Und dieser Kerl hier hatte ganz sicher etwas mit seinem Verschwinden zu tun. Er hatte seinem kleinen Jungen irgendetwas angetan. Wegen ihm war er in Gefahr, lag jetzt vermutlich irgendwo in der Dunkelheit und hatte furchtbare Angst. Nun ging es wieder: Florian holte aus und verpasste Tulpe einen rechten Haken – einmal, zweimal, dreimal. Bis er merkte, dass der Alte, den er links immer noch am Kragen gepackt hatte, erschlaffte. Dann ließ er ihn los, stand auf, schüttelte seine schmerzende rechte Hand aus und atmete mehrmals tief durch.

Zwei Fuß neben dem Alten lag immer noch die Stirnlampe auf dem Boden und beleuchtete sinnlos ein Stück Grasfläche. Florian bückte sich und hob die Lampe auf. Er schritt damit zuerst zum Karton hinüber und leuchtete hinein: Ein Haufen bunt bemalter Tonscherben, zum größten Teil Stücke so klein wie ein Daumennagel, bedeckte den Kartonboden. Ganz obenauf lag eine in der Mitte durchgebrochene Tonbrezel. Hatte Tulpe doch die Wahrheit gesagt? Das konnte nicht sein! Florian wandte sich nun zur Mülltüte, ging in die Hocke und begann, den Knoten der Schnur, welche die Tüte fest zusammenhielt, zu lösen. Seine Finger kamen ihm dick und ungeschickt vor, während er an der festgezurrten Paketschnur herumknibbelte. Auch nach mehreren Anläufen schaffte er es nicht, die Spannung zu lösen und das erste Ende herauszuziehen. Schließlich überkam ihn der Frust. Wenn es nicht so ging, dann musste eben rohe Gewalt das Problem lösen. Er packte die Tüte mit beiden Händen und begann, das Plastik auseinander zu ziehen. Es war ein dickes Plastik, keine dünne Mülltüte, sondern ein extra stabiles Exemplar, wie man es beispielsweise auf Baustellen verwendete. Er grub sich fest mit den Fingernägeln hinein, um die ganze Sache zu beschleunigen. Endlich hörte er ein reißendes Geräusch – das Plastik gab nach, ein Riss spaltete die Tüte und der Inhalt ergoss sich widerstandslos vor seine Füße. Florian blickte nach unten, versuchte zu begreifen, was er dort sah. Doch ihm blieb nicht sehr viel Zeit dafür. Denn plötzlich schien sein ganzer Kopf zu explodieren. Es ging so schnell, dass er den Schmerz schon nicht mehr spürte, als sein Körper zur Seite kippte und die Welt vor seinen Augen verschwand.

*****

Gut, dass er sich die Zeit genommen und für den Fall der Fälle auch noch weiteres „Werkzeug“ mitgenommen hatte. Er hatte gar nicht damit gerechnet, dass er es brauchen würde. Er wollte nur auf Nummer sichergehen, als er sich auch noch das Gewehr besorgt hatte. Im Schützenverein gab es genügend davon, er musste sich nur das Passende aussuchen, nachdem er eingebrochen war und die Überwachungskameras geschickt aus dem toten Winkel heraus demoliert hatte. Gut, wenn man Insiderwissen besaß. So ging alles ganz schnell und das Vereinsheim lag praktischerweise direkt auf seinem Weg in den Wald. Er hatte kaum Zeit verloren.
Nun musste er nur noch auf den richtigen Moment warten. Wenn die drei so weitermachten, würde am Ende vielleicht doch nur einer übrigbleiben. Umso besser. Er war kein allzu guter Schütze, hatte dieses Hobby niemals mit besonders großem Ehrgeiz betrieben. Die Wahrscheinlichkeit, mit drei Schüssen hintereinander in kurzer Zeit drei Ziele genau zu treffen, war gering. Und wenn er nicht traf, dann würden sie anfangen wegzulaufen. Nachts im Wald hatten sie gute Chancen, ihm zu entwischen. Er suchte sich wieder eine stabile Position auf seinem Ast, hob erneut das

Gewehr und schaute durch das Zielfernrohr mit dem aufgesetzten Nachtsichtgerät. Sie war gerade dabei, den Inhalt des Kartons in das offene Erdloch zu leeren. Dann ging sie in die Hocke und begann, irgendetwas vom Boden aufzuheben und in den Karton zu legen. Die anderen beiden lagen reglos. Nach dem, was er beobachtet hatte, wohl nicht tot, aber bewusstlos. Vielleicht war das der Moment, auf den er gewartet hatte. Er konnte erst sie in Ruhe erledigen und hatte bei den anderen beiden noch etwas Zeit. Sein Körper spannte sich an, er versuchte, sich in Erinnerung zu rufen, was er über das Schießen gelernt hatte. Nahm ihren Kopf ins Visier, versuchte, innerlich zur Ruhe zu kommen.

*****

Das zweite Mal in einer Nacht bewusstlos geschlagen – für seinen alten Schädel war das nicht gerade ideal. Es tat tierisch weh. Dennoch war Helmut erstaunt, wie klar er noch im Kopf war. Er brauchte keine Zeit, um sich zu orientieren, wusste sofort, wo und in welcher Lage er war und wer ihm das angetan hatte, als sein Bewusstsein in seinen Körper zurückkehrte. Deshalb blieb er erst einmal liegen, rührte sich nicht, öffnete nur die Augen und sondierte die Lage. Dann stellte er fest, dass er entscheidende Aktionen verpasst haben musste. Es war nicht Urban, der neben seinem Gräberfeld hockte und dabei war, ihn zu bestehlen. Es war die Kleine. Wo kam die so plötzlich her? Allmählich bereute er es doch, sie gerettet zu haben. Undankbares

Gesindel. Auf jeden Fall musste er sie aufhalten. Er konnte nicht zulassen, dass sie mit seinem Geld verschwand – ausgerechnet jetzt, wo er es brauchte.
Ob er sie überwältigen konnte? Helmut war Realist: Er wusste, dass er eher schmächtig war, sie war mindestens so groß wie er, wesentlich jünger und damit auch deutlich schneller. Sein einziger Vorteil konnte das Überraschungsmoment sein. Doch dazu musste er sich blitzschnell aufrichten und auf sie werfen – schneller als sie reagieren konnte. Würde er das schaffen?
Helmut dachte an das Haus, das er soeben gekauft hatte. Sein kleines Paradies, in dem er seinen Lebensabend verbringen wollte. Dafür lohnte es sich, zu kämpfen. Aufgeben kam nicht in Frage. Er spannte seine Muskeln an, machte sich bereit zum Sprung und wartete auf den einen Moment, der dafür geeignet war. Und der Moment kam – er hätte es fast für eine göttliche Fügung gehalten, wenn er nicht eingefleischter Atheist gewesen wäre: Gerade lehnte sie sich etwas nach vorne, um die wenigen losen Geldscheine, die nicht in festen Rollen aufgewickelt waren, aufzulesen und in den Karton zu werfen, da fegte eine unerwartete Windböe über den Boden. Sie war nicht sehr stark, gerade so, dass die Scheine ein paar Meter zur Seite flatterten. Sie drehte ihren Oberkörper erstaunt hinterher, wandte Helmut damit ihren Hinterkopf zu. Das nutzte er augenblicklich, stemmte sich auf die Füße und hechtete die wenigen Meter geduckt. Bevor sie merkte, was geschah, schmiss er sich bereits von hinten auf sie und warf sie bäuchlings zu Boden. Im gleichen Augenblick zerriss

ein Knall die Stille des Waldes und Helmut spürte einen stechenden Schmerz in seiner linken Schulter. Er schrie auf, rollte vom Rücken der Frau herunter und sackte selbst zu Boden, erst einmal unfähig, sich zu rühren. Was war das? Der Schmerz in der Schulter war so stark, dass er kurz davorstand, das Bewusstsein zu verlieren. Aber instinktiv wusste er, dass das nicht passieren durfte. Wenn er das hier überstehen wollte, musste er jetzt wach bleiben. Er konzentrierte sich auf den sternenklaren Himmel, versuchte seine Augen an den vielen funkelnden Lichtern festzuhalten, damit sie ihm nicht zufielen.

„Was ist hier los?", hörte er plötzlich die Stimme seines Nachbarn. Aus den Augenwinkeln sah er, wie sich keine zwei Meter links von ihm entfernt eine Gestalt vom Boden erhob. Dann wieder ein Knall und wenige Sekundenbruchteile später ein tiefer Schrei neben ihm, der große Kerl, der sich gerade aufgerichtet hatte, sackte wieder auf den Boden herab, verharrte kniend und stöhnend direkt neben Helmuts reglosem Körper.

„Scheiße, was ist das?", kreischte die Kleine in Helmuts rechtes Ohr. Sie lag direkt neben ihm.

„Da schießt einer auf uns!", kam die panische Antwort von der anderen Seite. Es knallte erneut, diesmal schrie niemand.

„Fuck!", keuchte Celina nur. „Wir müssen aus der Schusslinie!", zischte Urban von der anderen Seite.

„Wohin?"

„Erst mal hinter den Busch, der da direkt neben dem Zaun steht. Da sieht man uns nicht mehr."

„Okay!“ Helmut sah, wie Celina sich ebenfalls auf die Knie schob, bereit, loszulaufen.
„Tulpe? Hören Sie? Wir müssen da rüber?“, zischte Urbans Stimme in sein linkes Ohr.
Er selbst lag weiterhin auf dem Rücken, unfähig, sich zu rühren. Irgendetwas schien mit der Verbindung zwischen Gehirn und Körper nicht mehr zu funktionieren. Er befahl seinen Gliedern, sich endlich in Bewegung zu setzen, hörte sich selbst stöhnen vor Anstrengung, aber seine Arme und Beine gehorchten ihm nicht mehr.
„Der rührt sich nicht!“, stellte Celina fest.
„Das sehe ich. Packen Sie mit an!“, befahl Urban und Helmut spürte, wie sich eine Hand unter seine linke Achsel schob. Die Kleine schnaubte leicht widerwillig, fasste aber nach kurzem Zögern unter seine rechte Achsel. „Los!“ Helmut biss sich auf die Lippen, um nicht loszubrüllen während er von den beiden rücklings über den Boden gezogen wurde. Es fühlte sich an, als würde seine linke Schulter zerreißen. Jetzt wäre er gerne ohnmächtig geworden, konnte es aber nicht mehr. Ein weiterer Knall. Helmut wartete, dass wieder jemand schrie, doch nichts geschah. Dann hatten sie ihr Ziel erreicht und verschwanden in der Dunkelheit des Gebüschs. Eine ganze Weile hörte man nur noch das angespannte Keuchen dreier Menschen.

UNTER BESCHUSS

Florian betastete vorsichtig seinen rechten Oberarm. Es brannte höllisch, er fühlte auch, dass der Arm feucht von Blut war, aber es war bestimmt nur ein Streifschuss, nur ein Kratzer, versuchte er sich selbst gegen die aufsteigende Panik zu beruhigen. Sein Hirn versuchte noch zu verarbeiten, was gerade geschehen war. Jemand hatte ihn niedergeschlagen – und das konnte nicht Tulpe gewesen sein – dann war er aufgewacht und wurde beschossen. Sein Blick glitt in der Dunkelheit zu den Umrissen jener Person hinüber, die er hier am wenigsten vermutet hätte.

„Was machen Sie eigentlich hier, Celina?", flüsterte er.

„Ich wollte Ihnen helfen, Ihren Sohn zu suchen", flüsterte ihre Stimme nach einer kurzen Pause zurück. Einen Moment war er geneigt, ihr zu glauben. Dann brachte sein Kopf den vergangenen Abend in die richtige Reihenfolge und er stutzte: „Wie konnten Sie denn wissen, dass Lenni verschwunden ist?"

„Sie ist nicht wegen ihm hier. Sie ist hier, um mir mein Geld zu stehlen", knurrte Tulpes Stimme leise, aber offensichtlich wieder bei klarem Verstand.

„*Ihr* Geld?" Celinas Stimme wurde lauter. „Pah! Das Geld hat Ludwig gehört und es steht mir zu. Sie sind bestimmt der Letzte, dem er es überlassen wollte!"

„Es lag auf meinem Grundstück und ich habe es gefunden. Er hatte es in meinem Gartenzwerg versteckt. Wenn das kein klares Zeichen ist, dass das Geld für mich bestimmt war, dann weiß ich auch nicht."

„Sie beide haben sich gehasst. Dass er sein Geld in Ihrem grässlichen Zwerg versteckt hat, war nur seine verschrobene Art von Humor. Bestimmt hat er es genossen, Sie dabei zu beobachten, wie Sie täglich ahnungslos an seinem Versteck vorbeigelaufen sind."

„Und ich bin sicher, er hat es nicht im Haus versteckt, weil er Ihnen nicht traute. Und das zu Recht. Wenn Sie alleine in seinem Haus herumspaziert sind und so getan haben, als würden Sie es putzen – was haben Sie da in Wirklichkeit getrieben? Ist es nicht so, dass Sie ständig das Haus nach dem Versteck für sein Schwarzgeld abgesucht haben? So wie Sie auch nach seinem Verschwinden unbedingt wieder dorthin zurückkehren mussten, in der Hoffnung, dass es noch irgendwo ist? Deshalb haben Sie sich doch der Nachbarsfamilie gleich als neue Putzfrau angeboten und sich diesem Gutmenschen hier regelrecht an den Hals geworfen, oder? Sie haben nie geglaubt, dass Ludwig Peters untergetaucht ist. Vermutlich wissen Sie es auch besser – was haben Sie mit seinem Verschwinden zu tun?"

Die beiden versuchten inzwischen nicht mehr, ihre Stimmen zu senken, im Gegenteil, bei jedem Wortwechsel wurden ihre Stimmen etwas lauter. Florian fragte sich, ob ihnen eigentlich noch bewusst war, dass irgendwo im Wald ein schießwütiger Unbekannter auf sie lauerte.

„ICH habe gar nichts mit seinem Verschwinden zu tun.

Anfangs dachte ich wirklich, dass er über Nacht abgehauen ist, denn genau das hatte er sowieso vor und sein Auto war ja auch weg. Erst als ich noch einmal im Haus war, um dem Besitzer meinen Zweitschlüssel abzugeben, habe ich gesehen, dass seine Uhr auf dem Couchtisch lag. Ein Erbstück von seinem Großvater, das ihm viel bedeutet hat. Er hat sie immer getragen, sogar beim…" Sie stockte kurz. „Also wirklich immer. Einmal hat er mir erklärt, dass es der einzige Gegenstand wäre, von dem er sich niemals trennen würde. Die Uhr hätte er nicht liegenlassen. Da wurde mir klar, dass er nicht freiwillig verschwunden war und dass sein Geld vermutlich auch noch irgendwo steckt. Ich muss zugeben, Sie hatte ich nicht auf dem Schirm, Tulpe, Sie wirken so schrullig und lost. Aber nachdem ich weiß, dass Sie das Geld gefunden und eingesackt haben, ist es eigentlich naheliegend, dass Sie auch für Ludwigs Verschwinden verantwortlich sind."

„Ich habe das Geld doch nur gefunden, weil jemand meinen Zwerg absichtlich von der Mauer gestoßen hat und dieser dabei zerbrochen ist. Und das Geld habe ich erst am Morgen nach seinem Verschwinden entdeckt! Ich wusste bis dahin nicht mal, dass es existiert." Nun brüllten sich die beiden fast schon an. Florian fühlte den kalten Schweiß auf seiner Stirn. Wenn der Unbekannte sich ihnen näherte, würden sie ihn nicht einmal bemerken, so laut waren sie. Er hörte, wie Celina für eine Erwiderung Luft holte.

„Ich finde, wir sollten nun erst einmal die Sache mit dem schießwütigen Irren klären, bevor wir hier Sherlock Holmes spielen und alte Mordfälle lösen", ging er entschieden

dazwischen. Der Streit verstummte augenblicklich.
„Seit wir hier sitzen, ist kein Schuss mehr gefallen", stellte Tulpe nach einer Weile leise fest.
„Das heißt aber nicht, dass der Schütze verschwunden ist", erklärte Florian. „Vielleicht wartet er nur, bis wir hinter dem Busch wieder hervorkriechen." Die Vorstellung ließ die drei einen Moment in nachdenklichem Schweigen verharren. Florian nutzte die Gelegenheit, seine Gedanken etwas zu sortieren und die Optionen zu prüfen, die ihnen blieben. „Hat jemand ein Handy dabei, um die Polizei zu rufen? Ich habe meins leider Zuhause liegen lassen", erklärte er dann, möglichst ohne sich seinen Frust über seine eigene Planlosigkeit anmerken zu lassen.
Celina zischte zornig: „Meins habe ich verloren, als mir Tulpe eins über den Kopf gezogen hat. Das liegt irgendwo an der Rentnerbank."
„Das war ich nicht! Ich habe Ihnen nur geholfen. Wenn ich nicht dazwischen gegangen wäre und den Kerl vertrieben hätte, wären Sie bereits tot, zerstückelt und begraben. Aber zum Dank haben Sie mich mit der Schaufel bewusstlos geschlagen!", ereiferte sich Tulpe gleich wieder.
„Spielen Sie hier doch nicht den Unschuldigen! Wer sollte denn außer Ihnen…", Celina brach mitten im Satz ab. Florian versuchte zu begreifen, wovon die beiden redeten. Es musste um eine Vorgeschichte gehen, die er nicht mitbekommen hatte. Ihm brannte allerdings eine ganz andere Frage unter den Nägeln, eine, die er durch die unmittelbare Lebensgefahr kurzzeitig vergessen hatte, die ihm aber nun siedend heiß wieder einfiel: „Jetzt mal Tacheles: Was

wisst ihr beide über das Verschwinden meines Sohnes?"
„Ich weiß gar nichts davon, ehrlich! Ich würde doch niemals einem Kind etwas antun!", empörte sich Celina. Es klang ehrlich, aber im Halbdunkel, ohne ihre Mimik und Gestik dabei zu sehen, traute sich Florian nicht zu, das fundiert zu beurteilen.
„Ich bin sicher kein Kinderfreund, aber alles hat seine Grenzen!", brummte Tulpe gleich darauf. „Ich schwöre bei der Seele meiner Frau, dass ich noch niemals ein Kind angerührt habe!" So ungern Florian sich das eingestand – auch der Alte klang, als würde er die Wahrheit sagen. Die Alternative war ihm allerdings so unerträglich, dass Celina es aussprechen musste: „Kann es sein, dass der Heckenschütze dahintersteckt?"
Als hätte sie es herbeibeschworen, zerriss in diesem Moment wieder ein Schuss die nächtliche Waldesruhe. Florian hörte ein kurzes Rascheln im Gebüsch und spürte für den Bruchteil einer Sekunde einen scharfen Lufthauch an seinem Oberarm vorbeiziehen. Der Schütze hatte blindlings auf den Strauch geschossen, hinter dem sie sich verbargen. Dieser bot ihnen nur einen Sichtschutz, aber konnte sie sicher nicht davor bewahren, von einer Kugel getroffen zu werden. Den anderen beiden wurde dies wohl auch bewusst. „Wir müssen weg hier!", flüsterte Celina, ihre Stimme klang panisch.
„Aber wir können nicht vorne raus. Bestimmt will er uns dorthin treiben, weil er das Eingangstor schon im Visier hat", überlegte Florian laut.

„Stimmt – wir müssen versuchen, nach hinten zu entwischen“, stimmte Tulpe ungewöhnlich kooperativ zu.
„Gibt es hier eine Hintertür?“
„Nein, wir müssten schon über den Zaun klettern.“
Auch das noch! In seinem Zustand: erschöpft, verletzt, am Rande des Nervenzusammenbruchs. Florian wollte widersprechen, aber ihm fiel kein besserer Vorschlag ein, also seufzte er zustimmend.

*****

Es war ein merkwürdiges Dreiergespann, das sich da hintereinander, dicht am Zaun entlang, zur Rückseite des Grundstücks schlich: Vorneweg und leicht gebückt der schmächtige Rentner, am Ende der gutmütige Hüne und in der Mitte die junge hübsche Heldin, die verzweifelt für eine bessere Zukunft kämpfte. Um aus dem Moloch ihrer Vergangenheit zu entfliehen, war sie bereit, ihr Leben aufs Spiel zu setzen. So ähnlich stellte sich Celina das jedenfalls vor, während sie versuchte, dicht an Tulpes Rücken zu bleiben. Es half ihr, sich ihre eigene Situation als Filmszene auszumalen – das machte es weniger real und bedrohlich. Außerdem konnte sie auch noch nicht ganz begreifen, dass das hier keine verrückte TikTok-Inszenierung, sondern das echte Leben sein sollte. Dass jeden Moment ein weiterer Schuss irgendwo aus der Dunkelheit sie in den Kopf treffen konnte und dann alles mit einem Schlag vorbei war. Nein, da schlüpfte sie lieber in die Rolle der neugierigen Zuschauerin, die beobachtete, wie die kleine Gruppe

im Schatten der Umzäunung erfolgreich den hinteren Teil des Grundstücks erreichte. Wie der Hüne die junge Heldin als erste mit Hilfe einer Räuberleiter über den hässlichen Stabmattenzaun hievte und sie wenig elegant im dichten Gestrüpp landete, welches das Gelände von hinten umschloss. Die Dornen, die an vielen Stellen gleichzeitig in ihre Haut eindrangen, holten sie unsanft in die Realität zurück.
Tulpe hatte im hinteren Teil auf den hässlichen Sichtschutz verzichtet, denn durch die Brombeerhecke würde sich niemand freiwillig hindurchzwängen, nur um einen Blick auf seinen geheimen Garten zu erhaschen. So konnte Celina nun auch die fast schon comedy-preisverdächtige Szene beobachten, wie Florian sich bemühte, auch den Alten über den Zaun zu bekommen. Es brauchte mehrere Anläufe, um ihn mit den Füßen auf den verschränkten Händen so hoch zu stemmen, dass er es endlich schaffte, ein Bein über den Zaun zu schwingen und sich mit dem Körper hinüberrutschen zu lassen. Auch Florian hatte schließlich trotz seiner Größe alle Mühe, das Hindernis zu übersteigen, denn mit den Schuhen fand er keinen Halt am Zaun, er musste sich nur mit Hilfe der Kraft seiner Arme hinüberwuchten. Mit verletztem Arm und in seinem wenig trainierten Körperzustand eine Aufgabe, die nur mit ordentlich Adrenalin zu schaffen war. Dafür sorgte schließlich ein weiterer Schuss, der plötzlich die Nacht zerriss. Danach schaffte er es mit einem Satz hinüber. Die kleine Gruppe zauderte nicht lange, sondern nahm jeden Kratzer in Kauf, um ganz in den Schutz der Dornenhecke

einzutauchen. Schweigend kämpften sie sich dicht hintereinander weiter voran, hin und wieder zeigte ein mühsam unterdrücktes Stöhnen, dass wieder ein Stück Haut durch einen Dorn aufgerissen worden war. Erst als sie wieder aus dem Gebüsch heraus waren und eine kleine Lichtung erreichten, erlaubten sie es sich, stehen zu bleiben. Celina sah an sich hinunter. Durch die dunkle Jeans konnte sie nicht erkennen, an welchen Stellen ihre Beine bluteten. Dem Brennen nach waren ihre Beine und Arme gleichermaßen zerschrammt.

„Was jetzt?“, fragte sie – vor allem, um sich von ihren Schmerzen abzulenken. Es dauerte einen Moment, ehe Florian antwortete: „Wir könnten uns in einem großen Bogen von hinten an den Schützen heranschleichen und ihn überwältigen.“

„Du hast wohl zu viel Agentenfilme gesehen. Ich schleiche mich ganz bestimmt nicht an einen bewaffneten Mörder heran“, knurrte Tulpe sofort.

„Angeblich hast du das vorhin auch getan, an der Rentnerbank. Oder hast du das doch nur erfunden?“, hakte Celina nach. Sie traute dem Alten nicht. Natürlich gab es da noch jemanden, der ein viel besseres Motiv hatte als er, sie zu beseitigen. Aber dennoch – sie blieb misstrauisch.

„Der Typ an der Rentnerbank hatte nur eine Axt und kein Gewehr in der Hand und ich hatte keine Zeit, darüber nachzudenken. Jetzt sage ich: Wir gehen nach Hause und rufen die Polizei.“

„Und was ist mit meinem Sohn? Mit Lenni? Bis die Polizei da ist, könnte doch schon alles zu spät sein. Meinetwegen geht ihr nach Hause, ich werde mir diesen Kerl irgendwie schnappen."

Erst in diesem Moment wurde Celina bewusst, dass an dem Plan, die Polizei einzuschalten, ein Haken war: „Was wird aus dem Geld, wenn wir jetzt die Polizei holen?"

„Du mit deinem bescheuerten Geld. Gibt es jetzt nichts Wichtigeres?", zischte Florian sie von der Seite an. Celina sah zu Tulpe hinüber. Er schien ins Grübeln gekommen zu sein.

„Na schön, denken wir nochmal nach. Wie könnte das mit dem Anschleichen funktionieren?"

Florian hob einen herumliegenden alten Ast vom Boden auf und begann eifrig, Linien in den Sandboden zu zeichnen.

„Bestimmt sitzt der Schütze in einem der Bäume vor dem Eingangstor zum Grundstück. So hat er den besten Überblick. Da gibt es einen Baum, der sich hervorragend eignet, um… Egal. Wir schleichen uns einfach in einem weiten Bogen um das Grundstück herum und werden ihn dann von hinten überraschen."

Tulpe schnaubte verächtlich: „Meinst du den Baum, um den du mit deinem Balg herumgeschlichen bist, um mein Grundstück auszuspionieren? Da soll der Schütze sitzen?"

„Woher weißt du…?"

„Ich habe meine Methoden. Irgendwie muss man sich ja vor der Verderbtheit dieser Welt schützen. Du und dein Sohn – ihr habt inzwischen mindestens zwei meiner Gartenzwerge auf dem Gewissen. Willst du das etwa leugnen? Ich kann es sogar beweisen, wenn nötig."

„Da bin ich aber mal gespannt, wie du deine wilden Behauptungen beweisen möchtest."
„Ich habe es auf Video. Mir war vom ersten Augenblick klar, dass das Ärger gibt, als du mit deiner Familie neben mir eingezogen bist. Da habe ich mich ein bisschen ausgestattet. Mit ein paar Überwachungskameras."
„Ach ja? Wo sind denn deine Kameras? Ich hoffe, du weißt, dass du nicht einfach alles damit aufnehmen darfst, was du willst? Ich hoffe sehr für dich, du filmst damit nicht mein Grundstück?"
„Und ich hoffe, du weißt, dass du nicht einfach fremde Grundstücke betreten und dort fremdes Eigentum zerstören darfst?"
„Wenn du mich nicht mit deinen Horrorfiguren terrorisieren würdest, wäre das alles gar nicht passiert. Ich habe eben eine Phobie gegen diese Abscheulichkeiten. Ich kann den Anblick nicht ertragen. Ich habe Albträume, meine Ehe steckt in einer Krise – und das alles wegen dir!"
Celina kam sich vor wie in einer jener Szenen in Actionfilmen, in denen die Hauptfiguren sich genau in dem Moment aussprechen, in dem aus dem Hintergrund bereits der Superkiller, das Monster oder die Feuerfront heranrast. Man möchte ihnen zurufen: Nicht jetzt, verdammt – haut endlich ab. „Könntet ihr das vielleicht ein andermal ausdiskutieren? Der Killer wird nicht ewig dort sitzen bleiben, wenn er merkt, dass wir abgehauen sind."
Die beiden Männer starrten sie kurz irritiert an. Dann nickten sie fast gleichzeitig. „Na schön, dann lasst uns das er-

ledigen", knurrte Tulpe. Eine ziemlich seltsame Menschenkonstellation machte sich auf den Weg durch den nächtlichen Wald, um einen Killer zu überwältigen. Vorneweg schlich ein älterer Mann, griesgrämig und entschlossen. Hinterher trottete ein mittelalter, leicht übergewichtiger Kerl, angstgebeugt auf der Suche nach seinem vermissten Kind. Und in der Mitte bewegte sich elegant die junge Frau, mutig, konzentriert, kampfbereit. Cut.

*****

Wenn die beiden dachten, dass sie am Ende etwas von seinem Geld abbekämen, dann hatten sie sich aber geschnitten. Er hatte das Geld gefunden, wenn es so etwas wie Schicksal gab, dann stand es allein ihm zu. Also würde er das hier mit ihnen zu Ende bringen, und dann trennten sich ihre Wege ein für alle Mal!

Helmut führte die kleine Gruppe zielsicher voran. Er kannte die Gegend hier am besten, auch wenn er bisher noch nie versucht hatte, unbemerkt um sein Waldgrundstück herumzuschleichen. Es war bisher der einzige Luxus gewesen, den er sich nach dem Auffinden seines kleinen Geldsegens gegönnt hatte. Durch Zufall hatte er erfahren, dass nach dem Tod des alten Huber ein kleines Stück Grund und Boden mitten im Wald zum Verkauf stand. Der Enkel wollte das uralte Familienerbstück unkompliziert und schnell loswerden. Und so hatte Helmut das kleine Naturexil für wenig Geld erstanden und sich hier seinen eigenen Fluchtraum vor der Welt geschaffen. Bald

würde er es nicht mehr brauchen – denn dort, wo er hinging, würde er mitten in der Natur leben. Aber zuvor musste er sich darum kümmern, dass der Irre ihm keinen Strich durch die Rechnung machte.
Sie kämpften sich möglichst leise voran. Aber natürlich knackte es hin und wieder unter ihren ungeschickten Zivilisationsfüßen. Wer nicht taub oder abgelenkt war, würde sie hören. Schön, das mit dem Überraschungsmoment konnten sie also abhaken. Fragte sich, was ihnen noch für Vorteile blieben. Sie hatten keine Waffen, waren aber immerhin zahlenmäßig überlegen – höchstwahrscheinlich. Vielleicht war der Unbekannte auch bereits abgehauen – das wäre die einfachste Alternative. Dann konnte er sein Geld wieder einsammeln und verschwinden. Ob sie dann allerdings den Jungen finden würden? Der Junge … irgendetwas steckte ihm da im Hinterkopf, ein Gedanke, der wichtig, aber durch die Ereignisse der letzten halben Stunde verschüttet worden war. Egal – er würde sich daran erinnern, wenn sie das hier erledigt hatten.
Auf den letzten Metern zog er einen extra großen Bogen um den Baum, auf dem er den Heckenschützen vermutete. Möglicherweise hatten sie Glück und er hatte sie doch noch nicht bemerkt. Helmut setzte nur noch ganz langsam einen Fuß vor den anderen. Die anderen beiden machten es ihm gleich. Außer ihrem leicht keuchenden Atem war nun nichts mehr von ihnen zu hören. Als sie nur noch drei Armeslängen von der Rückseite ihres Zielbaumes entfernt waren, hob er die Hand und blieb stehen. Seine kleine Einsatztruppe reagierte sofort und stoppte ebenfalls. Helmut

ließ seinen Blick den Baumstamm hinauf wandern. Doch da war nichts. Kein Schatten, der dort nicht hingehörte jedenfalls. Kein Umriss, keine ungewöhnliche Ausbuchtung am Stamm. Sein Blick wanderte weiter nach oben bis in die obersten Äste. Nichts zu sehen. Er besah sich die Nachbarbäume – möglicherweise gab es noch einen anderen Platz, der den richtigen Überblick über sein Grundstück bot. Soweit er sehen konnte, war da jedoch niemand.
Waren sie am falschen Ort oder war der Schütze doch bereits verschwunden? Helmut drehte sich zu seinen beiden Mitstreitern um. Wie sollten sie nun weitermachen? Da knackte es plötzlich in seinem Rücken. Helmut sah die Miene der jungen Frau versteinern. Sein Nachbar riss beide Augen auf. Helmut fuhr herum und starrte direkt in den Lauf eines Gewehres. Eine Gestalt war hinter dem Baumstamm hervorgetreten. Ihm wurde schlagartig bewusst, dass sein Leben nun jeden Moment vorbei sein konnte. Sein Blick wanderte am Lauf des Gewehrs entlang weiter zu seinem Träger. Doch das Gesicht des Kerls war hinter einer Sturmmaske verborgen. Durch den schmalen Augenschlitz starrte ihn der Unbekannte an.
„Hände hoch!", flüsterte er. Helmut merkte, dass seine Hände dem Befehl des Mannes widerstandslos folgten. Der Kerl trat einen Schritt zurück und wedelte mit dem Gewehr in eine Richtung.
„Da lang. Los!" Helmuts Beine setzten sich augenblicklich in Bewegung. Was tat er da? Er sollte etwas unternehmen. Jetzt sofort. Den Dummkopf überwältigen, bevor er damit rechnete. Doch Kopf und Körper schienen voneinander

entkoppelt zu sein. Den Bewegungen zufolge, die er in seinen Augenwinkeln wahrnahm, schien es seinen Mitstreitern ebenso zu gehen. Sie stellten sich in Reih und Glied mit dem Rücken zum Schützen auf.
„Vorwärts! Wer zuckt oder stehenbleibt, wird sofort erschossen!“ Der Unbekannte blieb bei seinem leicht heißeren Flüsterton. Das sollte wohl seine Stimme unkenntlich machen. Dennoch kam Helmut etwas daran bekannt vor.
„Los jetzt!“ Und sie liefen gleichzeitig los, das Gewehr im Nacken. Wie Schafe, die sich zur Schlachtbank führen ließen.

*****

Er führte sie ein Stück den Weg, den sie gekommen waren, zurück. Da der Pfad schmal war, mussten sie hintereinander laufen. Helmut lief vorne. Eine Gelegenheit, zu entwischen? Wenn er fortlief, würden die beiden hinter ihm erst einmal einen natürlichen Schutzwall zwischen sich und dem Gewehr darstellen. Das sollte er nutzen! Aber etwas hinderte ihn daran, diesen Gedanken in die Tat umzusetzen. War es die Angst, trotzdem erwischt zu werden, oder einfach nur Skrupel, was mit den anderen beiden geschehen würde? Helmut fand zu keiner Entscheidung, bis sie die erste Abzweigung erreichten und der Typ hinter ihnen plötzlich zischte: „Halt! Jetzt rechts!“ Gehorsam richteten die drei ihre Schritte nach rechts. Und da erinnerte er sich wieder. Die dunkle Gestalt, die er vorhin auf diesem Weg gesehen hatte, den sie nun selbst entlangliefen. Der unsymmetrische Gang, der Gegenstand auf den Schultern. War das ein Sack gewesen oder vielleicht doch etwas Anderes? Ein Kind vielleicht? Und war das die gleiche Person gewesen, die nun hinter ihnen herlief, das Gewehr im Anschlag, bereit, sie jederzeit zu erschießen? Helmut spürte, wie ihm der Schweiß ausbrach bei dem Gedanken daran, dass er womöglich unwissentlich Zeuge davon geworden war, wie ein Mann ein totes Kind entsorgt hatte. Obwohl er überzeugter Atheist war, verspürte er plötzlich den unbändigen Wunsch, ein Stoßgebet gen Himmel zu schicken: Lass es bitte anders ein, lass es nicht das sein, was ich glaube, gesehen zu haben! Vorsichtig wandte er seinen Kopf zur Seite und beobachtete Urban aus den Augenwinkeln. Auf keinen Fall konnte er seinem Nachbarn nun noch in die Augen schauen, er würde sicher sofort erkennen, was er dachte. Als könne er Gedanken lesen, fing der Dummkopf genau in diesem Moment mit einer Unterhaltung an.

„Was soll das alles werden? Wo bringen Sie uns hin? Lassen Sie uns gehen, wenn wir tun, was Sie verlangen?"

Statt einer Antwort stieß ihm der Kerl das Gewehr so fest in den Rücken, dass er nach vorne stolperte – erst gegen Celina und diese dann gegen Helmut. Fast hätte er die kleine Wandergruppe zu Fall gebracht.

„Keine Fragen! Weiter!", zischte die Gestalt. Da blieb der Trottel stehen.

„Warum soll ich weitergehen, wenn Sie mir nicht versprechen, uns zu verschonen, wenn wir tun, was Sie sagen?

Warum soll ich Ihnen dabei helfen, uns möglichst einfach verschwinden zu lassen? Dann erschießen Sie uns doch gleich jetzt und hier, wenn wir sowieso nichts daran ändern können. Drei erwachsene Leichen verschwinden zu lassen macht bestimmt ganz schön Arbeit. Die werde ich Ihnen nicht abnehmen!“

Der Kerl überlegte einen Moment. Dann hob er das Gewehr und richtete es gezielt auf den Kopf der Frau. „Red' nicht so einen Unsinn! Wenn du nicht sofort weitergehst, erschieße ich sie zuerst. Ich zähle bis drei. Eins, zwei…“

„Schon gut, schon gut…“, Urban hob beide Hände zum Zeichen seiner Aufgabe und setzte sich langsam wieder in Bewegung.

Doch nicht so dumm, der Nachbar, dachte Helmut. Es waren nur wenige Worte gewesen, bei denen dieser durchgedrehte Psychopath vergessen hatte, seine Stimme zu verstellen. Doch sie hatten gereicht. Helmut wusste nun, wer sie töten wollte. Vielleicht würde ihnen das etwas nützen.

*****

Die Wunde schien nicht mehr zu bluten, doch der gesamte rechte Oberarm fühlte sich leicht taub an. Die Beine waren schwer wie Blei. Die Beule an seinem Hinterkopf pulsierte im Takt seines deutlich erhöhten Pulses. Aber das alles war banal, unwichtig angesichts der einen Frage, die ihn seit einer gefühlten Ewigkeit beschäftigte: Hatte der schießwütige Mistkerl irgendetwas mit Lennis Verschwinden zu tun? Florian hatte schon mehrmals dazu angesetzt,

ihm diese Frage zu stellen, doch sie kam nicht über seine Lippen. Er hatte Angst vor der Antwort. Denn wenn wirklich nicht Tulpe oder Celina Lenni entführt hatten, wenn dieser Kerl dahintersteckte, der offensichtlich bis zum Äußersten zu gehen bereit war, dann hieß das nichts Gutes.
So setzte er einen Schritt vor den anderen, zwang sich, weiter mitzuspielen und betete still, dass sich alles aufklären würde. Dass sein Sohn aus ganz anderen Gründen verschwunden war, vielleicht einfach abgehauen, um seinem unachtsamen Vater eins auszuwischen. Oder er schlafwandelte. Oder er hatte sich irgendwo im Haus so gut versteckt, dass er ihn nicht gefunden hatte und morgen früh würde er plötzlich aus einem Schrank hervorspringen und alles wäre wieder in Ordnung.
Morgen früh – was für ein Gedanke – Florian würde diese Nacht vermutlich gar nicht überleben. Es sei denn, er würde endlich etwas unternehmen. Sich blitzschnell umdrehen und dem Typen das Gewehr aus der Hand schlagen, bevor er schießen konnte, zum Beispiel. Er war größer als der Schütze, allerdings schien dieser muskulöser als er zu sein. Und er war auch nicht verletzt. Wenn es zu einem Nahkampf käme, wäre Florian vermutlich im Nachteil. Allerdings: Wenn er sich mit den anderen beiden verständigen könnte, wenn sie zu dritt gleichzeitig auf ihn losgingen, dann könnte es klappen. Er sollte sich mit ihnen abstimmen – nur wie? Sowohl Tulpe, der voraus schlurfte, als auch Celina, die selbst in dieser Situation beim Laufen noch provokant mit den Hüften schwang, drehten ihm

den Rücken zu – Blickkontakt war ausgeschlossen. Solange sie weiterliefen, würde das wohl nichts werden. Aber irgendwann mussten sie ja irgendwo ankommen. Irgendwann würde der Typ sie zwingen, stehen zu bleiben, um sein Werk an ihnen zu vollenden.
Und Florian hatte Recht. Genau in diesem Moment, als er das dachte, öffnete sich der schmale Pfad vor ihnen und sie traten auf eine offene Stelle – es „Lichtung" zu nennen wäre unpassend, denn die Bäume standen zu dicht, um sehr viel Licht auf diesen Flecken Erde zu lassen. Erst auf den zweiten Blick erkannte er das kleine Holzhäuschen wieder, das hier gut versteckt mitten im Wald stand. Er hatte es auf seinen Streifzügen durch den Wald schon einmal entdeckt und ausgiebig fotografiert. Damals – mit Lenni. Vermutlich eine alte Jagdhütte, dem Zustand nach zu urteilen schon lange nicht mehr in Gebrauch. Hier also würde es enden? Hier wollte er sie töten und verschwinden lassen?
„Los, zur Hütte!", zischte es in diesem Moment hinter ihnen. „Nebeneinander aufstellen. Gesicht zum Haus, Hände nach vorne an die Wand!"
Sie stellten sich nebeneinander auf, legten die Hände auf das Holz. Sofort spürte Florian die Spinnweben unter den Fingern kleben. Er drehte den Kopf leicht nach rechts, sah Celina neben sich im Profil. Sie hatte die Augen geschlossen und bewegte still die Lippen. Neben ihr stand Tulpe, der grimmig-entschlossen an die Wand starrte. Er versuchte, seinen Blick auf sich zu lenken, versuchte ein letztes Mal, seine beiden Mitstreiter für sich zu gewinnen,

doch es gelang nicht. Na gut, dann Plan B. Den Mörder in Schach halten.
„Hören Sie – das muss doch nicht so enden. Was wollen Sie eigentlich von uns? Ich verstehe das alles gar nicht!“
„Ist ganz einfach: Ihr wisst zu viel und ich lasse mich nicht erpressen“, erwiderte der Kerl. Er zischte nicht mehr, er redete. Das bedeutete nichts Gutes. Das hieß, dass es ihm egal war, ob man ihn erkannte. Und das konnte nur bedeuten, dass ihnen nicht mehr viel Zeit blieb.
„Was denn? Ich weiß überhaupt nichts und ich habe niemanden erpresst!“, beeilte sich Florian zu versichern.
„Du nicht. Aber die anderen beiden. Du bist der Kollateralschaden. Sorry!“
In diesem Moment traf ihn die Erkenntnis wie ein Schlag ins Gesicht. Er kannte die Stimme, er kannte den Mann, der gerade im Begriff war, ihm eine Kugel in den Kopf zu jagen. Und statt ihn in Panik zu versetzen, spürte er augenblicklich den Zorn tief aus der Magengrube in sich aufsteigen. Er würde sich nicht einfach widerstandslos exekutieren lassen – nicht von ihm!
Nun war ihm alles egal. Er drehte sich um, bereit, sich auf den Typen zu stürzen, egal, was dann passierte. Er blickte hinter sich, genau in dem Moment, als plötzlich ein riesiger Schatten durch das Dickicht brach. Der Schatten sprang keuchend und jaulend direkt auf den Vermummten zu. Ungebremst wie eine Urgewalt. Der Vermummte schaffte es gerade noch, irritiert in seine Richtung zu blicken, da wurde er auch schon mit voller Wucht umgewor-

fen. Ein einzelner Schuss durchriss die Nacht. Wie ein Sumoringer kippte der riesige Schatten einfach auf ihn drauf, blieb dort liegen. Dann war alles einen Moment lang totenstill.

GEFUNDEN

Helmut konnte nicht glauben, was er da zu sehen glaubte. Der Fleischberg, unter dem ihr Mörder begraben war, kam ihm extrem bekannt vor. Dennoch blieb er eine ganze Weile in Schockstarre, bevor er es auszusprechen wagte: „Dennis?“
„Hallo Onkelchen. Na, mit mir hast du nicht gerechnet, was?“ Erstaunlich, wie sehr sich Dennis bemühte, auch in seiner liegenden Position noch lässig rüberzukommen.
„Wer sind Sie?“, fragte Urban, der keuchend an der Hauswand lehnte. Er schien gedanklich der Realität hinterherzuhinken. Doch auch Helmut konnte die Zusammenhänge noch nicht verstehen.
„Ich bin Helmuts Lieblingsneffe. Nicht wahr, Onkelchen? Warum Lieblingsneffe? Weil ich immer für ihn da bin, wenn er mich braucht. Vor allem, wenn es um technische Probleme geht. Zum Beispiel, wenn ein paar Überwachungskameras eingerichtet werden müssen. Zwei im Vorgarten, zwei in einem geheimen Waldgrundstück, von dem niemand wissen soll. Was für ein Glück, dass ich die Kameras nicht nur mit deinem Rechner verbunden habe, sondern auch noch gleich mit meinem eigenen. Ich war neugierig – wollte doch mal sehen, was meinen Onkel so umtreibt. Nicht dass er in Schwierigkeiten gerät oder so. Und was sehe ich heute Nacht, als ich mal wieder nicht

schlafen kann und nur so zum Zeitvertreib mal die Kameras checke? Voll die Action rund um dein Waldgrundstück. Erst schleichst du plötzlich da herum, dann kommt diese mega-scharfe Braut und ich denke noch – meine Herren, dein alter Onkel hat es ja faustdick hinter den Ohren. Zu schade, dass sich die Kameras nicht ferngesteuert bewegen lassen. Und dann kommt dieser Kerl hier plötzlich auch noch angestürmt. Und am Ende dann die vermummte Gestalt mit dem Gewehr. Klettert auf den Baum rauf und kurze Zeit später sehe ich das Mündungsfeuer. Da dachte ich mir: Mann, da solltest du mal selbst nachschauen, was los ist. Also bin ich losgedüst. Zum Glück kann ich deine Kameras mit meinem Handy orten, in diesem Wald kenne ich mich ja nicht aus. Und noch bevor ich bei deinem Waldversteck ankomme, bin ich doch tatsächlich auf diese nette kleine Wandergruppe hier gestoßen, einer davon mit dem Gewehr im Anschlag. Da musste ich mich gleich hinterherschleichen. Und ich dachte mir gerade – bevor es ernst wird, mische ich mich doch mal lieber ein. Ich hoffe, ich habe euch jetzt nicht den ganzen Spaß verdorben? Das war doch kein abgefahrenes Rollenspiel oder sowas?"

Helmut war sprachlos – zum ersten Mal seit langem wusste er nicht, wie er reagieren sollte. Empört? Dankbar? Doch die Realität nahm ihm die Entscheidung ab, denn aus den Augenwinkeln merkte er, wie in diesem Moment etwas neben ihm in Bewegung kam. Genau genommen: es kippte. Nicht etwas – sie kippte zur Seite weg. In einem Reflex griff er zu und fing den fallenden Körper auf, ließ

ihn langsam zu Boden gleiten. Bewusstlos lag Celina vor ihm, auf dem dunklen T-Shirt war die Wunde am Bauch nur erkennbar, wenn man genau hinsah.
„Was ist mit der Braut?", fragte Dennis erstaunt.
„Der letzte Schuss hat sie getroffen", stellte Helmut fest.
„Mist! Wir müssen die Blutung stoppen." Urban erwachte aus seiner Erstarrung, ging neben ihm in die Knie und drückte seine Hand fest auf die Wunde. Im gleichen Moment drang eine hohe Stimme zu ihnen durch. Erst dachte Helmut, sie käme aus einiger Entfernung, weil sie irgendwie gedämpft klang. Doch dann erkannte er, dass sie aus der Hütte kam.
Die Stimme gab nur einen undefinierbaren, durchdringenden Laut von sich, eine Art unartikulierter Schrei. Doch das genügte wohl: Der Nachbar sprang wie von der Tarantel gestochen auf und rannte an den Eingang des Holzhäuschens. Er zog an der Tür, sie bewegte sich nicht. Ein aufgebrochenes Vorhängeschloss hielt sie geschlossen. Mit zitternden Händen zog Urban das Schloss aus dem Bügel.
„Lenni! Keine Angst – ich komme", rief er immer wieder.
Helmut wurde plötzlich innerlich ganz ruhig. Einer musste hier den Überblick behalten, einer musste das Ganze hier nun zu einem vernünftigen Abschluss bringen, und das war er. Er zog sein altes Stofftaschentuch, das er immer sorgfältig gefaltet bei sich trug, aus seiner Hosentasche und presste es auf die Wunde. Dann suchte er Blickkontakt zu seinem Neffen. „Dennis? Hast du dein Handy dabei? Ich glaube, das wäre der richtige Moment, einen Notarzt und die Polizei zu rufen."

*****

Verdammt – einen solchen Schmerz hatte sie noch nie in ihrem ganzen Leben gefühlt. Als wäre ihr Körper in der Mitte auseinandergerissen worden. Und im nächsten Moment war sie wieder da – ihre Oma! Diesmal nicht nur ihre Stimme, nein, so wie sie sie in ihren besten Zeiten in Erinnerung hatte: klein und zierlich, aber zugleich rüstig und selbstbewusst. Fein geschnittene Gesichtszüge, die daran erinnerten, dass sie einmal eine bildhübsche Frau gewesen war. Mit einem liebevollen, manchmal auch fast spitzbübischen Lächeln, mehr als ihre Oma: ihre Seelenverwandte, der einzige Mensch auf dieser Welt, der sie wirklich zu kennen und zu verstehen schien.

„Na, mein Schatz. Ich hatte nicht gehofft, dass wir uns so schnell wiedersehen."

„Oma!" Sie wollte auf sie zugehen und sie fest an sich drücken. Aber Celina konnte sich nicht bewegen, keinen Zentimeter.

„Noch nicht. Aber wenn du Pech hast bald", sagte ihre Oma orakelhaft.

„Was geschieht mit mir?"

„Du stirbst gerade. Wenn dich der sympathische Gentleman nicht nochmal retten kann. Das dritte Mal heute, übrigens."

Celina versuchte, sich zu erinnern, wen ihre Oma damit meinen könnte. Doch ehe sie zu einem klaren Ergebnis kam, verdüsterte sich die Miene der alten Frau und sie

schüttelte den Kopf.
„Ich hoffe du weißt, dass du an all dem hier selbst schuld bist. Du bist besessen von diesem Geld – das ist ungesund! Erst diese leidige Affäre mit dem notorischen Betrüger. Das konnte doch nicht gut gehen – du wusstest doch genau, was für ein schlechter Mensch das war. Und dann die Idee, andere Menschen mit dem Wissen einer ermordeten Frau zu erpressen. Kein Wunder, dass du jetzt hier liegst."
Die Worte ihrer Oma trafen sie hart. Vielleicht waren es die letzten Worte, die sie je hören würde. Sollte ihr Leben wirklich so enden? Ein miserabler Abgang.
„Was soll ich tun?"
„Falls du das hier schaffen solltest, dann vergiss endlich das Geld. Es steht dir nicht zu. Vergiss deine Träume von großen Villen, Luxus und Reichtum."
„Ich möchte aber nicht mein ganzes Leben als Putzfrau verbringen! Das bin ich nicht", schluchzte Celina.
„Dann hör auf damit. Du bist ein tolles Mädchen. Finde endlich das, was du wirklich machen möchtest, und tu es einfach."
Mit diesen Worten, begann die alte Frau vor ihren Augen wieder zu verblassen. Sie löste sich langsam in Luft auf. „Bleib da! Ich brauche dich." Doch sie konnte es nicht verhindern. Mit einem liebevollen Lächeln verschwand das Gesicht ihrer Oma und sie blickte statt in ihre nun in die blassblauen Augen eines älteren Mannes mit leicht griesgrämigen Gesichtszügen. Hoffentlich hatte sie die letzten Worte nicht laut ausgesprochen.

*****

Redlicher und sein jüngerer Kollege trafen nur wenige Minuten nach dem Notarzt mit mehreren uniformierten Beamten als Verstärkung ein. Florian beobachtete wie in Trance das Treiben um sich herum. Er hatte sich wenige Meter von der Hütte entfernt erschöpft auf den Stamm eines vor langer Zeit gefällten Baumes sinken lassen, den vor sich hin dösenden Lenni fest an sich gedrückt. Er hatte Zeit. Alles hatte jetzt Zeit. Er fühlte sich so ruhig und friedlich wie schon lange nicht mehr.

Er sah zu, wie die Uniformierten den immer noch benebelten Schützen unter dem Körper von Tulpes Neffen hervorzogen und sogleich Handschellen anlegten. Er beobachtete, wie einer ihm die Sturmmaske mit einem Ruck vom Kopf zog und darunter das erwartete Gesicht zum Vorschein kam. Er blieb gelassen, als Tulpe sich ächzend – mit provisorisch verbundener Schulter – direkt neben ihm auf den Baumstamm sinken ließ.

„Alles klar mit dir?", fragte der Alte, beugte sich vor und sah direkt zu Lenni hinüber, der auf seiner anderen Seite saß.

„Ja", sagte der Kleine knapp. Für das, was er gerade erlebt hatte, schien er erstaunlich entspannt.

„Du bist ganz schön tapfer. Wenn wir nach Hause kommen, habe ich eine Kleinigkeit für dich. Okay?", erklärte Tulpe und zwinkerte dem Jungen etwas steif zu.

Florian hatte keine Ahnung, was das bedeutete, aber Lenni schien es zu verstehen und nickte eifrig. Tulpe schien ihn

aus seiner leicht schläfrigen Benommenheit geholt zu haben. Der Kleine hob den Kopf und sah sich neugierig um.
„Warum verhaftet die Polizei eigentlich unseren Bäcker?“, fragte er.
„Der Kerl hat einige schlimme Dinge getan. Er hat auf uns geschossen. Vermutlich hat er auch Helga Meier ermordet und außerdem hat er dich ja entführt“, erklärte Florian ruhig und fragte sich im gleichen Moment, wie viel Wahrheit man einem Achtjährigen zumuten sollte. Doch Lennard schien davon wenig beeindruckt.
„Der war das nicht“, erklärte er lapidar.
„Was?“ Florian horchte auf.
„Der hat mich nicht hier eingesperrt. Der Typ sah anders aus.“ Schlagartig war Florians innere Ruhe wieder dahin.
„Bist du sicher?“
„Klar. Ich habe ihn gesehen, wie er in unserem Keller herumgeschnüffelt hat. Der hatte andere Haare und war größer und dünner. Und dann ist er mir in den Wald nachgerannt.“
„Und wer war dieser Kerl in eurem Keller?“, fragte Tulpe interessiert.
„Keine Ahnung. Ich kenne den Kerl nicht.“
Florians Kopf begann auf Hochtouren zu arbeiten. Lenni schien sehr überzeugt von seiner Feststellung. Was hatte das zu bedeuten? Gab es noch einen Komplizen? War die Gefahr noch gar nicht gebannt, weil einer der Täter noch auf freiem Fuß durch die Gegend lief? Und wenn Lennard diesen gesehen hatte – war er dann nicht immer noch in

Gefahr? Das sollte er unbedingt der Polizei mitteilen. Florian stand auf und schob seinen Sohn zu Tulpe hinüber. „Bleib du mal bei Herrn Tulpe. Ich muss kurz zu den Polizisten", erklärte er. Dass er diesen Satz einmal sagen würde, hätte er vor wenigen Stunden noch nicht für möglich gehalten.

Er sah sich um – Redlicher und Abel waren nicht zu sehen. Vermutlich befanden sie sich in der Hütte bei der Spurensicherung, er konnte ihre Stimmen dort hören. Rasch ging er auf den Eingang des inzwischen mit einigen Lampen gut ausgeleuchteten Holzhäuschens zu und schaute hinein. Die Kommissare standen gemeinsam mit zwei ganz in weiße Overalls gekleideten Männern gerade um ein Kunststofffass herum, das sich in der hinteren Ecke der Hütte befand. Sie hatten den Deckel geöffnet und alle Blicke waren auf dessen Inneres gerichtet, die Gesichter waren angespannt. Egal, Florian hatte wichtige Informationen für sie. Er ging eilig zu ihnen, schob sich zwischen die beiden Kommissare und ließ automatisch seinen Blick in die gleiche Richtung wandern. Es dauerte einen Moment, bis sein Hirn verarbeitet hatte, was seine Augen sahen. Im gleichen Moment stockte sein Atem und wenige Sekunden später spürte er bereits die Übelkeit in sich aufsteigen. Über einem undefinierbaren Haufen an Knochen, Haut- und Fleischresten, lag – mit dem Gesicht nach oben – der Kopf, oder das, was nach einem halben Jahr davon übrig war. Er hatte sein Foto aus Neugier schon einmal gegoogelt, aber wiedererkannt hätte er ihn in diesem Zustand ganz sicher nicht. Dennoch wusste Florian auf den ersten

Blick: In diesem Fass befanden sich die Überreste von Ludwig Peters.

*****

„Leugnen brauchen Sie jetzt nichts mehr, aber Erklärungen wären hilfreich. Also, Herr Brunner: Warum haben Sie Ludwig Peters umgebracht? Was ist passiert?"

Der Bäcker vermied jeden Blick in Richtung des Fasses. Redlicher hatte ihn in die Hütte bringen lassen, um ihn direkt mit dem Anblick der Leichenreste zu konfrontieren. Aber es war offensichtlich, dass Tommi Brunner bereits wusste, was sich in diesem Fass befand. Er weigerte sich, auch nur einen Schritt auf die Ecke zuzugehen. Stattdessen drückte er sich angewidert an die Wand neben der Tür. Florian stand im Türrahmen und beobachtete seine Reaktion neugierig. Da sah Brunner ihn plötzlich direkt und hasserfüllt an. Als wäre er als Bewohner des Hauses die Reinkarnation des Ermordeten, fuhr er ihn an:

„Er hat mir solche Versprechungen gemacht. Dass ich meine große, moderne Backstube genehmigt bekomme, wenn ich ihn ein bisschen finanziell unterstütze. Meine ist zu klein und zu alt, da geht nichts mehr. Damit werde ich mein Leben lang kurz vor der Insolvenz herumkrebsen. Aber ich habe doch praktischerweise dieses kleine Waldgrundstück, direkt am Ortsrand gelegen, ein Erbstück von meinen Großeltern. Nur dass der Gemeinderat meinen Bauantrag für meine Backstube auf diesem Grundstück ja abgelehnt hat, angeblich, weil das Waldgebiet geschützt werden müsse und kein Industriegebiet ist. Peters hat mir hoch und heilig versprochen, dass er das regelt. 30.000 Euro – mein ganzes Erspartes – habe ich ihm dafür gegeben. Und für was? Nichts hat er erreicht!" Brunner spuckte Florian die letzten Worte mit hochrotem Kopf entgegen. Er machte eine kleine Pause, bevor er – jetzt an Redlicher gewandt – weitersprach.

„Angeblich war es nicht möglich, trotz seines Einflusses. Zu viele haben sich quergestellt. Aber statt mir mein Geld zurückzugeben, hatte er dann diesen neuen genialen Plan. Das Feuerwehrhaus. Das ist ja gemeinnützig, das wird ja sowieso gebraucht, weil das alte zu klein geworden ist. Das lässt sich viel einfacher politisch durchsetzen, meinte er. Und wenn das erst genehmigt ist, dann ist das mit meiner Backstube gleich daneben gar kein Problem mehr, meinte er. Und wenn ich wollte, könnte ich dann nebendran auch noch gleich so ein tolles Schickimicki-Wohnhaus bauen, das sei quasi inklusive. Genialer Plan. Leider brauchte er dafür nochmal 10.000 Euro Schmiergeld. Natürlich nicht für sich, sondern um die richtigen Stellen zu überzeugen. Pah!"

Brunner schüttelte sich voller Abscheu. „Da ich selbst nichts mehr auf der hohen Kante hatte, musste ich in die Vereinskasse greifen – war ja sowieso zum Wohle der Feuerwehr, oder? Und dann wollte der Drecksack einfach abhauen. Ich habe ihn dabei überrascht, als er gerade seine Sachen gepackt hat. Offensichtlich hatte er es eilig. Er meinte, seine Tussi sei ihm auf den Fersen, hänge ihm wie eine Klette am Bein. Nicht mein Bier, sag ich. Du gehst nicht, bevor das mit dem Feuerwehrhaus und mit meiner Backstube nicht in trockenen Tüchern ist. Da lacht er und sagt, das solle ich mir abschminken. Das bekäme er sowieso nie durch. Ich soll es einfach vergessen, als Fehler betrachten, aus dem ich lernen kann – bla bla bla. Da habe ich rotgesehen – habe ihn zu Boden geschlagen und mit bloßen Händen erwürgt. Das ging viel leichter, als ich gedacht hätte."

Der Bäcker schloss die Augen und atmete mehrmals tief durch, bevor er weitersprach. In seiner Stimme lag nun eine Mischung aus Ekel und Ungläubigkeit. „Dann musste ich schnell die Spuren beseitigen. Mit der Kettensäge habe ich ihn in seiner eigenen Badewanne kleingeschnitten. Dann habe ich seine Teile mit der Schubkarre hierhergebracht. Die Hütte gehört dem Schützenverein, ist aber schon seit Jahren nicht mehr benutzt worden. Schien mir sicherer, als ein Loch im Wald zu graben – da hätte ihn irgendein Fuchs oder Wildschwein oder sowas doch sicher gleich wieder ausgebuddelt."

Redlicher musterte Brunner ausdruckslos. Wenn ihn die Vorstellung, wie Ludwig Peters in Einzelteile zerlegt wurde, nahеging, dann ließ er sich davon nichts anmerken. Stattdessen warf er eine nüchterne Frage ein: „Sie sagen, Sie hätten in die Vereinskasse der Feuerwehr gegriffen. Ist es Zufall, dass vor wenigen Tagen der Kassenwart der Feuerwehr, Jochen Kreuznagel, einen tödlichen Unfall hatte?"

Brunner schüttelte den Kopf und schaute zu Boden. „Er hatte bemerkt, dass Material abgerechnet worden war, das

wir gar nicht erhalten hatten, und hat mir davon erzählt. Es war nur eine Frage der Zeit, bis er herausgefunden hätte, dass ich dahintersteckte. Und dann wäre das mit den Morden sicher auch herausgekommen. Ich musste etwas unternehmen. Hat mir echt leidgetan für den guten Kerl. Manchmal triff es einfach den Falschen."
„Aber Ihren Wagen haben Sie nicht benutzt, um ihn zu überfahren. Das hätten wir gemerkt. Von den Verletzungen her wurde er von einem Geländewagen erfasst. Alle zugelassenen Geländefahrzeuge in der näheren Umgebung haben wir nach dem Unfall überprüft", warf Abel von der Seite ein, der gerade dabei war, in seinem Notizbuch nach seinen Aufzeichnungen zum Unfall zu stöbern.
Brunner grinste zufrieden. „Ich bin zwar nur ein einfacher Bäcker, aber kein Idiot. Ich hatte zum Glück noch das Auto von Peters, das ich damals weggebracht und versteckt hatte, damit alle denken, er sei abgehauen. Eigentlich zu schade drum – ich hatte mir vorgenommen, es zu Geld zu machen, wenn erstmal Gras über die ganze Sache gewachsen ist."
Redlicher nickte, als hätte er diesen Zusammenhang bereits erwartet. Dann ging er auf Brunner zu, stellte sich direkt vor ihn.
„Sie haben eben in der Mehrzahl gesprochen. Sie sagten, das mit ‚den Morden' wäre herausgekommen, wenn sie Kreuznagel nicht gestoppt hätten. Dann gehe ich wohl Recht in der Annahme, dass Sie auch Helga Meier auf dem Gewissen haben. Verraten Sie uns hier auch noch Ihre Gründe?"

Bei diesem Namen kehrte sofort der blanke Hass in Brunners Augen zurück. „Die alte Schnüfflerin! Überall ist sie rumgeschlichen und hat ihre Fragen gestellt und ständig hat sie irgendwelche Andeutungen gemacht, was sie schon alles herausgefunden hat. Meine Pläne mit der Backstube hatte sie sich schon irgendwie zusammengereimt. Es war nur eine Frage der Zeit, bis sie mir gefährlich geworden wäre. Jemand musste sie aufhalten." Sein Blick wanderte wieder zu Florian hinüber. Vorwurfsvoll starrte er ihn an: „Und dann bekomme ich plötzlich diesen anonymen Drohbrief. Da hatte die Alte doch tatsächlich irgendeinem anderen schon von ihrem Verdacht gegen mich erzählt und der Depp meinte, man könnte mich erpressen. Aber nicht mit mir! Mir war sofort klar, dass der Erpresser nun auch verschwinden muss, mir war nur nicht bewusst, dass es zwei waren. Die Putzfrau und der alte Nachbar von Peters. Zwei entzückende Komplizen. Im Nachhinein natürlich logisch: Tulpe hat mich in der Mordnacht sicher beobachtet. Erst hat er es Helga Meier erzählt, dann hat er beschlossen, mit dem Mädchen gemeinsame Sache zu machen. Wollte wohl auf seine alten Tage auch noch ein Stück vom Kuchen abhaben. Nachdem er mich davon abgehalten hatte, die Kleine direkt zu erschlagen, bin ich den beiden gefolgt, habe auf den richtigen Moment gewartet. Und dann kamst du auch noch dazu. Aber wenn dieser Fettsack nicht im letzten Moment aus dem Gebüsch gesprungen wäre, wäre doch noch alles gut gegangen."

Nun bemerkte Florian, dass nicht nur Tommi Brunner,

sondern auch die beiden Kommissare zu ihm hinüberschauten. Als erwarteten sie von ihm eine Erklärung. Und tatsächlich kam gleich danach bereits die Frage: „Können Sie bestätigen, was er hier erzählt hat? Waren Celina Novac und Helmut Tulpe Komplizen, die gemeinsame Sache gemacht haben, um Herrn Brunner zu erpressen? Und ist dieser Neffe, Dennis Stanek, auch ein Mitwisser in dieser Geschichte?"

Florian zögerte kurz, gönnte sich einen Moment, um nachzudenken. Blitzschnell sortierte er dabei die Fakten der Geschichte in seinem Kopf neu, stellte zwei Listen auf: Nützliche Informationen und Unwesentliches. Dann schüttelte er entschieden den Kopf: „Nein, das war ganz anders. Tulpe und sein Neffe haben nichts mit der Erpressung zu tun. Dass sie hier im Wald unterwegs waren, war reiner Zufall. Das klingt vielleicht seltsam, aber alles begann mit einem kaputten Gartenzwerg…"

Vendetta

Celina zitterte am ganzen Körper. Sie zog ihre bauchfreie, viel zu dünne Jacke fester um ihren Körper zusammen, als ob das etwas nützen könnte. Es war viel kälter als beim letzten Mal. So kalt, dass die Wunde mal wieder schmerzte. Die Temperaturen fielen in der Nacht bereits auf unter 10 Grad, der Herbst war deutlich fortgeschritten. Aber es war nicht nur die Kälte, die Celina zittern ließ. Es war dieser Ort. Er weckte ungute Erinnerungen in ihr. Dennoch zwang sie sich dazu, tapfer hinter ihrem Baum auf ihrem Beobachtungsposten stehen zu bleiben.

Die Rentnerbank lag einsam und verlassen. Auch heute reflektierte der Mond genügend Licht auf die Erde, um trotz der fortgeschrittenen Stunde noch einiges erkennen zu können. Zu viel Déjà-vu für ihren Geschmack! Celina redete sich ein, dass schon nichts passieren würde. In einiger Entfernung bellte Etwas kurz und hoch durch den Wald. Celina zuckte zusammen. Dann beruhigte sie sich selbst. Das war nur ein Reh, das seine Artgenossen vor einer Gefahr warnte, hatte Ludwig ihr erklärt. Damals, als sie bei offenem Fenster in seinem Schlafzimmer gelegen hatten, nach dem ersten Mal. Es war nicht nur Berechnung gewesen, ein wenig hatte sie sich wirklich in den Landrat verliebt, in den Mann von Welt, dessen Aufmerksamkeit ihr schmeichelte. Die Verliebtheit hielt nur nicht sehr lange an – bei beiden nicht. Und heute würde sie endgültig einen

Schlussstrich unter die ganze Geschichte ziehen, um dann nochmal neu anzufangen.
Celina atmete mehrmals tief durch, nahm ihr Smartphone, das an einer Handykette um ihren Hals hing, in die Hand, richtete die Kamera auf sich und merkte, wie das Zittern augenblicklich aufhörte. Endlich war sie ganz in ihrem Element. Sie prüfte noch einmal, ob das Make-up noch stimmte und die Haare richtig saßen, dann tippte sie auf „Live-Video starten", setzte ihr professionelles Lächeln auf und sprach ihren Text flüsternd. Das Meiste hatte sie sich vorher gut überlegt, improvisierte aber auch etwas, damit es authentisch rüberkam. Sie musste ihren Berechnungen nach zwei Minuten überbrücken, wenn sie Pech hatte deutlich mehr. Aber sie hatte Glück.
Der Schatten schälte sich pünktlich aus dem Dickicht des Waldes heraus. Celina verstummte, schaltete das Kameralicht aus, richtete das Smartphone auf ihn, ließ ihm einen Moment Zeit, an der Bank stehen zu bleiben und zu warten. Das erhöhte die Spannung. Dann trat sie beherzt einen Schritt hinter dem Baum hervor und ging ohne zu zögern auf ihn zu. Das Handy ließ sie locker um den Hals baumeln.
„Hi!", sagte sie, als sie nur noch zwei Armeslängen von ihm entfernt war. „Hallo", antwortete er etwas ungelenk. Celina besah sich den Typen genauer. Er war etwa 50 Jahre alt, mittelgroß, schlank und bis auf einen kleinen Haarkranz glatzköpfig. Das Ungewöhnlichste an ihm war ein dunkler Kinnbart, wie Celina ihn vor allem aus Bildern in alten Märchenbüchern kannte.

„Kurt Wegner, oder? Haben Sie das Geld dabei?", fragte Celina ihn und senkte ihren Blick auf seine rechte Hand, in welcher er eine Tüte trug.
„Ja, habe ich", sagte er und streckte ihr den Arm mit der Tüte entgegen. Celina blieb ruhig, auch wenn die Versuchung groß war – sie griff nicht nach der Tüte.
„Wenn Sie bereit sind, mir 10.000 Euro zu geben, dann hatte Helga Meier also wirklich recht: Sie haben seit dem Verschwinden von Landrat Peters versucht, an sein verschwundenes Bestechungsgeld zu gelangen. Sie haben ihn als sein Kollege und seine rechte Hand im Landratsamt jahrelang gedeckt und haben dann von ihm die Gegenleistung erwartet. Welchen Anteil hatte er Ihnen denn versprochen?"
Der Mann schnaubte empört auf. „Er wollte mir 30 Prozent geben. Und das habe ich mir auch wirklich verdient! Schließlich habe ich meinen Kopf für ihn hingehalten und sitze inzwischen ganz schön in der Scheiße wegen ihm. Der Untersuchungsausschuss setzt mir richtig zu. Ich weiß nicht, ob ich da nochmal mit heiler Haut rauskomme. Da ist es doch das Mindeste, dass er wenigstens seine Schuld bei mir begleicht."
Das lief ja geradezu perfekt! Nun musste sie nur einen kühlen Kopf bewahren und sich an ihren Fragekatalog halten. „Sie haben seit seinem Verschwinden überall nach dem verschwundenen Geld gesucht. Stimmt das?"
Der Mann wich einen Schritt zurück, sein Gesichtsausdruck spiegelte plötzlich tiefes Misstrauen. „Wieso fragen Sie das?"

„Nur damit ich weiß, mit wem ich es hier zu tun habe. Ich will ja nicht den Falschen belästigen."
Der Mann schüttelte abweisend den Kopf und hielt die Tüte plötzlich fest an seine Brust gepresst. Mist. Mit dieser Reaktion hatte sie nicht gerechnet. Sie musste etwas improvisieren. Sie zwang sich zu einem verschmitzten Lächeln und zwinkerte dem Typen zu: „Nein, Spaß beiseite. Es interessiert mich einfach, weil ich neugierig bin: Gibt es das Geld wirklich noch? Haben Sie irgendeine Spur davon gefunden?"
„Sie wollen doch nur wissen, ob es bei mir noch mehr zu holen gibt, oder? Aber da muss ich Sie enttäuschen", knurrte der Mann voller Bitterkeit in der Stimme. „Ich bin völlig pleite. Für Ihr kleines Erpressungsmanöver musste ich mich noch mehr verschulden. Mein Haus und mein Auto werden demnächst zwangsversteigert. Bei mir gibt es nichts mehr zu holen."
Celina spielte Mitgefühl vor, aber nur kurz. Sie musste am Thema bleiben. Sie senkte ihre Stimme verschwörerisch: „Vielleicht erlasse ich Ihnen Ihr kleines Strafgeld ja auch, wenn Sie mir anders weiterhelfen. Wenn wir das Schwarzgeld finden würden, könnten wir uns die Beute teilen und hätten beide etwas davon."
„Das Schwarzgeld gibt es nicht mehr. Vermutlich hat Brunner es gleich mitgehen lassen, auch wenn er der Polizei gegenüber behauptet, dass er sich nie für das Geld interessiert hat. Und wenn es das Geld doch noch gibt, dann werden wir es niemals finden."
„Haben Sie denn schon alle Möglichkeiten ausgelotet?

Vielleicht gibt es da ja noch irgendein geheimes Versteck in diesem Haus, möglicherweise…"
„Nein. Da drin habe ich schon alles abgesucht."
Celina unterdrückte ein kleines, triumphierendes Grinsen und blieb in ihrer Rolle: „Sind Sie sicher? Da unten im Keller steht ein ganzer Berg alter Umzugskisten, alle voll mit den Hinterlassenschaften von Ludwig Peters. Es würde sich bestimmt lohnen, da mal einen Blick hineinzuwerfen."
„Hab ich schon getan. Da ist nichts außer altem Plunder. Kein Schlüssel für ein geheimes Schließfach – nichts! Außerdem hat Peters immer von einem ganz besonderen Versteck gefaselt. Ein Hohlraum, auf den niemand je kommen würde, ganz unter seinem Niveau. Ich habe lange über dieses Rätsel nachgegrübelt und dachte dann, da wäre irgendwo ein Geheimfach hinter einem der Wände in seinem Keller. Habe dort alles abgeklopft – nichts!"
„Wirklich? Ich bin beeindruckt. Das hätte ich Ihnen gar nicht zugetraut", sie schenkte Wegner einen bewundernden Augenaufschlag und merkte, wie er gegen seinen Willen geschmeichelt darauf reagierte. „Ganz schön mutig, ein bewohntes Haus so gründlich zu durchsuchen."
„Das war wirklich ärgerlich. Direkt nach dem Verschwinden wollte ich nicht darin herumschnüffeln, zumal ich mir nicht sicher war, ob Peters nicht gleich wieder auftauchen würde. Ich wollte etwas Gras über die Sache wachsen lassen, und dann war es plötzlich zu spät. Ich hatte nicht damit gerechnet, dass das Haus so schnell weiterverkauft wird."

„Und da haben Sie einen Privatdetektiv engagiert, um das Versteck zu finden?"
Er schaute sie irritiert an. „Laut Ihrer Tante…", setzte Celina zur Erklärung an, wurde aber von ihm unterbrochen. „Das hätte ich gerne. Aber wissen Sie, was das kostet? Das kann ich mir nicht leisten. Da musste ich schon selbst ran."
„Wie haben Sie das bloß geschafft, ohne ertappt zu werden?"
„Naja, ganz gelungen ist es mir nicht. Einmal hat mich der Vater, einmal der Sohn…" Wegner brach abrupt ab, seine Augen verengten sich zu zwei Schlitzen. „Warum wollen Sie das alles eigentlich wissen? Was soll diese Ausfragerei?" Er machte zwei schnelle Schritte auf sie zu und bevor sie reagieren konnte, hatte er Celina bereits am Handgelenk gepackt. „Worauf läuft das alles hier hinaus? Hm? Sag schon!" Sein Griff wurde schmerzhaft fest. Celinas Herz begann zu rasen, am liebsten hätte sie jetzt aufgegeben. Aber irgendwo in ihrem Inneren ermahnte eine Stimme sie zugleich, diese einmalige Chance bloß nicht zu verschwenden. Je gefährlicher das alles hier wurde, desto größer war ihre Aussicht auf Erfolg. „Stimmt es, dass Sie das Kind entführt und in die Jagdhütte eingesperrt haben? Wollten Sie es umbringen – was hatten Sie geplant?"
Der Mann zog Celina nun ganz an sich heran, sie standen sich Auge in Auge gegenüber. Mist, das würde keine guten Bilder geben.
„Ich wollte mir nur ein bisschen Zeit verschaffen, verhin-

dern, dass der Kleine mich verpfeift. Ich war mir nicht sicher, ob er mich gesehen hatte. Ich töte keine Kinder!"

„Ehrlich? Ich glaube ja, dass Sie das schon vorhatten, als Sie dem Kleinen in den Wald hinterhergerannt sind. Sonst hätten Sie ihn ja auch einfach davonlaufen lassen können. Vermutlich haben Sie dann im letzten Moment kalte Füße bekommen, als Sie ihn erwischt hatten und es darum ging, Ernst zu machen."

Der Blick des Mannes verhärtete sich. Celina hatte das ungute Gefühl, dass sie zu weit gegangen war. Sie konnte es seinen Augen ansehen, dass es stimmte, was er nun zwischen den Zähnen hervorquetschte: „Mag sein, aber dieser Fehler passiert mir kein zweites Mal." Im nächsten Moment legte sich bereits seine linke Hand um ihre Kehle und drückte zu. Celina wollte sich aus seinem Griff befreien, versuchte mit der freien Hand erst die Finger um ihrem Handgelenk, dann die um ihren Hals zu lösen. Doch der Kerl war stärker als er aussah. Die Finger blieben wie Schraubzwingen fest. Und mit jeder Sekunde, die verstrich, stiegen seine Chancen. Denn allmählich ging ihr die Luft aus. Ihre Lungen brannten bereits, die Welt um sie herum begann zu verschwimmen. Na toll, nun hatte sie vermutlich erreicht, was sie wollte, konnte aber nichts mehr damit anfangen. Das durfte nicht passieren! Mit letzter Kraft konzentrierte sie sich, entlastete ihr rechtes Bein, indem sie ihr Körpergewicht ganz nach links verlagerte, und trat blitzartig nach vorne, dahin wo sie seine Körpermitte vermutete. Es funktionierte! Seine beiden Finger lo-

ckerten sich augenblicklich, er krümmte sich vor ihr zusammen, jetzt musste sie nur noch einmal ausholen und ihm den Rest geben. Doch kaum hatte er sie losgelassen, da fühlte sie auch schon, dass sie sich selbst gar nicht mehr aus eigener Kraft auf den Beinen halten konnte. Sie knickten unter ihr ein wie ein Paar morscher Zweige und sie konnte nichts dagegen tun. Die ungewohnte Bewegung war ihr durch die kaum verheilte Bauchwunde wie ein Stich in die Eingeweide gefahren. Während ihr Körper versagte und sie nach Luft rang, begannen ihre Gedanken Karussell zu fahren: Sie musste doch etwas tun, sie musste… In diesem Moment hörte sie Schritte, plötzlich war da eine weitere Gestalt. Nein, zwei! Sie warfen sich auf ihren Angreifer, beide fast zeitgleich, schmissen diesen zu Boden, knieten sich auf ihn, hielten ihn fest. Ihr Plan war also aufgegangen – ihr Backup hatte funktioniert. Urban und Dennis hatten die Nachricht, die sie ihnen in den Briefkasten geworfen hatte, verstanden, hatten sich zur angekündigten Zeit auf ihre Insta-live-Story geschaltet und ihre eigenen Schlüsse gezogen. Aber sie hatte die Entfernung wohl etwas unterschätzt, sie hätte gedacht, dass sie im Notfall schneller hier sein würden.
Celina gab sich einen Moment, um wieder zu Atem zu kommen. Dann richtete sie sich auf und strich sich ihre Haare zurecht. Das musste reichen. Sie schaltete das Kameralicht wieder ein, richtete das Smartphone auf sich und begann die Abmoderation. Den Text musste sie nur wenig anpassen, es war in etwa so gelaufen, wie sie sich das vorgenommen hatte. Nur dank ihrer Professionalität

gelang es ihr, das triumphierende Grinsen zu unterdrücken, das sich unpassenderweise auf ihre Lippen drängen wollte: Das hier würde ganz sicher viral gehen!

*****

Helmut drückte auf „folgen“, schloss den Browser und fuhr den Rechner herunter. Er hatte genug gesehen. Er stand auf, trat ans Fenster und ließ seinen Blick über seine kleine Welt schweifen. Sie standen hier dichter beieinander, bekamen nur wenig Sonne ab, waren hinter dem Haus vor den neugierigen Blicken der wenigen Menschen, die ab und an vorbeiwanderten, verborgen. Helmut glaubte, eine gewisse Zufriedenheit in ihren Gesichtern zu erkennen. Das nannte man wohl artgerechte Haltung. Hier, mitten im Wald, schienen die Zwerge ihre wirkliche Heimat gefunden zu haben. Genau wie er.
Diese herrliche Ruhe. Ein zufriedenes Lächeln umspielte seinen Mund, während er einfach nur am Fenster stand und seinen Blick über seine Lieblinge schweifen ließ. Wie schnell die Zeit dabei verging… Ein lautes Klingeln zerriss abrupt die Stille des Hauses. Helmut runzelte die Stirn. Kurz fragte er sich, ob er wirklich drangehen sollte, dann gewann die Vernunft die Oberhand und er schlurfte ans Telefon. Ein Blick auf das Display zeigte ihm, dass es der Video-Anruf war, den er bereits erwartet hatte.
„Hallo Dennis.“ Auf dem Bildschirm seines Smartphones sah sein Neffe irgendwie gequetscht aus. Der rechteckige Bildausschnitt war zu klein, um seinen Körperumfang voll

zu erfassen. Die kleine Ecke, in der Helmuts eigenes Konterfei sich selbst entgegenglotzte, ragte ein gutes Stück in Dennis' Doppelkinn hinein.

„Hallo Onkelchen! Na, was sagst du? Hast du alles verfolgt?" Dennis verlor keine Zeit für unnötigen Smalltalk, er kam gleich auf den Punkt. Das gefiel Helmut.

„Ja, ich habe mich zur richtigen Zeit eingeloggt, genau wie du mir geschrieben hattest. War ja eine spektakuläre Story, allerdings mit schlechter Bildqualität. Hat die Polizei diesen Typen inzwischen verhaftet?"

Dennis nickte. „Kurt Wegner, ja, hat sie. Dein Nachbar hat die Polizei alarmiert, sobald er kapiert hatte, welche Nummer Celina da abzog."

„Gut. Dann ist die Sache ja endlich erledigt. Und sonst?"

„Was meinst du?", fragte Dennis und grinste. Helmut verdrehte die Augen. Der Junge wusste ganz genau, was er meinte.

„Hat die Polizei nochmal nach dem Geld gefragt?"

„Nein. Sie scheint geschluckt zu haben, dass das Schwarzgeld des guten Ludwig Peters für immer verschollen bleiben wird. Es gibt ja auch keine Beweise dafür, dass es je existiert hat, beziehungsweise wie viel es war. Der einzige Bestechungsversuch, der sicher belegt ist, ist jener von Tommi Brunner – und das war ja nur ein kleiner Fisch. Die paar Kröten kann Peters längst ausgegeben haben."

Helmut entspannte sich etwas. „Ich hätte ja nicht gedacht, dass Urban wirklich den Mund hält. Oder Celina. Wirklich erstaunlich."

Dennis lachte keuchend am anderen Ende der Leitung.

„Naja, Celina hat nun andere Pläne. Wenn man sieht, wie ihre Follower sich nach der letzten Live-Story verhundertfacht haben, steht ihrer Karriere als Influencerin wohl nichts mehr im Wege. Und Urban hatte ein schlechtes Gewissen, weil er dir das Leben ja echt etwas schwergemacht hat. Außerdem: Wer hätte schon etwas davon, wenn das Geld wieder auftauchen würde? Die eigentlichen Besitzer werden sich wohl kaum dazu bekennen, dass sie den Landrat bestochen haben."
„Urban ist vor allem froh, dass er mich dank des Geldes nun loshat. Und am meisten profitierst du ja davon, dass ich das Geld letztendlich behalten konnte. Hast du dich in deinem neuen Haus schon eingelebt?"
Dennis schaute sich nach allen Seiten um. „Du meinst, in der Bruchbude hier? Klar. Nur schade, dass kein Geld mehr übrig ist, um die Hütte auf Vordermann zu bringen."
„Geht mir genauso. Mit dem Verkauf meines alten Hauses wollte ich eigentlich hier so einiges renovieren. Nun müssen wir eben damit leben, wie es ist."
„Was für ein Lebensmotto."
Helmut lächelte und war selbst befremdet, wie verändert er mit diesem ungewohnten Gesichtsausdruck plötzlich aussah. Er ließ es schnell wieder: „Es gibt Schlimmeres."

*****

Die Augen schielten nach außen, die Zähne waren unter der dicken Knollennase gebleckt, den linken Arm streckte er dem Betrachter angriffslustig entgegen, der Mittelfinger erhob sich in der ansonsten geschlossenen Faust. Vor seinen Stiefeln stand ein Holzschild mit der Aufschrift: „Go away!". Das war mit Abstand der hässlichste in der Reihe von Zwergen, die in den letzten Wochen hier eingetroffen waren. Er toppte sogar noch den Henker-Zwerg, der seine rote Zipfelmütze bis unters Kinn gezogen hatte, in der rechten Hand eine Axt hielt und in der linken den Kopf eines anderen Zwerges hinter sich herzog. Wirklich erschrocken hatte sich Florian allerdings nur beim Auspacken des allerersten Pakets, das ihn zwei Tage nach den Ereignissen erreicht hatte. Dieses an ihn adressierte Päckchen hatte er noch nichtsahnend geöffnet und war erstarrt: Ein auf dem Bauch liegender, offensichtlich toter Zwerg, blutüberströmt, dem ein Messer im Rücken steckte. Das gesamte Paket hatte er vor Schreck auf den Boden geworfen. Wenn er nicht aus Kunststoff gewesen wäre, hätte er den Zwerg damit zerstört. Aber leider hatte Tulpe ihm ausschließlich Zwerge aus Kunststoff bestellt und diese waren schwer zerbrechlich. Die „beseelten" Zwerge, die aus Ton hergestellt waren, waren Tulpe für seinen kleinen Racheakt zu heilig gewesen. Florian wusste, dass er in den nächsten Wochen noch einige davon erhalten würde. Genauer gesagt: in jeder Woche einen. Tulpe hatte nach dem Auffinden seines zerstörten Brezel-Zwerges gleich zwei Dutzend für seine kleine, persönliche Vendetta bestellt, aufgeteilt in 24 Einzelsendungen. Er konnte es anschließend nicht mehr rückgängig machen, da mussten sie nun alle durch.

„Na, was ist es denn diesmal?" Julia war in die Küche getreten, stellte sich neben Florian an die Arbeitsplatte und warf einen Blick in das geöffnete Paket.
„Der ist aber wirklich besonders scheußlich", stellte sie fest. Florian warf einen verstohlenen Blick in ihr Gesicht. Sie wirkte entspannt, normal, eigentlich wie früher. Das erste Mal, seitdem diese Ereignisse ihr Leben durcheinandergewirbelt hatten. Nachdem sie erfahren hatte, was geschehen war und in welcher Gefahr Lennard geschwebt hatte, war lange Zeit völlige Funkstille zwischen ihnen beiden gewesen. Sie hatte Florian mit eisiger Ignoranz gestraft. Keine seiner Erklärungen und Entschuldigungen drangen zu ihr durch. Dass sie den Entführer jetzt endlich dingfest gemacht hatten, schien sie allerdings zu besänftigen. Florian bemühte sich, in einem genauso normalen Tonfall zu antworten: „Trifft vermutlich genau seinen Geschmack."
„Hoffentlich stellt er das Ding ans andere Ende des Gartens, wo wir ihn nicht sehen können. Mir reicht schon, dass ich jedes Mal, wenn ich zum kleinen Apfelbaum dort drüben schaue, diesen Zwerg sehen muss, der sich an einem Seil erhängt hat. Sehr abartig, wenn du mich fragst."
Florian musste schmunzeln. „Du hast was gegen Gartenzwerge? Sind doch nur harmlose Tongebilde – oder in diesem Fall eben Kunststoffgnome – nichts weiter."
Julia schüttelte den Kopf, grinste dabei aber, immerhin. „Naja, das, was Tulpe in seinem Garten hatte, waren harmlose Tonfiguren. Die hat er aber alle mitgenommen nach Mecklenburg-Vorpommern. Du musst ja zugeben,

dass diese abartigen Plastikzwerge, die Dennis sich da nun aufstellt, seit er das Haus seines Onkels geerbt hat, wirklich nichts für schwache Nerven sind."

„Du weißt, eigentlich sind es ja unsere. Wir sollten dankbar sein, dass er sie uns abnimmt. Ich hätte keine Lust, die in unserem Keller einzulagern. Du etwa?"

„Natürlich nicht. Aber da drüben müssen wir sie uns ständig anschauen. Ist das wirklich besser?"

„Weißt du, man gewöhnt sich daran. Irgendwann werden sie uns gar nicht mehr auffallen, warte es ab! Diesen hier bringe ich gleich mal zu Dennis rüber. Der wird sich freuen." Florian wollte den Karton von der Arbeitsplatte hochheben, doch Julia hielt ihn am Arm fest.

„Ich wollte dir noch sagen, dass ich es wirklich toll finde, dass du diese seltsame Phobie nun endlich überwunden hast. Ich bin beeindruckt, wie locker du das jetzt sehen kannst!" Florian sah seiner Frau in die Augen und lächelte. Ganz so leicht ließ sich eine Phobie nicht abschütteln. Den einen oder anderen Albtraum hatte er schon noch, aber das musste ja keiner erfahren. Und es zahlte sich aus, dass er seine latente Abscheu vor diesen bezipfelten Scheußlichkeiten für sich behielt. Julia schlang ihre Arme um ihn und zog ihn an sich. In diesem Moment wusste Florian, dass er seine zweite Chance bekommen würde. Sein neues Leben konnte nun wirklich beginnen.

*****

Lord Garmadon war nicht nur besiegt, er war nun auch regelrecht eingemauert. Rings um ihn herum ragten doppelt gebaute Wände, dreimal so hoch wie er selbst. Den Abschluss bildete ein pyramidenförmiges Dach. Auf Fenster hatten sie verzichtet – die waren zu unsicher, da konnte er vielleicht wieder abhauen. Kai, Lloyd, Cole und die anderen tanzten vor Freude um das Haus herum. Kai war ziemlich verändert von seiner langen Mission zurückgekehrt, trug einen neuen Anzug und hatte auch einen anderen Gesichtsausdruck. Er war irgendwie noch cooler geworden.

„Sollen wir Garmadon jetzt wieder ausbrechen lassen?", fragte Lennard nach einer Weile und seine Hand griff bereits nach den obersten Dachsteinen. Ben ließ Cole sofort dazwischen springen.

„Nein – bloß nicht! Wer weiß, was er dann anstellt. Wir könnten noch ein großes Heer mit Wachposten darum aufstellen, damit ihn seine Skelett-Armee nicht gleich wieder befreit."

„Wenn Garmadon nicht aus seinem Knast ausbricht und wieder irgendetwas anstellt, wird das Spiel doch langweilig, oder?", maulte Lennard.

„Aber Garmadon ist der schlimmste Feind der Ninjas. Den können wir doch nicht abhauen lassen!", erklärte Ben entschieden.

„Ich glaube, Garmadon ist gar nicht so böse, wie er tut. In Wirklichkeit ist er eigentlich nur ein ganz harmloser Kerl mit ziemlich schlechter Laune."

Ben schaute seinen Klassenkameraden kopfschüttelnd an,

wollte erst widersprechen, ließ es dann aber bleiben. Lennard war schließlich der coolste Junge der Schule, nach dem, was er erlebt hatte. Seine Meinung war wichtig.
„Wir können ja auch was Anderes spielen", lenkte Ben ein.
„Stimmt. Fußball im Garten?"
„Krass!" Die Jungs sprangen auf. Doch bevor er aus dem Zimmer stürmte, bohrte Lennard mit einem gezielten Griff ein großes Loch ins Dach des Gefängnisses. Niemand sollte in völliger Dunkelheit eingesperrt in einer Zelle hocken. Auch Garmadon nicht.

Epilog

Es war ein relativ milder Nachmittag. Nur der stete Herbstwind ließ die Temperatur etwas kühler wirken, als sie war. Durch den Wind baumelte er schon den ganzen Nachmittag unruhig hin und her. Hätte er einen empfindlichen Magen gehabt, dann wäre er inzwischen längst seekrank geworden. Aber er hatte keinen empfindlichen Magen und ließ das Geschaukel stoisch über sich ergehen. Was blieb ihm auch anderes übrig?

Im Nachbargarten hatte der Lärm eingesetzt. Zwei kreischende Kinder, die hin und her rannten, sich Dinge zuriefen, auch mal kurz stritten, rauften und schließlich wieder herumrannten. Er kannte das bereits. Mochte er das Treiben? Wenn man ihn hätte fragen können: vermutlich nicht. Er war eher der stille Typ.

Dennoch baumelte er nichtsahnend, fast entspannt im Herbstwind, als plötzlich das Unerwartete geschah: Ein großes, hartes, rundes Lederding flog mit der Geschwindigkeit eines Geschosses herüber. Es traf ihn mit voller Wucht ins Gesicht, riss ihn mit unbarmherziger Kraft fort von seinem Apfelbaum-Zweig. Das Seil, das ihn am Hals gehalten hatte, blieb hängen. Der Körper wurde mitgerissen, segelte einige Meter weit durch die Luft und krachte dann ungebremst zu Boden. Es knackste bedenklich, am Kopf, am Rücken, sogar in der Zipfelmütze. Auch Kunststoff ist nicht unzerstörbar. Erst erhängt, dann zertrümmert – das Schicksal meinte es nicht gut mit ihm.

Die schwarzen Augen starrten in den Himmel, wo der Wind dunkle Wolkenformationen vor sich hertrieb. Vielleicht würde der Himmel ein paar Tränen für ihn vergießen.

Liebe Leserin, lieber Leser,

hat dir der Roman gefallen? Erzähle es gerne anderen weiter, beispielsweise in einer kleinen Rezension bei amazon.de.

Ich freue mich auf dein Feedback!

Neuerscheinung Herbst 2023:

Der Tod stellt sich nicht hinten an

Kriminalroman

Hinter den Kulissen eines leicht maroden Freizeitparks sorgen dunkle Geheimnisse für Spannung und Nervenkitzel.

Eine junge Frau stirbt während einer Achterbahnfahrt. Nur ein furchtbares Unglück? Kriminalkommissarin Mirjam Forster glaubt das nicht. Als Neuankömmling im Ermittlungsteam des Landeskriminalamts versucht sie alles, ihre neuen Kollegen davon zu überzeugen, dass die Tote im „Dschungelpark“ nicht als tragischer Unfall zu den Akten gelegt wird. Doch die Aufklärung eines zu Tode geprügelten Obdachlosen hat zunächst oberste Priorität.
Zur gleichen Zeit möchte die junge Influencerin Celina Novac die Zahl ihrer Follower wieder erhöhen. Sie nimmt Undercover im Dschungelpark einen Job an, um eine Skandalstory über dessen gaunerischen Machenschaften zu produzieren. Dabei ahnt sie nicht einmal, wie dunkel die Geheimnisse wirklich sind, denen sie auf die Schliche kommt …

Printed in Poland
by Amazon Fulfillment
Poland Sp. z o.o., Wrocław

34884801R00272